suhrkamp taschenbuch 4153

Während der Sommerferien auf dem Landgut der Eltern seines Schulfreundes wird der dreizehnjährige Leo zum Überbringer heimlicher Liebesbotschaften zwischen Ted, dem Pächter, und Marian, der schönen Tochter des Schloßherrn, deren Verlobung mit Lord Trimingham kurz bevorsteht. Doch gegen seinen Willen zieht es Leo immer tiefer in den Strudel des gefährlichen Spiels von Verlangen und Verrat, von versprochener und verbotener Liebe, und schließlich steht er vor der ersten großen Gewissensentscheidung seines jungen Lebens.

»Das ist ›Proust light‹, von bezaubernder Delikatesse und in feinstem und geschliffenstem britischen Stil erzählt.« *Süddeutsche Zeitung*

»Nicht viele Romane gehen so duldsam, so verzweifelt ans Herz.« *WDR*

Leslie Poles Hartley, geboren 1895 in Whittlesey (Cambridgeshire), starb 1972 in London. Er publizierte Romane, Short stories und Essays. *The Go-Between* war sein erfolgreichster Roman.

L. P. Hartley

The Go-Between

Roman

Aus dem Englischen von
Maria Wolff
Revidiert und ergänzt von
Adrian Stokar

Suhrkamp

Titel der englischen Originalausgabe:
The Go-Between

Umschlagfoto: Ausschnitt aus der Verfilmung von Joseph Losey
(Alan Bates, Dominic Guard, Julie Christie).

suhrkamp taschenbuch 4153
Erste Auflage 2010

Druck: Druckhaus Nomos, Sinzheim
Umschlag: Göllner, Michels, Zegarzewski
Printed in Germany
ISBN: 978-3-518-46153-2

1 2 3 4 5 6 – 15 14 13 12 11 10

The Go-Between

Für Miss Dora Cowell

But, child of dust, the fragrant flowers,
The bright blue sky and velvet sod
Were strange conductors to the bowers
Thy daring footsteps must have trod.

Und doch, du Kind aus Staub, der Duft der Blüten,
Der samtne Rasen, strahlender Azur –
Auf deinen Wegen voller Wagnis waren
Sie fremde Führer in das Dunkel nur.
Emily Brontë

Prolog

Die Vergangenheit ist ein fremdes Land, dort gelten andere Regeln.

Als ich auf das Tagebuch stieß, lag es zuunterst in einer ziemlich ramponierten Kragenschachtel aus rotem Karton, in der ich als kleiner Junge meine Etonkragen aufbewahrte. Irgend jemand, wahrscheinlich meine Mutter, hatte sie mit Schätzen aus jener Zeit vollgefüllt. Ich fand zwei vertrocknete, hohle Seeigel; zwei rostige Magnete, einen großen und einen kleinen, die ihren Magnetismus fast gänzlich verloren hatten; einige Negative, die fest zusammengerollt waren; Reste von Siegellack; ein kleines Kombinationsschloß mit drei Reihen Buchstaben; ein Ende einer feinen Peitschenschnur und noch ein oder zwei undefinierbare Gegenstände, Dinge, deren Zweck nicht ohne weiteres ersichtlich war: ich vermochte nicht einmal zu sagen, wozu sie gedient hatten. Diese Andenken waren weder schmutzig, noch waren sie ganz sauber, die Patina des Alters lag auf ihnen. Und als ich sie nun, nach mehr als fünfzig Jahren, zum erstenmal wieder in die Hand nahm, stieg die Erinnerung an das, was jeder einzelne Gegenstand mir einmal bedeutet hatte, wieder in mir auf, abgeschwächt wie die Kraft der Magnete, aber immer noch spürbar. Aus diesen Schätzen wehte mir etwas entgegen: die vertraute Freude des Wiedererkennens, der prickelnde Schauer kindlichen Besitzerstolzes – Gefühle, deren ich mich mit meinen mehr als sechzig Jahren schämte.

Es war wie ein Appell mit vertauschten Rollen; die Kinder der Vergangenheit riefen ihre Namen, und ich sagte: »Hier.« Nur das Tagebuch weigerte sich, seine Identität zu enthüllen.

Zuerst hielt ich es für ein Geschenk, das mir jemand aus dem Ausland mitgebracht hatte. Sein Format, der Aufdruck, das weiche, purpurne Leder, das sich an den Ecken aufrollte, verliehen ihm ein fremdartiges Aussehen; und ich sah, es war ein Band mit Goldschnitt. Von allen Gegenständen war er der einzige, der teuer gewesen sein konnte. Ich mußte es sehr geschätzt haben. Weshalb konnte ich es jetzt in keine Beziehung zu meiner Vergangenheit bringen?

Ich wollte es wohl deshalb nicht in die Hand nehmen, weil ich meine Erinnerung nicht auf die Probe stellen mochte. Ich war stolz auf mein Gedächtnis und liebte es nicht, wenn man ihm nachhalf. So saß ich da und starrte das Tagebuch an wie eine leere Stelle in einem Kreuzworträtsel. Immer noch tappte ich im dunkeln, und plötzlich nahm ich das Kombinationsschloß in die Hand und spielte damit; denn ich entsann mich, daß ich es in der Schule immer nach dem Gefühl öffnen konnte, wenn es ein anderer eingestellt hatte. Das war eines meiner Bravourstücke gewesen, und als ich es zum erstenmal fertigbrachte, erntete ich beträchtlichen Beifall, zumal ich behauptete, ich müsse mich in Trance versenken, damit es mir gelänge. Und das war nicht einmal eine Lüge, denn ich schaltete mein Denken bewußt aus und ließ meine Finger willenlos spielen. Um die Wirkung zu steigern, schloß ich jedoch die Augen und schwankte leise hin und her, bis die Anstrengung, mein Bewußtsein zu unterdrücken, mich beinahe erschöpfte. Und nun ertappte ich mich dabei, daß ich den gleichen Vorgang instinktiv wiederholte, als hätte ich ein Publikum vor mir. Nach geraumer Zeit hörte ich das leise Klicken und fühlte, wie das Schloß nachgab und sich seitlich öffnete; und dann, als hätte jemand auf einen Knopf gedrückt, war die Erinnerung mit einem Male wieder da, und ich wußte, was es mit dem Tagebuch auf sich hatte.

Aber selbst jetzt wollte ich es nicht anfassen. Im Gegenteil, mein Widerwille nahm zu; denn nun wußte ich, weshalb es mir unheimlich war. Ich wandte meinen Blick ab, und mir schien es, als strömte jeder Gegenstand im Zimmer die nervenaufreibende Kraft dieses Tagebuchs aus und teilte mir seine Botschaft von Enttäuschung und Niederlage mit. Und als genügte dies nicht, klagten mich die Stimmen noch an, ich hätte nicht genug Mut, sie zu übertönen. Da saß ich, dem zwiefachen Ansturm preisgegeben, und starrte auf die dicken Umschläge, die um mich herumlagen. Ich hatte mir vorgenommen, die mit rotem Faden verschnürten Papierbündel an Winterabenden durchzusehen, und mit der roten Kragenschachtel wollte ich eigentlich beginnen. Und in einer bitteren Mischung von Selbstbemitleidung und Selbstkritik fühlte ich nun, daß alles anders wäre, wenn es das Tagebuch oder das, was es heraufbeschwor, nicht gäbe. Ich säße nicht in diesem kahlen Zimmer, das keine Blume schmückte und in dem nicht einmal die Vorhänge zugezogen waren, um den kalten Regen, der an die Scheiben schlug, zu verbergen, und ich müßte nicht über die Vergangenheit grübeln und mich mit ihr auseinandersetzen. Ich würde in einem anderen, regenbogenfarbenen Raum sitzen und nicht in die Vergangenheit, sondern in die Zukunft schauen; und ich säße nicht allein.

So dachte ich und ergriff mit einer Bewegung, die wie die meisten meiner Handlungen nicht meiner Neigung, sondern meinem Willen folgte, das Tagebuch, nahm es aus der Schachtel und öffnete es.

Tagebuch
für das Jahr
1900

stand in altmodischen Kupfertiefdrucklettern darauf; und um dieses so vertrauensvoll angekündigte Jahr, das erste des neuen Jahrhunderts, das noch von den Flügeln der Hoffnung getragen war, drängten sich die Zeichen des Tierkreises, von denen jedes irgendwie versuchte, eine Fülle von Leben und Macht auszudrücken, jedes herrlich und doch von einer anderen, eigenen Herrlichkeit. Wie gut konnte ich mich an sie erinnern, an ihre Formen und Gebärden; und obwohl ihr einstiger Zauber heute nicht mehr wirksam war, entsann ich mich an das prickelnde Gefühl künftigen Genusses, das sie mir vermittelten – die niederen Geschöpfe des Tierkreises genauso wie die stolzen und erhabenen.

Die Fische sprangen mit bezaubernder Unbekümmertheit, als gäbe es weder Netz noch Angel; dem Krebs blickte der Schalk aus den Augen, als wäre er sich seines seltsamen Äußeren wohlbewußt und amüsierte sich gründlich darüber; und selbst der Skorpion trug seine schrecklichen Stacheln auf so fröhliche, heraldische Art, als wären seine tödlichen Absichten eine bloße Legende. Der Widder, der Stier und der Löwe verkörperten herrscherliche Männlichkeit, sie waren das, wovon wir alle glaubten, wir hätten das Zeug dazu in uns; sorglos, nobel, selbstbewußt regierten sie mit königlicher Geste über ihre Monate. Und was die Jungfrau anbetraf, die einzige unverkennbar weibliche Figur in diesem Reigen, so kann ich kaum ausdrücken, was sie mir bedeutete. Sie war zwar dezent verhüllt, aber nur vom dichten Gelock ihrer langen Haare; und ich zweifle, ob die Lehrkräfte sie gebilligt hätten, wären ihre Existenz und die langen Stunden gewiß sehr unschuldiger Liebesspiele, die ich in Gedanken mit ihr verbrachte, ihnen bekannt gewesen. Für mich war sie das Schlüsselbild in diesem ganzen Reigen, der Höhepunkt, das Krönungsornament, die Göttin – denn damals besaß ich eine in Rangordnungen geradezu schwelgende Phantasie, die ich schon lange verloren habe. Sie zeigte mir die Dinge in aufsteigender Folge, Kreis auf Kreis und Stufe um Stufe, und das unaufhörliche Karussell der Monate störte diese Vorstellung keineswegs. Ich wußte, das Jahr mußte sich zum Winter wandeln und wieder neu beginnen; aber in meiner Vorstellung waren die Zeichen des Tierkreises keiner derartigen Beschränkung unterworfen: Sie stürmten in aufsteigender Spirale in die Unendlichkeit.

Das ganze weite und hohe Lebensgefühl, das mich wie ein göttlicher Odem erfüllte und das ich als die treibende Kraft meines Daseins empfand, schrieb ich dem kommenden Jahrhundert zu. Für mich besaß das Jahr 1900 eine fast mystische Anziehungskraft; ich konnte es kaum erwarten: »Neunzehnhundert, neunzehnhundert«, sang ich voll Entzücken vor mich hin. Und als sich das alte Jahrhundert seinem Ende zuneigte, schien es mir zweifelhaft, ob ich das kommende noch erleben würde. Ich hatte dafür eine Entschuldigung: Ich war krank gewesen, und der Gedanke an den Tod war mir vertraut. Aber viel stärker noch war das Gefühl der Angst, etwas unendlich Kostbares zu versäumen – die Morgenröte eines Goldenen Zeitalters. Denn das, glaubte ich, würde das neue Jahrhundert sein: die Verwirklichung jener Hoffnungen, die ich für mich selbst und für die ganze Welt hegte.

Das Tagebuch war ein Weihnachtsgeschenk meiner Mutter. Ihr hatte ich einige, wenn auch keineswegs alle Hoffnungen, die ich für die Zukunft hegte, anvertraut, und sie wollte diese Erwartungen in würdiger Form festgehalten wissen.

In meinen Tierkreisphantasien gab es einen Mißton, den ich in meinen Schwelgereien vorsätzlich zu überhören versuchte, denn er wies auf einen Makel hin. Dieser Mißton betraf meine eigene Rolle im Ganzen.

Mein Geburtstag war Ende Juli, und ich hatte einen zusätzlichen, ja einen herausragenden Grund, den Löwen als mein Zeichen zu beanspruchen, obwohl es mir widerstrebte, dies freiwillig in der Schule zuzugeben. Sosehr ich jedoch ihn und alles, was er versinnbildlichte, bewunderte – ich konnte mich nicht mit ihm identifizieren; denn ich hatte vor kurzem die Fähigkeit verloren, mich in ein Tier zu versetzen – diese Gabe, die ich einmal, wie andere Kinder auch, besessen hatte. Anderthalb Trimester Schule hatten zu diesem Verlust in meiner Vorstellungskraft beigetragen. Aber er war auch von einer natürlichen Wandlung begleitet. Ich war zwischen zwölf und dreizehn und wollte gern als Mann gelten.

Nun gab es für mich nur noch zwei Kandidaten, den Schützen und den Wassermann. Der Künstler des Tierkreisbildes, der wohl nur über begrenzte Ausdrucksmöglichkeiten verfügte, hatte beide sehr ähnlich gezeichnet, was mir die Wahl recht erschwerte. Im Grunde war es der gleiche Mann, der nur verschiedenen Aufgaben nachging. Er war kräftig und muskulös, und das gefiel mir; denn ich besaß unter anderem den Ehrgeiz, eine Art Herkules zu werden. Der Schütze, als der Romantischere, sagte mir mehr zu, weil mir sein Waffenhandwerk gefiel. Aber mein Vater war ein Kriegsgegner gewesen, und ich vermutete, der Beruf des Schützen sei der des Kriegers. Und obwohl ich wußte, daß der Wassermann ein nützliches Mitglied der menschlichen Gesellschaft war, konnte ich bei seinem Anblick nur an einen Landarbeiter oder bestenfalls einen Gärtner denken, und keiner dieser Berufe gefiel mir. Die beiden Männer zogen mich an und stießen mich gleichzeitig ab: Vielleicht war ich eifersüchtig auf sie. Wenn ich das Titelblatt des Tagebuchs betrachtete, versuchte ich die Kombination Schütze-Wassermann zu übersehen; und wenn sich das ganze Gebilde beflügelte und dem Zenit näherte und das zwanzigste Jahrhundert in einem himmlischen Reigen mit sich riß, konnte ich manchmal jene beiden aus meiner Vorstellung verbannen. Dann hatte ich die Jungfrau für mich, ein Tierkreiszeichen ohne Portefeuille.

Das Tagebuch bewirkte, daß ich Klassenerster wurde, weil ich die Tierkreiszeichen kannte. In anderer Hinsicht aber brachte es mir gar kein Glück. Ich wollte mich des Tagebuchs, seines purpurnen Leders, seines Goldschnittes und seiner Pracht würdig erweisen; ich fühlte mich verpflichtet, in meinen Eintragungen das gleiche Niveau zu erreichen. Sie müßten etwas Wesentliches verzeichnen und einen hohen literarischen Rang aufweisen. Meine Vorstellung von dem, was wesentlich sei, war schon recht ausgeprägt, und es schien mir, daß mein Schulleben keine Ereignisse von der Bedeutung enthielt, die in einen so prunkvollen Rahmen wie den meines Tagebuchs oder in das große Jahr 1900 gepaßt hatten.

Was hatte ich geschrieben? Ich erinnerte mich der Katastrophe noch sehr gut, aber nicht mehr der einzelnen Vorgänge, die dazu führten. Ich blätterte in den Seiten. Die Eintragungen waren spärlich. »Tee mit C.s altem Herrn und alter Dame – sehr lustig.« Dann, geschraubter: »Äußerst anständiger Tee mit L.s Leuten. Heiße Brötchen, Hefegebäck, Kuchen und Erdbeermarmelade.« »Fuhren in drei Kremsern nach Canterbury. Besuchten Kathedrale, sehr interessant. Thomas A'Becketts Blut. Très pfundig.« »Spaziergang nach Schloß Kingsgate. M. zeigte mir sein neues Taschenmesser.« Dies war die erste Bemerkung über Maudsley; ich blätterte schneller. Ah, da kam sie – die Lambton-House-Geschichte. Lambton House war eine benachbarte Elementarschule, mit der wir beständig wetteiferten. Sie war für uns das gleiche, was Eton für Harrow bedeutete. »Spielten zu Hause gegen Lambton House. Unentschieden 1:1.« »Spielten auswärts gegen Lambton House. Unentschieden 3:3.« Dann »letztes und endgültiges, allerletztes Revanchespiel. Lambton House *überwältigt* 2:1!!!! McClintock schoß beide Tore!!!!«

Danach hatte es längere Zeit keine Eintragungen mehr gegeben. Überwältigt! Das war das Wort, für das ich hatte leiden müssen. Meine Haltung dem Tagebuch gegenüber war zwiespältig und widersprechend gewesen: Ich war ungeheuer stolz darauf, und gleichzeitig hatte ich einen Hang zur Heimlichtuerei und wollte, daß es niemand sehe. Ich verbrachte Stunden mit dem Abwägen der Vor- und Nachteile der beiden Möglichkeiten. Einerseits dachte ich an den Beifall, den das Tagebuch einheimsen würde, wenn es mit Erstaunen von Hand zu Hand gereicht würde. Ich dachte an mein wachsendes Prestige, die Chance, anzugeben, und daran, wie ich diskret, aber effizient Nutzen daraus ziehen könnte. Anderseits bestand eine innerliche Freude, im Geheimen über dem Tagebuch zu brüten wie ein Vogel, der auf seinen Eiern sitzt, bevor seine Küken ausschlüpfen; versunken in meinen Tierkreisträumereien, spekulierend über das herausragende Schicksal des zwanzigsten Jahrhunderts, berauscht von meinen fast schon greifbaren Ahnungen, was mir alles zustoßen sollte. Diese Freuden aber waren davon abhängig, daß das Tagebuch geheim bliebe; sie verschwänden, wenn ich daraus plauderte oder die Quelle meiner Schwätzerei verriete.

Deshalb versuchte ich, beiden Einstellungen das beste abzugewinnen. Ich machte Andeutungen über den Besitz eines geheimen Schatzes, sagte aber nicht, worum es sich handelte. Und eine Weile hatte ich mit dieser Politik Erfolg. Die Neugierde wurde geweckt, und man stellte mir Fragen: »Nun, was ist es? Sag's uns.« Ich genoß meine Antwort: »Das wollt Ihr wohl wissen?« Ich genoß es, mit einer Ich-könnte-wenn-ich-wollte-Miene umherzustolzieren und ein geheimnisvolles Lächeln zur Schau zu tragen. Ich forderte sogar Fragen heraus wie »Tier, Pflanze oder Mineral?«, die ich abbrach, wenn es brenzlig wurde.

Vielleicht verriet ich zuviel. Jedenfalls passierte das einzige, wogegen ich mich nicht vorgesehen hatte. Es traf mich völlig unvorbereitet. Es geschah in der Vormittagspause. Wahrscheinlich hatte ich an diesem Tag mein Pult nicht geöffnet. Plötzlich sah ich mich von einer Horde grinsender Knirpse umringt, die im Chor grölten: »Wer sagte ›überwältigt‹? Wer sagte ›überwältigt‹?« Einen Augenblick später fielen sie alle über mich her. Ich wurde zu Boden geworfen und das Opfer verschiedener Arten körperlicher Mißhandlung. Der Peiniger, der mir am nächsten war – er war fast so atemlos wie ich, so viele drückten von hinten auf ihn ein –, schrie: »Bist du überwältigt, Colston, bist du überwältigt?«

In diesem Augenblick jedenfalls war ich es, und auch die ganze nächste Woche über, die mir wie eine Ewigkeit vorkam. Ich mußte mindestens einmal am Tag die gleiche Abreibung über mich ergehen lassen – nicht immer zur gleichen Stunde, denn die Anführer wählten die Gelegenheit mit Bedacht. An manchem Abend glaubte ich schon, ich bliebe verschont; aber da sah ich bereits die boshaften Verschwörer nahen. »Überwältigt«, tönte es mir entgegen, und die Meute fiel über mich her. Ich ließ mich so rasch wie möglich »überwältigen«; doch gewöhnlich war ich von Kopf bis Fuß voller Schrammen, ehe sie von mir abließen.

Merkwürdig genug, so idealistisch ich die Zukunft sah, so realistisch betrachtete ich die Gegenwart: Ich konnte mein Leben in der Schule nicht mit dem Goldenen Zeitalter verbinden, ich konnte aber auch nicht glauben, daß das zwanzigste Jahrhundert mich im Stich lassen sollte. So gab ich sowohl meinem Drang nicht nach, nach Hause zu schreiben, um zu klagen, noch mußte ich bei meinen Lehrern petzen. Denn der Gebrauch des anmaßenden Wortes »überwältigt« hatte ich mir selbst eingebrockt, ich wußte das, und es war mir klar, zu Recht von der Allgemeinheit dafür gescholten zu werden. Trotzig bemühte ich mich zu zeigen, daß ich nicht überwältigt war; und ich konnte das nicht mit physischen Mitteln tun, ich mußte mich einer List bedienen. Zu meinem Erstaunen hatte man mir das Tagebuch zurückgegeben. Abgesehen davon, daß sie das Wort »überwältigt« auf alle Seiten geschmiert hatten, war es unversehrt. Ich schrieb seine Rückerstattung ihrer Großzügigkeit zu; heute glaube ich, daß es sich wohl um eine vorsichtige Überlegung handelte – um die Angst, daß ich den Diebstahl melden würde. Einen Diebstahl zu melden, widersprach unserem Ehrenkodex nicht. Das war keine Petzerei, wie es der Bericht über meine Mißhandlung gewesen wäre. Ich hielt ihnen die Rückgabe des Tagebuchs zugute, wünschte aber sehnlichst das Ende dieser Verfolgung herbei. Ich wollte auch wieder mit ihnen ins Reine kommen. Lediglich ins Reine kommen, mehr nicht: Ich war nicht nachtragend. Glücklicherweise hatten sie die höhnischen Worte mit Bleistift geschrieben. Ich zog mich mit dem besudelten Tagebuch auf die Toilette zurück und begann zu radieren, und in der Ruhe dieser mechanischen Tätigkeit kam mir eine Idee.

Sie würden glauben, so meinte ich, daß das Tagebuch als Talisman diskreditiert worden sei – und tatsächlich, sie hatten beinahe recht, zum erstenmal spürte ich, daß der Mißbrauch ihm seine Magie geraubt hatte: Ich konnte es kaum noch ansehen. Aber als allmählich das höhnische Wort »überwältigt« immer seltener zu vernehmen war, gewann das Tagebuch wieder seinen Wert zurück, spürte ich seine Kraft zurückkommen. Wie schön, könnte ich es zum Werkzeug der Rache machen! Das käme schon fast einer poetischen Gerechtigkeit gleich. Mehr noch, meine Feinde wären wehrlos, denn sie würden niemals

Gefahr erwarten von einer Waffe, die sie entschärft zu haben glaubten. Gleichzeitig konnte das Tagebuch ihnen nicht gleichgültig sein, weil es meine Verletzung symbolisierte, und sie würden hellhörig werden, wenn es gleichsam selbst angreifen würde.

In der Stille meiner Klause übte ich fleißig; und dann schnitt ich mir in meinen Finger, tauchte meine Feder in das hervortretende Blut, und trug die beiden Flüche in das Tagebuch ein.

Da sah ich sie nun plötzlich wieder vor mir, braun und verblichen, unverständlich, aber immer noch leserlich, mit Ausnahme der beiden in Druckbuchstaben geschriebenen Namen JENKINS UND STRODE, die sich in unheilvoller Deutlichkeit abhoben. Verständlich waren diese Flüche nie gewesen; denn sie ergaben keinen Sinn: Ich hatte sie aus Buchstaben und algebraischen Formeln sowie einigen Sanskritzeichen zusammengebraut, an denen ich einmal zu Hause in einer Übersetzung von *Peau de Chagrin* herumstudiert hatte. Auf *Fluch eins* folgte *Fluch zwei.* Jeder füllte eine ganze rechte Seite des Tagebuchs. Auf die nächste linke Seite, die üblicherweise hätte unbeschrieben bleiben sollen, hatte ich geschrieben:

Fluch drei
Nach Fluch drei stirbt das Opfer
Mit meiner Hand und mit meinem *Blut* geschrieben.
Durch Verfügung
Der Rächer

So verblichen die Schriftzüge auch waren, es ging immer noch etwas Böses von ihnen aus. Immer noch konnten sie einen abergläubischen Nerv in Schwingung versetzen, und ich hätte mich ihrer schämen sollen. Aber ich tat es nicht. Im Gegenteil, ich beneidete das Ich jener Tage, das sich sträubte, die Dinge auf sich beruhen zu lassen, dem das Gefühl für den Ausgleich fremd und das gewillt war, mit allen Kräften seine Stellung in der menschlichen Gesellschaft zu behaupten.

Ich hätte schwerlich sagen können, was ich mir von meinem Plan erwartete. Aber ich legte das Tagebuch in meinen Spind, den ich absichtlich unverschlossen, ja sogar offen ließ, so daß man den Deckel des Tagebuchs sehen konnte, und wartete ab, was nun folgen würde.

Ich brauchte nicht lange zu warten. Die Folgen zeigten sich sehr schnell und waren äußerst unangenehm. Schon nach wenigen Stunden fielen sie wieder über mich her, und die Abreibung, die ich diesmal bekam, war die schlimmste von allen. »Bist du überwältigt, Colston, bist du überwältigt?« schrie Strode, der inmitten des Tohuwabohus rittlings auf mir saß. »Wer ist jetzt der Rächer?« Und er preßte mir seine Finger unter die Augäpfel, ein Ringergriff, mit dem man sie, wie wir glaubten, herausdrücken konnte.

Als ich in dieser Nacht im Bett lag, vergossen meine brennenden Augen zum erstenmal Tränen. Es war mein zweites Trimester in der Schule; nie zuvor hatte ich mich unbeliebt gemacht, noch viel weniger hatte man mich je systematisch verfolgt. Ich wußte nicht mehr, wie ich mich verhalten sollte. Ich fühlte, daß ich mein Pulver verschossen hatte. Alle meine Verfolger waren älter als ich, und ich konnte unmöglich eine Bande zusammenbekommen, mit der ich gegen sie hätte kämpfen können. Und wenn mir dies nicht gelang, konnte ich auch nicht um gut Wetter bitten. Es war absolut korrekt, Verbündete zu werben, wenn es darum ging, etwas auszuhecken; aber sich jemandem anvertrauen um des Anvertrauens willen – das kam überhaupt nicht in Frage. Jeder der anderen vier Jungen in meinem Schlafsaal (Maudsley war einer von ihnen) kannte natürlich mein Elend; aber keinem von ihnen wäre es auch nur eingefallen, es zu erwähnen, nicht einmal wenn sie meine Schrammen und Kratzer sahen, ja dann vielleicht am wenigsten. Auch zu sagen, »Pech gehabt«, wäre falsch gewesen, es hätte suggeriert, daß ich nicht auf mich selbst aufpassen könnte. Es wäre gewesen, als zeige man auf eine körperliche Behinderung. Das Gesetz, das besagt, jeder sei für sich selbst verantwortlich, war strikt; und niemand unterschrieb es mit mehr Überzeugung als ich. Als spät in unsere Schule Eingetretener hatte ich alle Regeln fraglos zu akzeptieren. Ich war ein Konformist: Wenn ich litt, lag das nie am System oder an fehlender Nächstenliebe.

Aber in einer Beziehung nahmen meine Zimmergenossen mir gegenüber Rücksicht, und daran erinnere ich mich noch heute mit Dankbarkeit. Wir unterhielten uns gewöhnlich, nachdem das Licht gelöscht war, noch ein paar Minuten lang, aus dem einfachen Grund, weil dies gegen die Schulregel verstieß; und wenn einer der fünf versäumte, sich an diesem Gespräch zu beteiligen, wurde ihm mit Nachdruck bedeutet, er sei ein Feigling und schände den guten Ruf des Schlafsaales. Ich glaube nicht, daß man mein Schluchzen hören konnte; aber ich war meiner Stimme nicht sicher genug, um zu sprechen, und keiner machte mir mein Schweigen zum Vorwurf.

Am nächsten Tag ging ich in der Pause allein umher und hielt mich nahe an der Hofmauer, da man mich dort wenigstens nicht umzingeln konnte. Ich hatte ein wachsames Auge auf die Bande (wo eben noch keiner war, konnten plötzlich sechs sein), als ein Junge, den ich kaum kannte, mit einem seltsamen Gesichtsausdruck auf mich zukam und sagte:

»Weißt du schon das Neueste?«

»Was denn?« Ich hatte in letzter Zeit kaum mit jemandem gesprochen.

»Von Jenkins und Strode.« Er sah mich scharf an.

»Was ist los?«

»Gestern nacht waren sie auf dem Dach, und Jenkins ist ausgerutscht, und Strode hat versucht ihn festzuhalten. Aber es war zu spät, und er wurde mitgerissen. Sie liegen beide mit Gehirnerschütterung im Krankenzimmer, und man hat ihre Leute benachrichtigt. Jenkins' alte Dame und sein alter Herr sind gerade angekommen, in einer Kutsche mit heruntergezogenen Rouleaus. Jenkins' alte Dame ist schon in Schwarz. Ich dachte, das würde dich interessieren.«

Ich sagte nichts, und der Junge ging pfeifend davon und warf mir noch einen Blick über die Schulter zu. Ich fühlte meine Knie weich werden und wußte nicht, wie mir geschah. Es kam so unerwartet, daß ich nun plötzlich vor der Bande keine Angst mehr zu haben brauchte. Aber ich hatte Angst – Angst vor dem, was sie mir antun würden, falls ich ein Mörder war. Die Glocke läutete. Als ich auf die Seitentüre zuging, kamen zwei von den Jungen aus meinem Schlafsaal heran, schüttelten mir die Hand und sagten mit anerkennender Miene: »Glückwunsch.« Da wußte ich, daß alles in Ordnung war.

Von nun an war ich eine Art Held; denn es stellte sich heraus, daß niemand Jenkins und Strode besonders leiden mochte, wenn auch keiner einen Finger gekrümmt hatte, um sie daran zu hindern, mich zu piesacken. Selbst ihre vier Busenfreunde, die ihnen immer geholfen hatten, mich zu verprügeln, behaupteten jetzt, sie hätten es nur getan, weil Jenkins und Strode sie dazu gezwungen hätten. Jenkins und Strode hatten, in der Absicht, mich lächerlich zu machen, jedermann von den Flüchen erzählt. Und was nun die ganze Schule wissen wollte, war dies: Hatte ich die Absicht, den dritten Fluch auszusprechen? Selbst die Knaben der Oberklasse sprachen mich darauf an. Man war allgemein der Ansicht, es sei sportlicher, dies nicht zu tun, daß ich aber im anderen Falle durchaus im Recht sei: »Diese Kerle verdienen eine Lektion«, sagte mir der Schülerpräses. Ich sprach jedoch den Fluch nicht aus. Insgeheim zitterte ich vor dem, was ich getan hatte, und hätte ich nicht die anderen Schüler auf meiner Seite gehabt, ich wäre vielleicht über diese Angelegenheit in krankhafte Grübeleien verfallen. So erfand ich eine Anzahl von Zaubersprüchen, welche die Opfer wieder gesund werden lassen sollten. Aber diesmal trug ich sie nicht in mein Tagebuch ein, da sie teils dem Gefühl höchsten Triumphes, das zu empfinden ich allen Anlaß hatte, abträglich gewesen wären, teils meine öffentliche Stellung als Magier darunter gelitten hätte. Ein weiterer Fluch hätte auch meiner Popularität Abbruch getan; denn einige Tage lang schwebte das Leben der beiden Knaben in Gefahr, und wir alle liefen in gedrückter Stimmung und mit langen Gesichtern umher, obwohl wir insgeheim das Schlimmste erhofften. Gruselige Gerüchte – Gesichter unter Laken, schluchzende Eltern – kursierten, und die Spannung, welche die Krise mit sich brachte, drängte nach Entladung in einer Katastrophe. Um diese aber wurden wir, wenn auch nur sehr allmählich, betrogen; während der sich hinziehenden Entspannung konnte ich viele schon fast bedauernde Worte der Anerkennung dafür entgegennehmen, daß ich darauf verzichtet hatte, die dritte Verwünschung auszusprechen, von der die meisten Jungen – und in gewissen Stimmungen sogar ich selbst – glaubten, sie wäre tödlich gewesen.

»Bist du überwältigt, Colston, bist du überwältigt?« Nein, ich war es nicht. Ich hatte mit Bravour gesiegt. Ich war der Held des Tages, und obgleich mein Glanz allmählich verblaßte, verlor ich ihn doch nie ganz. Ich wurde zur anerkannten Autorität auf zwei Gebieten, die den meisten Knaben jener Zeit am Herzen lagen – der Schwarzen Magie und der Herstellung von Geheimschriften, und auf beiden Gebieten wurde ich häufig konsultiert. Ich verdiente sogar ein wenig damit, indem ich für jeden Ratschlag drei Pence verlangte, Ratschläge, die ich erst gab, nachdem gewisse Beschwörungszeremonien stattgefunden hatten und Losungsworte ausgetauscht worden waren. Ich erfand auch eine Sprache, und einige Tage genoß ich das berauschende Vergnügen, sie in meiner Umgebung zu hören. Sie bestand, wenn ich mich recht erinnere, darin, die Silbe »ski« abwechselnd zur Vor- oder Nachsilbe jedes Wortes in einem Satz zu machen, zum Beispiel: »Skihast duski deinski extemposki skigemacht?« Man fand das äußerst komisch, und ich verschaffte mir damit zusätzlich den Ruf eines Witzboldes und den eines Meisters der Sprache. Man lachte mich nicht mehr aus, wenn ich mehrsilbige Wörter benutzte, im Gegenteil, man erwartete sie von mir; das Tagebuch wurde zu einer Fundgrube der anspruchsvollsten Synonyme. Zu diesem Zeitpunkt begann ich davon zu träumen, daß ich Schriftsteller würde – vielleicht der größte Schriftsteller des größten Jahrhunderts, des zwanzigsten. Ich hatte nicht die geringste Vorstellung von dem, was ich schreiben wollte: Aber ich komponierte Sätze, von denen ich glaubte, sie würden im Druck wohlgeformt und wohltönend erscheinen; es war mein Ehrgeiz, daß das, was ich schrieb, im Druck erscheinen sollte, und ein Schriftsteller war in meiner Vorstellung jemand, dessen Werk den Anforderungen des Buchdrucks entsprach.

Eine Frage wurde mir wiederholt gestellt, aber ich beantwortete sie nie: Was genau bedeuteten die Flüche, die Jenkins und Strode buchstäblich herunterholten? Wie übersetzte ich sie? Natürlich wußte ich selbst nicht, was sie bedeuteten. Ich hätte sie zwar ohne weiteres übersetzen können, aber aus verschiedenen Gründen erachtete ich es als weiser, dies nicht zu tun. Geheim gehalten würden sie meinem Prestige mehr nützen; offengelegt und von verantwortungslosen Leuten mißbraucht, wer weiß, wem sie alles schaden hätten können. Am Ende gar mir selbst. Unterdessen ging von allen Seiten ein munteres Flüche-Produzieren los: Papierstreifen, versehen mit kabbalistischen Zeichen, wurden von Hand zu Hand gereicht. Aber deren Autoren, obwohl sie behaupteten, die Flüche hätten Resultate gezeitigt, stellten keine ernstzunehmende Herausforderung für meine Vorherrschaft dar.

»Bist du überwältigt, Colston, bist du überwältigt?« Nein, ich war es nicht. Ich hatte gesiegt, und mein Sieg hatte, wenn die Mittel auch unorthodox waren, die Hauptbedingungen unseres Kodex erfüllt: Ich hatte ihn allein gewonnen oder jedenfalls, ohne dabei menschliche Hilfe in Anspruch zu nehmen, und ich hatte nicht gepetzt. Des weiteren hielt ich mich an die traditionellen Regeln des schulischen Lebens; in einer Weise lebte ich in einer Welt der Phantasien, in anderer Weise verhielt ich mich sehr nüchtern. Die Flüche waren zwar kein Schuss ins Blaue, das Resultat aber dennoch sensationell. Sie waren auf den Aberglauben gerichtet, den ich instinktiv bei meinen Schulkollegen vermutete. Aber eigentlich war ich ein Realist gewesen: Ich habe die Situation analysiert und das Problem mit den mir zur Verfügung stehenden Mitteln gelöst, und ich fuhr meine verdiente Ernte ein. Wenn ich jetzt, gewissermaßen als ein kleines Rädchen des zwanzigsten Jahrhunderts und als Eingeweihter in die Geheimnisse des Tierkreises – jene in ätherische Höhen aufsteigende Spirale mit den göttlichen, vollkommenen Wesen – auf die Southdown-Hill-Schule zurückschaue, hätte ich auch gehörig auf die Nase fallen können.

Nur mit Überwindung nahm ich das Tagebuch wieder zur Hand und blätterte in den engbeschriebenen Seiten, die von so viel Erfolg berichteten. Februar, März, April – im April setzten die Eintragungen aus, denn da waren Ferien. Mai, wieder voller Eintragungen, und die erste Hälfte des Junis. Abermals hörten die Eintragungen auf, und schon war ich im Juli. Unter »Montag, 9. Juli« hatte ich »Brandham Hall« geschrieben. Es folgte eine Reihe Namen, die Namen der anderen Gäste, und dann: »Dienstag, den 10.: neunundzwanzig Grad im Schatten.« Von da ab hatte ich täglich die Höchsttemperatur und vieles andere eingetragen, bis es hieß: »Donnerstag, den 26.: sechsundzwanzig Grad im Schatten.« Das war die letzte Eintragung im Juli und die letzte Eintragung im Tagebuch. Ich mußte nicht erst weiterblättern, um die leeren Seiten zu sehen.

Es war fünf Minuten nach elf, fünf Minuten über meiner gewöhnlichen Schlafenszeit. Ich hatte ein schlechtes Gewissen, weil ich noch auf war. Aber die Vergangenheit saß wie ein Stachel in mir, und ich wußte, daß alle Geschehnisse dieser neunzehn Julitage sich in mir regten wie eine Bronchitis, die sich löst und zum Ausbruch drängt. All die Jahre über hatte ich diese Erinnerungen in mir begraben, aber gerade weil sie so sorgsam einbalsamiert waren, das wußte ich, waren sie so vollkommen, so unvergeßlich. Nie, nie hatten sie das Tageslicht erblickt; die leiseste Regung war im Keim erstickt worden.

Hier lag mein Geheimnis – der Schlüssel zu meinem Wesen. Gewiß, ich nehme mich selbst viel zu ernst. Wen interessiert es schon, wie ich damals war oder jetzt bin? Aber jeder Mensch nimmt sich irgendwann einmal wichtig. Ich hatte es mir zur Aufgabe gemacht, meinem einstigen Selbstgefühl seine Wichtigkeit zu nehmen, und hatte dies ein halbes Jahrhundert lang so gehalten. Dank meiner Begräbnispolitik hatte ich mich im Leben eingerichtet, hatte mit ihm über meine Arbeit – Arbeit war das Wort – ein Abkommen getroffen, wobei ich die eine Bedingung stellte, es dürfe keine Exhumierung stattfinden. Entsprach es der Wahrheit, wenn ich mir manchmal sagte, daß ich meine besten Kräfte auf die Kunst des Leichenbestattens verwandt hatte? Wenn dem so war, was spielte das für eine Rolle?

Hätte ich mich mit dem Wissen, das mir jetzt zu Gebot stand, befreien können? Ich bezweifle es. Wissen mag Macht sein, aber es fördert weder Elastizität noch Findigkeit, noch das Talent, sich dem Leben anzupassen, noch gibt es uns ein instinktives Mitgefühl für die menschliche Natur; und diese Eigenschaften besaß ich im Jahre 1900 in weit größerem Maße, als ich sie im Jahre 1952 besitze.

Wenn Brandham Hall die Southdown-Hill-Schule gewesen wäre, hätte ich gewußt, wie damit umzugehen ist. Ich verstand meine Schulkameraden, sie stellten nichts Außerirdisches für mich dar. Die Welt von Brandham Hall habe ich nicht verstanden; die Leute dort waren mächtiger als alles, was ich bisher erlebt hatte, in einer Weise war mir die Bedeutung ihres Handelns genauso schleierhaft wie jene Flüche, die ich Jenkins und Strode herabgewünscht hatte; sie bargen jene unergründlichen Eigenschaften und jene unbegreifbare Größe des magischen Tierkreises in sich. Aus jener Welt bestand der Stoff meiner Träume, Träume, in denen meine Hoffnungen verwirklicht und in denen die Großartigkeit des zwanzigsten Jahrhunderts verkörpert wurden; und ich konnte ihnen gegenüber nicht indifferenter sein als die fünfzigjährigen Magnete der Kragenschachtel untereinander.

Wenn mein zwölfjähriges Ich, zu dem ich nun eine tiefe Zuneigung empfand, mich jetzt anklagen würde: »Warum bist du so ein langweiliger Stubenhocker geworden, nachdem ich dir einen so schönen Start gegeben hatte? Warum hast du dein Leben in verstaubten Bibliotheken verbracht, anderer Leute Bücher katalogisierend, statt dein eigenes zu schreiben? Was ist aus dem Widder, dem Stier und dem Löwen geworden, den Vorbildern, die ich dir gab, damit du ihnen nacheiferst? Und wo, vor allem, ist die Jungfrau mit dem leuchtenden Gesicht und den langen, gelockten Haarflechten, die ich dir anvertraute?« Was sollte ich dann sagen?

Ich hätte eine Antwort: »Nun, du selbst warst es, der mich im Stich gelassen hat, und ich werde dir sagen, wieso. Du bist der Sonne zu nahe gekommen, und ihre Strahlen haben dich versengt. Dieses ausgebrannte Geschöpf hier ist dein Werk.«

Darauf könnte mein früheres Ich erwidern: »Aber du hattest ein halbes Jahrhundert Zeit, um darüber hinwegzukommen! Ein halbes Jahrhundert, das halbe zwanzigste Jahrhundert, diese glorreiche Epoche, dieses Goldene Zeitalter, das ich dir hinterlassen hatte!«

»Hat das zwanzigste Jahrhundert«, würde ich fragen, »so viel mehr erreicht als ich? Wenn du dieses Zimmer verläßt, das, wie ich zugeben muß, freud- und farblos ist, und den letzten Bus zum Hause deiner Vergangenheit nimmst, falls du ihn nicht schon verpaßt hast – dann frage dich selbst, ob du alles so leuchtend fandest, wie du es dir vorgestellt hast. Frage dich selbst, ob es deine Hoffnungen erfüllt hat. Du wurdest überwältigt, Colston, du wurdest überwältigt, du und dein Jahrhundert, dein kostbares Jahrhundert, von dem du dir so viel erwartet hast.«

»Aber du hättest einen Versuch machen können. Du hättest nicht fortzulaufen brauchen. Ich bin vor Jenkins und Strode nicht davongelaufen, ich habe sie besiegt. Natürlich nicht im Handumdrehen. Ich suchte ein Refugium auf, und ich habe viel über sie nachgedacht. Sie erschienen mir sehr wirklich, das kann ich dir sagen. Ich weiß heute noch, wie sie ausgesehen haben. Dann habe ich gehandelt. Sie waren meine Feinde. Ich habe Flüche auf sie herabgewünscht, und sie stürzten vom Dach und bekamen eine Gehirnerschütterung. Dann belästigten sie mich nicht mehr. Ich kann mich nicht erinnern, daß es mir irgend etwas ausgemacht hat, an sie zurückzudenken. Hast du gehandelt? Hast du Flüche herabgewünscht?«

»Das«, würde ich sagen, »wäre deine Aufgabe gewesen, und du hast es nicht getan.«

»Ich habe es getan – ich habe einen Zauber ausgesprochen.«

»Was nützte ein Zauber, wenn es Flüche brauchte? Du wolltest ihnen nicht weh tun, weder Mrs. Maudsley noch ihrer Tochter, noch Ted Burgess oder Trimingham. Du wolltest nicht zugeben, daß sie dich verletzt hatten, wolltest nicht wahrhaben, daß sie Feinde seien. Du bestandest darauf, Engel in ihnen zu sehen, selbst wenn sie gefallene Engel waren. Sie gehörten in deinen Tierkreis. ›Wenn du nicht im Guten an sie denken kannst, dann denke überhaupt nicht an sie. Um deiner selbst willen, denke nicht an sie.‹ Das waren deine Abschiedsworte an mich, und ich habe sie befolgt. Vielleicht sind sie mir schlecht bekommen. Ich dachte nicht an sie; denn ich konnte nicht im Guten an sie denken und in Verbindung mit ihnen auch nicht an mich selbst. Ich kann dir versichern, daß sehr wenig Güte in dieser ganzen Angelegenheit war, und wenn du das begriffen und Flüche auf sie herabgewünscht hättest, statt mich mit deinen letzten Atemzügen zu beschwören, in Güte an sie zu denken …«

»Versuche es jetzt, versuche es jetzt, es ist noch nicht zu spät.«

Die Stimme erstarb, aber sie hatte ihre Wirkung getan. Ich dachte tatsächlich an sie. Die Leichentücher, die Särge, die Grüfte, alles, was sie gefesselt hatte, tat sich auf, und ich sollte mich ihnen stellen, stand ihnen schon gegenüber: der Szenerie, den Menschen und dem Erlebnis. Erregung sprudelte wie Hysterie aus hundert aufgesprungenen Quellen in mir hoch. Wenn es auch noch nicht zu spät ist, dachte ich verwirrt, so ist es doch nicht zu früh: Ich habe nicht mehr viele Jahre zu verlieren. Es war ein letztes Aufflackern des Selbsterhaltungstriebs, der mich in Brandham Hall in so merkwürdiger Weise im Stich gelassen hatte.

Die Uhr schlug zwölf. Um mich herum lagen die Papierstapel, schmutzigweiß, mit eingerissenen Seiten, wie die Klippen von Thanet. Unter diesen Klippen, dachte ich, bin ich begraben gewesen. Aber sie sollten Zeugen meiner Auferstehung sein, jener Auferstehung, die in der roten Kragenschachtel begonnen hatte, deren Inhalt noch verstreut herumlag. Ich nahm das Schloß in die Hand und betrachtete es abermals. Wie hieß die Buchstabenkombination, die es geöffnet hatte? Ich würde es erraten können, ohne mich umständlich in Trance zu versetzen: Meine Ichbezogenheit konnte mir das Stichwort geben. Ich sprach es nachdenklich laut vor mich hin; jahrelang waren es nur Buchstaben gewesen. Es war mein eigener Name: LEO.

1

Der 8. Juli war ein Sonntag, und am darauffolgenden Montag verließ ich West Hatch, das Dorf in der Nähe von Salisbury, in dem wir lebten, um nach Brandham Hall zu fahren. Meine Mutter hatte mit meiner Tante Charlotte, die in London wohnte, vereinbart, daß diese mich dort in Empfang nehmen und zum Umsteigebahnhof bringen sollte. Meine wilde Vorfreude auf diesen Besuch war von starker, schwindelerregender Unruhe begleitet.

Diese Einladung hatte eine Vorgeschichte: Maudsley war nie mein besonderer Freund gewesen, was schon aus der Tatsache hervorgeht, daß ich seinen Vornamen vergessen habe. Vielleicht fällt er mir später noch ein; es mag sein, daß er zu den Dingen gehört, gegen die sich mein Gedächtnis wehrt. Aber in jenen Tagen nannten sich Schuljungen selten beim Rufnamen. Man empfand ihn einfach als lästiges Anhängsel, wenn auch nicht so sehr wie den zweiten Vornamen, den preiszugeben einfach idiotisch gewesen wäre. Maudsley war ein blasser Knabe mit rundem Gesicht, dunklen Haaren und einer vorstehenden Oberlippe, unter der seine Zähne hervorschauten; er war ein Jahr jünger als ich und zeichnete sich weder in der Schule noch im Sport aus; aber er rutschte gerade noch durch, wie wir das nannten. Ich kannte ihn ziemlich gut, denn er gehörte in meinen Schlafsaal, und kurz vor der Tagebuch-Affäre entdeckten wir so etwas wie Sympathie füreinander. Wenn unsere Klasse in Zweierreihe irgendwohin ging, marschierten wir nebeneinader, wir zeigten einander unsere Schätze und teilten einander Dinge mit, die persönlicher und deshalb auch heikler waren als diejenigen, die Schulknaben gewöhnlich austauschen. Zu diesen Vertraulichkeiten gehörten auch unsere Heimatadressen: Er sagte mir, sein Zuhause heiße Brandham Hall, und ich sagte ihm, das meine heiße Court Place. Von uns beiden zeigte er sich tiefer beeindruckt; denn er war, wie ich später entdeckte, ein Snob. Das galt für mich vorläufig nur in Hinsicht auf die Welt der Himmelskörper. Dort allerdings war ich ein Supersnob.

Der Name »Court Place« nahm ihn für mich ein, und ich habe den Verdacht, auch seine Mutter. Aber die beiden irrten sich; denn Court Place war ein ganz gewöhnliches Haus, das etwas von der Dorfstraße hinter girlandenartig angebrachten Ketten zurücklag, auf die ich ziemlich stolz war. Nun, es war nicht ganz so gewöhnlich; denn ein Teil dieses Hauses galt als sehr alt. Man sagte, es sei die frühere Residenz der Bischöfe von Salisbury gewesen: daher der Name. Hinter dem Haus befand sich ein Morgen Gartenland, das ein Wasserlauf teilte und das ein Mietgärtner dreimal die Woche betreute. Es war kein »Court« in dem großartigen Sinne, in dem, wie ich befürchtete, Maudsley es sich vorstellte.

Trotzdem fand meine Mutter es schwierig, diesen Besitz zu halten. Mein Vater war, glaube ich, ein schrulliger Mensch. Er hatte einen exakten, klaren Verstand, den aber alles, wofür er sich nicht interessierte, kalt ließ. Ohne ein Misanthrop zu sein, war er ungesellig und konnte sich nicht anpassen. Er hatte seine eigenen, unorthodoxen Ansichten über Erziehung, und eine davon war, daß man mich nicht zur Schule schicken sollte. Mit Hilfe eines Instruktors, der aus Salisbury kam, unterrichtete er mich, soweit er konnte, selbst, und wenn es nach seinem Willen gegangen wäre, hätte ich nie eine Schule besucht; aber meine Mutter wünschte es, und ich schloß mich diesem Wunsch an. Und als mein Vater starb, ging ich sofort in eine Schule. Ich bewunderte meinen Vater und respektierte seine Meinung, aber ich war doch mehr meiner Mutter nachgeschlagen.

Alle seine Fähigkeiten widmete er seinen Steckenpferden, der Büchersammlung und dem Garten; als Lebensstellung hatte er einen gewöhnlichen Beruf gewählt; und er war es zufrieden, in Salisbury Bankdirektor zu sein. Meine Mutter beanstandete seinen Mangel an Initiative und war auf seine Steckenpferde eifersüchtig; denn wie das nun mal mit Steckenpferden so ist, sie waren schuld daran, daß er sich von der Außenwelt abschloß und, wie sie meinte, es zu nichts brachte. In dieser Hinsicht irrte sie, wie sich später herausstellte; denn er sammelte mit Geschmack und Gespür Bücher, die bei ihrem späteren Verkauf erstaunliche Preise erzielten; ja ich verdanke ihnen, daß ich von den unmittelbaren Sorgen des täglichen Lebens nicht berührt werde. Doch dieser Verkauf fand viel später statt; zu jener Zeit dachte meine Mutter gottlob niemals daran, ein Buch zu verkaufen: Sie achtete die Dinge, die er geliebt hatte, teilweise wohl aus dem Gefühl heraus, daß sie ungerecht gegen ihn gewesen war; und wir lebten von ihrem Geld, von der Pension, die die Bank zahlte, und von seinen wenigen Ersparnissen.

Obgleich meine Mutter nicht weltgewandt war, zogen gesellschaftliche Dinge sie immer an; sie hatte das Gefühl, sie hätte unter anderen Lebensumständen sehr wohl eine Stellung in der großen Welt ausfüllen können; aber mein Vater, der tote Dinge den Menschen vorzog, bot ihr dazu wenig Gelegenheit. Sie liebte Klatsch, sie liebte gesellschaftliche Anlässe, und sie liebte es, sich für diese Anlässe entsprechend anzuziehen; sie hatte ein empfindsames Gehör für die Meinung des Dorfes, und eine Einladung, an irgendeiner Veranstaltung in Salisbury teilzunehmen, versetzte sie immer in höllische Aufregung. Sich unter gutangezogenen Leuten auf einem gepflegten Rasen zu bewegen, im Schatten der Kathedrale zu grüßen und wiedergegrüßt zu werden, Familienneuigkeiten auszutauschen und schüchterne Beiträge zur politischen Diskussion einzustreuen – all dies erweckte in ihr einen Zustand glückhaften Rausches; durch die Gegenwart von Bekannten fühlte sie sich unterstützt, sie brauchte diesen gesellschaftlichen Rahmen. Wenn der Landauer vorfuhr (das Dorf besaß eine Lohnkutscherei), dann bestieg sie ihn mit einer Haltung, die Stolz und Genugtuung ausdrückte, die sich von ihrer üblichen zaghaften und unsicheren Art sehr abhob. Und wenn sie meinen Vater überredet hatte, sie zu begleiten, dann sah sie beinahe triumphierend aus.

Nach seinem Tod hörten die wenigen gesellschaftlichen Verpflichtungen auf; aber zu keiner Zeit waren sie das gewesen, was der Name Court Place in der Vorstellung eines Menschen mit Sinn für gesellschaftliche Unterschiede hätte erwecken können.

Natürlich erzählte ich Maudsley nichts von alledem – nicht, weil ich etwas verbergen wollte, sondern weil unser Kodex persönliche Mitteilungen verbot. Prahlerei mit dem Reichtum und der Stellung unserer Eltern waren nicht ungewöhnlich, aber Maudsley gehörte nicht zu denen, die so etwas taten. In gewisser Hinsicht war er von einer altklugen Gewandtheit; er mußte sich seine Hörner schon abgelaufen haben, ehe er in die Schule kam. Ich habe niemals einen tieferen Einblick in sein Wesen gewonnen; vielleicht gab es wenig zu entdecken, außer einer instinktiven Anpassungsfähigkeit, einem *savoir-faire,* das ihm scheinbar mühelos ermöglichte, immer auf der Seite der Gewinner zu stehen.

Während der Tagebuch-Affäre hatte er sich neutral verhalten, und mehr konnte man von einem Freund nicht erwarten. (Das ist nicht zynisch gemeint; die Schüler der unteren Klassen hätten mir niemals wirklich helfen können.) Als ich auf die Siegerseite wechselte, machte er kein Hehl aus seiner Freude über meinen Erfolg, und später erfuhr ich, daß er seiner Familie davon berichtet hatte. Er nahm bei mir Unterricht in Magie, und ich erinnere mich, daß ich für ihn kostenlos gewisse Flüche erfand, die er hätte benützen können, wenn er in eine Klemme geraten wäre – obwohl ich nicht glaubte, daß dieser Fall jemals eintreten würde. Er bewunderte mich, und ich hatte das Gefühl, daß es eine Bereicherung war, seine Anerkennung zu besitzen. Einmal vertraute er mir in einem mitteilsamen Moment an, daß er nach Eton gehen werde, und er war jetzt bereits wie ein Etonschüler: lässig, formvollendet und selbstsicher.

Die letzten Wochen des Ostersemesters waren die bisher glücklichsten meiner Schulzeit, und ihr Glanz strahlte bis zu den nächsten Ferien aus. Zum erstenmal hatte ich das Gefühl, daß ich jemand war. Als ich aber versuchte, meiner Mutter meine gehobene Stellung zu erklären, verstand sie mich nicht. Erfolg in der Schule würde sie verstanden haben (und glücklicherweise konnte ich auch davon berichten), auch sportlichen Erfolg (dessen konnte ich mich nicht rühmen, doch setzte ich meine Hoffnungen auf die Cricketsaison). Aber als ein Magier bewundert zu werden? Sie schenkte mir ein sanftes, nachsichtiges Lächeln und war nahe daran, den Kopf zu schütteln. Auf ihre Weise war sie eine religiöse Frau: Sie hatte mich dazu erzogen, Gutes zu tun und zu beten, was ich auch immer tat. Denn unser Kodex gestattete Gebete, solange diese ohne Pathos gesprochen wurden: Zwiesprache mit dem lieben Gott wurde nicht als Petzerei angesehen. Vielleicht hätte sie verstanden, was es mir bedeutete, ein Auserwählter unter meinen Kameraden zu sein, hätte ich ihr die ganze Geschichte erzählen können: Aber ich mußte sie derart zurechtstutzen und verdrehen, daß von dem Original nur noch sehr wenig übrigblieb; am allerwenigsten der berauschende Aufstieg vom absoluten Tiefpunkt der

Verfolgung auf den Sockel der Macht. Einige der Knaben waren nicht sehr nett zu mir gewesen, jetzt waren sie alle ungemein nett. Eine Eintragung in meinem Tagebuch, die in gewisser Weise einem Stoßgebet glich, hatte die Knaben, die so wenig nett zu mir gewesen waren, zu Schaden kommen lassen, und darüber freute ich mich natürlich. »Aber war das richtig, daß du dich darüber gefreut hast?« fragte sie besorgt. »Ich finde, du hättest traurig sein müssen, selbst wenn sie unfreundlich gewesen sind. Haben sie sich sehr verletzt?« »Ziemlich arg«, sagte ich, »aber weißt du, sie waren meine Feinde.« Doch sie weigerte sich, meine Triumphgefühle zu teilen und sagte beunruhigt: »Aber man sollte in deinem Alter keine Feinde haben.« In jenen Tagen war meine Mutter immer noch in Trauer; und doch fühlte sie sich verantwortlich für meine Erziehung und glaubte, Stabilität hineinbringen zu müssen, sie wußte aber nicht, wann und wie. »Nun, Du mußt anständig zu ihnen sein, wenn sie zurückkommen«, seufzte sie, »ich gehe davon aus, daß sie es nicht böse gemeint haben.«

Jenkins und Strode, die ein paar Knochen gebrochen hatten, kehrten dann tatsächlich nicht vor dem Herbst zurück. Sie verhielten sich sehr zurückhaltend, ich mich ebenfalls, und so war es nicht schwierig, anständig miteinander umzugehen.

Meine Mutter irrte sich, wenn sie glaubte, ich brüstete mich mit dem herbeigezauberten Sturz der beiden; es war eher die Anhäufung meines geistigen Kapitals, die mich befriedigte. Ich war mir meiner Lage sehr bewußt und unter der gütigen Mithilfe meiner Mutter gediehen denn auch meine Träume nach Größe nur in bescheidenem Rahmen. Ich begann mich zu fragen, ob sie nicht etwas sind, wofür man sich schämen sollte, und als ich in die Schule zurückkehrte, kam ich als gewöhnlicher Schüler und nicht als Magier. Aber meine Freunde und Kunden hatten den Magier nicht vergessen; zu meinem Erstaunen waren sie immer noch begierig, von meinen Fertigkeiten in den Schwarzen Künsten zu profitieren. Ich war immer noch in Mode, und auch die letzten Skrupel, die ich noch besaß, vergingen bald. Man drängte mich, weitere Beschwörungen auszusprechen. Eine davon sollte uns freie Tage verschaffen. In diese Beschwörung legte ich alle übersinnliche Kraft, über die ich verfügte – und ich wurde belohnt. Gleich Anfang Juni brachen die Masern aus. Bis zur Mitte des Semesters war die halbe Schule daran erkrankt, und kurz darauf kam die sensationelle Ankündigung, daß sie geschlossen würde.

Man kann sich die Begeisterung derer vorstellen, die verschont blieben. Maudsley und ich gehörten dazu. Der seelische Rauschzustand des Nachhausedürfens, der normalerweise in dreizehn Schulwochen heranreifte, brach plötzlich nach nur sieben Wochen aus. Und dazu kam noch das erregende Gefühl, vom Schicksal begünstigt zu sein; denn in der ganzen Geschichte der Schule war nur ein einziges Mal solch ein Akt der Gnade geschehen.

Der Anblick meines schwarzglänzenden Koffers mit dem eindrucksvoll gewölbten Deckel und von meines Vaters brauner hölzerner Seemannskiste, auf der ein dunklerer Farbfleck noch die Stelle zeigte, an der meine Initialen über die seinen gemalt worden waren – dieser optische Beweis dafür, daß wir wirklich nach Hause fuhren, wirkte noch viel überwältigender auf mein Gemüt als die kurze Ankündigung des Direktors nach dem Abendgebet des vorherigen Tages. Und nicht nur der Anblick, sondern auch der Geruch: der Geruch nach Zuhause, der dem Koffer und der Kiste entstieg und der den Schulgeruch vergessen ließ. Einen ganzen Tag lang standen diese Behältnisse unserer Hoffnung leer, und solange sie nicht gepackt waren, lebten wir noch in der Furcht, J. C., wie wir den Direktor nannten, könnte seinen Entschluß ändern.

Die Hausdame und ihre Helferinnen waren in anderen Schlafsälen beschäftigt. Aber dann kamen auch wir an die Reihe, und endlich sah ich, als ich mich neugierig nach oben schlich, den Kofferdeckel offen stehen und aus seinem Einsatz das Seidenpapier quellen, in das meine leichteren und zerbrechlicheren Sachen eingewickelt werden sollten. Das war ein erhabener Anblick: Nichts, was nachher kam, konnte ihn an schierem Glück überbieten, obwohl die Aufregung stetig zunahm.

Zwei statt drei Kremser fuhren am Schuleingang vor. Der Gleichmut auf den Gesichtern der Kutscher stand in starkem, wenn auch recht erfreulichem Gegensatz zu der Freude auf den unseren. Sie kannten jedoch die Spielregeln; wenn der letzte kleine Knabe (selbst mir kam er ungewöhnlich klein vor) auf seinen Sitz geklettert war, fuhren sie noch nicht gleich los. Erst mußte ein letzter Ritus ausgeführt werden – der einzige Gefühlsausbruch, den wir uns erlaubten; denn Gefühle waren in unserer Schule nicht am Platz. Der Schülerpräses erhob sich, blickte um sich und schrie: »Ein dreifaches Hoch für Mr. Cross, Mrs. Cross und das Baby!« Weshalb das Baby in diesen Hochruf eingeschlossen wurde, habe ich nie begriffen: Vielleicht war das ein spontanwitziger Einfall eines früheren Schülerpräses gewesen. Erst in späten Jahren (jedenfalls erschien es uns so) waren Mr. und Mrs. Cross mit einer dritten Tochter gesegnet worden. Die beiden anderen waren in unseren Augen erwachsen, und deshalb ließen wir sie nicht hochleben. Aber auch das Baby war kein Baby mehr; die kleine Tochter war fast vier Jahre alt. Aber aus irgendeinem Grund machte es uns Spaß, sie hochleben zu lassen, genauso wie es ihr offensichtlich Spaß machte, von ihren Eltern hochgehoben zu werden und uns zuzuwinken. Auf dieses Ereignis warteten wir, und als es vorüber war, lachten wir und stupsten uns gegenseitig und waren, wie alle Engländer, erleichtert, daß wir unsere Gefühlsausbrüche nicht allzu ernst nehmen mußten.

Wie lange dauerte das ekstatische Gefühl des Entronnenseins an? Es erreichte seinen Höhepunkt im Zug. Sowohl bei der An- wie bei der Abreise wurde der Schule ein Sonderwagen zur Verfügung gestellt, ein Salonwagen, wie es sie heute nicht mehr gibt, mit dunkelroten Plüschsitzen, die durch die ganze Länge des Waggons einander gegenüberstanden. Ein durchdringender Geruch von Ruß und Tabak haftete ihnen an, so daß sich mir auf der Fahrt zur Schule sofort der Magen drehte. Aber auf der Heimreise schien er mir geradezu wie der Atem der Freiheit und wirkte wie ein Aperitif. Alle Gesichter glänzten vor Freude; wir boxten uns übermutig in die Rippen. Mit gespielter Nachlässigkeit nahm ich mein Tagebuch aus dem Koffer und zeichnete mit Rotstift Ornamente um das Datum – es war Freitag, der 15. Juni. Meine Nachbarn beobachteten mich verstohlen. Verfaßte ich einen neuen Zauberspruch? Schließlich wurde ich der Arabesken und Schnörkel müde und malte den ganzen Tag rot an.

Glaubte ich wirklich, ich sei verantwortlich für die Epidemie? In aller Bescheidenheit: ein klein wenig schon, und in gewissen Kreisen kreidete man sie mir geradezu an. Meine Überheblichkeit stieg deswegen aber nicht ins Unerträgliche, und die Ehrfurcht, mit der man mir begegnete, war begleitet von einem wohlwollenden Schmunzeln, das sich jedoch leicht in ein höhnisches Lachen hätte verwandeln können, wäre das Semester weitergegangen. Ich denke, ich bin ein bißchen über mich hinausgewachsen, nicht bezüglich meines Verhaltens, sondern bezüglich meines Blicks auf das Leben. Versank ich vorher jeweils zu sehr in Selbstzweifeln, so stieg jetzt mein Selbstbewußtsein in höchste Höhen. Ich erwartete, daß die Dinge – ohne großes Dazutun meinerseits – so liefen, wie ich sie wollte. Ich mußte nur wünschen, daß die Dinge mir dienten, und sie taten es. Die Epoche der Verfolgungen hatte ich vergessen; ich war nicht mehr auf der Hut. Ich fühlte mich unverwundbar. Ich glaubte nicht, daß mein Glück von irgend etwas abhängig war; ich hatte das Gefühl, die Gesetze der Wirklichkeit seien für meine Person aufgehoben worden. Meine Träume für das Jahr 1900, für das ganze zwanzigste Jahrhundert und für meine eigene Person gingen nun in Erfüllung.

Zum Beispiel kam mir niemals der Gedanke, daß ich die Masern bekommen könnte, und es erstaunte mich, daß meine Mutter dies nicht nur für möglich, sondern sogar für wahrscheinlich hielt. »Nicht wahr, du sagst es mir sofort, wenn du dich nicht wohlfühlst?« mahnte sie ängstlich. Ich lächelte. »Mir fehlt wirklich gar nichts«, versicherte ich ihr. »Das hoffe ich auch«, sagte sie. »Aber vergiß nicht, wie krank du letztes Jahr warst.«

Das vorangegangene Jahr, das Jahr 1899, war ein Katastrophenjahr gewesen. Im Januar war mein Vater nach kurzer Krankheit gestorben, und im Sommer bekam ich Diphtherie mit Komplikationen; ich hatte fast den ganzen Juli und August im Bett verbracht. Es waren ungewöhnlich heiße Monate, aber die einzige Hitze, an die ich mich entsinnen konnte, war die meines eigenen Fiebers, und die Hitze in meinem Zimmer schien damals nur ein zusätzliches Übel zu sein; die Hitze war mein Feind, die Sonne mußte man meiden. Ich fürchtete sie; und immer wenn ich Leute sagen hörte, was für ein herrlicher Sommer es gewesen sei, einer der heißesten, deren man sich erinnern konnte, verstand ich nicht, was sie meinten – ich dachte nur an meinen schmerzenden Schlund und daran, wie verzweifelt meine unruhigen Glieder nach einer kühlen Stelle zwischen den Bettüchern gesucht hatten. Ich hatte guten Grund zu wünschen, das Jahrhundert möge zu Ende gehen.

Ich beschloß, daß der Sommer des Jahres 1900 ein kühler Sommer werden solle; dafür wollte ich schon sorgen. Und die

Wetterwarte beugte sich meinen Wünschen. Am 1. Juli betrug die Temperatur etwa sechzehn Grad, und wir hatten nur drei heiße Tage gehabt – den 10., den 11. und den 12. Juni. Sie waren in meinem Tagebuch angekreuzt.

Der 1. Juli brachte mir auch Mrs. Maudsleys Einladung; denn in jenen Tagen wurde die Post auch noch sonntags ausgetragen. Meine Mutter zeigte mir den Brief: Er war in einer großen, schwungvollen, schrägen Handschrift geschrieben; ich hatte eben das Alter erreicht, da ich fremde Handschriften entziffern konnte, und war auf diese Errungenschaft ziemlich stolz. Mrs. Maudsley ließ die Möglichkeit einer Masernerkrankung nicht außer acht, obwohl sie das weniger ernst nahm als meine Mutter. »Wenn sich bei unseren Buben bis zum 10. Juli keine Flecken gezeigt haben«, schrieb sie, »würde ich mich außerordentlich freuen, wenn Sie Leo erlaubten, den Rest dieses Monats bei uns zu verbringen. Marcus« – ah, *das* war sein Vorname – »hat mir viel von ihm erzählt, und es liegt mir daran, seine Bekanntschaft zu machen, wenn Sie ihn entbehren können. Es wäre sehr nett für Marcus, einen Jungen seines Alters als Spielkameraden zu haben; denn er ist das Nesthäkchen der Familie und fühlt sich leicht alleingelassen. Ich hörte, daß Leo ein Einzelkind ist, und ich verspreche Ihnen, daß wir gut für ihn sorgen werden. Die gute Luft in Norfolk …« etc. Sie schloß: »Vielleicht erstaunt es Sie, daß wir die Saison auf dem Lande verbringen, aber weder mein Mann noch ich waren in besonders guter Verfassung, und die Großstadt ist im Sommer kein Aufenthaltsort für einen kleinen Jungen.« Ich grübelte über diesen Brief nach, und er ging mir nicht mehr aus dem Kopf. Ich bildete mir ein, diese konventionellen Phrasen enthielten ein tiefes, mitfühlendes Interesse für meine Person; es war wohl das erste Mal in meinem Leben, daß ich das Gefühl hatte, ich sei ein Begriff für jemand, der mich nicht kannte.

Im ersten Augenblick war ich für diesen Vorschlag Feuer und Flamme, und ich verstand nicht, daß meine Mutter zögerte, die Einladung für mich anzunehmen. »Norfolk ist so weit weg«, sagte sie, »und du warst noch nie von zu Hause fort, ich meine bei Fremden.« »Aber ich war in der Schule«, widersprach ich. Das mußte sie zugeben. »Ich möchte aber nicht, daß du so lange fortgehst«, sagte sie. »Vielleicht gefällt es dir nicht, und was machst du dann?« »Ich bin mir sicher, daß es mir gut gefallen wird«, sagte ich zu ihr. »Und du wirst deinen Geburtstag dort verbringen«, sagte sie. »Wir haben deinen Geburtstag immer zusammen gefeiert.« Darauf blieb ich die Antwort schuldig. An meinen Geburtstag hatte ich nicht gedacht, und ein plötzliches Vorgefühl von Heimweh überfiel mich. »Versprich mir, daß du mir schreibst, wenn du unglücklich bist«, sagte sie. Ich wollte nicht wieder sagen, daß ich wußte, ich würde mich wohlfühlen; deshalb versprach ich es ihr. Aber sie war immer noch nicht zufrieden. »Vielleicht bekommst du doch noch die Masern«, sagte sie mit einer gewissen Hoffnung, »oder Marcus bekommt sie.«

Jeden Tag fragte ich sie ein dutzendmal, ob sie geschrieben habe, daß ich kommen dürfe, bis sie dann die Geduld verlor. »Laß mich in Ruhe, ich habe geschrieben«, sagte sie schließlich.

Nun folgten die Vorbereitungen – was sollte ich mitnehmen? Das einzige, was ich nicht nötig hätte, sagte ich, seien Sommersachen. »Ich weiß, daß es nicht heiß wird.« Und das Wetter gab mir recht – ein kühler Tag folgte dem andern. In einem Punkt war meine Mutter durchaus meiner Meinung: Sie glaubte, daß es besser sei, dicke Anzüge mitzunehmen als dünne. Sie hatte dafür einen anderen Grund: Sparsamkeit. Die heißen Monate des vergangenen Jahres hatte ich im Bett verbracht, und ich besaß deshalb keine passenden Anzüge für große Hitze. Ich wuchs sehr rasch: Die Anschaffung wäre kostspielig und das

Geld vielleicht hinausgeworfen gewesen. Kurz, meine Mutter gab mir nach. »Aber paß auf, daß du dich nicht erhitzt«, sagte sie. »Es ist immer gefährlich, sich zu erhitzen. Du mußt ja nicht unbedingt herumtoben, nicht?« Wir sahen einander etwas verlegen an und waren uns einig, daß ich nicht herumtoben würde.

In ihrer Phantasie, oft mit einer dunklen Vorahnung verbunden, versuchte sie, das Leben, das ich führen würde, vorauszusehen. Eines Tages sagte sie aus heiterem Himmel: »Versuche, wenn du kannst, in die Kirche zu gehen. Ich weiß nicht, was für Leute das sind – vielleicht gehen sie nicht in die Kirche. Wenn sie es tun, so nehme ich an, daß sie hinfahren.« Ihr Gesicht bekam einen sehnsüchtigen Ausdruck, und ich wußte, daß sie mich gern begleitet hätte.

Mir wäre das nicht recht gewesen. Mich verfolgte die Angst aller Schulbuben, meine Mutter würde in den Augen der anderen Knaben und deren Eltern falsch wirken, sich falsch benehmen. Sie wäre vielleicht nicht gesellschaftsfähig; sie könnte sich »daneben« benehmen. Ich würde es leichter ertragen, selbst gedemütigt zu werden, so glaubte ich, als ihre Demütigung mitzuerleben.

Aber als der Tag der Abreise näherrückte, änderten sich meine Gefühle. Nun war ich es, der nicht gehen wollte, und meine Mutter diejenige, die darauf bestand. »Du könntest so leicht sagen, ich hätte die Masern bekommen«, beschwor ich sie. Sie war entsetzt. »So etwas könnte ich nie sagen«, rief sie empört. »Und außerdem wüßten sie das. Seit gestern bist du nicht mehr in Quarantäne.« Ich war verzweifelt: Ich versuchte, mit Hilfe magischer Beschwörungen Flecken auf meine Brust zu zaubern, aber es gelang mir nicht. Am Abend vor meiner Abreise saßen meine Mutter und ich im Wohnzimmer auf einem Doppelsofa, dessen Polsterung mich an die Umrisse eines Dromedars erinnerte. Das Zimmer lag nach der Straße und war ein wenig muffig; denn wir benutzten es selten, und solange es nicht benutzt wurde, blieben die Fenster geschlossen wegen des Staubes, der bei trockener Witterung von jedem vorbeikommenden Fahrzeug zu Wolken aufgewirbelt wurde. Es war unser einziger Repräsentationsraum, und ich glaube, meine Mutter wählte ihn an diesem Abend wegen der moralischen Wirkung; das Befremdende seiner Atmosphäre sollte mir den Schritt in die Fremde erleichtern, die ich in dem unbekannten Haus empfinden würde. Außerdem vermute ich, daß sie mir etwas Besonderes mitteilen wollte, dem der Raum Nachdruck verleihen sollte, aber sie sagte es nicht; denn ich war den Tränen zu nahe, um noch ein Ohr für praktische oder moralische Ratschläge zu haben.

2

Vor meinem inneren Auge erstehen die versunkenen Erinnerungen an Brandham Hall wie ein Gemälde in Chiaroscuro, in Kontrasten von Hell und Dunkel: Nur mit Mühe gelingt es mir, sie farbig zu sehen. Gewisse Dinge leben in meiner Vorstellung als Tatsachen, ohne daß ich Bilder mit ihnen assoziiere; allerdings drängen sich mir immer wieder Bilder auf, hinter denen, wie hinter einer Traumlandschaft, keine Wirklichkeit steht.

Doch Tatsachen verdanke ich meinem Tagebuch, das ich wie ein Heiligtum behandelte; es beginnt am Tage meiner Ankunft, am 9., und ist bis zum 26. weitergeführt, dem Vorabend des schicksalhaften Freitags. Die paar letzten Eintragungen sind in verschlüsselter Schrift – wie stolz war ich auf diese Erfindung! Nicht vorgetäuscht verschlüsselt, wie bei meinem Fluch auf Jenkins und Strode, sondern echt codiert wie bei Pepys' – vielleicht hatte ich damals ja schon mal von seinen Tagebüchern gehört. Ich mußte es schwierig finden, den Schlüssel zu knacken, einesteils aus Gründen der Vorsicht, vielleicht aber auch, um meine Kunstfertigkeit zur Schau zu stellen. Ich veränderte die Geheimschrift und schmückte sie jeden Tag noch weiter aus. Es stehen immer noch zwei, drei rätselhafte Sätze, aber das ganze ist heute klarer, als es mir damals erschien.

Es sind viele Fakten aufgeführt, angefangen mit: »M. holt mich mit dem Ponywagen und dem Hilfskutscher auf dem Bahnhof in Norwich ab. Wir fuhren 13¾ Meilen nach Brandham Hall, das nach etwa 12½ Meilen in Sicht kam und dann wieder verschwand.«

Zweifellos entsprach das den Tatsachen, aber ich habe keine Erinnerung an diese Fahrt, keine bildhafte Vorstellung, die sie mir lebendig machen könnte; der erste Teil meines Besuches haftet in meinem Gedächtnis als eine Serie unzusammenhängender Eindrücke, die ohne zeitliche Folge sind, deren jeder aber mit einem bestimmten Gefühl verbunden ist. Einige dieser Eintragungen könnten sich genausogut auf Orte beziehen, die ich nie gesehen, und auf Erlebnisse, die ich nie erlebt habe. Ich weiß nicht einmal mehr, wie das Haus ausgesehen hat. In mein Tagebuch habe ich mühselig eine Beschreibung übertragen, die ich in einem Führer durch Norfolk gefunden hatte:

»Brandham Hall, der Sitz der Familie Winlove, ist ein imposanter Herrensitz in frühgeorgianischem Stil, angenehm gelegen auf einer Anhöhe inmitten eines etwa 500 Morgen großen Parks. Der für heutige Begriffe zu kahle und schmucklose Stil seiner Architektur ist, von Südwesten gesehen, von eindrucksvoller, wenn auch betont schlichter Wirkung. Im Inneren befinden sich interessante Familienbilder von Gainsborough und Reynolds sowie Landschaften von Cuyp, Ruysdael, Hobbema etc. und im Rauchzimmer eine Sammlung von Wirtshausszenen von Teniers dem Jüngeren (diese können nicht besichtigt werden). Man erreicht die Räumlichkeiten des ersten Stockes über eine geschwungene Doppeltreppe, die viel Bewunderung findet. Der Familie Winlove gehören die Domänen Brandham, Brandham-under-Brandham und Brandham All Saints. Zurzeit sind das Herrenhaus, der Park und die Rasenplätze an Herrn W. H. Maudsley, Princes Gate und Threadneedle Street, vermietet, der der Öffentlichkeit die Besichtigung des Hauses unter den gleichen Bedingungen wie bisher gestattet. Erlaubnis zur Besichtigung erteilt der Verwalter der Brandham-Güterdirektion, Brandham.«

Von alledem erinnere ich mich nur noch an das Treppenhaus deutlich, das mir tatsächlich einen tiefen Eindruck machte. Ich verglich es mit vielen Dingen: einem Hufeisen, einem Magneten, einem Wasserfall; und ich machte mir zur Regel, beim Hinauf- und Hinabgehen jeweils eine andere Treppe zu benützen. Ich redete mir ein, daß etwas Furchtbares geschehen könnte, wenn ich zweimal hintereinander denselben Weg einschlüge. Aber seltsamerweise (wenn ich bedenke, wie leicht ich zu beeinflussen war) ist die imposante Fassade, die ich bestimmt von Südwesten her betrachtet habe, in meiner Erinnerung verblaßt. Ich kann die Frontansicht des Hauses jetzt vor mir sehen, aber mit den Augen des Führers, nicht mit meinen eigenen.

Vielleicht benutzten wir einen Seiteneingang – ich glaube, wir taten es. Dort befand sich eine Hintertreppe, die näher bei unserem Schlafzimmer lag; denn ich teilte ein Schlafzimmer, ja sogar ein Bett, ein Himmelbett, mit Marcus. Und nicht nur mit ihm, sondern mit seinem Aberdeen-Terrier, einem älteren, mürrischen Köter, dessen Gegenwart bald beinahe unerträglich wurde. Meine Erinnerungen knüpfen sich an den rückwärtigen Teil des Hauses, der, von Südwesten aus nicht zu sehen, verbaut und verwinkelt war, an Korridore mit unerwarteten Krümmungen und verwirrend gleichartigen Türen, wo man sich leicht verirren konnte und dann verspätet zu den Mahlzeiten kam. Sie waren, wenn ich mich recht erinnere, nur spärlich beleuchtet, was auf den georgianischen Baustil zurückzuführen sein mußte. Vielleicht war unser Schlafzimmer ein früheres Kinderschlafzimmer. Es hatte ein breites, niedriges Fenster, das, wahrscheinlich in der elisabethanischen Epoche, sehr hoch angebracht worden war; wenn ich mich im Bett aufrichtete, konnte ich nur den Himmel sehen. In jenen Tagen gaben selbst reiche Leute ihren Kindern nicht immer die Art von Schlafräumen, die wir heute für unerläßlich ansehen.

Zweifellos bestand ein Mangel an Schlafzimmern; denn es kamen und gingen ungezählte Gäste, und einmal waren wir achtzehn Personen zum Dinner. Marcus und ich saßen nebeneinander, und als sich die Damen zurückzogen, zogen auch wir uns zurück – ins Bett. Ich erinnere mich noch des rosa Schimmers der Kerzen und des glänzenden Silbers, der imposanten, statiösen Erscheinung von Mrs. Maudsley am einen Ende des Tisches und der mageren Gestalt ihres Mannes und seiner steifen Haltung am anderen Ende. Sitzend wirkte er größer als im Stehen; sie schien immer mehr Raum einzunehmen, als sie brauchte, und er weniger.

Ich weiß nicht, womit er sich den ganzen Tag über beschäftigte, und meine Erinnerung an ihn beschränkt sich auf überraschende Begegnungen in Korridoren oder Eingängen, sein plötzliches Stehenbleiben und die Frage: »Gefällt es dir?« Und wenn ich geantwortet hatte: »Jawohl, Sir«, sagte er: »Das ist recht«, und eilte weiter. Er war ein schmächtiger, kleiner Mann mit einem langen, hängenden Schnurrbart; seine blaugrauen Augen waren von schweren Lidern halbverdeckt, und den langen, dünnen Hals umschlossen auffallend hohe Kragen. Es war genau so schwierig, sich ihn als Herrn des Hauses vorzustellen, wie es schwierig gewesen wäre, in seiner Frau nicht die Herrin zu sehen.

Ihr Gesicht erscheint mir heute nur noch verschwommen, so viele Eindrücke haben inzwischen das Original verwischt; aber wenn ich sie in meinen Träumen sehe (denn es ist mir nicht gelungen, sie aus ihnen herauszuhalten), dann nie mit jenem furchtbaren Ausdruck, den sie bei unserer letzten Begegnung hatte, wo man ihr Gesicht kaum noch als ein solches bezeichnen konnte, wo sie wie eine Erscheinung aus einem Porträt von Ingres oder Goya wirkte, ein volles, blasses Gesicht mit dunklen, glänzenden Augen, einem starren, gleichbleibenden Blick und zwei oder drei schwarzen, halboffenen Locken, die ihr in die Stirn fielen. Seltsamerweise ist ihre Haltung mir gegenüber in meinen Träumen so herzlich, wie sie zu Beginn meines Aufenthalts war, als ich die Gefahr, die hinter ihrer Faszination lag, nur dunkel ahnte. Ist es möglich, daß ihr Geist mir Abbitte leisten möchte? Denn sie muß schon lange tot sein – sie war damals schätzungsweise Mitte oder Ende der Vierzig und erschien mir alt. Marcus hatte ihre Farben, aber nicht ihre Schönheit geerbt.

Ich glaube, es war am ersten Abend, als ich, der geehrte Gast, bei Tisch neben ihr saß.

»Und du bist also ein Magier?« sagte sie lächelnd.

»Oh«, antwortete ich bescheiden, »nicht ganz. Wissen Sie, nur in der Schule.«

»Du wirst uns hier nicht verhexen?« sagte sie.

»O nein«, antwortete ich und rutschte auf meinem Stuhl hin und her, wie immer, wenn ich nervös war, und nahm mir vor, Marcus wegen dieses Vertrauensbruches zur Rede zu stellen.

Sie sah niemals jemanden an, es sei denn, mit Absicht; und mir kam es vor, als wolle sie keinen Blick unnütz verschwenden. Meistens ruhte ihr Auge auf ihrer Tochter, die gewöhnlich zwischen zwei jungen Männern saß. Ich erinnere mich, daß ich mir überlegte: »Wo nehmen die nur ihren Gesprächsstoff her? Sie scheinen so interessiert zu sein – viel interessierter, als sie es ist.«

Mir fehlte die glückliche Gabe aller Schuljungen, bestimmten Gesichtern bestimmte Namen anzudichten – vielleicht weil ich erst so kurz zur Schule ging. Ich wurde natürlich jedem vorgestellt, und Marcus sagte mir, wer ankam und wer abreiste und einiges mehr über diese Menschen. Und ich verzeichnete ihre Namen pflichtschuldig in meinem Tagebuch, Herr Soundso und Fräulein Die-und-die – gewöhnlich kamen sie einzeln an. Aber die wenigen Jahre, die uns trennten, waren wie ein Ozean; ich glaube, ich hätte mit einem Hottentottenkind mehr gemeinsam gehabt als mit diesen Erwachsenen um die Zwanzig herum. Was sie dachten, was sie taten, womit sie sich beschäftigten, war für mich ein Geheimnis. Diese jungen Männer, die eben von der Universität kamen (wie Marcus mir versicherte), diese jungen Frauen, die man sogar noch weniger unterscheiden konnte, grüßten mich auf ihrem Weg zum oder vom Tennisplatz oder Crocketrasen; die Männer in weißen Flanellhosen, weißen Schuhen und runden Strohhüten, die Frauen ebenfalls in Weiß, mit Wespentaillen und Hüten, so groß wie Windräder, alle in Weiß oder fast ausschließlich in Weiß, bis auf die schwarzen Socken der Männer, die manchmal über den weißen Wildlederschuhen sichtbar wurden. Einige hatten mir mehr zu sagen als andere; aber alle waren nur Statisten einer Szene, und ich hatte niemals auch nur im geringsten das Gefühl, ich müßte eine persönliche Beziehung zu ihnen haben. Sie waren »sie«, und Marcus und ich waren »wir« – verschiedene Altersgruppen, wie wir heute sagen würden.

Und das war der Grund, weshalb ich während der ersten zwei Tage niemals ganz begriff, daß jemand von »ihnen« der Sohn oder die Tochter des Hauses war. Blond (das waren fast alle), weißgekleidet, Tennisschläger schwingend, sah eines aus wie das andere!

Denys, der Sohn und Erbe, war ein großer, blonder junger Mann mit unausgeprägten Zügen und einem arroganten Gesichtsausdruck (Schuljungen spüren Arroganz sehr schnell). Er war voll von Plänen und Ansichten, die er übermäßig heraushob – und selbst ich konnte doch ihre Bedeutungslosigkeit erkennen. Er pflegte sich über die Vorteile dieses und jenes Projekts zu verbreiten, bis seine Mutter, mit wenigen kühlen Worten, seine Seifenblasen zum Platzen brachte. Ich glaube, er spürte, daß sie ihn verachtete, und er war deshalb um so ängstlicher bemüht, sich gegen sie zu behaupten und eine Stellung einzunehmen, deren sich sein Vater nie erfreut hatte. Nie bemerkte ich eine Mißstimmung zwischen Mr. und Mrs. Maudsley; sie ging ihrer Wege und er die seinen, wie ein Gnom, der eine feine Goldspur hinter sich läßt. An die wesentlich auffälligere Art meiner Eltern gewöhnt, hätte ich wohl kaum bemerkt, daß sie verheiratet waren. Mir schien, als ob er allein nie in die Pläne einbezogen wurde, die Mrs. Maudsley für jedermann machte; denn, das begriff ich allmählich, sie hielt uns alle wie Marionetten an einem Faden, der in meiner Vorstellung der Strahl ihrer dunklen Augen war. Es schien nur, als kämen und gingen wir unbemerkt, aber in Wirklichkeit waren wir es nicht.

»Meine Schwester ist sehr schön«, sagte Marcus eines Tages zu mir. Er verkündete das so unpersönlich, als ob er sagte: »Zwei und zwei ist vier«, und genau so faßte ich es auch auf. Es war eine Tatsache wie andere Tatsachen, etwas, das man wissen mußte. Der Gedanke, daß Miss Marian (ich glaube, so nannte ich sie bei mir) schön sei, war mir nie gekommen; aber als ich sie das nächste Mal sah, betrachtete ich sie mit Marcus' Augen. Das muß im vorderen Teil des Hauses gewesen sein, denn ich habe die Erinnerung an viel Licht, das es in unserem Teil, Marcus' und meinem, nur spärlich gab; ich hatte, glaube ich, eine Schuljungenvorstellung, daß der vordere Teil des Hauses, in dem die Erwachsenen wohnten, die »private Abteilung« sei und ich in fremdes Revier eindringe, wenn ich dorthinging. Sie muß, während ich sie beobachtete, ruhig dagesessen sein, denn ich habe den Eindruck, daß ich auf sie hinuntersah, und sie war selbst für die Maßstäbe der Erwachsenen groß. Ich muß sie überrascht haben; denn sie hatte, wie ich das später nannte, ihren »verhangenen« Blick. Die schweren Augenlider ihres Vaters verdeckten ihre Augen und ließen nur einen schmalen Streifen Blau sehen, das so tief und feucht war, als schimmere es durch eine ungeweinte Träne hindurch. Ihr Haar glänzte in der Sonne, aber ihr Gesicht, das voll war wie das ihrer Mutter, nur blaßrosa statt sahnigweiß, trug einen ernsten, grübelnden Ausdruck, der durch ihre kleine, gebogene Nase ins fast Raubvogelhafte gesteigert wurde. In diesem Augenblick wirkte sie unnahbar, fast so unnahbar wie ihre Mutter. Eine Sekunde später öffnete sie ihre Augen – ich erinnere mich des aufzuckenden blauen Strahls –, und ihr Gesicht erhellte sich.

Also das ist Schönheit, dachte ich, und lange Zeit war meine Vorstellung von ihr als Person überlagert, ja sogar verdunkelt von dem abstrakten Begriff der Schönheit, die sie verkörperte. Das brachte sie mir nicht näher – im Gegenteil; aber ich verwechselte sie nun nicht länger mit den anderen jungen Damen, die wie Planeten mein Schönheitsideal umkreisten.

Diese ersten Tage bestanden aus einer Folge fließender Eindrücke, die in keinem Zusammenhang miteinander standen und keinen Sinn, geschweige denn eine Geschichte ergaben. In meinem Gedächtnis sind nur einzelne Bilder haften geblieben – meist in hellen und dunklen Tönen, aber manchmal mit leichten Farben überzogen. So entsinne ich mich der Zeder auf dem Rasen, ihrer dunklen Zweige und der strahlenden Helle des Grases am Rande ihres Schattens; und ich erinnere mich auch der Hängematte aus scharlachrotem Segeltuch, die an zwei Pfählen unter ihr befestigt war. Diese Hängematte war eine Neuheit, die vor kurzem die aus Kordel geknüpften Hängematten abgelöst hatte, in denen die Knöpfe hängen blieben und abgerissen wurden. Sie wurde von den jungen Leuten viel benützt, und ich höre immer noch das Gelächter, wenn sie aus dem Gleichgewicht fielen und ins Gras rollten.

Nichts von alledem wird in meinem Tagebuch erwähnt. Dafür aber mehrfach die Stallungen, an die ich mich jedoch nicht mehr entsinnen kann, obwohl ich die Namen von fünf

Pferden, Lady Jane, Princess, Unkas, Dry Toast und Nogo – Nogo fand ich höchst komisch –, sorgsam eingetragen habe; aber ich kann mich nicht erinnern, wie Nogo oder eines der anderen Pferde ausgesehen hat. Ich erinnere mich jedoch der Wagenremise, obwohl das Tagebuch sie verschweigt. Die Laternen, die Federn, die Deichseln, die Spritzbretter mit ihrer glänzenden Lackierung und leuchtenden Farbe fesselten mich. Und der Geruch des Zaumzeugs – mich bezauberte er mehr als die schärferen Gerüche der Pferde. Für mich war die Wagenremise eine Schatzkammer.

Damit genug der Launen und Widersprüche meines Gedächtnisses. Eine Sache allerdings, die ich vergessen hatte, brachte mir das Tagebuch wieder in Erinnerung – und nicht nur die Sache selbst, sondern die ganze Szene steht in äußerster Klarheit vor mir.

»Mittwoch, 11. Juli. Sah die Schwarze Tollkirsche – Atropa belladonna.«

Marcus war nicht dabei, ich war allein auf Entdeckung in einigen zerfallenen Schuppen, die für mich offensichtlich mehr Anziehungskraft besaßen als der Anblick von Brandham Hall aus Südwesten. In einem dieser Schuppen, der nicht nur verfallen war, sondern auch kein Dach hatte, stieß ich plötzlich auf die Pflanze. Aber es war keine Pflanze in dem Sinne, wie ich dieses Wort verstand, es war ein Busch, fast ein Baum, und so hoch wie ich. Sie sah aus wie der Inbegriff des Bösen, aber auch wie der Inbegriff der Gesundheit, so glänzend, stark und saftig: fast vermeinte ich zu sehen, wie der Saft, der sie nährte, in ihr aufstieg. Es schien, als hätte sie den Platz auf der Welt gefunden, der ihr am besten zusagte.

Ich wußte, daß jede einzelne Faser an ihr giftig war. Ich wußte auch, daß sie schön war; stand das denn nicht im Botanikbuch meiner Mutter? Ich verharrte auf der Schwelle, ich wagte nicht einzutreten, ich starrte auf die Beeren, die wie Schuhknöpfe glänzten, und auf die stumpfen, purpurfarbenen, haarigen, glokkenförmigen Blüten, die zu mir herüberreichten. Ich fühlte, daß die Pflanze mich vergiften konnte, selbst wenn ich sie nicht berührte. Und wenn ich nicht sie äße, sie mich verschlänge; sie sah, trotz all der Nahrung, die sie bekam, so hungrig aus.

Ich schlich mich von dannen, als hätte man mich beim Anblick von etwas Verbotenem ertappt, und überlegte, ob Mrs. Maudsley es als Einmischung empfinden würde, wenn ich ihr davon erzählte. Aber ich erzählte ihr nichts. Ich konnte den Gedanken nicht ertragen, daß diese kraftstrotzenden Stengel auf einem Müllhaufen vertrocknen oder in einem Feuer knistern sollten: daß so viel Schönheit zerstört würde. Außerdem wollte ich sie wiedersehen.

Atropa belladonna!

3

Alles fing an, als das Wetter mich im Stich ließ. Der Montag, an dem ich mich auf die Reise machte, war ein kühler, trüber Tag gewesen, aber am nächsten Morgen stand kein Wölkchen am Himmel, und die Sonne brannte herab. Nachdem wir vom Mittagstisch geflohen waren (rückblickend scheint es mir, daß wir alle Mahlzeiten fluchtartig, wie entkommene Gefangene, verließen), sagte Marcus: »Komm, wir schauen nach dem Thermometer – es ist eins von denen, die die höchste und die tiefste Tagestemperatur verzeichnen.«

Ärgerlicherweise und aus unerklärlichen Gründen – wenn man bedenkt, wie oft ich noch darauf zurückgreifen muß – kann ich mich nicht mehr erinnern, wo das Thermometer hing; aber ja, ich kann es; es hing an der Wand eines achteckigen Baus mit spitzem Dach, der unter einer Eibe stand. Dieser kleine Bau faszinierte mich, er hatte etwas Verwunschenes und Unwirkliches an sich. Er galt als ein ehemaliger Vorratsraum für Wildbret, den man der Kühle wegen unter der Eibe errichtet hatte; aber das war nur eine Hypothese; niemand konnte genau sagen, welchen Zwecken er gedient hatte.

Marcus erklärte mir, wie das Thermometer funktionierte, und zeigte mir den kleinen, kurzen Magnet, der die Markierung hinauf- oder herunterzog. »Aber wir dürfen es nicht berühren«, sagte er, meine Gedanken erratend, »sonst wird mein Vater böse. Er will das Instrument gern selbst bedienen.«

»Ist er oft böse?« fragte ich. Ich konnte mir Mr. Maudsley nicht böse und auch in keiner anderen Gemütswallung vorstellen. Aber dies war fast immer das erste, was man über Erwachsene wissen wollte.

»Nein, aber meine Mutter wäre böse«, antwortete Marcus mit schiefem Seitenblick.

Das Thermometer stand auf beinahe achtundzwanzig Grad.

Wir waren die ganze Strecke vom Speisezimmer hergerannt, teils weil wir regelrecht flohen, teils weil wir oft rannten, wenn wir genausogut hätten gehen können. Ich schwitzte ein wenig und erinnerte mich der oft wiederholten Mahnungen meiner Mutter: »Schau, daß du dich nicht erhitzt.« Wie hätte ich mich nicht erhitzen sollen? Ich betrachtete Marcus. Er trug einen leichten Flanellanzug. Sein Hemdkragen war nicht geöffnet, aber er saß lose um den Hals; seine Hosen konnte man nicht als Shorts bezeichnen, denn sie reichten bis unters Knie, aber auch sie waren lose und weit genug. Darunter trug er, nicht ganz bis zur Hose, ein Paar dünne graue Strümpfe, die sauber über die runden Strumpfbänder umgeschlagen waren; und an den Füßen hatte er – Wunder über Wunder – keine Stiefel, sondern was man damals Halbschuhe nannte. Einem leicht angezogenen Kind von heute erschiene dies als ein dicker Winteranzug; für mich hätte es ein Badeanzug sein können, so wenig entsprach es dem korrekten, seriösen Begriff von Kleidung.

Diese schneiderischen Details habe ich sichtbar vor mir; denn Marcus und ich wurden zusammen photographiert; und obgleich an einer Ecke des Films Licht hineingekommen war und der Hintergrund und wir selbst gefährlich schief wirken, zeigt der verblichene, rotbraune Abzug die unbestechliche Genauigkeit, welche die Kamera in jenen Tagen, wo sie noch nicht so leicht lügen konnte, besaß. Ich trage einen Etonkragen und eine gebundene Schleife; eine Norfolk-Jacke mit einem sehr hohen Koller, Lederknöpfen, rund wie Kugeln, die sorgfältig geschlossen sind, und einem Gürtel, den ich enger als notwendig geschnürt habe. Meine Kniehosen waren mit einem Tuchriemen und einer Schnalle unterhalb des Knies befestigt, aber diese Vorrichtung verdeckten dicke schwarze Strümpfe, deren runde Strumpfbänder unterhalb der Hose eine doppelte Abschnürung der Blutzirkulation in meinen Beinen verursachten. Um das Bild zu vervollständigen: Ich trage noch ein Paar offensichtlich neue Stiefel, die ihrer Neuheit wegen besonders groß wirken und deren Laschen, die ich anscheinend vergessen hatte einzustecken, kühn hervorstehen.

Meine Hand liegt auf Marcus' Schulter (ich war ein oder zwei Zoll größer und ein Jahr älter als er), mit jener Attitüde der Zuneigung, die damals dem männlichen Geschlecht auf einer gemeinsamen Photographie gestattet war (Studenten, ja sogar Soldaten, legten einander die Arme um die Schultern). Und obwohl die unglückliche Verzerrung der Photographie den Eindruck erweckt, als versuchte ich ihn umzuwerfen, sieht es so aus, als hätte ich ihn gerne – was auch zutraf, wenngleich die Kühle und das Konventionelle in seinem Wesen eine enge Freundschaft mit ihm erschwerten. Wir waren uns nicht sehr ähnlich, und äußere Umstände, die mit unseren eigenen Neigungen nur wenig übereinstimmten, hatten uns zusammengeführt. Sein rundes Gesicht blickt ohne sonderliches Interesse und mit einer selbstgefälligen Billigung der Situation in die Welt; auf meinem eher langen Gesicht spiegeln sich Befangenheit und die Mühe des Sich-anpassen-Müssens. Beide trugen wir Kreissägen, die seine hatte ein einfarbiges Band, die meine eines in den Schulfarben; die Deckel und Ränder ergeben zwei scharfe, schräge Linien, die zu einer schiefen Ebene zu gehören scheinen, über die wir in sausender Fahrt in die Tiefe stürzen.

Noch immer war meine Furcht vor der Hitze nicht allzu groß. Wie heftig sie mir auch physisch zusetzte, so besaß ich ihr gegenüber doch gewisse andere Möglichkeiten; glaubte ich doch immer noch halbwegs, ich könne das Wetter beeinflussen. In jener Nacht bereitete ich einen mächtigen Zauberspruch vor, der die Temperatur sinken lassen sollte. Aber das Wetter kümmerte sich nicht darum, es verhielt sich wie ein Kranker, dessen Fieberkurve sich dem Arzt widersetzt. Und als wir am nächsten Tag vom Mittagstisch zur Wildbretkammer gestürmt waren, zeigte das Thermometer fast neunundzwanzig Grad, und der Magnet stieg immer noch höher.

Ich wurde mutlos und sagte mit großer Überwindung zu Marcus: »Ich überlege, ob ich meine Cricketkluft anziehen soll.«

Er antwortete sofort:

»Das täte ich an deiner Stelle nicht. Nur Kaffer tragen ihre Schulkleider während der Ferien. Das tut man nicht. Eigentlich solltest du auch nicht dein Schulband am Hut tragen, aber ich wollte nichts sagen. Und, Leo, du solltest nicht in Hausschuhen zum Frühstück kommen, so was machen Bankkommis. Wenn du willst, kannst du sie nach dem Tee anziehen.«

In mancher Hinsicht war Marcus seinem Alter voraus, während ich in vielen Dingen noch recht unbedarft war. Bei der Erwähnung von Bankkommis zuckte ich zusammen. Mir fiel ein, daß mein Vater sonntags immer in Pantoffeln zum Frühstück erschienen war. Aber Marcus konnte nicht wissen, daß mich seine Bemerkung traf: Ich hatte ihm nie etwas über meines Vaters niedere gesellschaftliche Stellung erzählt.

»Und dann, Leo, gibt es noch etwas, das man nicht tut. Wenn du dich ausziehst, faltest du deine Kleider zusammen und legst sie auf einen Stuhl. Das tut man nicht. Du mußt sie dort liegenlassen, wo sie gerade hinfallen. Die Dienstboten werden sie schon aufheben; dafür sind sie ja schließlich da.«

Er machte diese Bemerkungen ganz beiläufig, aber mit so viel Autorität, daß ich keinen Augenblick an ihrer Richtigkeit zweifelte. In meinen Augen war er genau so ein – wenn nicht ein größerer – Ratgeber in Takt und Modefragen wie ich in den seinen ein Experte für die Schwarze Kunst.

Während des Tees sagte jemand zu mir: »Du siehst aber heiß aus. Kannst du nicht etwas Leichteres anziehen?« Die Stimme verriet nicht viel Besorgtheit um meinen Zustand; sie hatte eher einen neckenden Unterton. Und um mich zu verteidigen, sagte ich sofort, indem ich mit einem Taschentuch über mein Gesicht fuhr, denn ich hatte noch nicht gelernt, daß man es nur abtupft: »Oh, mir ist gar nicht heiß. Das kommt nur, weil Marcus und ich gerannt sind.« »Gerannt, bei diesem Wetter?« sagte eine andere Stimme mit einem affektierten Seufzer, aus dem ich Sarkasmus heraushörte, das rote Tuch für alle Schuljungen; und so heiß mir auch war, überlief es mich kalt, und mir schien, als hörte ich das höhnische »Überwältigt« und sähe die grinsenden Gesichter.

Tatsächlich war dies der Beginn einer milden Verfolgung – sehr, sehr mild und mit Lächeln und liebenswürdigen Gesichtern getarnt; die Erwachsenen konnten nicht wissen, daß es eine Verfolgung war. Aber wann immer man mir begegnete, rief man mir nun zu »Hallo, Leo, immer noch heiß« und »Warum ziehst du denn deine Jacke nicht aus? Du würdest dich ohne sie viel wohler fühlen« – mit einem leisen Lächeln über dieses unmögliche Ansinnen, denn in jenen Tagen hielt man in Kleiderfragen sehr streng auf Etikette, und Jacken wurden nicht ohne weiteres abgelegt. Allmählich fürchtete ich mich vor diesen Scherzen; sie schienen wie die Flammen eines Gasringes überall um mich herum aufzuzucken und mich zu versengen, und meine Röte wurde noch dunkler, als sie schon war. Das entsetzliche Gefühl, Zielscheibe des allgemeinen Spottes zu sein, überfiel mich wieder mit aller Macht. Ich glaube nicht, daß ich übermäßig empfindlich war; meiner Erfahrung nach fürchten die meisten Menschen nichts mehr, als ausgelacht zu werden. Was anderes ist die Ursache von Kriegen, weshalb ziehen sie sich so endlos in die Länge, wenn nicht aus der Angst heraus, man könne an Ansehen verlieren? Ich ging sogar Marcus aus dem Wege; denn ich wagte nicht, ihm zu sagen, was mich bekümmerte.

In dieser Nacht arbeitete ich einen neuen Zauberspruch aus. Ich konnte nicht schlafen, teils aus Verzweiflung und Aufregung, teils weil der Aberdeen-Terrier, der ebenfalls unter der Hitze litt, so lange nach einer kühlen Stelle suchte, bis er die Hälfte meines Kopfkissens einnahm. Unter dem Kopfkissen lag mein Tagebuch. Ich konnte es hervorziehen, ohne den Hund aufzuwecken, und im Dunkeln den Fluch zu Papier bringen; denn ich bildete mir ein, daß er ohne diese Formalität wirkungslos bliebe. Es war ein guter Fluch; ich hatte ihn in jenen Stunden nach Mitternacht, mit denen ich damals noch nicht vertraut war, ausgebrütet – und er wirkte; am nächsten Tag erreichte das Thermometer nicht ganz fünfundzwanzig Grad, und ich fühlte mich ruhiger und lange nicht so heiß.

Man schien mir dies aber nicht anzusehen; denn beim Tee begann die sanfte Neckerei von neuem. Diesmal war ich aber besser gewappnet; denn mich stärkte das Wissen, das meinen wohlmeinenden Peinigern offenbar fehlte, daß die Temperatur tatsächlich zurückgegangen war. Aber man neckte mich weiter, und bald war ich wieder so unglücklich wie zuvor. Ich begriff nicht, daß man *au fond* versuchte, Interesse für mich zu zeigen, und daß meine unzweckmäßige Kleidung und mein schwitzendes Gesicht nur ein Anlaß waren, mich aus meiner Reserve zu locken. Es drückte mich besonders hart, daß ein Norfolk-Jacke in Norfolk fehl am Platz sein sollte; ich hatte mir vorgestellt, daß alle sie tragen würden. Plötzlich sah ich mich wie in einem Spiegel und erkannte, was für eine lächerliche Figur ich abgab. Bislang hatte ich mein Äußeres immer als etwas Selbstverständliches hingenommen; nun sah ich, wie unelegant ich im Vergleich zu den anderen wirkte; und im selben Augenblick, und zum erstenmal, war ich mir meiner gesellschaftlichen Unterlegenheit schmerzlich bewußt. Ich fühlte mich zwischen diesen eleganten, reichen Leuten ganz und gar deplaciert. Nichts treibt einem das Blut mehr zu Kopf als Verlegenheit; und mein Gesicht war flammendrot, und Schweißperlen standen darauf. Wäre mir nur irgendeine geistreiche Bemerkung eingefallen, mit der ich den Spieß hätte umdrehen können, irgend etwas, das ein Erwachsener in dieser Situation gesagt hätte! »Es kann sein, daß ich erhitzt aussehe«, sagte ich trotzig, »aber innerlich bin ich ganz kühl, eigentlich bin ich ein fröstelnder Sterblicher.« Eine Lachsalve folgte diesem Ausspruch, und mir schossen die Tränen in die Augen. Ich trank hastig von meinem Tee und begann von neuem zu schwitzen. Plötzlich hörte ich Mrs. Maudsleys Stimme hinter dem silbernen Teekessel. Sie wehte mir wie ein kühler Lufthauch entgegen.

»Hast du deine Sommerkleider zu Hause gelassen?«

»Nein … ja … ich glaube, Mutter hat vergessen, sie einzupacken«, stotterte ich.

Doch dann dämmerte mir die ganze Ungeheuerlichkeit dieser Bemerkung, sie war gleichermaßen eine Lüge wie eine grausame Verleumdung meiner Mutter, die mir bestimmt leichtere Kleider besorgt hätte, hätte ich ihr dies nicht ausgeredet. Ich spürte, daß ich sie in den Augen der anderen herabgesetzt hatte, und brach in Tränen aus.

Einen Augenblick lang herrschte betretenes Schweigen; man rührte in den Teetassen, und dann sagte Mrs. Maudsleys kühle Stimme:

»Nun, willst du ihr dann nicht schreiben und sie bitten, sie zu schicken?«

Statt zu antworten, schluckte ich nur heftig, und dann sagte Marian, die, glaube ich, niemals Bemerkungen über meinen erhitzten Zustand gemacht hatte:

»Oh, das würde zu lange dauern, Mama. Du kennst doch die Post. Heute ist Donnerstag, und er würde sie bestimmt nicht vor Ende nächster Woche bekommen. Laß mich morgen mit ihm nach Norwich fahren und ihm einen neuen Anzug kaufen. Möchtest du das nicht gern?« sagte sie, indem sie sich mir zuwandte.

Ich bejahte mit schwacher Stimme. Aber zwischen den sich lichtenden Wolken erschien jetzt eine neue, sehr schwarze.

»Ich habe kein Geld. Das heißt, nur fünfzehn Schilling und achteinhalb Pence.«

»Das macht nichts«, sagte Marian belustigt. »Wir haben schon welches.«

»Oh, aber das kann ich nicht annehmen«, protestierte ich. »Das wäre Mutter nicht recht.«

»Marian, du mußt nicht vergessen, daß er die Sachen zu Hause hat«, sagte ihre Mutter.

Mir wurde sehr unbehaglich, aber Marian sagte rasch: »Oh, wir wollen sie ihm aber zum Geburtstag schenken; dagegen würde sie sicher nichts einzuwenden haben, nicht wahr? Und dann hat er zwei Garnituren. Übrigens, wann ist dein Geburtstag?« fragte sie mich.

»Nun, er ist – eigentlich … am siebenundzwanzigsten.«

»Was, in diesem Monat?«

Ihr Interesse ließ meine Verlegenheit schwinden.

»Ja. Wissen Sie, ich bin im Zeichen des Löwen – Leo – geboren. Aber das ist gar nicht mein richtiger Name.«

»Was ist denn dein richtiger Name?«

Ich sah, wie Marcus mich anschaute, aber ich konnte jetzt nicht umhin, es ihr zu sagen.

»Lionel. Aber erzählen Sie es niemand.«

»Warum nicht?«

»Weil es ein ziemlich affektierter Name ist.«

Ich merkte, wie sie versuchte, dieses Geheimnis einer Schuljungenseele zu ergründen; doch sie ging darüber hinweg und sagte:

»Aber das ist ja großartig, daß dein Geburtstag schon so bald ist. Jetzt können wir dir alle etwas zum Anziehen schenken. Das sind die nettesten Geschenke. Soll ich dir eine Mähne schenken?«

Ich fand das sehr komisch, wenn auch ein bißchen verrückt.

»Oder ein Löwenfell?«

Ich versuchte in diesen Ton einzustimmen.

»Das dürfte ziemlich heiß sein.«

»Allerdings.« Plötzlich sah Marian gelangweilt aus, und fast hätte sie gegähnt. »Also, morgen fahren wir«, sagte sie.

»Vielleicht willst du lieber bis Montag warten, wenn Hugh hier ist«, sagte ihre Mutter, »und einen Ausflug nach Norwich arrangieren?«

»Wer wird hier sein?« fragte Marian.

»Hugh. Er kommt am Samstag. Ich dachte, du wüßtest das.«

»Hugh kommt?« fragte Mr. Maudsley. Es war einer seiner seltenen Beiträge zur allgemeinen Unterhaltung.

»Ja, er bleibt bis Ende des Monats, vielleicht auch länger.«

»Bist du dessen sicher, Mama?« warf Denys ein. »Als ich ihn sah, sagte er mir, daß er zu den Rennen nach Goodwood geht.«

»Ich bekam gestern einen Brief von ihm.«

»Du weißt doch, daß er sich Goodwood nie entgehen läßt?«

»Ich glaube, dieses Jahr hat er es vor.«

»Ich möchte dir nicht widersprechen, Mama, aber mir

erscheint es höchst unwahrscheinlich, daß sich Trimingham Goodwood entgehen läßt. Weißt du, er ...«

»Nun, ich glaube, du wirst sehen, daß er die Absicht hat, Goodwood unseretwegen aufzugeben ... Marian, willst du nicht doch lieber bis Montag warten?«

In qualvoller Ungeduld wartete ich auf ihre Antwort. Wer war dieser Hugh oder Trimingham, der mir meinen großen Augenblick verdarb? Ich grollte ihm, ja war eifersüchtig auf ihn. Seine Anwesenheit würde mir den Ausflug verderben. Und bis Montag warten zu müssen! Aber Mrs. Maudsley hatte ihren Wunsch sehr deutlich geäußert, und wie könnte irgend jemand, selbst Marian, es wagen, sich ihr zu widersetzen?

»Möchtest du nicht lieber bis Montag warten?« wiederholte Mrs. Maudsley.

Marian antwortete sofort, und es war, als kreuzten sich zwei Degenklingen.

»Norwich bietet Hugh gar nichts, Mama. Er kennt es besser als wir. Er würde bestimmt nicht gerne mit Leo und mir in Läden herumziehen – und dazu noch in dieser Hitze.« Sie blickte verschmitzt auf ihre Mutter, die ein unbewegtes Gesicht zeigte. »Außerdem wird Leo bis Montag zu Butter geschmolzen sein, und er wird nichts mehr brauchen als einen Musselinsack! Aber natürlich kann sich uns jeder anschließen, der möchte!«

Ihr Blick wanderte von einem Gesicht zum andern – es war eine Herausforderung, keine Einladung –, und meine Augen folgten den ihren in verzweifelter Angst, jemand könne doch annehmen. Aber niemand ging darauf ein. Alle entschuldigten sich. Ich glaube, daß mein Entzücken nur allzu deutlich zu sehen war.

»Dann dürfen wir also fahren, Mama?« fragte Marian.

»Natürlich, es sei denn, dein Vater braucht die Pferde.«

Mr. Maudsley schüttelte den Kopf.

»Aber geh nicht zu Stirling und Porter«, sagte Mrs. Maudsley, »wie du das manchmal tust. Ihre Sachen gefallen mir nie.«

»Ich würde zu Challow und Crawshay gehen«, sagte Denys mit unerwarteter Bestimmtheit. »Das ist bei weitem das beste Geschäft.«

»Nein, Denys, das ist es nicht«, sagte seine Mutter.

»Ich weiß, daß Trimingham manchmal seine Krawatten dort kauft«, beharrte Denys.

»Braucht Leo Krawatten?«

»Ich stifte ihm eine Krawatte, wenn ihr versprecht, sie bei Challows zu kaufen.«

Mir wurde schon wieder heiß.

»Ich sag euch was«, meinte Marian, »jedes Mitglied der Familie soll ihm etwas schenken, und wenn die Sachen dann nicht richtig sind, teilen wir uns alle in die Verantwortung.«

»Die Hose ich, ich die Hose«, sagte Marcus plötzlich.

»Oh, Marcus!«

Marcus' Witz löste einen Chor der Mißbilligung aus, und er machte ein Schafsgesicht, bis seine Mutter sagte:

»Nun, die werde *ich* ihm schenken, lieber Marcus.«

Der Ausdruck warmer Zuneigung auf ihrem Gesicht überraschte mich.

Marian sagte, sie wolle feststellen, was ich brauche. Zu diesem Zwecke mußte sie meine dürftige Garderobe untersuchen, eine Inquisition, die ich fürchtete; aber als der Augenblick kam und sie, von Marcus geführt, sachte und doch ein wenig hastig in unserem Zimmer erschien, was war das für eine Freude! – Eine Verwandlungsszene. Sie betrachtete jedes Kleidungsstück fast ehrfürchtig. »Wie wundervoll sind sie geflickt!« sagte sie. »Ich wünschte, wir hätten jemanden, der so flicken kann!« Ich sagte ihr nicht, daß meine Mutter es gemacht hatte, aber vielleicht erriet sie es. Sie fand immer alles sehr rasch heraus.

»Diese Kleider, die du zu Hause hast, sind ein Märchen, nicht wahr?« sagte sie. »Ein Märchen?« echote ich. »Ich meine, du besitzt sie in Wirklichkeit gar nicht?« Ich nickte, glücklich, ertappt worden zu sein, entzückt, daß wir ein Geheimnis teilten. Aber wie konnte sie das gemerkt haben?

4

Der Ausflug nach Norwich war ein Wendepunkt: Er änderte alles. An den Ausflug selbst erinnere ich mich kaum noch, außer an ein allgemeines Wohlbefinden, das immer stärker und höher in mir aufzusteigen schien, wie Wein, der in ein Glas gefüllt wird. Für gewöhnlich war mir die Prozedur des Kleiderkaufens lästig, denn ich war, was mein Äußeres anbetraf, nicht eitel und hatte auch keinen Grund dazu. Ich hatte nie geglaubt, daß es etwas Wesentliches sei, bis mich die Belustigung, die ich durch mein erhitztes Aussehen hervorgerufen hatte, davon überzeugte, daß dem so war. Der Gedanke, ich sei irgendwie von meinem Aussehen abhängig, war mir eine Offenbarung, und zwar im ersten Augenblick eine sehr beunruhigende. Als mir Marian sagte, daß mir ein Kleidungsstück stehe und ein anderes nicht (sie war darüber nie einen Augenblick im Zweifel), als ich begriff, daß ihr Interesse an Kleidern vorwiegend deren Wirkung und nicht deren Haltbarkeit galt, wurde in mir ein neues Gefühl geweckt, an dessen Süße ich mich noch erinnere, obwohl es so rasch erstarb. Ich kehrte von diesem Ausflug nicht nur mit dem Gefühl zurück, daß es herrlich war, ich zu sein, sondern ich war auch zutiefst befriedigt, auszusehen wie ich.

Wir nahmen das Mittagessen im »Maidshead« in der Wensum Street ein, und das war für mich ein einmaliger Augenblick; denn selbst zu Lebzeiten meines Vaters galt es als eine große Extravaganz, in ein Hotel zu gehen: wenn wir auswärts aßen, dann immer in einem Restaurant.

Wir waren früh von Brandham abgefahren, und bis zum Mittagessen hatten wir fast alle Besorgungen erledigt. Die Pakete wurden eines nach dem anderen in den Wagen gelegt, bis der Vordersitz fast ganz von ihnen bedeckt war. Ich konnte kaum glauben, daß die meisten für mich waren. »Würdest du dich gerne jetzt schon umziehen?« fragte mich Marian, »oder möchtest du lieber warten, bis wir zu Hause sind?« Ich erinnere mich noch heute der Unentschlossenheit, die diese Frage in mir hervorrief. Schließlich sagte ich, um die Vorfreude zu verlängern, daß ich warten wolle. So heiß es auch in Norwich gewesen sein mußte – das Thermometer stand, als wir später nachsahen, immer noch bei achtundzwanzig Grad und war höher gewesen –, erinnere ich mich nicht, die Hitze gespürt zu haben, obwohl ich die Winterkleider trug.

Worüber hatten wir gesprochen, was mir den Eindruck von Flügeln und Blitzen hinterließ, einen Eindruck von Luft, die von Vogelflug zerteilt wurde? Von sausendem Auf- und Niederschwingen, von einem schwachen, regenbogenfarbenen Schillern, das in der alles überstrahlenden Helle des Tages unterging?

Dies alles schien mit Marians Gegenwart verknüpft, und meine Verzückung dauerte noch an, als sie mich nach dem Essen entließ und mir sagte, ich solle mich für eine Stunde in der Kathedrale umsehen. Zweifellos kam es zum Teil daher, daß ich wußte, ich werde sie bald wiedersehen; aber noch nie hatte ich so stark das Gefühl gehabt, im Einklang mit meiner Umgebung zu sein. Mir war, als drücke das ganze Gebäude, das steil in sein berühmtes gewölbtes Dach emporstrebte, mein eigenes Gefühl aus, und später, als ich aus dem kühlen Dunkel seines Inneren in die Hitze und in den Sonnenschein der Tombland Alley hinaustrat (deren Name mich faszinierte), verdrehte ich meinen Hals, um den Punkt zu finden, genau den Punkt, an dem die höchste Spitze des Turmes den Himmel durchstach.

O altitudo! Sie hatte mir gesagt, ich solle sie am Denkmal von Sir Thomas Browne treffen; und um ja nicht zu spät zu kommen, kam ich zu früh; da stand der Wagen mit den beiden Pferden, und der Kutscher hob grüßend seine Peitsche. Ich stakste um das Denkmal herum, überlegte, wer Sir Thomas Browne wohl sei, und scheute mich, in den Wagen zu steigen und darin Platz zu nehmen, als sei ich der Besitzer. Und dann erblickte ich sie auf der gegenüberliegenden Seite des Platzes. Sie schien sich von jemandem zu verabschieden, jedenfalls hatte ich den Eindruck, als lüfte jemand den Hut. Sie kam langsam auf mich zu, drängte sich durch den schläfrigen Mittagsverkehr und sah mich erst viel später. Dann winkte sie mit ihrem Sonnenschirm mit den gekräuselten, schaumigen Rüschen und beschleunigte ihren Schritt.

Meine geistige Verwandlung geschah in Norwich; dort war es, daß ich mir, wie ein Schmetterling, der aus der Puppe schlüpft, zum erstenmal meiner Flügel bewußt wurde. Bis zum Tee mußte ich auf die öffentliche Bestätigung meiner Apotheose warten. Mein Erscheinen wurde mit begeisterten Ausrufen begrüßt, als habe die ganze Gesellschaft für diesen Augenblick gelebt. Statt Gasflammen schienen nun Springbrunnen um mich herum in die Höhe zu schießen. Man hieß mich auf einen Stuhl steigen und mich wie ein Planet um meine Achse drehen, während man jedes Detail meiner neuen Ausstattung, soweit es sichtbar war, bewundernd oder scherzhaft kommentierte. »Hast du deine Krawatte bei Challows gekauft?« rief Denys. »Ich werde sie sonst nicht bezahlen.« Marian bejahte. In Wirklichkeit hatte die Krawatte, wie ich später entdeckte, ein anderes Firmenzeichen: Wir waren in so vielen Läden gewesen! »Wie kühl er ausschaut!« witzelte jemand. »Ja«, sagte ein anderer, »kühl wie eine Gurke und das gleiche Grün!« Sie diskutierten, welcher Farbton

Grün das wäre. »Lincolngrün!« sagte eine andere Stimme. »Er könnte Robin Hood sein!« Das entzückte mich, und ich sah mich mit Jungfer Marian durch die Wälder streifen, *»fühlst* du dich denn nicht ganz anders?« fragte mich jemand fast vorwurfsvoll, als hätte ich das bestritten. »Ja«, rief ich aus, »ich fühle mich wie ein anderer Mensch!« – womit ich nicht einmal die volle Wahrheit sagte. Alle lachten. Das Gespräch wandte sich allmählich von meiner Person ab, wie das bei Kindern der Fall ist, und ich kletterte ungelenk von meinem Sockel herab. Ich begriff, daß mein Augenblick vorbei war; aber was für ein Augenblick war das gewesen. »Komm her, mein Lieber«, sagte Mrs. Maudsley, »und laß dich aus der Nähe betrachten.« Ich ging nervös auf sie zu, gefangen im Lichtstrahl ihres Auges wie eine Motte, in jenem schwarzen Scheinwerferkegel, dessen Intensität und Kraft sich niemals veränderte. Sie rieb das weiche, feine Material zwischen ihren Fingern. »Diese rauchgrauen Perlmuttknöpfe sind hübsch, findest du nicht auch? Ja, ich finde das einen sehr guten Kauf und hoffe, deine Mutter ist der gleichen Ansicht. Übrigens, Marian«, fügte sie hinzu und wandte sich ihrer Tochter zu, als existierten ich und meine Belange nun nicht länger für sie, »hattest du Zeit, die kleinen Kommissionen zu erledigen, die ich dir aufgetragen hatte – die Sachen, die wir nächste Woche brauchen?« »Ja, Mama«, sagte Marian.

»Und hast du deine eigenen Einkäufe erledigen können?« Marian zuckte die Achseln.

»O nein, Mama, das hat Zeit.«

»Du solltest nicht zu lange damit warten«, sagte Mrs. Maudsley ruhig. »Ich nehme an, du hast niemanden in Norwich getroffen?«

»Keine Menschenseele«, sagte Marian. »Wir mußten uns schwer dranhalten. Nicht wahr, Leo?«

»Ja, das stimmt«, antwortete ich, und mein Eifer, ihr beizupflichten, war so groß, daß ich gar nicht an die Stunde dachte, die ich in der Kathedrale verbracht hatte.

Der Sommer hatte sich von einem Feind in einen Freund verwandelt; auch das war eine Folge unserer Einkaufsfahrt nach Norwich. Ich hatte das Gefühl, daß ich mich nun nach Herzenslust in der Hitze bewegen könne, und ich eroberte sie wie ein neues Element. Ich liebte es, zu beobachten, wie sie schimmernd vom Boden aufstieg und schwer in den Kronen der juligrünen Bäume hing. Ich liebte den Eindruck von Regungslosigkeit, den sie erweckte oder zu erwecken schien und der die ganze Natur in einer kontemplativen Stille einfing. Ich liebte es, die Hitze zu greifen und sie auf meinem Hals und meinen Knien zu spüren, die sich jetzt unverhüllt ihrer Umarmung darboten. Ich sehnte mich danach, immer tiefer und tiefer in sie einzudringen, ihr immer näher und näher zu kommen; denn ich fühlte, daß meine Erfahrungen mit ihr zu einem Höhepunkt führen würden und daß ich, wenn es nur heißer und heißer werden würde, einmal bis ans Herz der Hitze gelangen könnte.

Der grüne Anzug mit seinen rauchgrauen Perlmuttknöpfen und dem offenen Kragen, der so leicht war; die dünne Unterwäsche, deren Berührung mich zärtlich streichelte; die Strümpfe, die kaum dicht genug waren, um meine Beine vor Kratzern zu schützen; die Halbschuhe, mein besonderer Stolz, all das, so spürte ich, war nur ein erster Schritt auf dem Weg zu meiner vollständigen körperlichen Vereinigung mit dem Sommer. Eines nach dem anderen würde ich diese Kleidungsstücke ablegen – in welcher Reihenfolge, vermochte ich nicht zu sagen, obwohl das eine Frage war, die mich beschäftigte. Welches Kleidungsstück würde das letzte sein, das mich noch von der endgültigen letzten Befreiung zur Nacktheit zurückhielt? Meine Ansichten von Anstand waren ungenau und schwer zu definieren, wie alle meine Ansichten in bezug auf geschlechtliche

Dinge; trotzdem war ich mir über meine Sehnsucht, mich mit meinen Kleidern auch dieser Vorstellungen zu entledigen und wie ein Baum oder eine Blume unverhüllt der Natur gegenüberzustehen, durchaus im klaren.

Diese Sehnsucht nach Erfüllung in reiner Nacktheit schwebte am Rande meines Bewußtseins; vielleicht glaubte ich selbst nicht, daß sie sich je verwirklichen würde. Inzwischen änderte der Stolz auf meine neue Ausrüstung auf einer anderen Bewußtseinsebene meine Lebensansichten und meine Beziehung zur Umwelt. Neue Kleider wirken immer wie ein Tonikum, und die Umstände, durch welche ich zu den meinen gekommen war, machten diese zu einem Super-Tonikum. Ich stolzierte wie ein radschlagender Pfau umher und plusterte mich. Aber ich war dabei der Dankbarkeit und Ergriffenheit durchaus fähig, und diese beiden Gefühle waren in mir geweckt worden. Dankbarkeit für die Gaben – wie konnten meine Wohltäter mich nicht schätzen, wie hätte ich sie nicht schätzen können, nachdem die Zuneigung durch solche Gaben besiegelt worden war? Und Ehrfurcht vor der Art, in der sie gegeben wurden: die beiläufige Ansammlung enormer Rechnungen, die sich von Laden zu Laden vergrößerte, als spiele Geld überhaupt keine Rolle! Die Aufwendungen waren göttergleich gewesen; sie gehörten zu einem anderen, großzügigeren Lebensstil als dem, an den ich gewöhnt war. Mein Verstand konnte ihn nicht begreifen, aber meine Phantasie konnte damit spielen; denn im Gegensatz zu meinem Verstand, der das, was er nicht begriff, ad acta legen konnte, liebte es meine Phantasie, sich in das Unverständliche zu versenken und meine Ahnungen davon durch eine Analogie auszudrücken. Ich hatte mir bereits eine zurechtgelegt. Von diesen herrlichen, mit Dukaten (ich vermutete, mit Guineen) gesegneten Wesen, die, scheinbar unberührt durch irgendwelche Bindungen an Arbeit oder Familie, kamen, blieben und gingen, diesen Kosmopoliten, die die Welt zu ihrem Spielplatz machten, in deren Macht es stand (denn das vergaß ich nie), mich durch ein Lachen unglücklich und durch ein Lächeln glücklich zu machen – von diesen Wesen zu den kaum erhabeneren und sagenhafteren Figuren des Tierkreises war nur ein kleiner Schritt.

Ein Gegenstand meines Trousseaus war ein Badeanzug, teils meinem Wunsch nach Nacktheit entsprechend, teils weil mir der Gedanke gefiel, mich darin zu sehen (der Tag mit Marian hatte mich in vieler Hinsicht meiner selbst bewußt gemacht), wünschte ich mir sehr, ihn anzuziehen. Ich gestand, daß ich nicht schwimmen konnte, wenn mich nicht jemand hielt, aber Marian sagte, sie werde dafür sorgen. Dem jedoch setzte meine Gastgeberin eine Schranke. Meine Mutter hatte ihr geschrieben, ich sei empfindlich und neige zu Erkältungen; die Verantwortung, mich baden zu lassen, werde sie nicht ohne die vorherige Erlaubnis meiner Mutter übernehmen. Aber wenn ich wolle, könne ich natürlich den anderen beim Baden zusehen.

Ein Badeausflug war schon geplant, und ich hatte gerade noch Zeit, den Brief zu schreiben und mich den anderen anzuschließen. Es war Samstag, der 14. – meteorologisch ein enttäuschender Tag; denn das Thermometer (von dem ich jetzt wünschte, es würde in unerhörte Höhen hinaufsteigen) hatte noch keine fünfundzwanzig Grad erreicht. Aber dies war ein Geheimnis, das ich mit Marcus und seinem Vater teilte; die anderen, die den wahren Stand der Dinge nicht kannten, klagten laut über die Hitze. Ich nahm, um mit der übrigen Gesellschaft enger verbunden zu sein, meinen Badeanzug mit. Auch Marcus hatte den seinen bei sich. Er würde ihn gebrauchen, obwohl er, wie ich, nicht schwimmen konnte. Keiner der beiden Anzüge, so mußte ich betrübt feststellen, machte große Konzessionen an die Nacktheit. Ich hatte den meinen anprobiert; er war enttäuschend weit, und Marcus' war genauso.

Ich hatte noch nie mit Erwachsenen zusammen gebadet. Das war an sich nicht überraschend, denn in jenen Tagen war das Baden ein Zeitvertreib von nur wenigen, und ein Badeausflug bedeutete ein weit sensationelleres Erlebnis, als dies heute der Fall ist. Ich war neugierig darauf und fürchtete mich beinahe davor; ich hatte die Vorstellung, mich einem fremden und vielleicht sogar feindlichen Element zu überantworten. Obwohl mein Erlebnis nur indirekt sein würde, fühlte ich ein Prickeln auf der Haut und eine leichte Übelkeit in meinen Eingeweiden.

Zu sechst gingen wir im Gänsemarsch den Pfad hinunter – Marian und Denys, ein junger Mann und eine junge Frau, deren Namen in meinem Tagebuch stehen, an deren Gesichter ich mich aber nicht erinnern kann, und Marcus und ich, die den Abschluß bildeten. Es war gegen sechs Uhr, aber die Hitze hing noch immer in der Luft, nicht brennend, aber allgegenwärtig und wohltuend. Durch ein Gatter betraten wir ein Wäldchen. Diesen Weg sollte ich an heißeren Tagen noch oft gehen; aber nie mehr hatte ich die gleiche Empfindung von Kühle, die auf Hitze folgte. Die Bäume standen sehr dicht, sie schlangen sich um uns; die Stille wirkte ansteckend, keiner sprach. Wir kamen auf einen Pfad, der zwischen den Bäumen hindurchführte, und folgten ihm, kletterten dann einen steilen, baumbestandenen Abhang hinunter und über einen Zaun in eine Wiese. Wieder eine Stufe näher dem Erlebnis! Unter dem erneuten Ansturm der Hitze begannen wir wieder zu sprechen, und Marcus sagte:

»Trimingham kommt heute abend.«

»Oh, kommt er?« antwortete ich ohne sonderliches Interesse, aber ich merkte mir den Namen für mein Tagebuch.

»Ja, aber spät, wir werden schon im Bett sein.«

»Ist er nett?« fragte ich.

»Ja, aber furchtbar häßlich. Du mußt nicht erschrecken, wenn du ihn siehst, sonst ist er verletzt. Er mag es nicht, wenn man Mitleid mit ihm hat. Weißt du, er ist im Krieg verwundet worden, und sein Gesicht blieb entstellt. Man sagt, daß es nie mehr richtig wird.«

»Scheußliches Pech«, sagte ich.

»Ja, aber das darfst du weder ihm noch Marian sagen.«

»Warum nicht?«

»Mama würde das nicht gern hören.«

»Warum nicht?« sagte ich wieder.

»Versprich, daß du's niemandem sagst – nicht einmal in der Folter!«

Ich versprach es.

»Mama möchte, daß Marian ihn heiratet.«

Ich kaute schweigend an dieser Neuigkeit herum. Sie war mir äußerst unangenehm. Schon jetzt war ich leidenschaftlich eifersüchtig auf Trimingham, und die Tatsache, daß er ein Kriegsheld war, konnte in meinen Augen keine Empfehlung sein. Mein Vater hatte den Krieg so sehr mißbilligt, daß er mit den Buren sympathisierte. Ich war durchaus fähig, in das Lied »Die Soldaten der Königin« und »Auf Wiedersehen, Dolly, ich muß dich verlassen« einzustimmen, und war bei der Befreiung von Ladysmith vor Aufregung fast verrückt geworden; aber ich glaubte, daß mein Vater recht hatte. Vielleicht verdiente es Trimingham, verstümmelt zu sein. Und weshalb konnte Mrs. Maudsley wünschen, daß Marian einen Mann heiratete, der abstoßend häßlich und nicht einmal ein Mister war?

Wir durchquerten die Wiese auf einem erhöhten Pfad, der zu einem halbkreisförmigen Dickicht von Binsen führte; wir gingen auf die äußerste Spitze der Bucht zu. Es war eine jener sumpfigen, schilfigen Wiesen in Norfolk, auf denen Wollgras wächst. Trotz der Hitze, die alles austrocknete, mußte man vorsichtig gehen, um den durch das Gras halb verdeckten Pfützen rötlichen Wassers auszuweichen. Platsch, platsch, und über meine Halbschuhe lief ein braunes Rinnsal.

Vor uns war ein schwarzes Etwas, ganz aus Stangen und Sparren und Pfählen gefügt, wie ein Galgen. Es machte einen furchterregenden, sehr verlassenen Eindruck. Es war wie etwas, dem man lieber auswich, das einem gefährlich werden konnte; ich wunderte mich, daß wir so unbekümmert darauf zugingen. Wir hatten es fast erreicht, und ich sah, wie die Verschalung abfaulte, und begriff, daß sich jahrelang niemand darum gekümmert hatte, als plötzlich aus dem Schilf der Kopf und die Schultern eines Mannes auftauchten. Er stand mit dem Rücken zu uns und hörte uns nicht. Er ging gemächlich die Stufen zu der Plattform zwischen den Rädern und Rollen hinauf. Er ging sehr langsam, ganz im Genuß seines Alleinseins; er bewegte seine Arme und spielte mit den Schultern, als wolle er sich ganz freimachen, obgleich er nichts anhatte, das ihn hätte irgendwie beengen können: Einen Augenblick lang dachte ich, er sei nackt.

Ein oder zwei Sekunden stand er fast regungslos und wippte nur prüfend auf den Zehen; dann warf er die Arme hoch, spannte sich wie ein Bogen und verschwand. Erst als ich das Aufspritzen des Wassers hörte, begriff ich, wie nahe der Fluß war.

Die Erwachsenen starrten einander bestürzt an, und wir starrten sie an. Die Bestürzung kippte in Empörung. »Was für eine Frechheit!« sagte Denys. »Ich glaubte, wir hätten den Platz für uns allein. Der muß doch wissen, daß er hier nichts zu suchen hat. Was sollen wir machen? Sollen wir ihn fortjagen?«

»In diesem Aufzug kann er nicht gut gehen«, sagte der andere junge Mann.

»Schön, sollen wir ihm fünf Minuten Zeit lassen zu verschwinden?«

»Was ihr auch macht, ich ziehe mich jetzt um«, sagte Marian. »Ich brauch' lange. Komm mit, Eulalie« (das war der seltsame Name ihrer Freundin), »das hier ist unsere Badehütte. Sie ist besser, als sie aussieht«, und sie deutete auf eine Hütte im Schilf, die, wie die meisten Hütten, einem verlassenen Hühnerhaus glich. Sie gingen und überließen es uns, die Situation zu klären.

Wir sahen einander unentschlossen an und durchquerten dann das Schilf in Richtung Ufer. Bis jetzt war der Fluß verborgen gewesen.

Sofort änderte sich das Bild der Landschaft. Der Fluß beherrschte es; ich möchte sagen, die beiden Flüsse, es sah aus wie zwei verschiedene Flußläufe. Oberhalb der Schleuse, neben der wir standen, kam der Fluß aus dem Schatten der Baumgruppe. Grün, bronzefarben und golden floß er durch Binsen und Schilf; der Kies glitzerte, und ich konnte die Fische über die Untiefen flitzen sehen. Unterhalb der Schleuse verbreiterte er sich zu einem See, der so blau war wie der Himmel. Nicht eine Pflanze trübte die Oberfläche, nur etwas zerbrach den glatten Spiegel: der auf- und niedertauchende Kopf des Eindringlings.

Er sah uns und begann auf uns zuzuschwimmen; seine Arme, die oben gebräunt und unten weiß waren, teilten das Wasser. Bald konnten wir sein Gesicht sehen, und seine Augen waren mit dem für Schwimmer typischen angestrengten Ausdruck auf uns gerichtet. »Ach, das ist ja Ted Burgess«, sagte Denys leise, »der Pächter vom Schwarzhof. Wir können nicht unhöflich zu ihm sein – erstens gehört ihm das Land am anderen Ufer, und außerdem würde Trimingham das nicht gerne sehen. Wartet, ich werde besonders nett sein. Für einen Bauern schwimmt er nicht schlecht, was?« Es schien, als sei Denys erleichtert, daß er keine Szene machen müsse; und ich, der sich eher darauf gefreut hatte und glaubte, daß der Bauer ein Mann war, den man nicht so einfach davonjagen konnte, war enttäuscht.

»Ich will ihm eben Guten Tag sagen«, sagte Denys. »Wir verkehren natürlich nicht mit ihm, aber ich möchte nicht, daß er denkt, wir seien hochnäsig.«

Burgess war jetzt fast unter uns. Ein dicker alter Pfahl, der am Ziegelwerk der Schleuse befestigt war, ragte aus dem Wasser. Die Witterung hatte ihn ausgehöhlt und fast wie einen Bleistift zugespitzt. An diesen Pfosten klammerte sich Burgess und begann sich hochzuziehen. Er hing über der Spitze, um Fuß zu fassen, und es sah aus, als würde er aufgespießt; dann griff seine Hand nach einem Ring, der oben in die Mauer eingelassen war, und er stand triefend am Ufer.

»Was für eine Art an Land zu gehen!« sagte Denys und legte seine trockene Hand in die nasse des Bauern. »Warum haben Sie denn nicht den bequemen Weg auf der anderen Seite der Schleuse genommen? Wir haben dort ein paar Stufen machen lassen.«

»Ich weiß«, sagte der Bauer, »aber ich habe immer diesen Weg genommen.« Er sprach im Dialekt der Gegend. Das verlieh seinen Worten Wärme und Gewicht. Er sah auf das Wasser, das sich in einer Pfütze auf den bläulichen Ziegeln zu seinen Füßen sammelte, und schien plötzlich verlegen darüber, in Gegenwart bekleideter Menschen fast nackt zu sein. »Ich wußte nicht, daß jemand kommen würde«, sagte er entschuldigend. »Die Ernte hat gerade begonnen, und mir wurde bei der Arbeit so heiß, daß ich gedacht habe, du läufst schnell runter und springst hinein, weil doch Samstag ist. Ich brauch' nicht lang, nur noch einen Kopfsprung.«

»Oh, bitte, eilen Sie sich nicht unseretwegen«, unterbrach ihn Denys. »Das ist ganz in Ordnung. Uns ist auch heiß, oben im Haus. Übrigens«, fügte er hinzu, »heute abend kommt Trimingham; er wird Sie wahrscheinlich sehen wollen.«

»Würde mich nicht wundern«, sagte der Bauer, nickte Denys zu und rannte die Treppe zur Plattform hinauf, bei jedem Schritt einen dunklen Fußabdruck hinterlassend. Wir sahen ihn – wohl zehn Fuß tief –, und dann sagte Denys: »Ich glaube, ich habe ihm die Situation erleichtert. Glaubt ihr nicht auch?« Sein Freund stimmte ihm zu. Sie gingen fort, um ein Versteck im Schilf zu suchen; wir schlugen die andere Richtung ein. Die gefiederten Spitzen der Binsen nickten einladend. In ihrem Schutz konnten wir sehen, ohne, wie wir glaubten, gesehen zu werden: Es war aufregend und geheimnisvoll wie in einer Höhle. Marcus begann sich auszuziehen. Ich wollte seinem Beispiel folgen, aber Marcus sagte: »Ich würde mir ja keinen Badeanzug anziehen, wenn ich doch nicht bade. Das sieht komisch aus.« Also blieb ich, wie ich war.

Das Schilf raschelte, als die Männer herauskamen, und fast im gleichen Augenblick hörten wir die Tür der Hütte knarren und die Stimmen der Frauen. Sie gingen alle zusammen zu den Stufen oberhalb der Schleuse, und ich folgte ihnen und hatte das Gefühl, daß ich nicht mehr zu ihnen gehöre. Irgendwie war es enttäuschend, sie so bis zum Hals bekleidet zu sehen, fast als würden sie in ihren Kleidern baden; ich erinnere mich, daß Marians Anzug sie weit mehr zu verhüllen schien als ihre Abendkleider. Sie alberten herum auf den Stufen, indem sie einander scherzhaft Mut machten, als erste hineinzugehen. Denys und sein Freund zogen einander ins Wasser und wurden mit der Strömung durch die Schleuse getrieben, während Marian und Eulalie und Marcus in dem seichten Wasser oberhalb blieben, wo es nur hüfttief war; ihre Füße waren verschwommen weiß auf dem golden leuchtenden Kies zu sehen, während sie mit langen, unsicheren Schritten herumwateten, in unsichtbare

Löcher einsanken und dabei einander anspritzten, schrien, kicherten und lachten. Ihre dicken, unförmigen Anzüge klebten an ihren Körpern und nahmen allmählich deren sanfte Formen an. Nun wurden sie mutiger und bespritzten sich mit Absicht; mit zusammengekniffenen Augen gingen sie aufeinander los, das Kinn kampflustig vorgereckt. Ihre ausgestreckten Hände drückten das Wasser mit langen, langsamen Bewegungen zur Seite und fingen es dann mit vollen Armen wieder auf. Die Bewegung teilte sich allmählich ihrem Körper mit; sie lächelten glücklich und atmeten in tiefen, seligen Zügen.

Mir war, als sähe ich einem Tanz zu, von dem ich ausgeschlossen war. Ich konnte diesen Anblick nicht länger ertragen und wandte mich nach der anderen Seite der Schleuse, wo Denys und der andere Mann im tiefen Wasser auf dem Rücken lagen, es manchmal strampelnd aufspritzen ließen, manchmal in den Himmel starrten, so daß nur ihre Gesichter zu sehen waren. Während ich so dastand und sie bewunderte, ohne den Wunsch zu haben, bei ihnen zu sein, hörte ich unter mir einen Laut; es war Ted Burgess, der am Pfahl hing und sich hinaufzog. Seine Muskeln traten hervor, sein Gesicht war vor Anstrengung verzerrt. Offenbar sah er mich nicht; und ich wich vor diesem kraftvollen Körper, der mir etwas zu sagen schien, von dem ich nichts wußte, fast angstvoll zurück. Ich verzog mich in das Schilf und ließ mich dort nieder, während er sich auf den warmen Ziegeln in der Sonne ausstreckte.

Neben ihm lagen seine Kleider; er hatte sich nicht die Mühe genommen, den Schutz des Schilfes aufzusuchen. Auch jetzt tat er es nicht. Er glaubte sich unbemerkt von den anderen Badenden und überließ sich dem Alleinsein mit seinem Körper. Er spielte mit seinen Zehen, schnaubte laut durch die Nase, zwirbelte seinen braunen Schnurrbart, in dem immer noch Wassertropfen hingen, und betrachtete sich kritisch. Was er sah, schien ihn zu befriedigen, und er hatte allen Grund dazu. Ich, der Körper und Geist nur im Stadium der Entwicklung kannte, befand mich plötzlich der Reife in ihrer ausgeprägtesten Form gegenüber; und ich überlegte, was für ein Gefühl das wohl sein müsse, so wie er zu sein, Herr über diese Gliedmaßen, die den Anforderungen des Turnsaals und des Sportplatzes längst entwachsen und nur für ihre eigene Kraft und Schönheit da waren. Auf welche Weise, überlegte ich, können sie sich ihrer selbst bewußt werden?

Jetzt hielt er den Stengel eines Wegerichs in seiner linken Hand und strich damit sanft über die Haare seines rechten Unterarms; sie glitzerten in der Sonne und waren blasser als seine Arme, die bis über den Ellbogen mahagonibraun waren. Dann streckte er beide Arme senkrecht über seine Brust empor, die so weiß war, daß sie zu einem anderen Menschen hätte gehören können; nur unterhalb des Halses hatte die Sonne einen kupferfarbenen Brustpanzer eingebrannt. Und er lächelte vor sich hin, ein inniges, zufriedenes Lächeln, das bei den meisten Menschen kindisch oder dumm ausgesehen hätte, das bei ihm aber wie ein Federschmuck auf einem Tiger wirkte – ein scharfer Kontrast, der ganz zu seinem Vorteil ausfiel.

Ich überlegte mir, ob es richtig war, ihn so zu belauern, aber ich konnte mich nicht bewegen, ohne mich zu verraten, und ich hatte das Gefühl, es sei gefährlich, ihn zu stören.

Die Badenden waren die ganze Zeit über ruhig gewesen, aber plötzlich ertönte ein Schrei vom Fluß her – »Oh, mein Haar, mein Haar! Es hat sich gelöst, es ist ganz naß! Ich werde es nie mehr trocken bekommen! Was soll ich tun? Was soll ich tun? Ich gehe raus!«

Der Bauer sprang auf. Er nahm sich nicht die Zeit sich abzutrocknen. Er zog sein Hemd über den Kopf und seine Kordhose über seine nasse Badehose, fuhr mit den Füßen in dicke, graue Socken und zog die Stiefel an. Die grimmige Energie, die er so unmittelbar nach seiner bisherigen Ruhe in diese Bewegungen legte, erschreckte mich. Sein Ledergürtel machte ihm am meisten zu schaffen; er fluchte, als er die Schnalle befestigte. Dann entfernte er sich mit schnellen Schritten über die Schleuse.

Einen Augenblick später erschien Marian. Sie hielt ihr langes Haar von sich weg. Es machte zwei Windungen, die mir vertraut waren; sie gehörten zu der Jungfrau des Tierkreises. Sie sah mich sofort; halb lachte sie, halb war sie zornig. »Oh, Leo«, sagte sie, »du sitzt so selbstzufrieden da. Ich hätte Lust, dich in den Fluß zu werfen.« Ich glaube, ich machte ein erschrecktes Gesicht, denn gleich darauf sagte sie: »Nein, nein, das war nur Spaß. Du siehst nur so schrecklich *trocken* aus, und bis ich es bin, wird es ewig dauern.« Sie sah sich um und sagte: »Ist der Mann fort?«

»Ja«, sagte ich, wie immer glücklich, auf eine Frage, die sie mir stellte, antworten zu können. »Er ist in großer Eile fortgegangen. Er heißt Ted Burgess und ist ein Bauer«, gab ich bereitwillig weiter Auskunft. »Kennen Sie ihn?«

»Es kann sein, daß ich ihn getroffen habe«, sagte Marian. »Ich kann mich nicht erinnern. Aber du bist noch da, das ist immerhin etwas.«

Ich wußte nicht, was sie meinte, aber es klang wie ein Kompliment. Sie ging in die Hütte. Bald kamen auch die anderen aus dem Wasser. Marcus gesellte sich zu mir und erzählte mir, wie herrlich es gewesen sei. Ich beneidete ihn um seinen nassen Badeanzug, der auf seine halbe Größe zusammengeschrumpft schien: Mein trockener lag da wie ein Zeichen des Versagens. Wir mußten lange auf die Damen warten. Endlich kam Marian aus der Hütte. Sie hielt ihr langes Haar von sich weg. »Oh, ich werde es nie mehr trocken bekommen«, jammerte sie, »und es tropft auf mein Kleid.« Es war komisch, sie so hilflos und verzweifelt zu sehen, sie, die immer alle Dinge so leicht nahm, und das alles wegen einer solchen Lappalie wie nasser Haare. Frauen waren sehr merkwürdig. Ganz plötzlich hatte ich eine Idee. Sie durchfuhr mich wie ein Freudenstrahl: »Hier ist mein Badeanzug«, sagte ich, »der ist *ganz* trocken. Wenn Sie ihn so um Ihren Hals nehmen, daß er über Ihren Rücken hängt, können Sie Ihr Haar darüber fallen lassen, und Ihr Haar wird trocknen und Ihr Kleid nicht naß werden.« Ich hielt atemlos inne; mir schien dies die längste Rede, die ich je gehalten hatte, und ich zitterte, weil sie vielleicht nicht darauf hören könnte: Man tat die Vorschläge von Kindern so oft achtlos ab. Ich hielt das Kleidungsstück beschwörend in die Höhe, damit sie selbst sehen konnte, wie geeignet es für ihre Zwecke war. »Das könnte gehen«, sagte sie zögernd. »Hat jemand eine Nadel?« Man hatte eine Nadel zur Hand; der Anzug wurde um ihren Hals drapiert, man gratulierte mir zu meinem großartigen Einfall. »Und jetzt mußt du mein Haar darüber ausbreiten«, sagte sie zu mir, »und paß auf, daß du nicht daran ziehst. Oh, oh!« Ich fuhr erschrokken zurück; wie konnte ich ihr wehgetan haben? Ich hatte ihr Haar kaum berührt, sosehr mich auch danach verlangte. Dann sah ich, daß sie lächelte, und machte mich wieder an die Arbeit. Es war wahrhaft ein Liebesdienst, der erste meines Lebens.

Ich ging neben ihr durch die immer länger werdenden Schatten zurück, ängstlich bemüht, ihr immer noch »etwas« zu bedeuten, obwohl ich nicht wußte, was. Hin und wieder fragte sie mich, wie ihr Haar sei, und jedesmal, wenn ich es berührte, um es festzustellen, gab sie vor, ich hätte daran gezogen. Sie war in einer seltsam exaltierten Stimmung, und genauso erging es mir; und ich dachte, daß unsere Überspanntheit irgendwie aus derselben Quelle käme. Meine Gedanken umhüllten sie, drangen in sie ein: ich war der Badeanzug, über den ihr Haar fiel;

Ich war ihr trocknendes Haar, ich war der Wind, der es trocknete. Ich hatte ein überwältigendes Gefühl, etwas erreicht zu haben, das ich mir nicht erklären konnte. Und als sie mir mein Eigentum wieder zurückgab, feucht von der Feuchtigkeit, vor der ich sie bewahrt hatte, und mich noch einmal ihr Haar fühlen ließ, das trocken war von einer Trockenheit, die sie mir verdankte, fühlte ich, daß die Schale meines Glückes bis zum Rand gefüllt war.

5

Das Frühstück in Brandham Hall begann mit einer Familienandacht um neun Uhr. Mr. Maudsley saß am oberen Tischende und las die Gebete (die Speisen standen alle auf der Anrichte). Die anderen Stühle waren vom Tisch an die Wand zurückgestellt worden; ich glaube, sie waren alle gleich, aber ich hatte meinen Lieblingsstuhl, den ich an bestimmten Merkmalen erkannte und nach Möglichkeit ergatterte. Nachdem der Gong ertönt war, zogen die Dienstboten im Gänsemarsch herein, angeführt vom Butler, der seine feierlichste Miene aufgesetzt hatte. Ich zählte sie jedesmal, kam aber immer nur bis zehn, obwohl es hieß, es seien zwölf im Haus. Die Familie erschien weniger regelmäßig. Mrs. Maudsley war immer anwesend; für Marcus und mich war es eine Ehrensache; Denys kam ab und zu, und Marian, die selten pünktlich war, erschien manchmal, wenn wir schon halb fertig waren. Im großen ganzen waren jeweils mehr als die Hälfte der Gäste anwesend. Marcus sagte mir, man sei in keiner Weise verpflichtet zu kommen; aber die meisten Haushalte alten Stils hielten an der Familienandacht fest (ich wagte ihm nicht zu sagen, daß dies bei uns nicht der Fall war). Sein Vater sah es gerne, wenn man kam, nahm es aber nicht übel, wenn man wegblieb.

Zuerst setzten wir uns, dann knieten wir nieder; während wir saßen, las Mr. Maudsley eine Textstelle, während wir knieten, las er die Gebete; er las mit alltäglicher Stimme, ohne Betonung, aber nicht ohne Ehrfurcht; er war eine so farblose Persönlichkeit, daß er sich allem, was er tat, anzupassen schien.

Beim Sitzen hatte man die beste Gelegenheit, Beobachtungen anzustellen, die Gäste zu studieren oder, was leichter war, die Dienstboten, denn sie saßen uns gegenüber. Marcus war in gewissen Dingen ihr Vertrauter; er wußte zum Beispiel, wer von ihnen in Schwierigkeiten war und weshalb. Wenn es schien, als hätte eines von ihnen gerötete Augen, so verlieh dies der morgendlichen Zeremonie einen dramatischen Akzent. Später, während man kniete, konnte man die Knöchel so in die Augen pressen, daß farbige Kreise erschienen, und man konnte die nächste Umgebung genauestens inspizieren. Dies so diskret zu tun, daß man sich nicht dem Vorwurf mangelnder Frömmigkeit aussetzte, war eine der Herausforderungen, der man sich stellte.

An jenem Morgen, meinem ersten Sonntagmorgen in Brandham Hall, ging Marcus nicht mit mir hinunter. Er sagte, er fühle sich nicht wohl. Er überlegte nicht lange, ob er aufstehen solle oder nicht, wie ich das getan hätte, noch erbat er von irgend jemandem die Erlaubnis, liegen bleiben zu dürfen. Er blieb einfach im Bett. Seine blassen Wangen waren leicht gerötet, und seine Augen glänzten. »Mach dir keine Gedanken meinetwegen«, sagte er. »Es wird schon jemand kommen. Bestell Trimingham beste Grüße von mir.«

Insgeheim fest entschlossen, Mrs. Maudsley sofort nach der Andacht davon zu berichten (denn abgesehen von meiner wirklichen Besorgnis fand ich Gefallen daran, mich in der Rolle eines Überbringers schlechter Nachrichten zu sehen), wartete ich, bis der letzte Gongschlag verhallt war, und stand auch schon am obersten Absatz der Doppeltreppe. Ich mußte nicht lange überlegen, welche Seite diesmal an der Reihe war.

Trimingham, dachte ich, als ich die Treppenkaskade hinuntertobte (an diesem Morgen war ich eine Rothaut; über die Wasserfälle schießend, mußte ich eine Art Entdecker sein), Trimingham: der Mister-lose Trimingham, von dem Marians

Mutter wünschte, daß sie ihn heirate. Wenn sie ihn nun aber nicht heiraten wollte? Ich haßte den Gedanken, ihre Wünsche könnten in irgendeiner Weise durchkreuzt oder vereitelt werden. Trimingham lastete auf meiner Seele. Vielleicht konnte ich ihn verzaubern. Den Spruch in Gedanken formulierend, erreichte ich meinen Lieblingsstuhl und machte ein andächtiges Gesicht. Die anderen Gäste kamen herein, und einer davon setzte sich neben mich. Man brauchte mir nicht zu sagen, um wen es sich handelte, und obwohl ich gewarnt war, zuckte ich zusammen. Auf der mir zugewandten Gesichtshälfte verlief eine sichelförmige Narbe vom Auge bis in den Mundwinkel; sie zog das Auge herunter, wobei sie einen Teil des roten, feuchtglänzenden Lidinneren sehen ließ, und den Mund nach oben, so daß man das Zahnfleisch über den Zähnen sah. Ich glaube nicht, daß er das Auge oder den Mund jemals schließen konnte, nicht einmal im Schlaf. Er hatte sich, wie ich später erfuhr, eigens einen Schnurrbart wachsen lassen, um dies zu verdecken. Aber dieser Schnurrbart war eine kümmerliche Angelegenheit, die nichts verbesserte. Sein verunstaltetes Auge tränte etwas: Auch jetzt, während ich ihn betrachtete, betupfte er es mit einem Taschentuch. Sein ganzes Gesicht war verzerrt; die Backe mit der Narbe war viel kürzer als die andere.

Ich dachte, es sei unmöglich, ihn gerne zu haben, und sofort wurde er mir sympathischer. Das war niemand, vor dem man Angst zu haben brauchte, auch wenn er nicht durch seine zweifelhafte gesellschaftliche Stellung im Nachteil gewesen wäre, eine Stellung, von der ich annahm, daß sie unterhalb der eines Gentleman, aber über der eines, nun, eines Ted Burgess lag. Aber weshalb wurde so viel Getue um ihn gemacht? Der Grund mußte in seiner Entstellung liegen. Ich hielt die Maudsleys für eine religiöse Familie; vielleicht war er eine Art Angestellter, den sie nicht aus den Augen verlieren wollten, und sie waren aus christlicher Nächstenliebe gut zu ihm. Ich würde es auch sein, dachte ich, als ich, gesammelter als sonst, der Lesung lauschte.

Ich hatte keine Gelegenheit, ihm Marcus' Grüße auszurichten; denn er saß beim Frühstück auf der anderen Seite des Tisches, der bis auf den letzten Platz besetzt war; am Samstag waren mehrere Gäste angekommen, während wir badeten. Marian saß an seiner einen Seite, seiner guten Seite: Mir kam sofort der Einfall, ihn als zweiseitig zu betrachten, wie Janus. Die beiden sahen nebeneinander wie »Die Schöne und das Biest« aus. Wie lieb von ihr, dachte ich, sich so viel Mühe zu geben mit ihm! Ihre blauen Augen hatten für ihn einen Blick, den sie kaum für einen anderen Menschen hatten, außer manchmal für mich.

Die Männer gingen nun auf und ab und aßen dabei ihren Porridge. Dies, so sagte mir Marcus, sei *de rigueur;* nur Flegel äßen ihren Porridge im Sitzen. Ich wanderte mit meinem Teller umher, voll Angst, etwas zu verschütten. Die Damen jedoch blieben sitzen. Mrs. Maudsley machte einen abwesenden Eindruck. Ihr rätselhafter Insektenblick verweilte mehrmals auf Trimingham – er brauchte dazu nicht zu wandern, er war einfach *da.* Aber mich erfaßte er nicht, und als sie mich endlich zu beachten geruhte, war das Frühstück beendet, wir verließen den Tisch, und sie sagte: »Oh, ist Marcus nicht da?« Sie hatte sein Fehlen nicht einmal bemerkt, obwohl er ihr Liebling war. Aber sie ging sofort auf sein Zimmer hinauf, wohin ich ihr erst folgte, nachdem ich mich vergewissert hatte, daß die Luft wieder rein war. Zu meinem Erstaunen war mit zwei Reißnägeln an unserer Türe ein Briefumschlag mit »Eintritt verboten« befestigt. Dies war eine Herausforderung, die ich sofort annahm. Außerdem war es ebensogut mein Zimmer wie Marcus', und keiner hatte das Recht, mich auszusperren. Ich öffnete die Tür und streckte den Kopf hinein.

»Was ist los?« fragte ich.

»Anständig von dir, vorbeizuschauen«, sagte Marcus gelangweilt aus seinem Bett heraus, »aber bleib' draußen. Ich habe Kopfweh und ein paar Flecken, und Mama meint, es könnten Masern sein. Sie hat es nicht gesagt, aber ich weiß es.«

»Verdammtes Pech, alter Knabe«, sagte ich. »Aber wie steht's mit der lieben alten Quarantäne?«

»Nun, es gibt Fälle, wo sich so etwas auch nach der Quarantäne zeigt. Aber der Arzt kommt, und der wird es feststellen. Schöner Spaß für dich, wenn du sie bekommst. Vielleicht bekommen wir sie alle, wie in der Schule. Dann können wir weder das Cricketmatch noch den Ball noch sonstwas veranstalten. Mensch, ich lach' mich kaputt.«

»Gibt es denn ein Cricketmatch?«

»Ja, das haben wir jedes Jahr. Da sind sie dann alle gut beschäftigt.«

»Und einen Ball?« fragte ich besorgt. Einem Ball fühlte ich mich nicht gewachsen.

»Ja, der ist für Marian und Trimingham und die ganze Nachbarschaft. Er soll am Samstag, den 28., steigen. Mama hat die Einladungen schon verschickt. Herr des Himmels! Bis dahin werden wir hier ein Hospital haben!«

Bei dieser Vorstellung wieherten wir vor Lachen, und Marcus sagte:

»Es wäre besser, du bliebst nicht hier drin und atmetest meine lausigen Bakterien ein.«

»Herrje, du kannst recht haben. Da fällt mir ein, ich brauche mein Gebetbuch.«

»Wie, gehst du in die liebe alte Kirche?«

»Na, ich dachte, ich könnte mal.«

»Verdammt anständig von dir. Aber weißt du, du brauchst nicht.«

»Ich weiß, aber ich will nicht schofel sein. Zu Hause gehn wir manchmal«, gestand ich ihm großmütig. »Soll ich mich ins Zimmer wagen und meine Gebetsklamotten holen?«

Im vergangenen Semester war es Mode geworden, ein Buch »Klamotte« zu nennen.

»Ja, aber halt' den Atem an.«

Ich atmete tief ein, rannte auf die Kommode zu, grabschte nach dem Gebetbuch und erreichte puterrot wieder die Tür.

»Prachtjunge, ich hätte nicht gedacht, daß du es schaffst«, sagte Marcus, während ich nach Luft rang. »Und hast du einen alten Knopf oder was ähnliches für den Klingelbeutel?«

Ein erneuter Tauchversuch nach der Kommode, aber diesmal mußte ich nach Luft schnappen. Während ich sie einsog, hatte ich das deutliche Gefühl, daß mehrere Bakterien in der Größe von Schnaken durch meine Luftröhre rutschten. Um mich von dieser Vorstellung zu befreien, öffnete ich meinen Geldbeutel und roch daran. Das neue Leder hatte einen durchdringenden, aromatischen Geruch, der fast so belebend wirkte wie ein Riechfläschchen; und das Mittelfach mit dem diebessicheren Schloß barg einen halben Sovereign. In anderen Fächern lagen weitere Münzen, die nach ihrem Wert geordnet waren; das äußerste enthielt Pennies.

»Mama würde dir etwas geben, wenn du sie darum bittest«, sagte Marcus. »Wahrscheinlich wird sie's sowieso tun. Sie ist in solchen Sachen sehr anständig.«

In einem plötzlichen Anfall von männlicher Diskretion in Geldsachen gab ich eine ausweichende Antwort.

»Ich werde mir's überlegen«, sagte ich und drückte die Geldbörse, die köstlich knirschte.

»Na, spreng' die Bank nicht. Bis nachher, alter Junge. Bete nicht zuviel.«

»Bis nachher, alter Gauner«, antwortete ich.

Zu Hause bedienten wir uns eines anderen Vokabulars als in der Schule. Es waren zwei völlig voneinander verschiedene Sprachen, aber wenn wir unter uns waren und besonders bei aufregenden Ereignissen – wie Marcus' vermuteten Masern –, verfielen wir auch außerhalb der Schule oft in den Schuljargon. Nur wenn Marcus mich in *les convenances* unterrichtete, wie er das nannte, denn er liebte es, sein Französisch anzubringen, hielt er sich streng an ein korrektes Vokabular. Denn da handelte es sich um eine ernste Angelegenheit.

Irgendwo auf der Sonnenseite des Hauses, der »privaten Seite«, ich glaube am Fuß des Treppenhauses, versammelten sich die Kirchgänger: Es herrschte eine ungewohnte Atmosphäre. Man sprach und bewegte sich zurückhaltend, und jedermann trug eine gesetzte Miene zur Schau. Ich bewunderte die kostbaren Gebetbücher der Damen; die Männer schienen die ihren, wenn sie überhaupt welche hatten, zu verbergen. Ich trug meinen Etonanzug: Marcus sagte, das sei korrekt, und nach dem Mittagessen könne ich wieder meinen grünen Anzug anziehen. Ich bemühte mich, ein frommes Gesicht zu zeigen, und stolzierte zwischen den sich versammelnden Gästen umher, aber niemand schenkte mir viel Beachtung, bis Mrs. Maudsley mich beiseite nahm und sagte: »Würdest du das wohl in den Klingelbeutel legen?« Und sie steckte mir einen Schilling zu. Ich fühlte mich plötzlich enorm bereichert, und mich durchfuhr der Gedanke, ob ich eine kleinere Münze dagegen auswechseln sollte. Das könnte ich dann Marcus erzählen. Aber sogleich verwarf ich den Gedanken wieder. Wir standen immer noch herum. Ich wurde unruhig: Kirchen warten nicht. Mr. Maudsley zog seine Uhr: »Warten wir auf Trimingham?« fragte er.

»Nun, vielleicht noch eine oder zwei Minuten«, antwortete seine Frau.

Meine Mutter hatte sich geirrt: Wir fuhren nicht. Die Kirche war nur eine halbe Meile entfernt. Man konnte sie fast von überall sehen sie war nicht zu verfehlen. Sie stand neben dem Cricketplatz. Zu zweit und zu dritt bewegten wir uns darauf zu, nicht paarweise wie in der Schule. In der Schule machten wir vorher aus, neben wem wir gehen würden. Da ich mich ohne Marcus fremd fühlte, schloß ich mich versuchsweise an ein oder zwei Paare an, und als diese miteinander beschäftigt schienen, ging ich allein. Schließlich kam Marian, die ebenfalls allein war, auf mich zu, und ich erzählte ihr von Marcus. »Ich nehme an, es wird sich wieder geben«, sagte sie. »Wahrscheinlich ist es nur ein leichter Sonnenstich.« Die Sonne brannte vom Himmel, und der Staub wehte uns ins Gesicht.

»Ist Ihr Haar jetzt trocken?« fragte ich besorgt.

Sie lachte und sagte: »Dank deines Badeanzugs!«

Ich war stolz, daß ich ihr hatte helfen können, aber mir fiel nichts ein, was ich ihr sagen konnte, außer: »Tragen Sie Ihr Haar Tag und Nacht aufgesteckt?«

Sie lachte wieder und sagte: »Hast du denn keine Schwestern?« Ich war erstaunt, ja sogar verletzt; hatte ich ihr doch an dem Tag, an dem wir nach Norwich fuhren, alles über meine Familie erzählt, was für mich einer Bloßlegung meines Innersten gleichkam. Ich erinnerte sie daran.

»Natürlich hast du mir's erzählt«, sagte sie. »Und ich erinnere mich ganz genau an alles. Aber ich muß an so viel denken; es war mir entfallen. Es tut mir sehr leid.«

Ich hatte sie nie vorher sich irgend jemand gegenüber entschuldigen gehört, und nun empfand ich ein seltsam süßes Machtgefühl. Aber ich wußte nicht, was ich jetzt sagen sollte, und betrachtete sie nur schweigend – ihren Strohhut, dessen Schleife wie die Flügel einer Windmühle aussahen, und die Spuren, die ihr geblümter hellblauer Rock im Staub der Straße hinterließ. Plötzlich sah ich mit halbem Auge, daß Trimingham uns folgte. Er trödelte nicht wie wir und würde uns bald eingeholt haben. Ich wollte nicht, daß dies geschah, und rechnete aus, wann er uns eingeholt haben würde; aber schließlich fühlte ich mich verpflichtet zu sagen: »Trimingham ist hinter uns her«, als wäre er eine Seuche oder ein Unglück oder die Polizei.

»Oh, kommt er?« sagte sie und wandte den Kopf, aber sie rief ihn nicht herbei und gab ihm auch kein Zeichen, und sein Schritt wurde langsamer, und als er mit uns auf gleicher Höhe war, ging er, zu meiner großen Erleichterung, lächelnd an uns vorbei und schloß sich den Leuten vor uns an.

6

Ich weiß nicht mehr, wie wir in die Kirche kamen oder wer mir meinen Platz anwies. Diese Frage hatte mich beunruhigt; denn ich wußte, wie wichtig es war, daß man auf dem richtigen Platz saß. Aber ich erinnere mich, daß wir im Querschiff saßen, im rechten Winkel zur übrigen Gemeinde und eine oder zwei Stufen höher als diese. Ein Kirchendiener bot mir ein Gebetbuch und ein Gesangbuch an, und es freute mich, ihm zeigen zu können, daß ich bereits beides hatte.

Ich war erleichtert, endlich in der Kirche zu sein. Es war dasselbe Gefühl, wie wenn man einen Zug erwischt hat. Als erstes sah ich die Nummern der Psalmen nach und zählte die Verse zusammen; denn ich wußte, wenn es mehr als fünfzig waren, wurde mir möglicherweise schlecht, und ich müßte mich setzen. Und davor fürchtete ich mich, denn es veranlaßte die Leute, sich umzudrehen und mich anzuschauen. Ein- oder zweimal hatte man mich sogar hinausgeführt, und ich mußte mich am Kircheingang niedersetzen, bis ich mich wieder wohler fühlte. Ich genoß zwar die Wichtigkeit, die ich auf diese Weise gewann, aber ich fürchtete die Vorspiele, den kalten Schweiß, die Schwäche in den Knien und die Angst, ob ich es durchstehen könne. Vielleicht war dies ein Beweis, daß mir Religion nicht bekam. In jenen Tagen waren Andachten anstrengender als heute, und die Psalmen wurden in ungekürzter Form gesungen.

Aber alles in allem waren es diesmal nur vierundvierzig Verse. Beruhigt sah ich mich nach etwas um, womit sich meine Gedanken beschäftigen konnten. Die Wand des Querschiffes war mit Steintafeln bedeckt, und auf jeder stand derselbe Name. »Zum Andenken an Hugh Winlove, 6. Grafen von Trimingham«, las ich. »Geboren 1783, gestorben 1856.« Ich studierte sie aufmerksam; alle Grafen schienen Hugh zu heißen. Sieben Grafen waren aufgeführt, aber es hätten acht – nein neun – sein müssen. Der fünfte fehlte; für ihn gab es keine Inschrift. Und auch der neunte fehlte. »Dem Andenken von Hugh, 8. Grafen von Trimingham, geboren 1843, gestorben 1894.« – Mein Gefühl für Ordnung war verletzt, und was noch ärgerlicher war: Zwei der Grafen hießen perverserweise Edward. Was war mit dem fünften Grafen geschehen, daß er hier keine Gedenktafel hatte? Er hatte vor so langer Zeit gelebt, vielleicht in einer jener glücklichen Epochen, in denen die Geschichte ohne Daten auszukommen schien. Aber der achte Graf war 1894 gestorben, also mußte es einen neunten geben. Weshalb war er nicht hier?

Plötzlich dämmerte es mir, daß er noch leben könnte.

Diese Entdeckung oder Hypothese – denn ich glaubte noch nicht so recht an ihre Wahrscheinlichkeit – ließ mich die versammelten Grafen in einem anderen Licht sehen. Zuerst hatte ich sie als Teil der Kircheneinrichtung betrachtet, mausetot und vergessen, toter und vergessener, als wenn man ihnen ordentliche Gräber statt nur ein Stück Wand überlassen hätte. Sie waren Daten aus einem Geschichtsbuch; ihre Taten, die man verzeichnet hatte, waren genau wie jene, die in einem Geschichtsbuch verzeichnet stehen: die Schlachten, die sie geschlagen, die Ehren, die sie erlangt, die Stellungen, die sie in der Regierung eingenommen hatten – was könnte langweiliger sein? Ihre Ruhmestaten waren Dinge, die man lernen mußte und dann doch vergaß, die man aber gefragt und deretwegen man vielleicht gestraft wurde, wenn man sie nicht wußte. »Schreibe zehnmal den vollen Namen des sechsten Grafen von Trimingham.«

Wenn es aber wirklich einen neunten Grafen gab, der nicht in einer Mauer begraben war, sondern herumspazierte, dann wäre die ganze Familie plötzlich lebendig; dann gehörte sie nicht der Geschichte an, sondern der Gegenwart, und die Kirche war eine Zitadelle ihres Ruhmes – die Kirche und Brandham Hall.

Ich grübelte über all das nach, und mir schien, als seien die Maudsleys die Erben des Ruhmes der Trimingham. Es war wohl ein Ruhm mit dem Ort verbunden, den die Maudsleys sozusagen in Pacht genossen. Und wenn sie das taten, so taten es auch ihre Gäste und somit auch ich.

Ein Glorienschein, der stärker war als das Sonnenlicht, erfüllte das Querschiff. Er erfüllte auch mich, und indem er über den Raum hinauswuchs, verschmolz er mit dem Tierkreis, meiner bevorzugten Religion.

»Bemühe dich, gut zu sein«, hatte meine Mutter mir gesagt, und das fiel mir nicht schwer, denn ich hatte einen Hang zur Verehrung. In der Schule nahm ich Gesangsunterricht, und unter den Liedern, die ich lernte, war eines – »Mein Lied soll immer deine Gnade preisen« –, das mir große Freude bereitete. Ich hatte das Gefühl, ich könnte mich wirklich in die Gnade Gottes vertiefen und sie lobpreisen, wenn ich nur nicht immerzu stehen müßte; aber für mich war die Gnade nur ein Attribut Gottes; sie hatte in meiner Vorstellung nichts mit den Sünden der Menschheit zu tun. Und auf die gleiche Weise brachte ich Güte nicht mit Moral in Zusammenhang; sie war nicht etwas, das man anstrebte, sondern eine abstrakte Vorstellung, in die man sich versenkte; sie gehörte zu der Vollkommenheit der himmlischen Gestalten, obwohl es nicht deren Güte war, die mich besonders anzog, sondern ihre Immunität gegen die Unzulänglichkeiten, unter denen ich litt. Ich konnte ihr und mein Schicksal nur als Gegensatz zueinander sehen.

In diese Vorstellung des Absoluten versunken, entging mir ein Teil des Gottesdienstes, und meine nervöse Angst wegen der Psalmen befiel mich von neuem. Aber sie währte nicht lange; bei Vers 40 kontrollierte ich meine Symptome und fand sie normal: Ich wußte aus Erfahrung, daß in der Zeitdauer von vier weiteren Versen nichts passieren konnte.

Aber nun kam ein alarmierender Laut; die Stimme des Pfarrers schaltete auf eine tiefere Tonart: »O Gott, Vater des Himmels.« Meine Stimmung sank. Wir steuerten auf die Litanei zu. Sofort zog ich meine Uhr; ich wußte, ich konnte diese Prüfung am besten überstehen, wenn ich mit mir selbst wettete, wie lange es noch dauern würde.

Gewöhnlich verschloß ich mich völlig gegen den Text der Lieder und wartete nur auf den Taktwechsel des Gesummes – das Anzeichen dafür, daß es dem Ende zuging. Aber diesmal drangen einige Worte in mich ein, und »elende Sünder« war plötzlich kein bloßer Klang mehr, sondern ein Begriff, dessen Bedeutung mich herausforderte.

Dagegen wehrte ich mich heftig. Weshalb sollten wir uns Sünder nennen? Das Leben war nun einmal, wie es war; und die Menschen handelten so, daß es einem manchmal Schmerz verursachte. Ich dachte an Jenkins und Strode. Waren sie Sünder? Selbst damals, als die Verfolgung ihren Höhepunkt erreicht hatte, hatte ich sie niemals dafür gehalten: Sie waren Jungen wie ich, und sie hatten mich in eine Lage gebracht, in der ich meinen Grips zusammennehmen mußte, um mich wieder daraus zu befreien; und ich hatte mich befreit und hatte den Spieß umgedreht. Hätte ich sie als Sünder betrachtet und, statt Widerstand zu leisten, zu Gottes Gnade Zuflucht genommen, hätte ich die Geschichte meiner Befreiung nicht so inständig genießen können. Mein Sieg wäre nicht mir zuzuschreiben gewesen: Die Lösung des Problems hätte in Gottes Hand gelegen, nicht in der meinen, und ich hätte mich sogar noch als Sünder bekennen müssen, weil ich die Flüche auf sie herabgewünscht hatte.

Nein, dachte ich, und rebellierte immer heftiger, das Leben hat seine eigenen Gesetze, und es ist an mir, mich gegen alles, was auf mich zukommt, zu verteidigen, ohne bei Gott über Sünden zu jammern, seien es nun meine eigenen oder die der anderen. Was nutzte es einem Mann, wenn er in der Klemme steckte, die Menschen, die daran schuld waren, elende Sünder zu nennen? Oder gar sich selbst einen elenden Sünder zu schelten? Die Gleichmacherei dieses Sündertums mißfiel mir; das kam mir vor wie ein verregnetes Cricketmatch, bei dem jeder eine Entschuldigung – und was für eine lahme Entschuldigung! – für sein schlechtes Spiel hatte. Das Leben war dazu da, einen Mann auf die Probe zu stellen, an seinen Mut, seine Initiative und Geistesgegenwart zu appellieren; und ich sehnte mich danach, so glaubte ich, mich zu bewähren. Ich trug kein Verlangen, die Knie zu beugen und mich einen elenden Sünder zu nennen.

Aber die Idee der Güte zog mich an; denn ich betrachtete sie nicht als die Kehrseite der Sünde. Ich sah sie als etwas Klares und Positives und Schöpferisches wie die Sonne, als etwas, das man anbetete, aber aus angemessener Entfernung.

Die Vorstellung von den versammelten Grafen schloß den Begriff der Güte mit ein, und die Maudsleys, als ihre Statthalter, kamen ebenfalls in ihren Genuß, nicht so eindeutig zwar, aber immerhin so weit, daß sie sich von anderen menschlichen Wesen unterschieden. Sie waren eine Gattung für sich, Super-Erwachsene, nicht den gleichen Gesetzen des Lebens unterworfen wie kleine Buben.

Ich war gerade zu diesem Ergebnis gelangt, als der letzte Choral angekündigt wurde. Was für ein langer Gottesdienst, beinahe ein Rekord! Es war 12 Uhr 52. Die Kirchendiener machten eben ihre Runde; und der Ausdruck desjenigen, der die Stufen zum Querschiff hinaufstieg und sich uns näherte, bestärkte meine Annahme, wir seien etwas Außergewöhnliches, so respektvoll war seine Haltung.

Auf dem Heimweg von der Kirche war ich wieder das fünfte Rad am Wagen, und diesmal schloß Marian sich mir nicht an; sie setzte sich sofort entschlossen an die Spitze der kleinen Prozession. Ich blieb zurück und versuchte, die Tatsache meiner Isoliertheit dadurch zu verbergen, daß ich wie ein Tourist die Gegend betrachtete. Aber wieder war ich nicht der letzte: Trimingham war an der Kirchentüre stehen geblieben, um mit dem Küster zu plaudern, der ihn unterwürfig ansah. Der Respekt, der Trimingham von allen Seiten erwiesen wurde, verwirrte mich und ärgerte mich noch, als er mich einholte und, wie ich gestehen muß, sehr freundlich zu mir sagte:

»Ich glaube, wir sind einander nicht vorgestellt worden. Ich heiße Trimingham.«

Da ich keine gesellschaftliche Erfahrung besaß, wußte ich nicht, daß ich nun ebenfalls meinen Namen nennen mußte; ich verkannte, daß er nur den Regeln der Konvention folgte, und fand es reichlich albern von ihm, zu glauben, ich wisse seinen Namen nicht, nachdem dieser auf jedermanns Lippen gewesen war.

»Guten Tag, Trimingham«, antwortete ich von oben herab, wie jemand, der eigentlich sagen wollte: »Sie sind lediglich Trimingham, und vergessen Sie das bitte nicht.«

»Du kannst mich Hugh nennen, wenn du willst«, schlug er vor, »es kostet nicht mehr.«

»Aber Sie heißen doch Trimingham, nicht wahr?« konnte ich nicht umhin zu fragen. »Sie sagten es doch selbst?« Um sicherzugehen und auch mit einer gewissen Hinterhältigkeit, fügte ich hastig hinzu: »Ich meine, Mr. Trimingham.«

»Das erste Mal hast du's richtig gesagt«, antwortete er.

Von Neugierde überwältigt, starrte ich in sein seltsames Gesicht, auf die Narbe, das ausdruckslose, triefende Auge, den nach oben gezogenen Mund, als könnten sie mir etwas verraten. Dann argwöhnte ich, er würde mich necken, und sagte:

»Aber nennt man nicht alle erwachsenen Männer Mister?«

»Nicht alle«, sagte er. »Doktoren, zum Beispiel, oder Professoren nicht.«

Ich begriff, daß hier etwas nicht stimmte.

»Aber die nennt man Doktor oder Professor«, sagte ich. »Das ist ein - ein Titel.«

»Nun«, sagte er, »ich habe auch einen Titel.«

Da dämmerte es mir, und es war wie die Einsicht in etwas Unbegreifliches; langsam, ja schmerzvoll sagte ich:

»Sind Sie der *Graf* von Trimingham?«

Er nickte.

Nun mußte ich es ganz genau wissen.

»Sind Sie der *neunte* Graf von Trimingham?«

»Der bin ich«, sagte er.

Als ich den Schock dieser Enthüllung, die mir die Sprache verschlug, überwunden hatte, fühlte ich mich erst einmal beleidigt. Weshalb hatte man das mir nicht gesagt? Ich hätte mich noch schlimmer blamieren können. Dann wurde mir plötzlich sonnenklar, daß ich es hätte wissen müssen. Es war von Anfang an klar gewesen, allzu klar. Aber so war es nun einmal. Bei mir waren zwei und zwei niemals vier, solange ich fünf daraus machen konnte.

»Sollte ich Sie nicht ›Mylord‹ nennen?« fragte ich endlich.

»O nein«, sagte er, »nicht in einer gewöhnlichen Unterhaltung. Vielleicht, wenn du mir einen Bettelbrief schreibst ... Aber Trimingham ist ganz in Ordnung, wenn du das dem Hugh vorziehst.«

Ich war erstaunt über das Fehlen jeglichen Dünkels. Der

fragwürdige Mister-lose Trimingham, der in meiner Vorstellung gelebt hatte, verschwand vollständig, um durch den neunten Grafen ersetzt zu werden, der mir aus irgendeinem Grund neunmal herrlicher als der erste vorkam. Ich war noch nie in meinem Leben einem Lord begegnet, noch hatte ich jemals erwartet, einem zu begegnen. Es war ganz gleichgültig, wie er aussah: Er war zuerst einmal ein Lord. Und dann erst, lange, lange danach, ein menschliches Wesen mit einem Gesicht und Gliedmaßen und einem Körper.

»Aber du hast mir deinen Namen nicht gesagt«, sagte er.

»Colston«, brachte ich mühsam hervor.

»Mr. Colston?«

Ich errötete unter diesem allerdings sehr sanften Hieb.

»Mein Vorname ist Leo.«

»Dann werde ich dich Leo nennen, wenn ich darf.«

Ich murmelte irgend etwas. Ich fürchte, er muß den Wandel in meiner Haltung bemerkt haben: Der Kirchendiener und der Küster hatten mehr Würde gezeigt als ich.

»Nennt Marian dich Leo?« fragte er plötzlich. »Ich habe bemerkt, daß du heute morgen mit ihr gesprochen hast.«

»O ja, das tut sie«, sagte ich begeistert. »Und ich nenne sie Marian; sie bat mich darum. Finden Sie nicht, daß sie ein prima Mädchen ist?«

»Aber ja, das finde ich«, sagte er.

»Ich finde sie phantastisch. Eins a. Ich weiß gar nicht, wie ich sagen soll«, schloß ich lahm. »Ich würde alles für sie tun.«

»Was würdest du tun?«

Ich witterte eine Falle; ich merkte, daß man mich beim Prahlen erwischt hatte. Es gab so wenig, was ich für sie tun konnte und was sich bedeutend anhören würde. Indem ich darüber nachdachte, was ich angesichts der beschränkten Möglichkeiten eines kleinen Jungen tun könne, sagte ich:

»Wenn ein großer Hund sie angreifen würde, könnte ich ihn fortjagen, oder ich könnte natürlich auch Besorgungen für sie erledigen – wissen Sie, Sachen tragen und Botschaften überbringen.«

»Das wäre sehr nützlich«, sagte Lord Trimingham, »und außerdem liebenswürdig. Würdest du ihr jetzt eine Botschaft überbringen?«

»Mensch, ja. Was soll ich sagen?«

»Sag' ihr, ich hätte ihr Gebetbuch. Sie hat es in der Kirche liegen lassen.«

Immer froh, rennen zu dürfen, setzte ich mich in Trab. Marian ging neben einem Mann, einem der Neuankömmlinge von gestern abend. Ich lief zu den beiden.

»Bitte, Marian«, sagte ich und war dabei bemüht, möglichst wenig zu stören, »Hu bat mich, Ihnen zu sagen –«

Sie sah erstaunt auf mich herunter.

»Wer bat dich, mir etwas zu sagen?«

»Hu, wissen Sie, Hu, der Graf.«

Beide lachten.

Ich schämte mich entsetzlich. Ich dachte, sie nähme an, ich würde respektlos seinen Vornamen gebrauchen. »Habe ich es falsch ausgesprochen?« fragte ich. »Er bat mich, ihn Hu zu nennen«, fügte ich hinzu. Ich hatte das Wort nur geschrieben gesehen und vergessen, wie er es ausgesprochen hatte.

»Ja, aber nicht Hu«, sagte sie. »Hugh wie, nun ... stew oder whew. Was für Worte! Trotzdem, ich hätte es wissen sollen, ich habe nicht nachgedacht ... Was hat Hugh gesagt?«

»Er sagte, er hat Ihr Gebetbuch. Sie haben es in der Kirche liegen lassen.«

»Wie nachlässig von mir. Ich scheine alles zu vergessen. Bitte, sage ihm meinen Dank.«

Ich trabte zu Lord Trimingham zurück und überbrachte ihm Marians Botschaft.

»Ist das alles, was sie gesagt hat?« fragte er. Er schien enttäuscht zu sein. Vielleicht hatte er, wie ich, erwartet, daß sie sofort kommen und ihn um das Gebetbuch bitten würde.

Vor dem Haupteingang war ein hochrädriges Gig vorgefahren, die Räder waren schwarz und gelb gestrichen. Sie hatten sehr dünne Speichen und waren mit Gummi belegt. Ein Stallbursche hielt die Zügel.

»Weißt du, wem dieses Fahrzeug gehört?« fragte Lord Trimingham. Er schien seine Enttäuschung wegen des Gebetbuches überwunden zu haben.

Ich verneinte.

»Franklin, Doktor Franklin. Du darfst ihn nicht Mister nennen. Er ist kein Wundarzt.«

Ich verstand das nicht ganz, lachte aber pflichtschuldig. Ich hatte eine große Zuneigung zu Lord Trimingham gefaßt, obwohl ich nicht hätte sagen können, ob ich den Grafen oder den Menschen liebte.

»Doktoren kommen immer um die Mittagszeit, das ist eine ihrer Gewohnheiten«, sagte er.

Ich war so kühn zu fragen: »Aber woher wissen Sie, daß es Doktor Franklin ist?«

Lord Trimingham zuckte die Achseln. »Oh, ich kenne jeden in dieser Gegend«, sagte er.

»Das hier gehört natürlich alles eigentlich Ihnen, nicht wahr?« fragte ich. Dann brachte ich einen Satz an, über den ich nachgegrübelt hatte. »Sie sind Gast in Ihrem eigenen Haus.«

Er lächelte. »Und mit größtem Vergnügen«, sagte er betont, aber vielleicht ein wenig zu betont.

Nach dem Mittagessen, als ich mich eben verdrücken wollte, rief mich Mrs. Maudsley zu sich. Es fiel mir immer schwer, mich ihr zu nähern, dem schwarzen Scheinwerferstrahl ihrer

Augen zu folgen; und ich mußte den Eindruck erweckt haben, daß ich nur zögernd kam.

»Marcus geht es nicht sehr gut«, sagte sie zu mir, »und der Doktor meint, wir müssen ihn einen bis zwei Tage im Bett lassen. Er glaubt nicht, daß es etwas Ansteckendes ist, aber um sicherzugehen, geben wir dir ein anderes Zimmer. Ich glaube, man räumt eben deine Sachen um. Nur über den Gang, gegenüber von deinem alten Zimmer – ein Zimmer mit einer grüngepolsterten Tür. Soll ich's dir zeigen?«

»O nein, vielen Dank«, sagte ich, erschrocken über diesen Vorschlag. »Ich kenne die grüne Polstertür.«

»Und gehe nicht zu Marcus hinein«, rief sie mir nach, als ich forteilte.

Aber schon verlangsamten sich meine Schritte. Würde ich das Zimmer für mich haben, oder würde ich es teilen müssen? Wenn ich die Tür öffnete, würde ich dann jemand im Zimmer vorfinden, der sich über den Eindringling ärgerte? Vielleicht einen der erwachsenen Gäste, der die größere Hälfte des Bettes einnähme und komische Angewohnheiten beim An- und Ausziehen hätte und vielleicht nicht wollte, daß ich ihm zusähe? Ich blieb vor der Tür stehen und klopfte an die weiche Polsterung; es war ein ersticktes Klopfen. Es kam keine Antwort, also ging ich hinein. Mit einem Blick sah ich, daß meine Angst unbegründet gewesen war.

Es war ein sehr kleines Zimmer, fast eine Zelle; und das Bett war so schmal, daß es nur für einen Menschen gedacht sein konnte. Alle meine Sachen waren da, meine Haarbürste, meine rote Kragenschachtel; aber sie sahen plötzlich alle verändert aus, und auch ich fühlte mich verändert. Ich ging auf den Zehenspitzen umher, als erforschte ich eine neue Persönlichkeit. Ob ich mehr war oder weniger als vorher, konnte ich nicht entscheiden; aber ich fühlte, ich war für eine neue Rolle ausersehen.

Dann erinnerte ich mich, was Marcus mir wegen des Umziehens gesagt hatte, und begann voll Freude und verstohlen – all meine Bewegungen in diesem neuen Zimmer waren verstohlen –, meinen Etonanzug auszuziehen. Dann brach ich auf, ein Robin Hood in Lincolngrün mit dem prickelnden Gefühl bevorstehender Abenteuer. Ich wahrte alle Vorsicht, die ein Bandit, der nicht beobachtet werden wollte, gewahrt hätte, und ich bin sicher, daß niemand mich das Haus verlassen sah.

7

Das Thermometer stand auf achtundzwanzig Grad: Das war zufriedenstellend; aber ich war überzeugt, daß es noch höher steigen könne.

Seit meiner Ankunft in Brandham Hall war kein Tropfen Regen gefallen. Ich war in die Hitze verliebt; ich hatte ihr gegenüber das gleiche Gefühl, das ein Konvertit für seine neue Religion hat. Ich war ihr Verbündeter und glaubte beinahe, sie könne um meinetwillen Wunder wirken.

Erst vor einem Jahr hatte ich als gehorsames Echo in die Klage meiner Mutter eingestimmt: »Ich glaube nicht, daß diese Hitze noch sehr viel länger andauern kann, was meinst du?« Nun erschien mir mein krankes Ich, das so sehr unter der Temperatur gelitten hatte, ganz unglaubhaft.

Und ohne daß es mir bewußt wurde, hatte sich mein Gefühlsleben gewandelt. Der begrenzte Radius meiner Erfahrungen, mit dem ich bisher zufrieden gewesen war, befriedigte mich nun nicht länger. Mich verlangte nach mehr. Mich verlangte danach, das erhebende Gefühl, das ich während des Gesprächs mit Lord Trimingham und bei der Entdeckung, daß er ein Graf war, empfunden hatte, ununterbrochen zu genießen. Um mit all dem, was Brandham Hall verkörperte, in Einklang zu sein, mußte ich über mich hinauswachsen, mußte ich auf einer höheren Ebene leben.

Wahrscheinlich schlummerten all diese Wünsche schon seit Jahren in mir, und der Tierkreis war ihre letzte Manifestation gewesen. Aber das war der Unterschied: In jenen Tagen hatte ich gewußt, wo ich hingehörte. Ich hatte die Wirklichkeit meines Schuldaseins nie mit den Träumen verwechselt, die meine Phantasie berauschten. In der Tatsache, daß diese Träume unerreichbar waren, lag ihr eigentlicher Sinn. Ich war ein Schuljunge, der sich gewissenhaft, aber ohne Ehrgeiz den Wirklichkeiten eines Schuljungendaseins unterwarf. Die Maßstäbe eines Schuljungen waren meine Maßstäbe: Während meines Alltagslebens bewegte ich mich in ihren Grenzen; dann kamen das Tagebuch und die Verfolgung; und der Erfolg, den ich mit meiner Anrufung der übernatürlichen Kräfte hatte, erschütterte in gewisser Hinsicht meinen sehr erdgebundenen Wirklichkeitssinn. Ich war, wie andere Dilettanten der Schwarzen Kunst, geneigt zu glauben, ich sei ein Eingeweihter. Aber ich war dessen nicht *sicher;* und nun übertrumpfte der irdische Kriegsruhm der Triminghams noch die Großartigkeit der Maudsleys; und beide zusammen hatten das Gleichgewicht meines realistisch-idealistischen Systems gestört. Ohne es zu wissen, schritt ich über die Regenbogenbrücke, die von der Wirklichkeit ins Traumland führte.

Jetzt hatte ich das Gefühl, daß ich dem Tierkreis und nicht der Southdown-Hill-Schule angehörte; und daß meine Gefühle und mein Verhalten diesen Wechsel ausdrücken mußten. Mein Traum war meine Wirklichkeit geworden, mein altes Leben eine abgestreifte Hülle.

Und im Medium der Hitze schien diese Wandlung möglich. Sie lag, als eine befreiende Kraft mit eigenen Gesetzen, außerhalb meines Erfahrungsbereiches. In der Hitze nahmen die gewöhnlichsten Gegenstände andere Gestalt an. Mauern, Bäume, ja sogar der Boden, den mein Fuß berührte, waren nicht mehr kühl, sondern fühlten sich warm an. Und der Tastsinn besitzt ja unter allen Sinnen die größte Verwandlungskraft. Viele Dinge, die man gerne gegessen und getrunken hatte, weil sie heiß waren, wies man nun aus dem gleichen Grund zurück. Wenn nicht auf Eis gelegt, schmolz die Butter. Nicht nur, daß die Hitze alle Gerüche veränderte oder verstärkte, sie hatte auch ihren eigenen Geruch; ich nannte ihn bei mir den Gartengeruch. Er setzte sich aus dem Duft vieler Blumen zusammen und dem Geruch, den sie der Erde entlockte, aber dazu kam noch etwas ganz Besonderes, das man nicht beschreiben kann. Es schien weniger Geräusche zu geben, und sie schienen von weither zu kommen, als vermeide die Natur jede Anstrengung. Die Sinne, der Verstand, das Herz und der Körper sprachen in der Hitze eine andere Sprache. Man fühlte sich als ein anderer Mensch; man *war* ein anderer Mensch.

Instinktiv sah ich mich nach Marcus um, aber Marcus war nicht da. Ich würde den Nachmittag allein verbringen müssen; die anderen, die Gefährten des Tierkreises, waren alle mit ihren eigenen, erhabenen Angelegenheiten beschäftigt. Ich würde nicht nach ihnen suchen. Die Angst, die ich vor ihnen gehabt hatte, war verschwunden; würde ich mich ihnen nähern, so würden sie freundlich zu mir sein, aber ich wäre ihnen im Weg. Außerdem wünschte ich, wünschte ich dringend, allein zu sein.

Wie konnte man die Hitze am besten erforschen? Das war die Frage. Wie konnte man ihre Kraft am stärksten fühlen und mit ihr verschmelzen? Während unserer nachmittäglichen Spielzeit hatten Marcus und ich uns gewöhnlich im Haus herumgetrieben, dessen weniger zugängliche Nebenräume uns faszinierten. Ich wollte weiter fortgehen. Der einzige Weg, den ich außer den Fahrwegen kannte, war der Pfad zum Badeplatz, und ich schlug ihn ein.

Die Uferwiesen schienen über Nacht vertrocknet zu sein. Die braunen Pfützen neben dem Fluß waren versickert; die Weiden schimmerten in silbrigem Glast. Ich überlegte, ob ich den Bauern beim Baden antreffen würde. Aber dem war nicht so; der Ort war verlassen, und ohne die Rufe und das Lachen und das Planschen erschreckte er mich, wie er mich das erste Mal erschreckt hatte – vielleicht, weil ich an Ertrinkende denken mußte. Ich bestieg das schwarze Schafott, das so heiß war, daß man es fast nicht anfassen konnte, und sah auf den glatten Spiegel hinab, den der Kopfsprung des Bauern hatte zersplittern lassen. Wie makellos war er jetzt, ein dunkler Abglanz des Himmels!

Ich überschritt die Schleuse und folgte dem Pfad, der zwischen Binsen verlief, die so hoch waren wie ich. Bald kam eine zweite, kleinere Schleuse, die aber ein Tor mehr hatte als die erste. Ich überquerte auch sie und befand mich in einem Kornfeld. Es war erst kürzlich geerntet worden; einige Garben lagen auf der Erde, andere waren aufgestellt. Diese hatten etwas andere Formen als unsere Garben in Wiltshire und bestärkten mich in meinem Gefühl, in einem fremden Land zu sein.

Hier bereute ich zum erstenmal, daß ich meine Halbschuhe anhatte; denn die Stoppeln waren hoch und stachen mich an den Knöcheln. Aber es war nicht eigentlich unangenehm, das harte Stechen auf meiner Haut zu spüren. In der äußersten Ecke des Feldes sah ich ein Gatter, und ich ging vorsichtig darauf zu.

Es führte auf einen ausgefahrenen Feldweg. An manchen Stellen waren die Furchen so tief und eng und so vertrocknet, daß ich meinen Fuß, wenn ich wie unter einem Zwang hineintrat, kaum wieder rausbekam. Wenn man sich vorstellte, ich würde hier festgehalten, am Fuß festgehalten, mich windend wie ein Wiesel im Falleisen, bis Hilfe käme!

Jenseits des Feldes schien sich der Weg in den Hügeln zu verlieren. Aber als ich näherkam, bemerkte ich, daß er nach links abbog und im Zickzack zwischen vereinzelten Hecken zu einem Bauernhof mit einem Haus führte. Dort endete er.

Für einen Jungen meiner Generation war ein Bauernhof etwas Abenteuerliches, ein romantisches Symbol wie das Wigwam eines Indianers. Alle möglichen Gefahren konnten einen da erwarten: ein bissiger Schäferhund, an dem man vorbei mußte, eine Strohbahn, die man hinunterrutschen mußte, wollte man vor sich selbst nicht als Feigling dastehen.

Es war niemand zu sehen.

Ich öffnete das Tor und trat ein. Ich fand mich einem Strohhaufen gegenüber, an den einladend eine Leiter gelehnt war. Auf den Zehen, gebückt und um mich spähend, rekognoszierte ich. Es war ein alter, zur Hälfte schon abgetragener Haufen; aber es war noch genug da, um hinunterzurutschen. Eigentlich hatte ich gar keine Lust dazu; aber es gab keinerlei Entschuldigung, es nicht zu tun, wenn ich mir meine Selbstachtung erhalten wollte. Unwillkürlich benahm ich mich so, als ruhten die Augen der ganzen Schule auf mir. Plötzlich ergriff mich eine leichte Panik. Ich wollte so rasch wie möglich mit der Rutscherei fertig werden; und ich unterließ es, eine notwendige und erprobte Vorsichtsmaßnahme zu treffen, die von erfahrenen Strohhaufenrutschern immer getroffen wurde: eine Strohschütte zu machen, die meinen Sturz mildern sollte. Ich hätte es tun können – es lag genug Stroh herum –, aber meine Eile war zu groß.

Der wilde Saus durch die Luft, der dem Fliegen so nahe kam, berauschte mich: Es wurde einem vor allem so wunderbar kühl dabei; und obwohl ich jetzt ein Anbeter der Hitze war, empfand ich es nicht als unlogisch, jede Möglichkeit auszukosten, mich von ihr zu erholen. Ich war bereits entschlossen, noch mehrmals hinunterzurutschen, als ich – peng! – mit dem Knie auf etwas Hartem aufschlug. Später entdeckte ich, daß es ein vom Stroh verdeckter Hackstock war; aber im Augenblick konnte ich nur stöhnen und zusehen, wie das Blut aus einer klaffenden Wunde unterhalb meiner Kniescheibe troff. Der

Gedanke an das Schicksal von Jenkins und Strode ging mir durch den Kopf, und ich überlegte, ob ich mir wohl die Knochen gebrochen oder eine Gehirnerschütterung erlitten hatte.

Was ich daraufhin unternommen haben würde, weiß ich nicht, aber die Entscheidung wurde mir abgenommen. Über den Hof kam der Bauer, in jeder Hand einen Eimer mit Wasser. Ich erkannte ihn – es war Ted Burgess vom Badeplatz; aber offensichtlich erkannte er mich nicht.

»Was, zum Teufel –!« begann er, und in seinen rotbraunen Augen tanzten zornige Lichter. »Himmel und Hölle, was treibst du hier? Ich hätte gute Lust, dir die größte Tracht Prügel zu verabreichen, die du jemals in deinem Leben bekommen hast.«

Merkwürdigerweise verargte ich ihm das nicht. Ich fand, es war genau das, was ein wütender Bauer sagen mußte. Ich wäre eigentlich enttäuscht gewesen, wenn er mich weniger barsch angefahren hätte. Aber ich hatte furchtbare Angst; denn mit seinen über die mir so gut bekannten Arme aufgerollten Hemdsärmeln sah er aus, als sei er durchaus fähig, seine Drohung wahrzumachen.

»Aber ich kenne Sie!« japste ich, als sei dies ein sicheres Mittel, seinen Zorn zu bannen. »Wir … wir *kennen* uns!«

»Kennen uns?« sagte er ungläubig. »Woher?«

»Vom Badeplatz«, sagte ich. »Sie badeten allein … und ich kam mit den anderen.«

»Ah!« sagte er, und seine Stimme und sein Verhalten änderten sich schlagartig. »Dann gehörst du ja zum Schloß.«

Ich nickte mit so viel Würde, wie ich in meiner halb liegenden Stellung, zusammengekauert, den Nacken voll Stroh und mich sehr klein fühlend und zweifellos auch sehr klein aussehend, aufbringen konnte. Nun, da eine noch größere leibliche Gefahr abgewandt war, meldete sich der Schmerz in meinem

Knie mit großer Heftigkeit. Vorsichtig tastend, berührte ich die Stelle und verzog das Gesicht.

»Ich glaube, wir verbinden das lieber«, sagte er. »Komm her! Kannst du gehen?«

Er gab mir die Hand und zog mich hoch. Das Knie war steif und schmerzte, und ich konnte nur hinken.

»Dein Glück, daß es Sonntag ist«, sagte er. »Sonst wäre ich nicht hiergewesen. Ich wollte gerade den Pferden Wasser bringen, als ich dich jaulen hörte.«

»Habe ich gejault?« fragte ich bedrückt.

»Das hast du«, sagte er. »Aber andere Burschen hätten gebrüllt.«

Ich freute mich über das Kompliment und meinte, ich müsse ihm ebenfalls eines machen.

»Ich sah Sie tauchen«, sagte ich. »Das war nicht schlecht.«

Er schien es gern zu hören. Dann sagte er: »Du mußt mir's nicht übelnehmen, wenn ich etwas barsch war. Das ist meine Art, und diese Lausbuben hier, die machen mich halb verrückt.«

Ich kreidete es ihm nicht an, daß er seinen Ton geändert hatte, als er erfuhr, wo ich herkam. Es erschien mir richtig, natürlich und ganz in der Ordnung, gerade so, wie es richtig und in der Ordnung schien, daß ich meinen Ton Trimingham gegenüber geändert hatte, als ich begriff, daß er ein Graf war. Ich übertrug meine hierarchischen Prinzipien auf meine moralischen Vorstellungen, soweit sie vorhanden waren, und hatte einen ausgeprägten Respekt vor Persönlichkeiten.

Durch eine Tür, die direkt in die Küche führte, betraten wir das Haus, das mir sehr schäbig vorkam. »Hier halte ich mich meistens auf«, sagte er, als müsse er sich rechtfertigen. »Ich bin keiner von diesen Salon-Bauern; ich arbeite selbst. Setz dich hin. Dann hole ich etwas, das wir auf das Knie tun können.«

Erst als ich saß, merkte ich, wie sehr mich mein Sturz mitgenommen hatte.

Er kam mit einer großen Flasche, auf der KARBOL stand, und mit einigen weißen Lappen zurück. Dann holte er eine weiße Emailschüssel vom Ausguß und wusch die Wunde, die aufgehört hatte zu bluten.

»Du hast Glück gehabt«, sagte er, »daß deine Hose und deine Strümpfe nicht blutig geworden sind. Du hättest dir diesen hübschen grünen Anzug verderben können.«

Ein Gefühl der Erleichterung stieg in mir hoch; ich war glücklich. »Miss Marian hat ihn mir geschenkt«, sagte ich. »Miss Marian Maudsley vom Schloß.«

»So, hat sie?« sagte er und betupfte das Knie. »Ich hab' mit den feinen Leuten nicht viel zu tun. So, das wird jetzt ein bißchen brennen.« Er tauchte ein Tuch in das Karbol und betupfte damit die Wunde. Mir schoß das Wasser in die Augen, aber es gelang mir, nicht zu zucken. »Du bist ein Spartaner«, sagte er, und ich fühlte mich köstlich belohnt. »Jetzt werden wir's damit verbinden.« Er griff nach einem alten Taschentuch.

»Aber brauchen Sie das nicht?« fragte ich.

»Oh, ich hab' noch genug davon.« Es schien, als habe ihn diese Frage etwas verstimmt. Er wickelte die Bandage ziemlich stramm: »Zu fest?« fragte er.

Mir gefiel seine unbeholfene Liebenswürdigkeit.

»Nun versuch', damit zu gehen«, sagte er. Ich stapfte auf den Steinplatten des Küchenbodens herum: Der Verband saß fest; ich fühlte mich langsam wieder besser. Das Bewußtsein, daß etwas, das so schlecht begonnen hatte, nun ein gutes Ende nahm, wirkte wie ein Tonikum. Welch eine Geschichte konnte ich jetzt erzählen! Dann begriff ich plötzlich, daß ich in seiner Schuld stand. Obwohl ich, wie alle Kinder, gewohnt war, daß man alles für mich tat, war ich doch alt genug für das Gefühl, ich sei ihm verpflichtet. Aber ich hätte nicht gewagt, ihm Geld anzubieten, selbst wenn ich welches gehabt hätte. Was konnte ich tun? Konnte ich ihm ein Geschenk machen? Der Gedanke an ein Geschenk beschäftigte mich. Ich sah mich in der Küche um, die außer einem großen Viehzüchterkalender keinerlei Schmuck aufwies und die sich so sehr von der Umgebung unterschied, in der ich mich noch kurz zuvor befunden hatte, und sagte ziemlich großartig:

»Haben Sie vielen Dank, Mr. Burgess« (ich war froh, daß ich den »Mister« angebracht hatte). »Kann ich irgend etwas für Sie tun?«

Ich war fest davon überzeugt, daß er »nein« sagen würde; aber stattdessen sah er mich prüfend an und sagte:

»Nun, vielleicht kannst du das.«

Sofort war meine Neugierde geweckt.

»Könntest du eine Botschaft für mich überbringen?«

»Natürlich«, sagte ich, enttäuscht darüber, daß man mir einen so läppischen Auftrag gab. Ich erinnerte mich an Lord Triminghams Botschaft und welchen Mißerfolg ich damit gehabt hatte. »Worum handelt es sich, und wem soll ich sie überbringen?«

Er antwortete nicht sofort, sondern nahm die Schüssel mit dem verfärbten Wasser und spülte sie im Ausguß. Dann kam er zurück und beugte sich über mich.

»Hast du es sehr eilig?« fragte er. »Kannst du noch ein paar Minuten warten?« Es schien immer, als spräche er mit dem ganzen Körper, und das verlieh seinen Worten eine merkwürdige Eindringlichkeit.

Ich sah auf meine Uhr und überlegte. »Wir trinken nicht vor fünf Uhr Tee«, sagte ich. »Ziemlich spät, nicht wahr? Zu Hause trinken wir früher. Ich könnte warten … nun, zehn oder fünfzehn Minuten.«

Er lächelte und sagte: »Deinen Tee darfst du nicht versäumen.« Er schien nachzudenken. In verändertem Ton sagte er: »Willst du gern die Pferde sehen?«

»O ja.« Es sollte recht begeistert klingen.

Wir waren an einem langen Ziegelschuppen angekommen, der vier Türen hatte. Neben jeder Tür war ein Fenster, und aus jedem Fenster sah ein Pferdekopf heraus. »Dieser Schimmel ist Briton«, sagte er, »das beste Zugpferd, das ich habe. Aber er verträgt kein anderes neben sich, er muß alles allein machen. Komisch, was? Das ist die Braune, sie heißt Smiler, ein braves, williges Arbeitstier; aber sobald die Ernte vorbei ist, wird sie trächtig sein. Und der Graue da ist Boxer; aber dem werden jetzt die Zähne schon ein bißchen lang. Und der da ist das Wagenpferd; manchmal nehme ich ihn für die Jagd. Hat er nicht einen schönen Kopf?« Er beugte sich vor und küßte die samtige Nase, und das Pferd zeigte seine Freude, indem es die Nüstern blähte und schnaubte.

»Und wie heißt er?« fragte ich.

»Pierrot«, antwortete er grinsend, und ich grinste zurück, ohne zu wissen, weshalb.

Die ganze Hitze des Nachmittags schien sich auf den Fleck, auf dem wir standen, zu konzentrieren und den Geruch der Pferde, des Mistes und des gesamten Bauernhofes zu verstärken. Sie machte mich unruhig, ja fast schwindelig, und trotzdem regte sie mich an; und als die Besichtigung vorüber war und wir wieder ins Haus gingen, war ich halb traurig, halb froh.

Als wir die Küche betraten, sagte der Bauer unvermittelt: »Wie alt bist du?«

»Am 27. dieses Monats werde ich dreizehn«, sagte ich mit Nachdruck und hoffte, er würde nun sagen: »Nein, aber so was!« Denn bei den meisten Erwachsenen konnte man annehmen, daß sie sich für unsere Geburtstage interessierten.

Statt dessen sagte er: »Ich hätte dich für älter gehalten. Für dein Alter bist du ein großer Junge.«

Dieses Lob schmeichelte mir, besonders da es von einem Mann seiner Größe kam.

»Ich möchte wissen, ob ich mich auf dich verlassen kann«, fuhr er fort.

Ich war sehr überrascht und auch ein wenig beleidigt; aber nur ein wenig, denn ich dachte, dies müsse das Vorspiel zu einem Vertrauensbeweis sein.

Ich sagte jedoch ziemlich unwillig: »Natürlich können Sie das. In meinem Zeugnis steht, daß ich vertrauenswürdig sei; ›ein zuverlässiger Junge‹, schrieb der Schuldirektor.«

»Ja, aber kann auch ich das?« sagte er und sah mich scharf an. »Kann ich mich darauf verlassen, daß du den Mund hältst?«

Was für eine idiotische Frage an einen Schuljungen, dachte ich. Wir waren alle aufs Dichthalten eingeschworen. Ich betrachtete ihn fast mitleidig. »Soll ich Ihnen das große Ehrenwort geben?« fragte ich.

»Das kannst du halten, wie du willst«, antwortete er. »Aber wenn du nicht dichthältst –«, er hielt ein, und die körperliche Drohung, die immer von ihm ausging, zitterte durch den ganzen Raum.

»Hat es etwas mit heute nachmittag zu tun?« fragte ich. »Sie können sich darauf verlassen, daß ich nicht vorhabe, etwas davon zu erzählen; aber man wird mein Knie sehen.«

Er überging diese Bemerkung. »Da drüben ist ein Junge, nicht wahr?« sagte er. »Ein Bursche in deinem Alter?«

»Ja, mein Freund Marcus«, sagte ich. »Aber der liegt im Bett.«

»Oh, der ist im Bett?« wiederholte der Bauer nachdenklich. »Da bist du also sozusagen allein.«

Ich erklärte ihm, daß wir gewöhnlich nachmittags zusammen spielten, daß ich aber statt dessen heute nachmittag einen Spaziergang gemacht hatte.

Er hörte mit halbem Ohr zu, dann sagte er: »Ein großes Haus, nicht wahr? Ein sehr großes Haus; viele Zimmer drin, was meinst du?«

»Wenn ich die Schlafzimmer miteinrechnen sollte«, sagte ich, »könnte ich nicht sagen, wie viele es sind.«

»Und ich schätze, es wimmelt von Leuten, die miteinander schwätzen und so weiter? Man ist nie mit jemandem allein?«

Ich konnte mir keinen Reim daraus machen, was diese Fragerei bezweckte.

»Na, mit mir unterhalten sie sich nicht sehr viel«, sagte ich. »Wissen Sie, sie sind alle erwachsen und haben ihre Erwachsenenspiele wie Whist und Tennis und Unterhaltungen. Sie wissen schon, was ich meine – wo man einfach miteinander redet, damit geredet wird« (dies erschien mir als ein seltsamer Zeitvertreib). »Aber manchmal unterhalte ich mich ein wenig mit ihnen, wie heute morgen nach der Kirche mit Graf Trimingham; und einmal habe ich einen ganzen Tag mit Marian verbracht – sie ist die Schwester von Marcus, wissen Sie, ein prima Mädchen –, aber das war in Norwich.«

»Oh, du hast einen Tag mit ihr verbracht?« sagte der Bauer. »Das bedeutet wohl, daß du ziemlich gut mit ihr stehst?«

Ich überlegte. Bei meiner Achtung für Marian wollte ich meine Stellung ihr gegenüber nicht großartiger erscheinen lassen, als mir zustand. »Sie hat sich heute morgen wieder mit mir unterhalten«, erzählte ich ihm. »Auf dem Kirchgang, obwohl sie sich mit Graf Trimingham hätte unterhalten können, wenn sie gewollt hätte.« Ich versuchte, mich an andere Gelegenheiten zu erinnern, bei denen sie mit mir gesprochen hatte. »Sie unterhält sich recht oft mit mir, wenn Erwachsene in der Nähe sind – sie ist die einzige, die das tut. Ich erwarte das natürlich auch nicht von ihnen. Ihr Bruder Denys sagt, ich sei ihr Schatz. Er hat das schon mehrmals gesagt.«

»Oh, hat er das?« sagte der Bauer. »Heißt das, daß du manchmal mit ihr allein bist? Ich meine, daß ihr beide zusammen in einem Zimmer seid, ohne daß ein anderer dabei ist?«

Er sprach mit großer Eindringlichkeit, als vergegenwärtige er sich diese Szene.

»Nun, manchmal«, sagte ich. »Manchmal sitzen wir zusammen auf einem Sofa.«

»Ihr sitzt zusammen auf einem Sofa?« wiederholte er.

Das mußte ich ihm erklären. Zu Hause hatten wir zwei Sofas; hier schien gar keines zu sein; in Brandham Hall aber –

»Wissen Sie«, sagte ich, »es gibt dort so viele Sofas.«

Er begriff. »Aber wenn ihr zusammen seid und schwatzt?«

Ich nickte. Wir saßen zusammen und schwatzten.

»Dann bist du ihr nahe genug –?«

»Nahe genug?« wiederholte ich. »Ja, natürlich ist ihr Kleid –«

»Ja, ja«, sagte er. Er begriff auch das. »Diese Kleider nehmen viel Platz ein. Aber du bist ihr nahe genug, um – ihr etwas zuzustecken?«

»Ihr etwas zuzustecken?« sagte ich. »O ja, ich könnte ihr etwas zustecken.« Es klang wie »anstecken«; in meinem Kopf spukten immer noch die Masern. Er sagte ungeduldig:

»Zum Beispiel einen Brief. Ich meine, ohne daß es jemand sieht.«

Fast hätte ich gelacht. Wie konnte er sich wegen einer solchen Kleinigkeit so anstellen? »O ja«, sagte ich. »Bestimmt nahe genug dafür.«

»Dann werde ich ihn schreiben«, sagte er, »wenn du noch Zeit hast.«

Als er sich abwandte, durchfuhr mich ein Gedanke. »Aber wie können Sie ihr schreiben, wenn Sie sie gar nicht kennen?« fragte ich.

»Wer sagt, daß ich sie nicht kenne?« entgegnete er beinahe wütend.

»Nun, Sie selbst. Sie sagten, Sie kennen die vom Schloß nicht. Und sie hat mir erzählt, sie kennt Sie nicht; denn ich habe sie gefragt.«

Einen Augenblick lang dachte er nach und hatte dabei den angestrengten Ausdruck in den Augen, den er beim Schwimmen gehabt hatte.

»Hat sie gesagt, daß sie mich nicht kennt?« fragte er.

»Nun, sie sagte, es wäre möglich, daß sie Sie getroffen hat, sie könne sich aber nicht erinnern.«

Er holte tief Atem.

»Eigentlich kennt sie mich schon«, sagte er. »Ich bin so eine Art Freund von ihr; aber ich gehöre nicht zu der Sorte, mit der sie sich zeigt. Das hat sie wohl gemeint …« Er machte eine Pause. »Wir unterhalten Geschäfte miteinander.«

»Ist das ein Geheimnis?« fragte ich begierig.

»Mehr als das«, sagte er.

Mit einemmal überkam mich eine Schwäche, als hätten die Psalmen die Fünfzig-Verse-Grenze überschritten. Zu meinem Erstaunen (denn die Erwachsenen konnten in dieser Beziehung sehr achtlos sein) bemerkte er es und sagte: »Du siehst ja ganz mitgenommen aus. Setz dich und lege deine Füße hoch! Hier ist ein Hocker. Ich habe leider keine Sofas.« Er verfrachtete mich in den einzigen Lehnstuhl. »Ich brauch' nicht lange«, sagte er.

Aber er brauchte lange. Er holte eine Flasche blauschwarzer Stephens-Tinte (ich war ziemlich entsetzt, daß er kein richtiges Tintenfaß hatte) und einen Bogen blauliniertes Schreibpapier und begann umständlich zu schreiben. Seine Finger schienen zu klobig, um die Feder halten zu können.

»Soll ich ihr vielleicht etwas ausrichten?« sagte ich.

Er sah mit zusammengekniffenen Augen auf.

»Du würdest es nicht verstehen«, sagte er.

Endlich war der Brief fertig. Er steckte ihn in einen Umschlag, leckte die Klappe und schlug mit der Faust wie mit einem Hammer darauf. Ich streckte meine Hand aus, aber er gab ihn mir nicht.

»Wenn du sie nicht allein triffst«, sagte er, »dann gib ihn ihr nicht.«

»Was soll ich dann damit machen?«

»Dann wirf ihn dorthinein, wo man an der Kette zieht.«

Ein Teil meines Ichs wünschte, er hätte dies nicht gesagt; denn ich fing schon an, meine Mission in einem romantischen Licht zu sehen. Aber der andere Teil billigte die praktische Seite dieser Vorsichtsmaßnahme, war ich doch ein geborener Intrigant.

»Sie können sich auf mich verlassen«, sagte ich.

Jetzt, dachte ich, wird er mir den Brief sicherlich geben; aber immer noch hielt er ihn unter seiner geballten Faust, wie ein Löwe, der etwas mit seiner Tatze festhält.

»Hör mal«, sagte er, »bist du wirklich in Ordnung?«

»Natürlich bin ich das«, antwortete ich verletzt.

»Wenn nämlich«, sagte er langsam, »irgend jemandem dieser Brief in die Finger fällt, dann wird die Geschichte für sie und für mich schlecht ausgehen, und vielleicht auch für dich.«

Er hätte nichts sagen können, was meinen Ehrgeiz mehr angestachelt hätte.

»Ich werde ihn mit meinem Leben verteidigen«, sagte ich.

Darüber lächelte er, hob die Hand und schob mir den Brief zu.

»Aber Sie haben ihn ja nicht adressiert!« rief ich.

»Nein«, sagte er, und in einer plötzlichen Aufwallung von Vertrauen, die mich erregte, fügte er hinzu: »Und ich habe ihn auch nicht unterschrieben.«

»Wird sie sich freuen, wenn sie ihn bekommt?« fragte ich.

»Ich nehme es an«, sagte er kurz angebunden.

Ich wollte genau Bescheid wissen.

»Und wird es eine Antwort geben?«

»Das kommt darauf an«, sagte er. »Frag' nicht so viel. Es ist besser, du weißt nicht alles.«

Damit hatte ich mich zu begnügen. In meinem Kopf war plötzlich eine Leere, wie die *détente* nach einem abziehenden Gewitter, und mir wurde klar, daß es spät geworden sein mußte. Ich sah auf meine Uhr. »Zum Kuckuck!« rief ich, »ich muß sausen.«

»Wie fühlst du dich?« fragte er besorgt. »Was macht das Knie, he?«

»Eins a«, sagte ich und bewegte es auf und ab. »Es hat nicht durch das Taschentuch geblutet«, fügte ich ein wenig bedauernd hinzu.

»Das kommt noch, wenn du gehst.« Er sah mich mit seinem harten, prüfenden Blick an. »Du siehst ein wenig mitgenommen aus«, sagte er. »Soll ich dich nicht doch lieber ein Stück weit fahren? Der Wagen ist da, und ich kann das Pferd im Nu anspannen.«

»Vielen Dank«, sagte ich, »ich werde gehen.« Ich wäre gern gefahren, aber ich hatte plötzlich das Bedürfnis, allein zu sein. Da ich noch zu jung war, um den Dreh zu finden, wie man sich verabschiedet, stand ich verlegen herum. Außerdem wollte ich noch etwas sagen.

»Da, du hast den Brief vergessen«, sagte er. »Wo wirst du ihn hintun?«

»In meine Hosentasche«, sagte ich und steckte ihn gleichzeitig ein. »Dieser Anzug hat mehrere Taschen«, – ich deutete darauf – »aber ein Mann, der einen Polizisten kannte, hat mir mal gesagt, daß die Hosentasche die sicherste ist.«

Er gab mir einen anerkennenden Blick, und zum erstenmal

bemerkte ich, daß er schwitzte. Das Hemd klebte an seiner Brust und hatte dunkle Flecken.

»Du bist ein tüchtiger Junge«, sagte er und schüttelte mir die Hand. »Hau ab und laß dir's gut gehen.«

Ich lachte. Es schien mir so komisch, daß einem jemand sagte, man solle es sich gut gehen lassen. Und dann fiel mir ein, was ich hatte sagen wollen. »Darf ich wiederkommen und noch einmal von Ihrem Strohhaufen runterrutschen?«

»Ich werde ihn dir schön herrichten«, sagte er. »Und jetzt mußt du dich sputen.«

Er begleitete mich bis zum Hofgatter, und als ich mich etwas später umdrehte, stand er immer noch dort. Ich winkte, und er winkte zurück.

Als ich kam, saßen alle beim Tee. Mir war, als sei ich monatelang fort gewesen, so anders war die Atmosphäre und so sehr hatte mein neues Erlebnis mich ihr entfremdet. Beim Anblick meines Knies überschüttete man mich mit Anteilnahme, und ich erzählte, wie freundlich Ted Burgess gewesen war.

»Ah, das ist der Bursche vom Schwarzhof«, sagte Mr. Maudsley. »Gutaussehender Kerl; soll, wie ich höre, ein guter Reiter sein.«

»Das ist der Mann, den ich sprechen muß«, sagte Lord Trimingham. »Ich nehme an, daß er nächsten Sonntag beim Match mitspielt. Dann werde ich mit ihm reden.«

Ich hätte gern gewußt, ob Ted Burgess in Schwierigkeiten geraten war; und ich sah Marian an und erwartete, daß sie etwas sage, aber sie schien nicht zugehört zu haben. Ihr Gesicht hatte den verhangenen Raubvogelausdruck, der mir schon manchmal aufgefallen war. Ich konnte den Brief in meiner Tasche knistern hören und überlegte, ob man ihn sehen könne. Plötzlich stand sie auf und sagte:

»Ich glaube, ich sollte dir das Knie neu verbinden, Leo. Es sieht nicht sehr sauber aus.«

Ich war froh, daß ich loskam, und folgte ihr. Sie ging ins Badezimmer. Ich glaube, es war das einzige im ganzen Haus; ich hatte es noch nie gesehen; Marcus und ich badeten in einer runden Wanne in unserem Zimmer.

»Bleib' hier«, befahl sie, »ich hole dir einen neuen Verband.«

Es war ein großer Raum, in dem, wie mir schien, unnötigerweise ein Waschtisch stand; denn weshalb sollten sich Leute, die ein Bad nahmen, auch noch waschen? Die Badewanne war mit Mahagoni verkleidet und hatte einen Mahagonideckel. Sie sah aus wie ein Sarg. Als Marian zurückkam, hob sie den Dekkel auf, und ich mußte mich auf den Rand der Wanne setzen. Sie zog mir meinen Schuh und meinen Strumpf aus, als wisse sie nicht, daß ich alt genug war, um das selbst zu tun. »So, jetzt halte dein Knie unter die Leitung«, sagte sie.

Das Wasser rann köstlich kühl über mein Bein.

»Herr des Himmels«, sagte sie, »da bist du aber schön hingefallen.« Jedoch zu meinem Erstaunen sprach sie nicht von Ted Burgess, bis sie fast fertig und der neue Verband schon angelegt war. Der alte lag auf dem Rand der Wanne, zerknittert und blutdurchtränkt, und sie betrachtete ihn und sagte: »Ist das sein Taschentuch?«

»Ja«, sagte ich. »Er sagte, er wolle es nicht zurückhaben. Soll ich es wegwerfen? Ich weiß, wo der Abfallhaufen ist.« Das war kein übertriebener Diensteifer; ich wollte ihr nur den Gang ersparen. Und außerdem hatte ich nichts dagegen, den Abfallhaufen wiederzusehen, diese unaufdringliche Mahnung an die Vergänglichkeit inmitten aller Pracht.

»Ach, vielleicht werde ich es auswaschen«, sagte sie. »Es scheint mir ein recht gutes Taschentuch zu sein.«

Da fiel mir der Brief ein, den ich vergessen hatte; denn wenn ich in ihrer Nähe war, dachte ich nur an sie. »Er bat mich, Ihnen dies zu geben«, sagte ich und zog ihn aus der Tasche. »Ich fürchte, er ist ziemlich zerknittert.«

Sie riß ihn mir beinahe aus der Hand und wußte nicht gleich, wohin damit. »Oh, diese Kleider! Warte einen Augenblick.« Sie verschwand und nahm den Brief und das Taschentuch mit. Einen Augenblick später kam sie zurück und sagte: »So, was ist jetzt mit dem Verband?«

»Aber Sie haben ihn ja schon drumgewickelt«, sagte ich und zeigte ihr mein Knie.

»Guter Gott, natürlich. Jetzt werde ich dir deinen Strumpf anziehen.«

Ich protestierte; aber nein, sie wollte es selbst tun, und ich kann nicht behaupten, daß ich etwas dagegen hatte. »Werden Sie den Brief beantworten?« fragte ich, enttäuscht darüber, daß sie alles so selbstverständlich hingenommen hatte. Aber sie schüttelte nur den Kopf.

»Du darfst niemandem von diesem ... Brief erzählen«, sagte sie, ohne mich anzusehen. »Keinem Menschen, nicht einmal Marcus.«

Ich hatte die Nase voll von diesem ewigen Appellieren an meine Diskretion. Die Erwachsenen schienen nicht zu begreifen, daß es mir, wie den meisten Schuljungen, leichter fiel zu schweigen, als zu sprechen. Ich war die geborene Auster. Ich versicherte auch Marian nochmals, daß ihr Geheimnis bei mir gut aufgehoben sei. Ich erklärte ihr geduldig, daß ich es Marcus sowieso nicht erzählen könne, weil er im Bett lag und man mir nicht erlaubte, ihn zu sehen.

»Ach ja, natürlich«, sagte sie. »Ich scheine wirklich alles zu vergessen. Aber kein Sterbenswörtchen! Ich wäre sehr böse mit dir, wenn du irgend etwas sagtest.« Dann, als sie sah, daß ich verletzt und den Tränen nahe war, erbarmte sie sich und sagte: »Ach nein, das wäre ich doch nicht; aber weißt du, das wäre für uns alle ein fürchterliches Unglück.«

8

Erinnerungen bleiben auf unterschiedlichen Ebenen haften. Noch heute spüre ich die deutliche, aber schwer zu analysierende Veränderung, die Lord Triminghams Ankunft im ganzen Hause auslöste. Vorher hatte die Atmosphäre des Hauses etwas lässig Selbstgenügsames gehabt, und trotz Mrs. Maudsleys straffer Zügelführung ging alles ein wenig seinen Schlendrian. Jetzt schien sich jedermann zusammenzureißen, als müsse man sich besonders gut benehmen, so wie in den letzten Schulwochen, kurz vor dem Examen. Es war, als ob alles, was man sagte und tat, mehr Gewicht hätte, als hinge etwas davon ab, als lieferte man einen Beitrag zu einem noch bevorstehenden Ereignis.

Es war mir klar, daß dies alles nichts mit mir zu tun hatte. Das eilfertig bereitgehaltene Lächeln und die unterdrückte Erregung galten nicht mir; an der Konversation, die niemals abbrechen durfte, hatte ich nur geringen Anteil. Fast jeden Tag wurden Picknicks, Ausflüge oder Besuche arrangiert; Mrs. Maudsley pflegte sie nach dem Frühstück zu verkünden. Uns allen waren sie Befehl, nur Lord Trimingham wurde ein fragender Blick zugeworfen, als sei er ein Signal, das zu beachten war, ehe man das Zeichen zur Abfahrt geben konnte.

»Paßt mir blendend«, sagte er dann, oder: »Genau das, was ich mir gewünscht habe.«

Ich sehe mich an einem Flußufer sitzen, die Picknickkörbe werden ausgepackt, Decken ausgebreitet, ein Diener beugt sich über uns, um die Teller zu wechseln. Die Erwachsenen tranken bernsteinfarbenen Wein aus hohen, spitz zulaufenden Flaschen. Mir gab man schäumende Limonade, aus einer Flasche, die eine Glaskugel als Verschluß hatte. Ich genoß die Mahlzeit; anstrengend war nur die Konversation, die man später, während alles wieder eingepackt wurde, führte. Ich wagte mich in Marians nächste Nähe, aber sie sah mich nicht; sie hatte nur Augen für Lord Trimingham, der neben ihr saß. Ich konnte nicht hören, was sie miteinander sprachen, und ich wußte, ich würde es nicht verstanden haben, wenn ich es gehört hätte. Die Worte hätte ich natürlich verstanden, aber nicht, was sie besagten.

Plötzlich sah Lord Trimingham auf und sagte: »Hallo, da ist ja Merkur!«

»Weshalb nennen Sie ihn Merkur?« fragte Marian.

»Weil er Botengänge macht«, sagte Lord Trimingham. »Du weißt doch, wer Merkur war?« fragte er mich.

»Merkur ist der kleinste der Planeten«, sagte ich und war froh, daß ich antworten konnte. Aber ich hatte den Verdacht, daß er auf meine Größe anspielte.

»Du hast ganz recht, aber vorher war er der Götterbote. Er trug Nachrichten vom einen zum anderen.«

Der Götterbote! Darüber dachte ich nach, und mir schien, obgleich die Aufmerksamkeit der Götter sich schnell wieder von mir abwandte, daß ich an Bedeutung gewonnen hätte. Ich stellte mir vor, wie ich den Tierkreis durchwanderte, wie ich einen Stern nach dem anderen aufsuchte: ein köstlicher Wachtraum, der bald darauf ein echter Traum wurde; denn mitten unter dem Kauen an einem langen, saftigen Grashalm schlief ich ein. Als ich erwachte, öffnete ich nicht sofort die Augen; ich hatte das Gefühl, man würde mich auslachen, weil ich geschlafen hatte, und diesen Augenblick wollte ich so lange wie möglich hinauszögern. Und ich hörte Marian zu ihrer Mutter sagen: »Ich glaube, daß es ihn zu Tode langweilt, Mama, immer hinter uns herzutrotten; er wäre viel glücklicher, wenn man ihn seine eigenen Wege gehen ließe.«

»Ach, glaubst du?« sagte Mrs. Maudsley. »Er hängt so an dir, Marian – wie ein kleines Lamm.«

»Er ist ein Schatz«, sagte Marian. »Aber du weißt doch, wie das bei Kindern ist: Eine kurze Zeit in der Gesellschaft von Erwachsenen reicht einem eine Zeitlang.«

»Nun, ich kann ihn fragen«, sagte Mrs. Maudsley. »Im Augenblick sind wir zusammen mit ihm dreizehn – ich weiß nicht, ob das schlimm ist. Zu dumm, das mit Marcus.«

»Wenn Marcus Masern hat«, sagte Marian beiläufig, »dann müssen wir doch wohl den Ball absagen?«

»Ich sehe nicht ein, weshalb«, sagte Mrs. Maudsley mit Nachdruck. »Wir würden zu viele Menschen enttäuschen. Und du möchtest es doch auch nicht, Marian, nicht wahr?«

Ich konnte Marians Antwort nicht hören, aber ich spürte, wie die Meinungen der beiden aufeinanderprallten. Nachdem ich noch etwas Schlaf vorgetäuscht hatte, öffnete ich vorsichtig die Augen. Marian und ihre Mutter waren fort. Die meisten anderen Gäste standen immer noch plaudernd herum. Die beiden Wagen waren im Schatten vorgefahren; die Pferde warfen die Köpfe hin und her und schlugen mit den Schwänzen, um die Fliegen zu verscheuchen. Steif saßen die Kutscher auf ihren hohen Böcken; aus meiner Perspektive wirkten sie gewaltig; ihre kokardengeschmückten Zylinder berührten fast die buschigen Zweige und malten noch dunklere Töne auf den grünen Schatten. Das Spiel der Schatten gefiel mir. Ich erhob mich so selbstverständlich, wie ich konnte, und hoffte, keine Aufmerksamkeit zu erwecken; aber Lord Trimingham sah mich.

»Aha!« sagte er. »Merkur hat seinen Dienst verschlafen.« Ich lächelte zurück. Etwas Beständiges in seinem Wesen fiel mir auf.

Er gab mir ein Gefühl der Sicherheit, als könne nichts, was ich sagte oder tat, seine Meinung über mich ändern. Seine Scherze fielen mir nie auf die Nerven, zum Teil wohl zweifellos deshalb, weil er ein Graf war, zum Teil aber auch, weil ich Achtung vor seiner Selbstdisziplin hatte. Er hat recht wenig Grund zu lachen, dachte ich, und trotzdem lacht er. Hinter seiner Heiterkeit standen das Hospital und das Schlachtfeld. Ich spürte, daß er eine Kraftreserve besaß, die über alles, auch über den schwersten Rückschlag, hinwegkommen würde.

Trotz allem gewahrte ich (obwohl ich mir das niemals eingestanden hätte), als ich den einen freien Platz auf dem Bock neben dem Diener eingenommen hatte, daß mir die alltägliche Unterhaltung des Kutschers mehr zusagte als das seichte, ziellose, unverbindliche Geplauder, dem ich vor dem Einschlafen gelauscht hatte. Ich gab gern Auskünfte und erhielt gern Auskünfte, und er versorgte mich damit, genau wie die Wegzeichen und Meilensteine, die alle paar Minuten auftauchten und nach denen ich immer wieder begierig Ausschau hielt. Manchmal konnte er meine Fragen nicht beantworten. »Warum gibt es in Norfolk so viele Seitenstraßen?« fragte ich. »Da, wo ich lebe, gibt es gar keine.« Er wußte es nicht. Aber für gewöhnlich konnte er antworten, und bei ihm hatte ich das Gefühl, daß das Gespräch einen Sinn hatte. Bei den anderen gab es nichts, woran man sich halten konnte: spinnwebdünne Fäden, die sich in meinen Gedanken verfingen, zerrissen und mich ermüdeten. Das Geplauder der Götter! – Ich grollte ihnen nicht, noch ärgerte es mich, daß ich sie nicht verstehen konnte. Ich war der kleinste der Planeten, und wenn ich Botschaften zwischen ihnen hin und her trug und sie nicht immer verstehen konnte, so hatte auch das seine Richtigkeit. Sie hatten eine andere Sprache – die Sternensprache.

Unter dem vielfarbenen Dach aus Sonnenschirmen, das hinter mir lag – eine Schildkrötenschale, welche der Sonne wehrte –, hatte mehr als ein Männerkopf Schutz gesucht. Das Summen der Gespräche stieg zu mir empor. Wie sie es nur durchhielten! Aber ich war nicht verpflichtet, ihnen aus Höflichkeit zuzuhören. Zuerst hatte mich Marians Vorschlag, mich von weiteren Ausflügen zu dispensieren, ein wenig verletzt; doch nun erkannte ich, daß sie ihn in meinem Interesse gemacht hatte, und ihre Bemerkung »er ist ein Schatz« war wie eine Süßigkeit, die mir im Munde zerging. Natürlich schätzte ich die Auszeichnung, bei ihnen sein zu dürfen. Ich genoß unseren Triumphzug durch die Landschaft, die Blicke, mit denen die Vorübergehenden die Wagen anstarrten, die Kinder, die herbeirannten, um die Gatter zu öffnen und im Staub nach den Pennies zu grabschen, welche die Kutscher ihnen achtlos hinwarfen. Aber das alles konnte ich auch in meiner Vorstellung genießen. Auch wenn ich nicht dabei war, konnte ich mich in ihren Strahlen sonnen, ganz genauso und vielleicht noch besser. Denn dann gehörte mir die Essenz des Erlebnisses, ohne alle die Zufälle und Schattenseiten, wie das beherrschte Gesicht, das ich machen, und das Interesse, das ich vortäuschen mußte. Ich dachte an die Remisen, ich dachte an den Badeplatz. Ich dachte an den Strohhaufen, auf dem ich nun hinunterrutschen konnte, wann immer ich wollte – ich dachte sogar an den Abfallhaufen. Dies waren Orte, die mich auf eine vertraute Weise ansprachen und nach denen ich mich zurücksehnte.

»Kennen Sie Ted Burgess?« fragte ich den Kutscher.

»O ja«, sagte er, »wir kennen ihn alle hier.«

Etwas in seinem Tonfall veranlaßte mich zu fragen: »Mögen Sie ihn?« »Man kennt sich eben«, antwortete der Kutscher. »Mr. Burgess ist ein bißchen ein Lebemann.«

Mir fiel auf, daß er ihn Mister nannte, aber der Rest seiner Bemerkung blieb mir unverständlich. Mir schien Ted Burgess nicht im geringsten ein Lebemann zu sein.

Endlich kamen wir dorthin, worauf ich mich besonders gefreut hatte – zum Hügelabhang, der einzig wirklich steilen Stelle auf der ganzen Spazierfahrt, dem einzig Sensationellen auf diesem Weg. Ein Warnschild tauchte auf und kam allmählich näher:

FÜR RADFAHRER!
FAHRT VORSICHTIG

Daraus machte ich einen Witz. »Vier Radfahrer: fahrt vorsichtig«, das hieß, daß jede andere Anzahl Radfahrer riskieren konnten, was ihnen beliebte. Ich versuchte das dem Kutscher zu erklären, aber er war mit den Bremsen beschäftigt. Es ging abwärts. Die Hinterteile der Pferde, angespannt und mit Schweißflecken bedeckt, preßten gegen das Spritzbrett. Ich drehte mich um und sah, wie der Wagen hinter uns es gleichfalls schwer hatte. Als die Bremsen heißer wurden, stieg ein brenzliger Geruch auf, der mir aus irgendeinem verrückten Grund wie Weihrauch vorkam. Das Gefühl von Anstrengung und Gefahr nahm zu: Die Sensation hatte ihren Höhepunkt erreicht.

Endlich waren wir unten angekommen, und beide Wagen hielten. Nun stand uns das Gegenteil bevor, weniger aufregend, weniger angsteinflößend, aber kaum weniger dramatisch; denn nun wurden die Zügel gelockert, und die Herren stiegen aus, um den Pferden den Aufstieg zu erleichtern. Ein warmes Gefühl der Nächstenliebe erfasste mich. Ich bat um die Erlaubnis, ebenfalls aussteigen zu dürfen.

»Na, dein Gewicht macht nichts aus!« sagte der Kutscher, sehr zu meinem Verdruß, aber er half mir trotzdem die federnden schmalen Tritte hinunter, auf denen man so leicht ausrutschen konnte. Ich schloß mich den Männern an und versuchte, meine kurzen Schritte dem Tempo ihrer langen Beine anzupassen.

»Meine Güte, wie kühl du aussiehst!« sagte Lord Trimingham und betupfte sein Gesicht mit einem seidenen Taschentuch. Er trug einen weißen Leinenanzug und hatte, im Gegensatz zu den anderen, einen Panama-Hut, der mit einem Knopf und einer schwarzen Schnur an seiner Jacke befestigt war. Dieser Anzug wirkte, wie all seine Anzüge, außerordentlich elegant. Vielleicht fiel einem das wegen des Kontrastes zu seinem Gesicht bei ihm mehr auf. »Heute ist der heißeste Tag, den wir bisher hatten.«

Ich machte einige hüpfende Schritte, um zu zeigen, wie wenig mir das ausmachte; aber ich behielt seine Worte im Gedächtnis. Und als wir wieder auf unseren Plätzen saßen, und die Pferde sich in sachten, schaukelnden Trab setzten, kam meine alte Begeisterung für die Hitze wieder. Vielleicht würde der heutige Tag einen Rekord brechen. Wenn er es nur täte, dachte ich, wenn er es nur könnte! Ich war in das Außergewöhnliche verliebt und bereit, ihm alles normale Geschehen zu opfern.

Bei der Ankunft war mein erster Gedanke, nach der Wildbretkammer zu laufen; aber daran wurde ich gehindert. Erstens war der Tee serviert, und zweitens hatte ich einen Brief von meiner Mutter, der mit der Nachmittagspost gekommen war: »Master Leo Colston, p/a Mrs. Maudsley, Brandham Hall/Norwich.« Ich betrachtete die Adresse voll Stolz: ja, dort war ich.

Ich liebte es, die Briefe meiner Mutter ganz allein für mich zu lesen. Selbst die Wildbretkammer war mir dafür zu exponiert. Manchmal zog ich mich auf die Toilette zurück, aber jetzt, wo ich ein eigenes Zimmer hatte, besaß ich einen sicheren Winkel. Dorthin trug ich meinen Brief, wie ein Hund seinen Knochen. Aber zum erstenmal konnte ich dem Brief meiner Mutter kein wirkliches Interesse abgewinnen. Die unbedeutenden Ereignisse meines Zuhause blieben, während ich von ihnen las, unbedeutend und in weiter Ferne, statt mir nahezugehen und mich zu erfüllen; sie waren wie die Diapositive einer Laterna Magica, denen das Licht fehlte, das sie lebendig machte. Ich hatte das Gefühl, ich gehörte nicht dorthin; mein Platz war hier; hier war ich ein Planet, wenn auch nur ein kleiner, und war Botengänger für die anderen Planeten. Und meiner Mutter Bemerkungen über die Hitze erschienen mir unangebracht und fast lästig. Sie müßte wissen, dachte ich, daß ich die Hitze genoß, daß ich für sie unantastbar war, unantastbar für alles …

Sie hatte mir für diesen Besuch eine schwarzlederne Schreibmappe mitgegeben, in deren obere rechte Ecke ein Tintenfaß eingelassen war. Ich versuchte ihr zu schreiben, aber ich fand nicht die richtigen Worte. Es war nicht wie in der Schule, wo ich meine Briefe so sorgfältig verfaßte, daß am Schluß kaum etwas übrigblieb als die Tatsache, daß es mir gut ergehe und ich das gleiche von ihr hoffe; ich wollte ihr von meinem Aufstieg erzählen und dem reichlichen Äther, der göttlicheren Luft, die ich jetzt atmete. Aber selbst mir erschienen meine Versuche kläglich. Graf Trimingham sagte, ich sei wie Merkur – ich besorge Botschaften – Marcus' Schwester Marian ist immer noch sehr nett zu mir, ich glaube, ich mag sie von allen am liebsten – es ist schade, daß sie heiratet, aber dann wird sie eine Frau Gräfin –, was konnte ihr das alles bedeuten, was konnte es mir bedeuten, daß ich mir eine solche Wichtigkeit beimaß? Von all dem schrieb ich etwas und über Marcus' Unpäßlichkeit (obgleich ich natürlich nichts von Masern erwähnte); ich erzählte ihr von den Festen, den vergangenen und den bevorstehenden – den Picknicks, dem Cricketmatch, der Geburtstagsgesellschaft und dem Ball; ich dankte ihr für die Erlaubnis zu baden, und ich versprach, nicht allein zu gehen; und ich war ihr sie liebender Sohn. Aber selbst das klang falsch und ein wenig herablassend, als gestatte sich ein Unsterblicher verwandtschaftliche Gefühle gegen einen Sterblichen.

Obwohl ein kläglicher Versuch, nahm der Brief lange Zeit in Anspruch, und es war schon nach sechs, als ich in größter Eile die Wildbretkammer erreichte. Ich erwartete etwas Sensationelles, und ich wurde nicht enttäuscht. Das Mercury-Thermometer war auf neunundzwanzig Grad herabgesunken; aber der Magnet verzeichnete dreiunddreißig Grad. Dreiunddreißig! Vielleicht war das ein Rekord, auf jeden Fall ein Rekord für England, wo, wie ich glaubte, die Temperatur niemals fünfunddreißig Grad im Schatten erreicht hatte. Daß sie diese Höhe erreichte, das war mein Ehrgeiz. Nur noch zwei Grad mehr! Eine Lappalie für die Sonne, die das leicht vollbringen könnte; vielleicht würde sie es morgen tun. Während ich meinen Gedanken nachhing, war mir, als fühlte ich in mir die enormen meteorologischen Anstrengungen, die die Welt unternahm, um sich selbst zu übertreffen, um eine Daseinssphäre zu erlangen, die sie nie zuvor erreicht hatte. Ich selbst war das Thermometer (man hatte mich doch Merkur genannt, so dachte ich verwirrt), das unaufhörlich höher und höher emporstieg; und in Brandham Hall, mit seinen noch immer unerforschten Gefühlshöhen, konnte ich den Gipfel meines Daseins erklimmen. Ich fühlte mich berauscht und unbeschwert, als sei ich von einer gütigen Fee verzaubert, gesegnet mit etwas, das mich über mich und die Grenzen meiner Alltagsmenschlichkeit hinaustrug. Und dennoch schloß mich dieses Erlebnis nicht aus der Gemeinschaft der anderen aus. Es war untrennbar mit den Erwartungen verknüpft, die ich in den Gesichtern meiner Umgebung gespiegelt sah. Auch sie warteten auf Erfüllung, und ich kannte die verschiedenen Stadien, die zu ihr führten, so genau, als wären sie Sprossen einer Leiter: das Cricketmatch, meine Geburtstagsgesellschaft und der Ball.

Und dann? Dann würde es eine Vereinigung geben, die ich in meinen Gedanken nur allmählich, zögernd und beinahe unwillig mit Marian und Lord Trimingham in Zusammenhang brachte. Aber auch diesen Gedanken wohnte ein ergreifendes Entzücken inne; das Glücksgefühl, ihr den Teil meines Ichs zu opfern, der sein Glück in ihrer Person gefunden hatte.

»Geht es dir gut?« sagte eine Stimme hinter mir.

Es war Mr. Maudsley, der sich ebenfalls meteorologischen Studien hingab. Von einem Fuß auf den anderen tretend (ich konnte nicht still stehenbleiben, wenn er mich ansprach), bejahte ich seine Frage.

»War ziemlich heiß, heute«, bemerkte er.

»Ein Rekord?« fragte ich eifrig.

»Es würde mich nicht wundern«, sagte er. »Ich werde nachsehen. Du magst die Hitze?«

Ich bejahte. Er berührte den Magneten. Ich wollte den Beweis der heutigen Hitze nicht ausgelöscht sehen, murmelte irgend etwas und lief davon.

Durch das Zusammentreffen verwirrt, vergaß ich, was ich noch vorgehabt hatte, und befand mich plötzlich in der Nähe des Rasens, wo weißgekleidete Gestalten ebenso ziellos wie ich auf und ab spazierten. Es lag mir fern, mich ihnen anzuschließen; ich wünschte mit meinen erhebenden Gefühlen allein zu sein, und versuchte, den Graben zu erreichen, der den Rasen vom Park trennte. Ich wußte aus Erfahrung, daß er tief genug war, um mich zu verbergen. Aber es war zu spät; ich war gesehen worden.

»He!« rief Lord Trimingshams Stimme. »Komm her! Wir brauchen dich!«

Er kam zum Rand des Grabens und sah auf mich herunter.

»Versuchst du, ins Niemandsland zu verduften?« sagte er.

Die militärische Anspielung verstand ich nicht, aber der Sinn der ganzen Unterstellung war mir durchaus klar.

»Du läufst hier immer in der Gegend herum«, sagte er. »Kannst du da nicht Marian suchen und sie bitten, den vierten beim Crocket zu machen? Es ist das einzige, wozu wir noch fähig sind. Wir haben sie gesucht und können sie nicht finden; aber ich nehme an, daß du sie in der Tasche hast.«

Unwillkürlich fuhr ich mit den Händen zur Tasche, und er lachte.

»Also«, sagte er, »schaff' sie uns tot oder lebendig herbei.«

Ich trabte davon. Ich hatte keine Ahnung, wo ich sie suchen könnte, und trotzdem kam mir überhaupt nicht der Gedanke, daß ich sie nicht finden würde. Mein Weg führte mich um das Haus herum, fort von seinen noblen und eindrucksvollen Fassaden, die mir so wenig bedeuteten, hinter die zusammengewürfelten rückwärtigen Gebäude, die mir so viel bedeuteten, und die Aschenbahn entlang, die zu den verlassenen Remisen führte. Und dort traf ich sie. Sie ging ziemlich schnell, mit hocherhobenem Kopf.

Sie sah mich nicht gleich, und als sie mich schließlich doch bemerkte, betrachtete sie mich eisig. »Was machst du hier?« sagte sie.

Ich fühlte mich schuldig wie alle Kinder, wenn sie von Erwachsenen zur Rede gestellt werden; aber ich hatte eine Antwort bereit und war sicher, daß sie sich darüber freuen würde.

»Ju bat mich, Ihnen zu sagen«, begann ich.

»Wer bat dich, mir etwas zu sagen?«

»Ju, wissen Sie, Ju.«

Ich hatte das Gefühl, es sei mein Schicksal, Hughs Namen immer falsch auszusprechen. Wir standen, aber ich merkte, daß sie ziemlich rasch atmete. »Laß uns jetzt von etwas anderem sprechen«, sagte sie, als hätte sie meinen Launen nun lange genug nachgegeben. Einen Augenblick kam mir der Gedanke, sie wolle nicht von Lord Trimingham sprechen und würde mir absichtlich das Wort abschneiden; aber ich mußte meine Botschaft überbringen.

»Es handelt sich nicht um Sie, sondern um Graf Hugh«, sagte ich. Nun war kein Mißverständnis mehr möglich, und ich wartete darauf, daß sich ihre Miene aufhellte. Aber das geschah nicht. Ihre Augen bewegten sich eilig hin und her, und sie sah beinahe verwirrt aus.

»Oh, Hugh«, sagte sie und schrie beinahe wie ein Kauz. »Wie dumm von mir. Du sprichst seinen Namen aber auch reichlich komisch aus.«

Es war das erste Mal, daß sie mir etwas Unfreundliches sagte, und ich glaube, ich sah betroffen aus; denn sie bemerkte meine Verwirrung und sagte etwas freundlicher:

»Aber es gibt verschiedene Arten, ihn auszusprechen. Nun, was will er?«

»Er möchte, daß Sie beim Crocket mitspielen.«

»Wieviel Uhr ist es?« fragte sie.

»Fast sieben Uhr.«

»Wir essen doch nicht vor halb neun? Nun schön, ich komme.«

Unsere Freundschaft war wiederhergestellt, und wir gingen nebeneinanderher.

»Er sagte, ich müsse Sie tot oder lebendig zu ihm bringen«, wagte ich zu sagen.

»So, sagte er das? Nun, was bin ich?«

Ich fand das sehr komisch. Nachdem wir ein bißchen gescherzt hatten, sagte sie:

»Wir essen morgen mittag bei Nachbarn. Es sind lauter Erwachsene, steinalt, schon ganz bemoost, und Mama meint, du könntest dich langweilen. Würde es dir etwas ausmachen hierzubleiben?«

»Natürlich nicht«, antwortete ich. Mir fiel ein, daß sie und nicht ihre Mutter glaubte, ich könne mich langweilen, aber ich nahm ihr das nicht übel. Sie war wie das Mädchen im Märchen, dessen Worte zu Perlen wurden, sobald sie von ihren Lippen fielen.

»Womit wirst du dich amüsieren?« fragte sie.

»Nun«, sagte ich, um Zeit zu gewinnen, »ich könnte verschiedenes unternehmen.« Dies klang ziemlich großartig.

»Was zum Beispiel?«

Ihr Interesse schmeichelte mir, doch, in die Enge getrieben, fiel mir nur eine Beschäftigung ein.

»Ich könnte spazierengehen.« Selbst mir erschien dies ein phantasieloses Unterfangen zu sein.

»Wohin wirst du gehen?«

Ich hatte ein plötzliches Gefühl, daß sie die Konversation in eine bestimmte Richtung führte, und folgte beinahe schlafwandlerisch.

»Nun, ich könnte einen Strohhaufen herunterrutschen.«

»Wo?«

»Nun, vielleicht bei Bauer Burgess.«

»Oh, bei ihm?« sagte sie, und es klang sehr erstaunt. »Leo, wenn du dorthin gehst, willst du mir dann einen Gefallen tun?«

»Natürlich. Was denn?« Aber ich wußte es schon, ehe sie es sagte.

»Ihm einen Brief bringen.«

»Ich hoffte, daß Sie das sagen würden!« rief ich aus.

Sie sah mich an, schien zu überlegen und sagte dann:

»Weshalb? Weil du ihn magst?«

»Ja, aber natürlich nicht so sehr wie Hugh.«

»Warum hast du ihn lieber? Weil er ein Graf ist?«

»Nun, das ist einer der Gründe«, gab ich ohne falsche Scham zu. Der Respekt vor Titeln lag mir im Blut, und ich empfand ihn nicht als Snobismus. »Und er ist auch so zartfühlend. Ich meine, er kommandiert mich nicht herum. Ich habe geglaubt, ein Lord wäre so stolz.«

Marian sann darüber nach.

»Und Mr. Burgess«, fuhr ich fort, »der ist nur ein Bauer.«

Ich erinnerte mich an den Empfang, den er mir bereitet hatte, ehe er wußte, woher ich kam. »Er ist ziemlich grob.«

»So?« sagte sie, aber nicht, als ob sie das für einen Fehler hielte. »Weißt du, ich kenne ihn nicht sehr gut. Wir schreiben uns manchmal Billette … wegen geschäftlicher Angelegenheiten. Und du sagst, du würdest sie gern überbringen?«

»O ja, sehr gern«, sagte ich begeistert.

»Weil du T – Mr. Burgess gern hast?«

Ich wußte, daß sie wollte, ich würde ja sagen, und ich war bereit, ihr den Gefallen zu tun, um so mehr, als der Wunsch, ihr meine Gefühle zu gestehen, mich überwältigte und ich die Möglichkeit sah, es zu tun.

»Ja. Aber es gibt noch einen anderen Grund.«

»Und der ist?«

Ich hatte keine Ahnung, daß diese Worte so schwer auszusprechen waren, wenn es dazu kam; aber endlich brachte ich sie doch heraus: »Weil ich Sie gern habe.«

Sie schenkte mir ein bezauberndes Lächeln und sagte:

»Das ist sehr süß von dir.«

Sie blieb stehen. Wir hatten eine Wegkreuzung erreicht. Der eine Weg, der ungepflegt war, führte zu den rückwärtigen Gebäuden; der andere, ein breiterer, den ich selten ging, führte zur Vorderfront des Hauses.

»In welcher Richtung wolltest du gehen?« fragte sie.

»Nun, ich wollte Sie begleiten – zum Crocketrasen.«

Ihr Gesicht verdüsterte sich. »Ich glaube, ich werde nun doch nicht gehen«, sagte sie beinahe schnippisch. »Ich bin ziemlich müde. Sag' ihnen, ich hätte Kopfschmerzen, oder sag' ihnen, du hättest mich nicht gefunden.«

Mir war, als stürze meine Welt ein. »Oh!« rief ich aus. »Aber Hugh wird sehr enttäuscht sein.«

Es war nicht nur das: Ich würde enttäuscht sein, daß mir

mein Fang entkommen war und ich des Triumphes, sie tot oder lebendig herbeizubringen, verlustig ging.

Der Schalk blitzte wieder in Marians Gesicht auf. »Deine vielen Hughs bringen mich ganz durcheinander«, sagte sie. »Meinst du jetzt wirklich den Grafen Hugh?«

»Hugh«, sagte ich und versuchte, dabei so zu säuseln wie sie, obwohl ich das nicht sehr gerne tat, denn es klang sehr affektiert.

»Nun schön, dann muß ich wohl gehen«, sagte sie. »Was für ein Sklavenhalter bist du doch! Aber wenn es dir nichts ausmacht, gehe ich lieber allein.«

Es machte mir entsetzlich viel aus. »Aber, nicht wahr, Sie sagen ihnen, daß ich Sie geschickt habe?« bettelte ich.

Sie blickte über die Schulter zurück. »Vielleicht«, sagte sie neckisch.

9

Zwischen dem nächsten Tag, einem Dienstag, und dem Cricketmatch am Samstag überbrachte ich dreimal Botschaften zwischen Marian und Ted Burgess: drei Briefe von ihr und von ihm einen und zwei mündliche Mitteilungen.

»Sag ihr, daß alles in Ordnung ist«, sagte er einmal; dann: »Sag ihr, es klappt nicht.«

Es war nicht schwer, ihn zu finden; denn gewöhnlich war er bei der Ernte auf dem Feld auf der anderen Seite des Flusses. Ich konnte ihn von der Schleuse aus sehen. Als ich das erste Mal zu ihm ging, fuhr er auf dem Mäher, einer neuartigen Maschine, die das Korn schnitt, aber nicht zu Garben band; ich erinnerte mich, daß sie eine Sprungfederung hatte. Ich ging neben ihm her, und als das noch ungeschnittene Korn zwischen uns und den drei oder vier Landarbeitern lag, die Garben banden, hielt er das Pferd an, und ich überreichte ihm den Brief.

Am nächsten Tag wurde der letzte schmale Streifen geschnitten. Burgess stand mit seiner Flinte da und wartete auf Kaninchen und andere Tiere, die vielleicht erst im letzten Augenblick aus diesem Versteck fliehen würden. Das war so spannend, daß ich eine Zeitlang den Brief gänzlich vergaß, und er, mit zusammengekniffenen Augen aufpassend, schien ihn offensichtlich ebenfalls vergessen zu haben.

Meine Aufregung steigerte sich; ich glaubte, diese letzte

Zuflucht stecke voll von Wild. Aber ich täuschte mich: Die letzten Ähren fielen, und nichts kam heraus.

Der Mann auf dem Mäher wendete zum Gatter, das ins nächste Feld führte. Die Arbeiter stapften zur Hecke, um ihre Jacken und Binsenkörbe zu holen. Der Bauer und ich blieben allein.

Das abgeerntete Feld wirkte sehr kahl, und er sah sehr groß und verloren darin aus. Wie er so dastand, rot und golden wie das Korn in der Sonne, kam er mir plötzlich wie eine Garbe vor, die der Schnitter vergessen hatte und die er sich später noch holen würde.

Ich gab ihm den Umschlag, den er sofort aufriß. Und da merkte ich, daß er, ehe ich kam, etwas getötet hatte. Denn zu meinem Entsetzen besudelte er den Umschlag und dann auch den Brief mit einem großen Blutflecken.

Ich schrie: »Oh, das dürfen Sie nicht tun!« Aber er gab keine Antwort, so sehr war er in den Brief vertieft.

Als ich ihn das nächste Mal suchte, traf ich ihn nicht auf dem Feld, sondern auf dem Hof, und da gab er mir den Brief mit.

»Auf dem ist kein Blut«, sagte er scherzend, und ich lachte; denn im Grunde nahm ich das Blut hin, ja es freute mich sogar, war es doch etwas, das zu dem Männerleben gehörte, in das auch ich eines Tages eingeweiht werden würde. Ich hatte viel Spaß beim Strohrutschen. Das tat ich übrigens jedesmal, wenn ich Briefe überbrachte; es war der Höhepunkt meines Ausfluges, und wenn ich wieder zu der beim Tee versammelten Gesellschaft zurückkam, konnte ich wahrheitsgemäß erzählen, daß ich auf diese Weise meine Nachmittage verbracht hatte.

Es waren wirklich goldene Nachmittage. Wie recht hatte Marian gehabt, als sie meinte, ich sei glücklicher zu Hause! Das begriff ich erst, als mir Mrs. Maudsley am Donnerstag in ihrem »Ordonnanz-Zimmer«, wie man es nannte, mitteilte, nach dem

Mittagessen besuche man eine Familie mit Kindern und ich hätte mitzugehen. Zwischen Kindern ist das Eis oft schwer zu brechen, sie freunden sich nicht leicht an; ihre Welten sind sehr abgegrenzt, ja sogar ihre Spiele haben ihre eigenen geheimen Gesetze. Es fiel mir nicht leicht, mich an die Spielregeln jener Kinder zu gewöhnen; denn ich erinnerte mich der viel bedeutenderen Aufgaben, die nun unerledigt blieben. Vielleicht erschien mir ihr bloßes So-Tun-als-ob auch deshalb recht langweilig, weil dabei kein Blut vergossen wurde.

Ich nahm nämlich meine Pflichten als Merkur sehr ernst, einmal wegen der mir eingeschärften Schweigepflicht, vor allem aber, weil ich das Gefühl hatte, etwas für Marian zu tun, das niemand anderer als ich tun konnte. Um die Zeit zu vertreiben, schwätzte sie mit ihren erwachsenen Freunden. Sie zeigte Lord Trimingham ein lächelndes Gesicht, saß während der Mahlzeiten an seiner Seite und ging mit ihm auf der Terrasse auf und ab. Aber beim Aushändigen der Briefe entdeckte ich, so klein ich auch war, in ihrem Wesen eine Dringlichkeit, die sie anderen gegenüber nicht zeigte – nein, nicht einmal Lord Trimingham. Ihr dienen zu dürfen, machte mich unbeschreiblich glücklich, und an die weiteren Folgen meiner Handlung dachte ich nicht. Ich verlieh jedoch meinen Botengängen eine ganz eigene Bedeutung – eigentlich mehrere Bedeutungen, denn ich konnte keine finden, die mich befriedigte. Ich konnte mir bei aller Phantasie einfach nicht vorstellen, weshalb Marian und Ted Burgess Briefe wechselten. »Geschäfte«, sagten sie beide. »Geschäfte« war für mich ein ernster, fast geheiligter Begriff. Meine Mutter sprach dieses Wort mit Ehrfurcht aus; es verbanden sich die Bürostunden meines Vaters und der Lebensunterhalt damit. Marian hatte es nicht nötig, Geld zu verdienen, aber Ted Burgess. Vielleicht half sie ihm dabei; vielleicht floß auf irgendeine geheimnisvolle Weise durch diese Botschaften

Geld in seine Taschen. Vielleicht enthielten sie sogar Geld: Schecks oder Banknoten, und vielleicht sagte er deshalb: »Sag ihr, es ist in Ordnung« – was bedeutete, er habe es erhalten. Der Gedanke, ich überbrächte vielleicht Geld wie ein Bankbote und man könnte mir auflauern und mich ausrauben, erregte mich; welches Vertrauen mußten sie in mich setzen, um mir solch kostbare Sendschreiben in die Hand zu geben.

Und doch konnte ich nicht recht daran glauben; denn niemals sah ich, daß dem Umschlag ein Geldschein entnommen wurde. Vielleicht teilte sie ihm etwas mit, etwas, das ihm bei seiner Landarbeit nützen mochte. Ich konnte mir nicht vorstellen, was es sein könne; aber ich verstand ja auch nichts von der Landwirtschaft. Vielleicht tauschte sie aber auch Aufzeichnungen mit ihm, Aufzeichnungen über die Temperatur zum Beispiel, den täglichen Thermometerstand, den sie feststellen konnte und er nicht. Die letzten Messungen waren, obwohl sie nicht den Höchststand des Montags erreichten, zufriedenstellend gewesen: achtundzwanzig Grad am Dienstag, neunundzwanzig Grad am Mittwoch, am Donnerstag und am Freitag fast dreiunddreißig Grad (ich habe aus Neugierde meine Eintragungen mit den offiziellen Aufzeichnungen verglichen und festgestellt, daß sie nur geringfügig davon abweichen). Oder, wenn es nicht das gemeinsame Interesse an der Tagestemperatur war, es konnte doch etwas sein, das in den Augen der Erwachsenen ähnlich wichtig war und das ich, würde man es mir erklären, verstehen würde. Vielleicht handelte es sich um Wetten: Ich wußte, welche Bedeutung die Erwachsenen dem Wetten beimaßen. Vielleicht wetteten sie, in welcher Zeit dieses oder jenes Feld geerntet sein würde?

Vielleicht befand er sich in irgendeiner Klemme, und sie versuchte ihm herauszuhelfen. Vielleicht war die Polizei hinter ihm her, und sie versuchte ihn zu retten. Vielleicht hatte er einen Mord begangen (der Blutfleck erleichterte mir diese Vorstellung). Vielleicht wußte nur sie davon und unterrichtete ihn über das Vorgehen der Polizei.

Dies war, weil die sensationellste, die von mir bevorzugte Lösung des Problems. Ganz befriedigte sie mich aber nicht; und wenn ich mich in ihrer oder in Ted Burgess' Gegenwart befand, Briefe erhielt oder ablieferte, dann erschien sie mir so unzulänglich wie die anderen. Weder er noch sie benahmen sich in meinen Augen so, wie sich Menschen in den Situationen benehmen würden, die ich mir vorgestellt hatte.

Hinter dem instinktiven Wunsch, eine Lösung zu finden, die meine Phantasie befriedigte, lauerte eine schleichende und fast beschämende Neugierde, die den wirklichen Grund herausfinden wollte. Aber ich gab dieser Neugierde nicht nach, ich wollte kein Spitzel sein. Das Privileg, an den Handlungen der himmlischen Gestalten teilzuhaben, hatte meine Selbstachtung derart entflammt, daß ich nicht einer solch unwürdigen Bestätigung meiner Kombinationsgabe bedurfte. Außerdem hatte ich den Verdacht, daß ich enttäuscht sein könnte, wenn ich den wirklichen Grund entdeckte. Und das bewahrheitete sich auch: Ich wurde enttäuscht.

Am Freitag vor dem Cricketmatch geschahen zwei Dinge, die in gewisser Weise miteinander zusammenhingen. Einmal durfte Marcus, der nicht mehr masernverdächtig war, sein Zimmer verlassen. Man erlaubte ihm zwar nicht auszugehen, aber man hatte entschieden, daß er soweit wiederhergestellt war, um beim Cricketmatch zusehen zu können. Natürlich wußte ich, daß es ihm besser ging, aber sein Aufstehen überraschte mich. Seine Temperatur war an diesem Morgen zum erstenmal wieder normal gewesen, und meine Mutter hätte mich noch einen weiteren Tag im Bett gelassen. Ich nahm an, alle Ärzte hätten die gleichen Behandlungsmethoden. Wie dem auch war, ich freute mich sehr, als er zum Mittagessen erschien; denn obgleich er kein sehr naher Freund war, verband mich mit ihm doch das Gefühl vertrauter Kameradschaft, dem nichts gleichkommt. Ich konnte ihm in unserer gemeinsamen Sprache alles sagen, was mich bewegte. Ich mußte es ihm nicht erst übersetzen und mich dabei in den Gedankengängen und Ausdrücken der Erwachsenen verstricken. Jedenfalls glaubte ich das. Wir steckten die Köpfe zusammen und tratschten drauflos und vergaßen alles um uns herum. Und da, mitten während des Essens, begriff ich plötzlich, welche Folgen sein Wiederkommen für mich hatte.

Es würde mir nicht möglich sein, weitere Botschaften zu überbringen. Ich konnte mich diesem Geheimdienst nur widmen, solange ich frei war, zu kommen und zu gehen, wie es mir paßte. Man erkundigte sich fast nicht nach meinem Zeitvertreib, und die Antwort, ich sei das Stroh hinuntergerutscht, erwies sich als völlig ausreichend. Aber es würde nicht so einfach sein, Marcus Sand in die Augen zu streuen – in diese eher ausdruckslosen grauen Augen, die so viel mehr sahen, als man glaubte. Er war kein so überzeugter Poseur wie ich; er besaß nicht so viel Phantasie; er übernahm zwar bei unseren Spielen die Rolle von Lord Roberts oder Kitchener oder Krüger oder de Wet, aber nur eine kurze Zeit lang und nur unter der Bedingung, daß die Engländer siegten; er war ein leidenschaftlicher Patriot, weigerte sich jedoch auch geflissentlich, für aussichtslose Fälle einzutreten. Ich konnte ihm vieles erzählen, aber nicht, daß ich in meiner Phantasie Robin Hood war und seine Schwester Jungfer Marian.

Er würde wohl ein- oder zweimal mit mir das Stroh hinunterrutschen, aber er würde dies nicht zu einer täglichen Gewohnheit machen – das bewies die Art, mit der er meine dahin gehenden Andeutungen aufnahm. Ich konnte wohl ein paar Landarbeiter, die sich sowieso nicht um mich kümmerten, überlisten; aber

Ted Burgess in Marcus' Gegenwart einen Brief zu übergeben oder eine mündliche Botschaft von ihm entgegenzunehmen, das war etwas anderes. Außerdem – in meinem Kopf begannen sich die Schwierigkeiten zu häufen – würde er überhaupt nicht mit dem Bauern sprechen wollen, oder allenfalls sehr distanziert, und er würde auch mich daran hindern; er besaß ein nüchternes Standesbewußtsein, obwohl sich sein Snobismus, im Gegensatz zu dem meinen, in Grenzen hielt. Ganz gewiß würde er nicht in die Küche gehen und warten, bis Ted mühselig einen Brief abgefaßt hatte.

Je mehr ich darüber nachdachte, wie diese Ausflüge in Marcus' Gesellschaft zu bewerkstelligen seien, desto undurchführbarer schienen sie mir, und desto weniger behagte mir die Aussicht darauf. Ebensowenig freute mich der Gedanke, Marcus hintergehen zu müssen, obgleich ich darin geübt und ein kritikloser Anhänger der Tradition des »Nicht-Petzens« war; das hatte nicht etwa moralische Gründe – die ethischen Postulate, die außerhalb des Ehrenkodex der Schule lagen, beachtete ich kaum – sondern ich glaubte, unsere Beziehung könnte dadurch getrübt werden.

So argumentierte ein Teil meines Ichs. Der andere Teil war immer noch in das Abenteuer verliebt und sagte mir, wie farblos ein Leben ohne Abenteuer wäre. Damit hatte ich in meinen Überlegungen bisher nicht gerechnet; ich hatte nicht mit dem Gefühlsverlust gerechnet (von dem mich bereits jetzt eine Vorahnung befiel, wie ein erstes drohendes Anzeichen kommender Entbehrungen), unter dem ich leiden würde, wenn ich nicht mehr nach Marians Willen Befehle ausführen konnte. Ich hatte noch nicht begriffen, wie sehr sich meine Interessen in Brandham Hall während Marcus' Abwesenheit verschoben hatten. Wie konnte ich Marian sagen, daß ich ihr nicht länger dienen wollte, daß Robin Hood seine Pflicht verletze?

Mein Gedankenaustausch mit Marcus, der ebenso intensiv und wesentlich ausgedehnter gewesen war als der zwischen Dr. Livingstone und Stanley, verlief allmählich im Sande. Halb hoffend, halb bangend erwartete ich das Ende der Mahlzeit. Endlich war es soweit, und wieder überfiel mich ein zwischen Hoffnung und Befürchtung schwankendes Gefühl, man werde mich von meinem nachmittäglichen Botengang dispensieren. Früher hatte mir Marian die Botschaften kurz nach dem Frühstück gegeben – das heißt, kurz nachdem ihre Mutter den »Tagesbefehl« ausgegeben hatte.

Wie üblich rannte ich mit Marcus los; da hörte ich sie nach mir rufen. Wenn er mir nun folgte?

»Sekunde, alter Gipskopf«, sagte ich, »die Dame Marian geruht, mir etwas mitzuteilen. Ich werde mich baldigst wieder einfinden.«

Während er zögernd stehen blieb, eilte ich davon und fand sie an einem Schreibtisch in einem Zimmer, an das ich mich nicht mehr erinnern kann; denn das Haus war voll von Schreibtischen. Aber ich erinnere mich, daß ich die Tür hinter mir schloß.

»Marian«, begann ich, und ich war eben im Begriff ihr mitzuteilen, daß Marcus' Wiedererscheinen unsere Gepflogenheiten grundlegend ändere, als ich das Türschloß schnappen hörte. Blitzartig drückte sie mir einen Umschlag in die Hand; blitzartig steckte ich ihn in meine Tasche. Die Türe öffnete sich, und auf der Schwelle stand Lord Trimingham.

»Ah, eine Liebesszene«, bemerkte er. »Ich hörte Sie rufen«, sagte er zu Marian, »und glaubte, Sie riefen nach mir, aber es galt diesem Glücklichen. Aber darf ich Sie ihm jetzt entführen?«

Sie erhob sich mit einem raschen Lächeln und ging auf ihn zu, wobei sie mir einen kurzen Blick über die Schulter zuwarf.

Als sie fort waren, griff ich in meine Tasche, um mich zu vergewissern, daß der Brief noch da war. Meine Taschen waren nicht sehr tief, und die Briefe konnten leicht herausrutschen. Manchmal vergewisserte ich mich ein dutzendmal während eines Ganges auf diese Weise. Aber heute fühlte sich der Brief anders an, und ich spürte sofort, weshalb. Der Brief war nicht verschlossen.

Ich fand Marcus und sagte ihm, wohin ich ginge.

»Was! Wieder zur ollen Strohmatte?« sagte er gelangweilt. »Von dir wird nichts mehr übrigbleiben, scheint mir, als ein glänzender Fettfleck und ein mächtiger Gestank dazu.«

Wir kalberten ein wenig miteinander, und dann fragte ich ihn, was er vorhabe.

»Oh, ich werde die Zeit schon irgendwie totschlagen«, sagte er. »Vielleicht setze ich mich ans Fenster da drüben und schaue zu, wie sie poussieren.«

Darüber mußten wir herzhaft lachen; denn das erschien uns die alleralbernste Angewohnheit der Erwachsenen. Plötzlich kam mir ein Einfall, der mich sofort wieder ernst werden ließ.

»Ich bin überzeugt, daß deine Schwester Marian nicht poussiert«, sagte ich. »Dafür ist sie viel zu vernünftig.«

»Sei nur nicht zu sicher«, sagte Marcus geheimnisvoll. »Und weil wir schon davon reden, alter Döskopp, Frau Fama munkelt, daß sie mit dir poussiert.«

Auf diese Bemerkung hin versetzte ich ihm einen Schlag, und wir rauften, bis Marcus schrie: »Pax. Du vergißt, daß ich ein Invalide bin.«

Im Vollgefühl meines Sieges verließ ich ihn und schlug den Weg nach der Wildbretkammer ein. Es war drei Uhr. Das Thermometer stand auf zweiunddreißig Grad. Es war möglich, daß es noch höher steigen würde. Ich konzentrierte mich ganz darauf, dies herbeizuzwingen, und ich glaubte zu fühlen, wie die Natur wortlos meinem Wunsch nachgab. Aus der Ferne drangen die Geräusche des Crocketspiels zu mir herüber – der scharfe Schlag des Holzhammers auf die Kugel, der dumpfe Knall, mit dem die Kugeln aneinanderstießen, und Schreie des Triumphs und Protests. Keine anderen Laute störten die Stille.

Ich hatte den Baumgürtel oberhalb des Flußufers zur Hälfte durchquert, als meine Hand automatisch in die Tasche fuhr und die scharfe Kante des unverschlossenen Briefumschlags streifte. Ohne jede Absicht zog ich ihn heraus und betrachtete ihn. Auf dem Umschlag stand keine Adresse (oder Anschrift, wie Mrs. Maudsley aus mir unerfindlichen Gründen sagte); die Briefe waren nie adressiert. Aber die offene Klappe ließ Schriftzüge sichtbar werden, die momentan auf dem Kopf standen.

Die komplizierten Regeln unseres Schulkodex forderten auch einen sehr gesunden Respekt gegen das Elfte Gebot. Wir besaßen aber auch einen stark entwickelten Gerechtigkeitssinn, und wenn man uns erwischte, so erwarteten wir nicht, daß man uns laufen ließ. Wir kannten die fälligen Strafen für die meisten Vergehen; und wenn wir auch über sie murrten, so empfanden wir sie doch nicht als ungerecht; ich jedenfalls gewiß nicht. Sie waren so folgerichtig wie das Gesetz von Ursache und Wirkung. Wenn man die Hand ins Feuer hielt, dann verbrannte man sich. Ließ man sich beim Spicken erwischen, wurde man bestraft: Da war kein Wort darüber zu verlieren.

Wir hatten wenig Gefühl für Recht und Unrecht im abstrakten Sinne, wußten aber sehr genau, daß man erst ein Gebot übertreten haben mußte, um bestraft werden zu können. Und wenn es sich um Grenzfälle handelte und ein Junge bestraft wurde, weil er etwas »Unrechtes« getan hatte, das nicht im Gegensatz zu einem anerkannten Gebot stand, dann waren wir empört und betrachteten ihn als das Opfer einer Ungerechtigkeit.

Die Regeln für das Lesen von Briefen anderer Leute standen ziemlich fest. Wenn wir unsere Briefe herumliegen ließen und ein anderer sie las, so war das unser eigener Fehler, und wir hatten kein

Recht auf Vergeltung. Wenn aber jemand einem das Pult oder den Spind durchstöberte und die Briefe darin las, dann machte er sich schuldig, und man war berechtigt, Rache zu nehmen. Selbst wenn Jenkins und Strode mich nicht gequält hätten, hätte ich mich doch moralisch berechtigt gefühlt, Flüche auf sie herabzuwünschen.

Sowohl in den Schulstunden wie auch außerhalb hatte ich im Internat oft schriftliche Mitteilungen weitergegeben. Waren sie versiegelt, so wäre mir nicht im Traum eingefallen, sie zu lesen; waren sie unverschlossen, so las ich sie oft – ja es entsprach gewöhnlich der Absicht des Absenders, daß man sie las; denn sie sollten Gelächter hervorrufen. Unversiegelte Briefe konnte man lesen, versiegelte nicht; das lag auf der Hand. Das gleiche galt für Postkarten; man las eine Karte, die an einen anderen adressiert war, nicht jedoch einen Brief.

Marians Brief war unversiegelt, und deshalb durfte ich ihn lesen. Warum zögerte ich noch?

Ich zögerte, weil ich mir nicht sicher war, ob es in ihrer Absicht lag, daß ich diesen Brief las. Die anderen waren verschlossen gewesen. Diesen hatte sie mir in großer Eile gegeben. Vielleicht hatte sie die Absicht gehabt, ihn zu siegeln.

Aber sie hatte es nicht getan.

Unser Kodex legte großes Gewicht auf Tatsachen und nur wenig auf Absichten. Entweder hatte man etwas getan, oder man hatte es nicht getan; und es spielte keine Rolle, was man dabei beabsichtigt hatte. Ein Versehen konnte genau so schwerwiegend sein wie etwas, das man mit voller Überlegung getan hatte. Das war nur logisch. Aber zu meinem Erstaunen konnte ich Marian nicht in diese Gedankengänge einbeziehen. Sie war mehr als irgendein Beispiel in einer Streitfrage. Ich meinte es gut mit ihr, ich wollte ihr nützlich sein, ich war ihr gefühlsmäßig verbunden. Ich konnte ihre Absichten nicht mißachten.

Eine Zeitlang zappelte ich in den mir ungewohnten Netzen

moralischer Kasuistik. Warum konnte nicht alles so unkompliziert weitergehen wie bisher? Warum drängten sich das Gesicht und die lebhafte Vorstellung von Marian immer zwischen mich und meine Gedanken?

Und woher wußte ich, daß es *nicht* ihr Wunsch war, daß ich den Brief las? Daß sie ihn nicht absichtlich offen gelassen hatte, damit ich etwas darin fände, das für uns beide von Nutzen sein würde? Konnte es nicht ein Beweis für die Achtung sein, die sie für mich empfand? Vielleicht stand in diesem Brief sogar etwas über mich – etwas Freundliches, etwas Liebes, das mich vor Freude erröten ließe, mir ungeahnte Wonnen schenken würde …

Ich glaube, daß diese Hoffnung schließlich den Ausschlag gab, obwohl ich viele andere Argumente durchgegangen war, die die Richtigkeit meiner Handlungsweise rechtfertigen sollten. Eines davon war, daß dies der letzte Brief sein würde: Ich war ziemlich fest entschlossen, keine weiteren mehr anzunehmen. Und ein anderes, unlogisches, ging dahin, daß die Kenntnis des Inhalts mir meine Entscheidung erleichtern würde; waren die Briefe wirklich wichtig, handelte es sich dabei um Leben oder Tod (was ich eigentlich hoffte), stand Marians Sicherheit auf dem Spiel, käme sie in fürchterliche Schwierigkeiten, nun, dann würde ich die Botschaften weiterhin überbringen – Marcus hin, Marcus her.

Aber ich würde den Brief nicht aus dem Umschlag nehmen. Ich würde nur die Worte lesen, welche die Klappe freigab, und drei dieser Worte waren die gleichen, das konnte ich schon verkehrt herum sehen.

»Liebster, Liebster, Liebster,
heute abend, selber Ort, selbe Zeit.
Aber paß auf, daß du nicht –«

Das übrige war vom Umschlag verdeckt.

10

Selbst Adam und Eva können nach dem Genuß jenes Apfels nicht verstörter gewesen sein, als ich es war.

Mir war, als stürze die Welt ein! Meine Enttäuschung war so grenzenlos, daß ich nicht mehr wußte, wo ich war, und als ich wieder zu mir kam, war es wie das Erwachen aus einem Traum.

Sie waren verliebt! Marian und Ted Burgess waren verliebt! Von allen möglichen Erklärungen war dies die einzige, die mir niemals in den Sinn gekommen war. Welche Täuschung, welch fürchterliche Täuschung! Und welch ein Narr war ich gewesen!

Um meine Selbstachtung wiederzugewinnen, brach ich in ein dumpfes Gelächter aus. Wenn ich mir überlegte, *wie* ich hereingelegt worden war! Der Einsturz meiner aus hochgespannten Gefühlen zusammengesetzten Welt erlöste mich nicht nur von der seelischen Belastung, sondern auch vom immensen physischen Druck, unter dem ich gelebt hatte. Ich hatte das Gefühl, ich würde zerrissen. Meine einzige Rechtfertigung war die, daß ich so etwas von Marian nicht hatte erwarten können. Marian, die so viel für mich getan hatte; Marian, die wußte, was ein Junge empfand; Marian, die Jungfrau aus dem Tierkreis – wie hatte sie so tief sinken können? Zu sein, was wir alle am meisten verachteten – weichlich und schlapp –, und wenn die üble Komik der ganzen Angelegenheit verblaßt war, kaum mehr ein Objekt für heimliches Gekicher. Meine Gedanken schweiften ziellos umher: Dienstmädchen, alberne Dienstmädchen, die verliebt waren und mit rotgeränderten Augen zur Familienandacht herunterkamen – Postkarten, Ansichtspostkarten, Scherzpostkarten, ordinäre Postkarten, die man in Andenkenläden finden konnte; ich selbst hatte solche verschickt, ehe ich es besser wußte.

»Wir amüsieren uns in Southdown« – ein fettes Pärchen in verliebter Umschlingung. »Besucht Southdown mit Eurem Schatz!« – zwei Verliebte mit himmelnden Gesichtern, das eine sehr dick, das andere sehr dünn.

Und immer, oder fast immer, der Kontrast zwischen Dünn und Dick; der Mann oder die Frau in scheußlicher Verzeichnung, spindeldürr oder übermäßig fett: der Mann oder die Frau, der Mann oder die Frau ...

Ich lachte und lachte und wünschte fast, Marcus wäre bei mir, um mit mir darüber zu lachen, und gleichzeitig war ich unglücklich darüber und begriff unbewußt, daß Spott, so unterhaltend er auch sein mochte, kein Ersatz für Verehrung ist. Daß ausgerechnet Marian so etwas tun sollte! Kein Wunder, daß sie es geheimzuhalten wünschte. Wie um ihre Schande zu verbergen, schob ich den Brief tief in den Umschlag und verschloß ihn.

Aber abliefern mußte ich ihn.

Ich kletterte über den Zaun auf die Uferwiese, und sofort zog mich die Sonne in ihre glühende Umarmung. Wie stark sie war! Die morastigen Stellen, die den Pfad säumten, waren fast vertrocknet, die Grashalme, die sonst im Wasser standen, waren von der Sonne verbrannt und schmutziggelb. Und als ich auf der Schleuse stand, sah ich beinahe mit Bedauern, wie tief der Wasserspiegel gesunken war. Auf der blauen, der tiefen Seite, konnte ich auf dem Grund Steine sehen, die vorher nie sichtbar gewesen waren; und auf der anderen Seite, der grüngoldenen, verlor sich das Wasser fast unter den Pflanzen, die einen quälenden Eindruck von Verwilderung hervorriefen.

Und die Wasserlilien ragten unbeholfen aus dem Wasser, statt darauf zu schwimmen.

Dies alles war das Werk der Sonne. Und auch mir hatte sie etwas angetan: Sie hatte meine Gefühlsskala verändert. Die bittere Scham, die ich im Schatten der Bäume für Marian empfunden hatte, empfand ich nun nicht mehr. Ich weiß nicht, ob ich die Hilflosigkeit der Kreatur gegenüber der Natur begriff; aber mein Herz, das es nicht ertragen konnte, von Marian schlecht zu denken, milderte die Vorwürfe, mit denen mein Verstand sie überhäufte. Im Zusammenhang mit ihr schien mir das Poussieren nun nicht mehr länger die verdammungswerteste Beschäftigung zu sein, in die sich ein menschliches Wesen einlassen konnte. Aber meine Grundeinstellung vermochte auch die Sonne nicht zu ändern. Ich brachte es nicht über mich, zu sagen: »Das Poussieren ist in Ordnung, weil sie es tut« oder »Andere Menschen dürfen nicht poussieren, nur sie kann sich das erlauben«. Schließlich mußte sie jemanden haben, der sie poussierte, und was ihr recht war –

Erst jetzt fiel mir Ted Burgess ein; er war ja ihr Partner. Es war kein angenehmer Gedanke. Wo steckte er? Auf dem Feld, auf dem die Männer ernteten, war er jedenfalls nicht; das konnte ich mit einem Blick feststellen.

Ich ging zu ihnen hinunter. »Mr. Burgess ist droben auf dem Hof«, sagten sie mir. »Er hat da was zu tun.« »Was denn?« fragte ich. Sie grinsten verlegen; aber ich konnte mir keinen Reim darauf machen.

Bis zum Hof war es fast eine Meile. Meine Gedanken waren in wildem Aufruhr, und ich versuchte, an die Strohmatte zu denken und an das herrliche Gefühl, das ich beim Hinunterrutschen empfand. Es war der einzige feste Halt, an den ich mich in meiner Aufregung noch klammern konnte. Immer noch sah ich das Poussieren in der Art der Witzpostkarten bildhaft vor mir, eine Beleidigung für das Auge und durch das Auge auch für die Empfindung. Albernheit, Albernheit, eine Art Clownerie, die die Menschen lächerlich, weichlich und schlapp machte ... Oder bestenfalls bemitleidenswert; aber wer wollte schon bemitleidet sein? Mitleid hieß so viel wie auf Menschen herabsehen, und ich wollte zu ihnen emporblicken.

Als ich das Gatter zum Hof öffnete, trat er gerade aus einer der Stalltüren. Er begrüßte mich wie immer; mit einer halb spöttischen, halb scherzhaften Geste, in der aber etwas von der Achtung lag, die er für mich oder für das Schloß hatte und die ich genoß. Ich bemerkte, daß sein Arm noch etwas dunkler gebräunt war, und ich beneidete ihn darum. Es fiel schwer, ihn sich albern oder poussierend vorzustellen.

»Wie geht's dem Briefträger?« fragte er. Den Namen hatte er mir gegeben. Es war eine der Freiheiten, die sich die Erwachsenen Kindern gegenüber herausnehmen. Bei Lord Trimingham gefiel mir das; aber ich war mir nicht sicher, ob es mir bei Ted Burgess gefiel.

»Danke, sehr gut«, sagte ich ziemlich kühl.

Er zog seinen verwitterten Ledergürtel herauf.

»Hast du mir etwas mitgebracht?« fragte er. Ich gab ihm den Brief. Wie immer wandte er mir den Rücken zu, um ihn zu lesen; dann steckte er ihn in die Tasche seiner Kordhose.

»Braver Junge«, sagte er. Und als ich ihn erstaunt ansah, fügte er hinzu: »Du hast doch nichts dagegen, daß man dich einen braven Jungen nennt, oder?«

»Durchaus nicht«, antwortete ich kurz angebunden. Und dann schien mir der Augenblick gekommen zu sein, und ich hörte mich sagen:

»Ich fürchte, ich werde Ihnen keine Briefe mehr bringen können.«

Er riß vor Erstaunen den Mund auf und runzelte die Stirne.

»Warum nicht?« fragte er.

Ich erklärte ihm die Schwierigkeiten wegen Marcus.

Er hörte mit finsterem Gesicht zu, und es war, als verlöre er plötzlich seine Lebendigkeit. Unwillkürlich empfand ich ein gewisses Vergnügen, als ich ihn so fassungslos und niedergeschlagen sah.

»Hast du ihr das gesagt?« fragte er.

»Wem?« parierte ich in der Hoffnung, ihn noch weiter zu verwirren.

»Miss Marian natürlich.«

Ich gab zu, daß ich es nicht getan hatte.

»Was wird sie dazu sagen? Es liegt ihr sehr viel daran, diese Mitteilungen zu bekommen.«

Ich trat unsicher von einem Fuß auf den anderen, und er nutzte seinen Vorteil aus.

»Sie wird nun nicht wissen, was sie machen soll; und ich weiß es genausowenig.«

Ich schwieg. Dann sagte ich:

»Was haben Sie denn gemacht, ehe ich kam?«

Nun mußte er lachen und sagte: »Du bist aber ein komischer Kauz, was? Na, es war nicht so einfach.«

Die Auskunft befriedigte mich.

»Sieh' mich an«, sagte er plötzlich. »Sie hat dich doch gern, nicht wahr?«

»Ich – ich glaube.«

»Und du möchtest doch, daß sie dich gern hat?«

Ich bejahte.

»Und es wäre dir nicht recht, wenn sie dich nicht mehr gern hätte?«

»Nein.«

»Und weshalb?« sagte er und kam näher auf mich zu. »Weshalb würdest du es nicht gern haben? Welchen Unterschied würde es in deinem Leben machen, wenn sie dich nicht mehr gern hätte? Wo würdest du das spüren?«

Ich war wie hypnotisiert.

»Hier«, sagte ich, und meine Hand fuhr von allein nach meinem Herzen.

»Also hast du ein Herz«, sagte er. »Ich dachte schon, du hättest vielleicht keines.«

Ich schwieg.

»Weißt du, es wäre ihr nicht recht«, sagte er, »wenn du keine Briefe mehr brächtest. Sie wäre nicht mehr so zu dir wie früher, glaub mir. Das willst du doch nicht, oder?«

»Nein.«

»Sie möchte diese Briefe haben, genau wie ich. Sie bedeuten uns beiden sehr viel. Es sind keine gewöhnlichen Briefe. Sie werden ihr fehlen, genau wie mir. Vielleicht wird sie weinen. Möchtest du denn, daß sie weint?« »Nein«, sagte ich.

»Es ist nicht schwer, sie zum Weinen zu bringen«, sagte er. »Vielleicht glaubst du, sie sei unnahbar und stolz, aber in Wirklichkeit ist sie es nicht. Als du noch nicht hier warst, hat sie manchmal geweint.«

»Warum?« fragte ich.

»Warum? Nun, du würdest mir's nicht glauben, wenn ich's dir sagte.«

»Hat sie Ihretwegen geweint?« fragte ich und war zu erstaunt, um empört zu sein.

»Ja. Aber es war nicht meine Schuld, weißt du! Du denkst wahrscheinlich, ich sei so ein rauher Bursche, nicht wahr? Nun, das bin ich auch. Aber sie hat geweint, weil wir uns nicht treffen konnten.«

»Woher wissen Sie das?« fragte ich.

»Weil sie weinte, wenn sie mich sah. Ist das nicht einleuchtend?«

Mir wollte das zwar nicht einleuchten, aber ich ahnte ungefähr, was er meinte. Sie hatte jedenfalls geweint, und bei diesem Gedanken schossen mir die Tränen in die Augen.

Ich fühlte, wie ich zu zittern begann. Durch seine Heftigkeit beunruhigt, beunruhigt auch durch die fremdartigen Gefühle, die er in mir geweckt, und durch die Dinge, die auszusprechen er mich gezwungen hatte.

Er bemerkte das und sagte: »Du hast einen heißen Weg gehabt. Komm' aus der Sonne, trete ein.«

Ich wäre lieber draußen geblieben; denn in der düsteren, ärmlich eingerichteten Küche mit ihrem kahlen, unfreundlichen und schäbigen Aussehen, der jede Spur einer weiblichen Atmosphäre fehlte, die Kinder zu ihrem Wohlbefinden brauchen, fühlte ich instinktiv, daß seine eigenen vier Wände ihn mir noch überlegener machten. Und obgleich seine Worte mich tief getroffen hatten, wollte ich noch immer nicht weiter Briefe überbringen.

»Ich dachte, ich würde Sie auf dem Feld antreffen«, sagte ich, in der Hoffnung, dies sei ein ungefährliches Thema.

»Das hättest du auch getan«, antwortete er. »Ich bin zurückgekommen, um nach Smiler zu sehen.«

»Oh, ist sie krank?« fragte ich.

»Sie ist trächtig.«

»Was ist das?« fragte ich. »Heißt das, daß Sie Ärger mit ihr haben?« Pferde hatten manchmal ihre Tücken.

»Nein«, sagte er kurz angebunden. »Sie bekommt ein Fohlen.«

»Ich verstehe«, sagte ich; aber ich verstand gar nichts. Die Dinge des Lebens waren mir ein Geheimnis, obgleich mehrere meiner Schulkameraden behaupteten, sie hätten sie erforscht, und auch durchaus bereit gewesen wären, mich aufzuklären. Aber ich war nicht so sehr an den Tatsachen selbst interessiert wie an der Bedeutung, die sie in meiner Phantasie hatten. Ich interessierte mich brennend für Lokomotiven und für die Geschwindigkeit der schnellsten Expreßzüge; vom Prinzip der Dampfmaschine verstand ich jedoch nichts, und ich hatte auch nicht den Wunsch, es zu verstehen. Aber nun war meine Neugierde geweckt.

»Warum bekommt sie eines?« fragte ich.

»Die Natur will es wohl so«, sagte er.

»Aber will Smiler es denn, wenn es sie doch krank macht?«

»Nun, sie wird nicht gefragt.«

»Wer zwingt sie denn dazu?«

Der Bauer lachte. »Unter uns gesagt«, sagte er, »sie hat ein bißchen herumpoussiert.«

Poussiert! Das Wort traf mich wie ein Keulenschlag. Also konnten Pferde poussieren, und das Resultat war ein Fohlen. Ich begriff das nicht. Ich fuhr mit der Hand zum Mund – eine nervöse Bewegung, die mir bis heute geblieben ist und die, glaube ich, von diesem Tag her datiert. Ich schämte mich meiner Unwissenheit wie eines körperlichen Defekts. »Ich wußte nicht, daß Pferde poussieren können«, sagte ich.

»O ja, das können sie.«

»Aber poussieren ist so *blöd«,* sagte ich und war froh, daß ich es gesagt hatte. Es war beinahe, wie wenn ein Zahn heraus war. Ich konnte Blödheit nicht mit Tieren in Verbindung bringen. Sie hatten ihre Würde, albern waren sie nicht.

»Wenn du älter bist, wirst du das nicht mehr denken«, antwortete er mit einer Ruhe, die ich bisher an ihm nicht gekannt hatte. »Poussieren ist nicht albern. Es ist nur ein Wort, das boshafte Menschen für etwas benützen …« er brach ab.

»Ja?« half ich ihm.

»Nun, für etwas, das sie selbst gern täten. Weißt du, sie sind neidisch. Und deshalb sind sie boshaft.«

»Wenn man jemanden poussiert, bedeutet das, daß man ihn dann heiratet?« fragte ich.

»Ja, im allgemeinen schon.«

»Kann man auch jemanden poussieren, ohne ihn zu heiraten?« forschte ich weiter.

»Meinst du mich?« sagte er. »Ob ich es könnte?«

»Sie oder irgend jemand anderer.« Ich kam mir sehr schlau vor.

»Ja, wahrscheinlich.«

Ich dachte darüber nach.

»Könnte man jemanden heiraten, ohne ihn vorher zu poussieren?«

»Man könnte, aber …« Er schwieg.

»Aber was?« fragte ich.

Er zuckte mit den Schultern. »Es wäre nicht gerade das, was ein Geliebter tun würde.«

Ich bemerkte, daß er das Wort »Geliebter« nicht, wie ich es zu hören gewohnt war, in abschätzigem Sinn benutzte, sondern eher im gegenteiligen. Ich hatte nicht vor, mir seine Auffassung aufzwingen zu lassen, aber ich wollte wissen, was er meinte.

»Und wenn man jemanden poussiert, ohne ihn zu heiraten, wäre das dann recht schlimm?« fragte ich.

»Manche Leute würden sagen, ja. Ich nicht«, sagte er kurz angebunden.

»Kann man jemanden lieben, ohne ihn zu poussieren?« fragte ich.

Er schüttelte den Kopf.

»Das wäre nicht natürlich.«

Das Wort »natürlich« schien seiner Ansicht nach jeden Zweifel auszuschalten. Ich hatte nie geglaubt, es könne etwas rechtfertigen. Natürlich! Poussieren war also natürlich! Das hätte ich nie gedacht. Ich hatte geglaubt, es sei eine Art Gesellschaftsspiel der Erwachsenen.

»Wenn man also jemanden poussiert, dann bedeutet das, daß man ein Baby bekommt?«

Diese Frage erschreckte ihn. Sein rotes Gesicht wurde fleckig, und seine Backenknochen traten hervor. Er holte tief Atem, hielt die Luft an und stieß sie dann wieder geräuschvoll aus.

»Natürlich nicht«, sagte er kurz. »Was fällt dir denn ein?«

»Sie haben es doch gesagt. Sie sagten, Smiler hätte poussiert, und deshalb bekäme sie jetzt ein Fohlen.«

»Du bist ein ganz Schlauer, was?« sagte er, und ich sah, wie er nach einer Antwort suchte. »Nun, bei den Pferden ist das nicht dasselbe.«

»Warum denn nicht?« fragte ich.

Wieder mußte er scharf nachdenken.

»Nun, weil die Natur sie anders eingerichtet hat als uns.«

Schon wieder die Natur! Ich fand diese Antwort nicht sehr befriedigend, und der Gedanke, von der Natur sozusagen benützt zu werden, gefiel mir nicht. Ich spürte, daß er mir etwas verschwieg, und es bereitete mir ein qualvolles Vergnügen, ihn in die Enge zu treiben.

»Meinst du nicht, das wären genug Fragen für einen Tag?« sagte er, um mich endlich von dem Thema abzubringen.

»Aber Sie haben sie nicht beantwortet«, widersprach ich. »Sie haben mir fast *überhaupt nichts* gesagt.«

Er stand von dem Holzstuhl auf und ging in der Küche umher. Ab und zu sah er unwillig auf mich herunter.

»Nein, und ich habe es auch nicht vor«, antwortete er mürrisch. »Ich habe keine Lust, dir Flausen in den Kopf zu setzen. Du wirst es schon früh genug erfahren.«

»Aber wenn es so etwas Schönes ist?«

»Ja, schön ist es«, gab er zu. »Aber es hat keinen Sinn, daß du es erfährst, ehe es Zeit ist.«

»Aber es ist Zeit«, sagte ich.

Darüber lachte er, und seine Miene änderte sich.

»Du bist ein großer Junge, was? Wie alt, sagtest du, wirst du?«

»Ich werde am Freitag, den 27., dreizehn.«

»Also«, sagte er, »wir wollen einen Vertrag schließen. Ich werde dir alles sagen, wie das mit dem Poussieren ist, aber unter einer Bedingung.«

Ich wußte, was jetzt kommen würde, aber der Höflichkeit halber fragte ich:

»Und die wäre?«

»Daß du weiter unser Briefträger bleibst.«

Ich versprach es, und indem ich es versprach, schienen sich auch alle Schwierigkeiten in Nichts aufzulösen. Eigentlich hätte es dieser letzten Bestechung nicht bedurft. Ich nehme an, daß er sich rückversichern wollte. Aber seine Methode, mich weichzuklopfen, wie wir das heute nennen würden, hatte schon genügt. Er hatte erreicht, daß ich ahnte, was Marian und er einander bedeuteten, und obgleich ich die Macht, die sie zueinander führte, genausowenig begriff wie die Macht, die den Stahl zu dem Magneten zieht, so erkannte ich doch ihre Gewalt. Und mit dieser Gewalt war eine Ahnung von Schönheit und Geheimnis verbunden, die trotz all meiner Vorurteile meine Phantasie ergriff.

Aber ich kann nicht leugnen, daß Teds Versprechen, mich aufzuklären, mich doch bedrückte, obwohl ich nicht hätte sagen können, weshalb ich so inständig zu wissen wünschte, was Poussieren war.

»Du hast etwas vergessen«, sagte er plötzlich.

»Was?«

»Die Strohrutsche.«

Er hatte recht; ich hatte sie vergessen. Nun schien sie mir ein Symbol für etwas, über das ich hinausgewachsen war – körperliche Anstrengung um ihrer selbst willen: Sie bedeutete mir jetzt fast nichts mehr.

»Rauf auf die Leiter mit dir«, sagte er, »ich werde inzwischen schreiben.«

11

Meteorologisch gesehen, war der Samstag eine Enttäuschung. Das Thermometer stieg nur bis fünfundzwanzig Grad; Wolken zogen auf – die ersten Wolken, die ich seit meiner Ankunft in Brandham gesehen hatte –, und die Sonne schien nur hin und wieder. Und genau so ist auch meine Erinnerung an diesen Tag – bruchstückhaft.

Ich erinnere mich einer Unterhaltung beim Frühstück. Marcus genoß den köstlichen Vorzug, sein Frühstück im Bett einzunehmen.

»Es hängt alles davon ab«, sagte Denys, »ob wir es fertigbekommen, daß Ted Burgess ausscheidet, ehe er sich eingespielt hat.«

Ich spitzte die Ohren.

»Ich bin nicht der Ansicht, daß er ihr bester *batsman* ist«, sagte Lord Trimingham. »Meiner Meinung nach werden ... und ...« (die Namen sind mir entfallen) »viel eher *runs* – also die Punkte – machen als er. Und der *pitch* ist etwas holprig heute.«

Ich sah zu Marian hinüber, die neben Lord Trimingham saß; aber sie äußerte sich nicht.

»Aber er wird das Spiel an sich reißen«, beharrte Denys, »und was dann?«

»Wenn er erst ganz im Spielfeld ist, dann werden wir ihn schon erwischen«, sagte Lord Trimingham.

»Wenn er aber die anderen überspielt?«

»Sobald ich das bemerke, werde ich entsprechende Maßnahmen ergreifen«, sagte Lord Trimingham lächelnd. Er war der Kapitän unserer Mannschaft.

»Ich weiß, daß du ein unersetzlicher *bowler* bist, Hugh«, sagte Denys. »Niemand weiß das besser als ich. Aber wenn er das Spiel nun einfach an sich reißt –«

»Ich glaube nicht, daß er das tun wird«, sagte Mrs. Maudsley unerwartet. »Ich verstehe nicht sehr viel von Cricket, aber ich glaube mich zu erinnern, Denys, daß du letztes Jahr die gleiche Prophezeiung gemacht hast, und dann schied dieser Mr. Burgess aus, weil er getaucht war, oder wie man das nennt.«

»Ducken, Mama.«

»Also schön, geduckt.«

Denys stimmte in das allgemeine Gelächter ein, das eher ihm als Mrs. Maudsley galt. In sein noch sehr wenig ausgeprägtes Gesicht, das, wenn man es nicht zu genau betrachtete, hübsch war, stieg die Röte, und auch ich wurde verlegen. Wir Schuljungen hänselten einander erbarmungslos, und das war auch ganz in Ordnung; es stand in unseren Gesetzen. Aber ich wußte, daß es nicht den Gesetzen der Erwachsenen entsprach, und ich hielt einiges auf Gesetze.

Nach einiger Zeit ergriff Denys jedoch wieder das Wort.

»Und ihr seid euch wohl darüber im klaren, daß wir die Mannschaft noch nicht eingeteilt haben. Wer wird nun der Elfte?«

Darauf schwiegen alle. Eines oder zwei Mitglieder der Tischrunde sahen mich an, aber ich wußte nicht, ob das etwas bedeutete. Natürlich interessierte mich die Zusammensetzung unserer Mannschaft, und ich hatte mir auch schon Gedanken gemacht, wer wohl spielen würde; aber an den olympischen Beratungen des Auswahlkomitees hatte ich nicht teilgenommen.

»Eine ziemlich schwierige Frage, nicht wahr?« sagte Lord Trimingham und rieb sein Kinn.

»Ja, es ist eine schwierige Frage, das muß ich zugeben, Hugh; wir müssen sie aber auf irgendeine Weise lösen. Das heißt, wir müssen elf Männer im Spiel haben.«

Das war völlig klar, aber niemand machte einen Vorschlag.

»Was meinen Sie, Mr. Maudsley?« fragte Lord Trimingham. »Ich glaube, wir haben zwei Anwärter für diesen Posten.«

Lord Trimingham wandte sich oft in dieser Weise an seinen Gastgeber, und das war jedesmal überraschend; denn seit der Ankunft Seiner Lordschaft schien es, als sei nicht Mr. Maudsley, sondern er der Hausherr. Obwohl Mr. Maudsley sehr selten sprach, war er nie um eine Antwort verlegen.

»Vielleicht sollten wir ein Konklave einberufen«, sagte er, und die Männer erhoben sich etwas verlegen und verließen im Gänsemarsch das Zimmer.

Ich lungerte vor der Türe zum Rauchzimmer herum (ein Zimmer, in das ich noch nie eingedrungen war), damit mir auch ja nichts entging und ich etwaige Neuigkeiten unverzüglich an Marcus weitergeben konnte. Sie beratschlagten so lange, daß ich glaubte, sie seien vielleicht durch einen anderen Ausgang hinausgegangen. Aber endlich ging die Tür auf, und sie erschienen einer nach dem anderen mit betont ernsten und wichtigen Gesichtern. Ich versuchte den Anschein zu erwecken, als ginge ich gerade zufällig vorbei. Als letzter kam Lord Trimingham.

»Hallo, da ist ja Merkur«, sagte er, und sein Gesicht, das er beinahe verzerren mußte, um ihm einen besonderen Ausdruck zu verleihen, verzog sich zu einer Grimasse. »Pech, mein Alter«, sagte er. »Ich fürchte, ich habe schlechte Nachrichten für dich.«

Ich starrte ihn an.

»Ja. Wir konnten dich nicht in die Mannschaft aufnehmen, weil Jim« (Jim war der Dienerjunge) »im letzten und vorletzten Jahr mitgespielt hat. Er ist ein vielversprechender *bowler*, auf den wir nicht verzichten können. Miss Marian wird wütend auf mich sein; aber du kannst ihr sagen, es sei nicht meine Schuld. Du wirst also der Ersatzmann sein.«

Seine Worte überraschten mich völlig. Ich hatte kaum Zeit, mich enttäuscht zu fühlen, so rasch wurde ich auch schon wieder von einer Welle des Glücksgefühls emporgetragen.

»Ersatzmann!« Ich rang nach Luft. »Ich gehöre also zur Mannschaft! Jedenfalls«, fügte ich hinzu, »darf ich bei ihr sitzen.«

»Du freust dich also?« sagte er.

»Und wie! Wissen Sie, ich habe überhaupt nichts dergleichen erwartet! Soll ich mit auf den Spielplatz gehen?«

»Ja.«

»Soll ich mich gleich umziehen?«

»Das kannst du, aber vor zwei Uhr gehen wir nicht.«

»Werden Sie mir sagen, wenn es soweit ist?«

»Du wirst es merken, wenn die Musik beginnt.«

Ich war schon am Weglaufen, um Marcus diese Neuigkeiten mitzuteilen, als er mich noch einmal zurückrief.

»Könntest du jetzt eine Botschaft überbringen?«

»O ja.«

»Dann frage sie, ob sie beim Konzert ›Home, Sweet Home‹ singen wird.«

Ich flog geradezu und fand Marian, wie erwartet, beim Arrangieren der Blumen. Und schon hatte ich Lord Triminghams Botschaft vergessen.

»Oh, Marian, ich spiele!«

»Du spielst?« sagte sie. »Spielst du denn nicht immer?«

»Nein, das meine ich nicht. Heute nachmittag beim Cricketmatch. Zumindest bin ich Ersatzmann, was fast das gleiche bedeutet. Ich könnte natürlich nie *batsman* werden, selbst wenn einer von unserer Mannschaft sterben würde.«

»Es hat also keinen Sinn, darauf zu hoffen«, sagte sie.

»Nein, aber wenn einem von den *batsmen* die Luft ausginge, dann könnte ich für ihn laufen, und ich könnte auch jemanden ersetzen, der sich vielleicht das Bein bricht oder den Knöchel übertritt.«

»Wem würdest du denn das wünschen?« sagte sie neckend. »Papa?«

»Aber *nein.*«

»Denys?«

»Nein.« Es gelang mir nicht, in diese Verneinung die gleiche Überzeugung zu legen.

»Ich glaube, du wünschst es Denys. Oder wäre dir Brunskill vielleicht lieber?« Brunskill war der Butler. »Seine Gelenke sind recht steif. Er könnte leicht in der Mitte auseinanderbrechen.«

Ich mußte lachen.

»Oder Hugh?«

»O *nein,* doch nicht er!«

»Und warum nicht?«

»Oh, weil er schon eine Verletzung hat – und außerdem –«

»Außerdem?«

»Außerdem ist er unser Kapitän, und ich mag ihn so gern und – o Marian!«

»Ja?«

»Er bat mich, Ihnen eine Botschaft zu überbringen.« Ich sammelte mich. »Eigentlich zwei, aber die eine ist nicht wichtig.«

»Sag' mir die unwichtige. Und weshalb ist sie nicht wichtig?«

»Weil sie mich betrifft. Er sagte, Sie dürften nicht böse auf ihn sein –«

»Weshalb sollte ich nicht böse auf ihn sein?« Sie stach ihren Finger an einer weißen Rose. »Au«, rief sie. »Weshalb sollte ich nicht böse auf ihn sein?«

»Weil ich nicht in der Elf bin.«

»Aber ich dachte, du bist es.«

»Nein, nur Ersatzmann.«

»Ach natürlich, du hast es mir ja gesagt. Wie schade. Ich werde doch böse auf ihn sein.«

»O nein, bitte nicht«, rief ich, denn ich glaubte, sie wäre wirklich böse, so zornig steckte sie die Blume in die Vase. »Es war nicht seine Schuld, und überhaupt muß ein Kapitän - ich meine, es wäre schrecklich, wenn es Bevorzugungen gäbe. Also wäre es nicht fair, wenn Sie böse mit ihm wären. Möchten Sie«, fügte ich hastig hinzu, um den Stein des Anstoßes aus dem Weg zu räumen, »jetzt die andere Botschaft hören?«

»Ich bin nicht besonders neugierig darauf.«

Ich fühlte mich durch diese Antwort sehr vor den Kopf gestoßen, aber ich nahm auch dies für einen der Scherze, die sich Erwachsene mit Kindern leisten.

»Aber –« begann ich.

»Also schön, vielleicht ist es besser, wenn ich sie erfahre. Du hast gesagt, sie sei wichtiger als die andere. Weshalb?«

»Weil sie Sie betrifft«, sagte ich.

»Oh.« Sie nahm ein paar tropfende Rosen aus der weißen Emailschüssel, in der sie lagen, hielt sie hoch und betrachtete sie kritisch. »Ziemlich armselige Exemplare, was?« sagte sie, und im Vergleich zu ihr sahen sie wirklich welk aus. »Aber ich nehme an, daß man Ende Juli, und dazu noch bei dieser Hitze, nicht viel von Rosen erwarten kann.«

»Es ist noch nicht Ende Juli«, erinnerte ich sie, denn ich war in Fragen des Datums sehr genau. »Es ist erst der einundzwanzigste.«

»Stimmt das?« sagte sie. »Ich weiß nie, was für ein Tag ist. Wir leben in einem solch bunten Treiben, nicht wahr? Dauernd Gesellschaften. Hängen sie dir nicht zum Hals heraus? Möchtest du nicht wieder nach Hause?«

»O nein«, sagte ich, »außer Sie wünschen es.«

»Ganz gewiß nicht. Du bist mein einziger Lichtblick. Ohne dich hielte ich es gar nicht aus. Übrigens, wie lange bleibst du noch?«

»Bis zum dreißigsten.«

»Aber das ist ja schon so bald. Da darfst du noch nicht fort. Bleib bis zum Ende der Ferien. Ich werde es mit Mama besprechen.«

»Oh, das geht nicht. Meine Mutter wäre traurig. Sie vermißt mich sowieso schon.«

»Das glaube ich nicht. Das bildest du dir ein. Bleib wenigstens noch eine Woche länger. Ich werde mit Mama sprechen.«

»Ich müßte nach Hause schreiben –«

»Ja, natürlich. Gut, das hätten wir dann. Und die Blumen habe ich auch arrangiert. Kann ich dir eine der Vasen anvertrauen, trägst du sie mir?«

»Ja, bitte«, sagte ich. »Aber, Marian –«

»Ja?«

»Ich habe Ihnen Hughs zweite Botschaft noch nicht gesagt.«

Ihr Gesicht verfinsterte sich. Sie stellte die Vasen, die sie trug, wieder hin und sagte fast gereizt: »Also, worum geht's?«

»Er möchte wissen, ob Sie ›Home, Sweet Home‹ beim Konzert singen werden?«

»Bei welchem Konzert?«

»Bei dem Konzert heute abend, nach dem Cricketmatch.«

Marian machte ein sehr düsteres Gesicht. Sie dachte einen Augenblick nach, dann sagte sie:

»Sag ihm, ich werde es singen, wenn er – nun gut – wenn er ›Sie trug einen Kranz von Rosen‹ singt.«

In meiner übertriebenen Schuljungen-Auffassung von Fairness empfand ich dies als eine äußerst befriedigende Lösung, und sobald ich Marian die Blumen getragen hatte, was ich im

Schrittempo tun mußte, rannte ich los, um Lord Trimingham zu suchen.

»Nun, was hat sie gesagt?« fragte er gespannt.

Ich teilte ihm Marians Bedingung mit.

»Aber ich singe nicht«, sagte er.

Seine Stimme war viel ausdrucksvoller als sein Gesicht. Ich begriff mit einem Male, daß diese Antwort ein Schlag für ihn gewesen war. Er hatte gesagt: »Ich singe nicht«, und nicht etwa: »Ich kann nicht singen.« Aber es war ganz offensichtlich, daß er nicht konnte, und ich konnte plötzlich gar nicht begreifen, daß ich nicht vorher daran gedacht hatte. In der Schule gehörte es zur Tagesordnung, daß man solchermaßen vor den Kopf gestoßen wurde, und ich war überrascht, daß er so niedergeschlagen war. Aber ich wollte ihn wieder aufheitern und sagte deshalb, mit mehr Geistesgegenwart, als ich gewöhnlich aufbrachte: »Ach, es war nur ein Witz.«

»Ein Witz?« wiederholte er. »Aber sie weiß, daß ich nicht singe.«

»Deshalb war es ja eben ein Witz«, erklärte ich geduldig.

»Ach, meinst du wirklich?« sagte er, und seine Stimme wurde wieder heller. »Ich wollte, ich könnte es glauben.«

Es wäre wohl besser gewesen, wenn ich ihn bei seinem ursprünglichen Glauben gelassen hätte.

Ich traf Marian am späten Vormittag wieder, und sie fragte mich, ob ich Lord Trimingham ihre Botschaft überbracht hätte. Ich bejahte.

»Was hat er gesagt?« fragte sie.

»Er lachte«, sagte ich. »Er fand es einen glänzenden Witz; denn Sie wissen ja, daß er nicht singt.«

»Hat er wirklich gelacht?« Sie sah betroffen aus.

»O ja.« Ich fing an, mich nun nicht nur in der Rolle eines

Botengängers, sondern auch noch in der eines Redakteurs zu sehen.

Mit Marcus' voller Zustimmung zog ich die Cricketausrüstung an, die ich in der Schule trug. Aber als ich ihn fragte, ob ich die Schulmütze tragen könne – eine blaue Mütze mit mehreren Streifen, die sich oben in einem Knopf trafen, und mit einem eingewebten Greif auf der Stirnseite – kamen ihm Zweifel. »Es wäre in Ordnung«, sagte er, »wenn es die Mütze der englischen Nationalmannschaft wäre oder auch eine Grafschafts- oder Clubmütze. Aber da es nur eine Schulmütze ist, könnte man denken, du willst angeben.«

»Das würde niemand denken, wenn ich sie als Schutz gegen den Regen aufsetzte, du altes Roß.«

»Es wird aber nicht regnen, du Leimsieder.« Wir stritten uns eine Weile über die Möglichkeiten, eine Mütze zu tragen, und überhäuften uns dabei mit geistreichen Beleidigungen.

Sonne und Schatten wechselten über der Landschaft, Sonne und Schatten wechselten in meinem Gemüt. Seit Marcus' Genesung war mir vage bewußt geworden, daß ich ein Doppelleben führte. In gewisser Weise war das ein erhebender Gedanke, es gab mir ein Gefühl von Macht und weckte in mir die schlummernde Begabung zur Intrige. Aber es beunruhigte mich auch. Ich hatte Angst, ich könnte etwas falsch machen, und unbewußt ahnte ich, daß die Schwierigkeiten, Marcus von den Briefen nichts wissen zu lassen, weiterhin bestanden, obwohl ich mir halbherzig eingeredet hatte, es zu ignorieren. Ich trug etwas mit mir herum, das mich zu einer Gefahr werden ließ, aber was das war und weshalb es mich gefährlich machte, war mir unklar. Und der Gedanke daran wurde alsbald durch das unmittelbar bevorstehende Cricketmatch und die seinetwegen im ganzen Hause verbreitete Unruhe zurückgedrängt. Ich sah weißgekleidete Gestalten, die mit wichtigem Gehabe hin und her gingen, hörte Männerstimmen, die einander in befehlendem und dringlichem Ton etwas zuriefen, als wäre das Leben plötzlich ernster geworden, als stünde eine Schlacht bevor.

Wir aßen stehend von einem kalten Büfett, wobei wir uns selbst an der Anrichte bedienten, und dies schien mir etwas höchst Außergewöhnliches zu sein. Es milderte die Erregung und sprungbereite Spannung, und Marcus und ich betätigten uns, indem wir den anderen aufwarteten. Aufwarteten und auf sie warteten; denn wir waren schon lange mit Essen fertig und standen gelangweilt herum, als Lord Trimingham Mr. Maudsley einen Blick zuwarf und sagte: »Sollten wir jetzt nicht aufbrechen?«

Ich erinnere mich daran, wie ich mit unserer Mannschaft zum Cricketplatz ging, wie ich mich manchmal als einer der ihren zu fühlen, manchmal auch dieses Gefühl zu unterdrücken versuchte, und erinnere mich auch an die Überzeugung, mit der ich glaubte, daß es nichts Wichtigeres auf der Welt gebe als unseren Sieg, eine Überzeugung, die einen Jungen so schnell erfüllt. Ich erinnere mich, wie die Klassenunterschiede dahinschwanden und der Butler, der Diener, der Kutscher, der Gärtner und der Dienerjunge auf ein und derselben Stufe mit uns zu stehen schienen; und ich erinnere mich, daß mir ein sechster Sinn ermöglichte, mit ziemlicher Genauigkeit vorauszusagen, was für eine Figur ein jeder von ihnen auf dem Spielfeld abgeben würde.

Alle unsere Spieler trugen weiße Flanellhosen. Die Dorfmannschaft, die schon zum größten Teil im Pavillon versammelt war, enttäuschte mich durch ihr unscheinbares Aussehen. Einige trugen Arbeitskleidung, einige hatten bereits die Röcke ausgezogen, und man sah ihre Hosenträger. Wie können sie die geringste Chance gegen uns haben, fragte ich mich, denn obwohl ich weniger konventionell war als Marcus, glaubte ich doch nicht, daß man ein Spiel gewinnen könne, für das man nicht korrekt angezogen war. Es war, als kämpften ausgebildete Soldaten gegen Eingeborene. Und dann durchfuhr mich plötzlich der Gedanke, daß die Dorfmannschaft vielleicht wie die Buren sei, die, an uns gemessen, über keine bedeutende Ausrüstung verfügten, aber sich nichtsdestotrotz gut hielten; und ich betrachtete sie mit größerer Achtung.

Die meisten Mitglieder der beiden Mannschaften kannten sich bereits. Diejenigen, die sich nicht kannten, wurden einander durch Lord Trimingham in aller Form vorgestellt. Das darauffolgende Händeschütteln mit einem nach dem anderen fand ich damals, wie noch heute, verwirrend. Die ersten paar Namen blieben haften, dann fingen sie an, von meinem Gedächtnis abzugleiten wie Regentropfen von einem imprägnierten Mantel. Plötzlich hörte ich: »Burgess, das ist unser Ersatzmann Leo Colston.« Ich streckte automatisch die Hand aus. Als ich aber sah, wer es war, errötete ich aus irgendeinem Grund bis in die Haarwurzeln. Auch er schien verwirrt, faßte sich aber schneller als ich und sagte: »O ja, Mylord, Master Colston und ich kennen uns. Er besucht mich, um meinen Strohhaufen hinunterzurutschen.«

»Wie dumm von mir«, sagte Lord Trimingham. »Natürlich, das hat er uns ja erzählt. Aber Sie sollten ihn als Boten benützen, Burgess, darin ist er unschlagbar.«

»Ich bin überzeugt, daß er ein sehr nützlicher junger Herr ist«, sagte der Bauer, ehe ich noch den Mund aufmachen konnte.

Lord Trimingham wandte sich ab und ließ uns stehen.

»Ich habe Sie nicht gesehen, als ich kam«, stotterte ich und starrte auf die weißen Flanellhosen des Bauern, in denen er fast so verkleidet wirkte wie in einem Maskenkostüm.

»Ich war bei der Stute«, sagte er. »Aber jetzt geht es ihr gut, sie hat ihr Fohlen. Du mußt kommen und sie dir anschauen.«

»Sind Sie der Kapitän?« fragte ich; denn es war schwer, sich ihn in einer untergeordneten Position vorzustellen.

»O nein«, sagte er, »ich bin kein großer Cricketspieler. Ich schlag' nur so drauflos. Bill Burdock, der ist unser Käpt'n. Da drüben steht er und spricht mit Seiner Lordschaft.« Ich war natürlich gewöhnt, daß die Dienstboten Lord Trimingham »Seine Lordschaft« nannten; aber es erschien mir seltsam, daß Ted es tat, und unwillkürlich suchte mein Blick Marian; doch die Damen vom Schloß waren noch nicht erschienen. »Schau, sie werfen eine Münze«, sagte er mit einem Eifer, der fast knabenhaft war. »Aber das hat nichts zu sagen; Seine Lordschaft gewinnt nie beim Münzwurf.«

Diesmal jedoch gewann er, und wir kamen zuerst daran. Das Spiel war bereits in vollem Gang, als Mrs. Maudsley mit ihrem Gefolge erschien. Ich konnte meinen Unmut über ihr Zuspätkommen kaum verbergen. »Die kommen einfach nie rechtzeitig weg«, raunte mir Marcus zu. »Auf nachher, Alter.« Er folgte ihnen zu einer Reihe Stühlen unterhalb der Treppe, ich saß mit der Mannschaft im Pavillon.

Ich habe seitdem niemals mehr freiwillig einem Cricketmatch zugesehen und habe fast alle Regeln vergessen. Aber ich weiß, daß die Voraussetzungen in Brandham außergewöhnlich gut waren. Die Triminghams hatten immer Interesse für dieses Spiel gehabt, und Mr. Maudsley hatte ihre Tradition fortgeführt. Wir hatten eine Tafel, worauf der Spielstand mit Nummernschildern zum Einschieben angezeigt wurde, und eine weiße Linie markierte das Spielfeld. Dieses ganze korrekte Zubehör verlieh dem Match eine Aura von Bedeutung und Wichtigkeit, wie ich es vom Leben erwartete. Wäre alles nur provisorisch gewesen, hätte ich nicht so großen Anteil genommen. Mir gefiel es, wenn das Dasein auf den einfachen Nenner des Gewinnens oder des Verlierens gebracht wurde, und ich war ein leidenschaftlicher Anhänger. Ich glaubte, die Ehre des Schlosses stünde auf dem Spiel und daß wir niemandem mehr in die Augen schauen könnten, wenn wir verlören. Ich bildete mir ein, daß die meisten Zuschauer schon in ihrer Eigenschaft als Dorfbewohner oder als Bewohner der Nachbardörfer gegen uns waren. Die Tatsache, daß sie bei einem guten Schlag applaudierten, ließ kein Gefühl der Verbundenheit mit ihnen in mir aufkommen. Wenn wir Rosetten im Knopfloch getragen oder uns durch Farben unterschieden hätten, so hätte ich wohl kaum einem der gegnerischen Zuschauer in die Augen sehen können, während ich bereitwillig dem größten Halunken unter unseren Anhängern die Hand gereicht hätte.

Vor allem wünschte ich inständig, Lord Trimingham möge sich auszeichnen, teils weil er unser Kapitän war und das Wort »Kapitän« in meinen Augen einen Glorienschein besaß, teils weil ich ihn mochte, teils weil ich es genoß, daß mir seine Leutseligkeit eine gewisse Wichtigkeit verlieh, und teils weil sich in ihm die Herrlichkeit Brandham Halls und alle Hoffnungen auf sein Eingehen in ein Heldenepos verkörperten.

Der erste *batsman* wurde nach fünfzehn *runs* aus dem Spiel geworfen, und nun betrat er das Spielfeld. »Trimingham besitzt einen guten Schlag«, hatte Denys mehr als einmal gesagt. »Ich gebe zu, daß Laufen nicht seine Stärke ist. Aber er hat einen solch wuchtigen Schlag, daß er in der Nationalmannschaft stehen könnte, und ich zweifle sehr, ob sogar ein R. E. Forster bei seinen letzten Schlägen mithalten könnte. Ich bezweifle es wirklich.«

Ich sah, wie er mit jener ungezwungenen, eleganten Haltung, die in so auffallendem Kontrast zu seinem zerstörten Gesicht stand, auf das *wicket* zuging. Die Feierlichkeit, mit der er seinen Platz einnahm, hatte etwas von einem furchteinflößenden Ritual. Und er gab uns wirklich einen Vorgeschmack seines Könnens. Sein prachtvoller Schlag, der den Ball über das ganze Spielfeld trieb, ließ ihn zweimal die Grenzlinie erreichen; der letzte Ball schrammte am *wicket* vorbei; und dann traf ein scharf angeschnittener Ball, der schon brandgefährlich aussah, als er die Hand des *bowlers* verließ, einen der *wicket*-Stäbe und Trimingham schied aus. Er hatte gerade mal elf Punkte für uns gemacht.

Verhaltener, wohlwollender Applaus, der eher seiner Person als seinem Spiel galt, begrüßte ihn, als er zurückkam. Ich stimmte in das gedämpfte Klatschen ein und murmelte, als er an mir vorbeiging, mit niedergeschlagenen Augen: »Pech, Sir.« Zu meiner großen Überraschung applaudierte Marian so wild, als applaudiere sie dem Helden dieses Zeitalters; und ihre Augen leuchteten, als sich ihre Blicke trafen. Er antwortete ihr mit jener verzerrten Grimasse, die bei ihm ein Lächeln ausdrückte. »Ist es möglich, daß sie ihn verhöhnt?« dachte ich. »Soll das wieder ein Witz sein?« Ich hatte nicht den Eindruck; sie als Frau verstand eben nichts von Cricket.

Nun folgte eine Katastrophe auf die andere; nachdem fünf weitere *batsmen* ausgeschieden waren, hatten wir erst sechsundfünfzig Punkte. Diese »Buren« in ihrer zusammengewürfelten Ausrüstung, die nach jedem unserer Fehlschläge triumphierend den Ball in die Luft warfen – wie ich sie verabscheute! Ich hatte das Gefühl, daß die Zuschauer, die am Rand des Spielfeldes standen, saßen, lagen oder an Bäumen lehnten, in aufrührerischen Gefühlen schwelgten und sich an der Niederlage ihrer Herren weideten. So stand es, als Mr. Maudsley an die Reihe kam. Steifbeinig betrat er den Platz, blieb mehrmals stehen und schien mit seinen Handschuhen nicht zurecht zu kommen. Ich glaube, er war nicht älter als fünfzig Jahre. Aber mir erschien er hoffnungslos alt und gänzlich aus dem Rahmen fallend; es war, als sei Chronos persönlich mit seiner Sense auf das Spielfeld herabgekommen, um das *wicket* zu mähen. Dabei verströmte Mr. Maudsley einen Duft, der nach Bürostunden roch, und er schien, eine schwache Spur von Gold hinter sich zu lassen; seltsame Assoziationen, die so gar nichts mit einem Cricketplatz zu tun haben wollten. Wie ein Gnom beobachtete er den Schiedsrichter und reagierte mit raschen, ruckartigen Bewegungen seines Schlägers auf dessen Anweisungen. Während er sich über die Positionen der Spieler orientierte, fuhr sein Kopf auf dem dünnen, eidechsenartigen Hals hin und her. Bei diesem Anblick rieben sich die Spieler die Hände und drängten näher. Plötzlich tat er mir leid. Seine Chancen standen so schlecht; er mußte ein Spiel spielen, für das er zu alt war, und er versuchte, jünger auszusehen, als er war. Das Spiel drohte, zu einer Farce zu werden, ich wartete niedergeschlagen auf sein Ausscheiden.

Aber ich wartete vergebens. Dieselben Fähigkeiten, die es Mr. Maudsley ermöglicht hatten, im Leben voranzukommen, verließen ihn auch auf dem Cricketfeld nicht – vor allem nicht sein klares Urteil. Er wußte, wie man sich behauptet. Man kann nicht sagen, daß er stark spielte, er schlug beispielsweise nie über den Spielfeldrand hinaus, aber er sammelte Punkt für Punkt. Er hatte auch keinerlei Stil, so schien es wenigstens mir. Er stellte sich jedem Ball, der ihm entgegenkam, mit sachlicher Berechnung. Seine Methode war unorthodox, aber wirksam. Er hatte ein unfehlbares Gefühl dafür, wo sich die Spieler befanden, und es gelang ihm stets, den Ball durch die Lücken zu schlagen. Ob seine Gegner sich enger formierten, ob sie ausschwärmten, sich schier die Beine verrenkten und sich noch so sehr konzentrierten – sie erreichten nichts.

Ein *bowler* der Dorfmannschaft, der vorher schon gefährlich schnelle Bälle abgefeuert hatte, kam an die Reihe. Eine seiner Granaten traf Mr. Maudsleys Schienbeinschoner, und der *bowler* beschwerte sich beim Schiedsrichter, dieser wehrte allerdings den Einspruch ab, der Versuch zählte für die Schlagmannschaft. Offensichtlich demoralisiert von dieser Entscheidung, gab der *bowler* entnervt auf und überließ seinen Platz einem Mannschaftskameraden. Nach dem nächsten *over* allerdings mußte Mr. Maudsley turnusgemäß auf die andere Seite des *pitch* hinüberwechseln und sein Sohn kam aufs Spielfeld. Für die Schlossmannschaft standen jetzt hundertdrei Punkte auf der Anzeigetafel, achtundzwanzig davon hatte Mr. Maudsleys erzielt.

Jetzt zeigten die Damen, wie ich an ihren bewegungslosen Hüten erkennen konnte, wirkliches Interesse am Spiel; im Geist sah ich den Scheinwerferstrahl von Mrs. Maudsleys Auge zwischen ihrem Mann und ihrem Sohn hin und her gehen.

Denys hatte uns, ehe er den Pavillon verließ, gesagt, was er vorhatte. »Es kommt darauf an, daß er sich nicht überanstrengt«, sagte er. »Ich werde so schlagen, daß er nicht mehr laufen muß, als nötig ist. Eigentlich wollte ich, daß jemand anderer für ihn rennen würde, er war aber dagegen. Wenn ein Ball geflogen kommt, schlage ich ihn entweder über die Spielfeldgrenze hinaus, oder ich lasse ihn an mir vorbeisausen, ja, einfach an mir vorbei, so muß er nicht laufen.«

Eine Weile hatte diese Taktik Erfolg. Denys schlug zweimal über den Spielfeldrand hinaus, so daß kein *run* nötig war. Er gestikulierte reichlich und ging nachdenklich auf und ab, wenn sein Vater auf den Wurf zu reagieren versuchte, und manchmal klopfte er sanft auf den *pitch*. Aber seine Methode vertrug sich nicht gut mit der Taktik seines Vaters. Mr. Maudsley, der immer darauf aus war, einen Lauf zu machen, und genau wußte, wann er ihn machen mußte, wurde häufig durch Denys' erhobenen Arm, der wie der eines Polizisten in die Luft fuhr, daran gehindert.

Die Zuschauer kicherten ein paarmal bei solchen Gelegenheiten, aber Denys schien ihre Erheiterung ebensowenig zu bemerken wie seines Vaters sichtlich zunehmende Gereiztheit. Als dieses Stopsignal schließlich wieder einmal vor ihm hochging, rief Mr. Maudsley: »So lauf doch!« Es war wie ein Peitschenhieb. Die ganze Autorität, die Mr. Maudsley im täglichen Leben so sorgsam verbarg, lag in diesen drei Worten. Denys schoß wie ein Hase los, aber er kam zu spät. Die anderen hatten den Ball schon gefangen, bevor er die Mitte des *pitch* erreichte. Verdattert und mit rotem Kopf kehrte er in den Pavillon zurück.

Es stand außer Zweifel, wer das Feld beherrschte. Aber seltsamerweise konnte ich den Erfolg meines Gastgebers, den ich ihm durchaus gönnte, nicht mit dem Geist des Spieles in Einklang bringen. Das war nicht Cricket. Es war nicht Cricket, wenn ein ältliches, gnomenhaftes Individuum mit faltigem Hals und knackenden Gelenken durch Kopfarbeit und überlegene Schläue das Sprichwort vom Sieg der Jugend ad absurdum führte. Es war ein Sieg des Verstandes über die Kraft, dem ich nur mit Mißtrauen zusehen konnte.

Mr. Maudsley fand jedoch keinen, der ihm lange zur Seite stand. Die letzten drei *batsmen* waren bald mattgesetzt. Immerhin hatten wir die respektable Punktzahl von hundertzweiundvierzig erreicht. Ein gewaltiger Applaus begrüßte Mr. Maudsley, als er unbesiegt und mit fünfzig Punkten für seine Mannschaft zurückkam. Er kam allein – der Diener, sein letzter Partner, war bei den Leuten vom Dorf stehen geblieben, unter denen er sich zweifellos wohler fühlte. Wir erhoben uns alle ihm zu Ehren. Er war etwas blaß, aber viel weniger erhitzt als die Dorfmannschaft, die heftig in Schweiß geraten war und sich die Gesichter abwischte. Lord Trimingham erlaubte sich, ihm auf die Schulter zu klopfen; so sanft der Schlag auch war, der zerbrechliche Körper erzitterte.

Während der Teepause wurde das Spiel wieder und wieder durchgesprochen, aber der Held der Stunde schien es zufrieden, daß er unbehelligt blieb. Und in der Tat war es bald genauso schwierig, ihn mit diesem Spiel in Zusammenhang zu bringen wie mit den Finanztransaktionen, die er in seinem Stadtbüro durchführte. Um fünf Uhr betrat unsere Mannschaft wieder das Spielfeld. Das Dorf brauchte hundertdreiundvierzig Punkte zum Sieg und hatte zwei Stunden lang Zeit, um diese Zahl zu erreichen.

12

Ich besitze die Karten, auf denen der Spielverlauf verzeichnet ist, noch heute. Während sie mir aber unser *inning* vor Augen bringen, bleiben für jenes der Dorfpartei, trotz der genauen Eintragungen, bis zur Spielmitte nichts als Zahlen. Das kommt zweifellos daher, daß ich unsere Leute alle persönlich kannte und die anderen, mit einer Ausnahme, nicht. Unser Sieg schien aber auch bereits eine so ausgemachte Sache zu sein, die Resultate unserer ersten *batsmen* bestätigten dies, daß meine Aufmerksamkeit stark nachließ: Man kann sich auf eine einseitige Partie nur schlecht konzentrieren. Die Aufregung über unser *inning* vor der Teepause schien gegenstandslos und beinahe verschwendet – als hätten wir alle unsere Kraft darauf verwandt, eine Nadel aufzuheben. Ich erinnere mich, daß mir die Dorfleute eigentlich leid taten, als ihre Männer einer nach dem anderen mit langen Gesichtern ausschieden und so noch unscheinbarer aussahen als bei ihrem Eintritt ins Spiel. Und als das Spiel mich nicht mehr in Anspruch nahm, zog die Landschaft mein Interesse auf sich. Ich sah zwei riesige Bogen: den Bogen der Bäume jenseits des Cricketplatzes und darüber die Wölbung des Himmels; und einer wiederholte die Linienführung des anderen. Das entzückte meinen Sinn für Symmetrie. Nur der Kirchturm störte. Die Kirche selbst war hinter den Bäumen fast verborgen, die in einem nahezu vollkommenen Halbkreis auf der Anhöhe wuchsen, wo sie stand. Aber statt daß der Turm diesen Halbkreis in zwei gleiche Sektoren teilte, ragte seine bleistiftähnliche Spitze links von der Mitte in den Himmel – um etwa acht Grad verschoben, wie ich schätzte. Warum konnte die Kirche sich nicht nach dem natürlichen Plan richten? Es muß doch eine Stelle geben, so dachte ich, von der aus der Turm als eine Fortsetzung der Achse dieses Halbkreises zu sehen war, lotrecht in die Unendlichkeit aufsteigend, mit zwei majestätischen rechten Winkeln, die ihn wie Stützpfeiler auf beiden Seiten hielten. Vielleicht genossen einige Zuschauer gerade diese Ansicht. Ich wünschte mir, ich könnte auf die Suche danach gehen, während unsere Mannschaft die Dorfmannschaft in Grund und Boden spielte.

Aber bald blieb mein Blick, der dem störenden Kirchturm in den Himmel folgte, an der riesenhaften Wolke hängen, die dort oben war, und versuchte, sie zu durchdringen. Als Produkt der Hitze glich sie keiner Wolke, die ich je gesehen hatte. Sie war nach oben hin von reinstem Weiß, rund und dick und leuchtend wie eine Schneewehe; dann wurde das Weiß rosa überhaucht, und im Herzen der Wolke vertiefte sich das Rosa zu Purpur. Verbarg sich in dieser purpurnen Mitte ein Unheil, ein drohender Donner? Es kam mir nicht so vor. Die Wolke schien vollkommen stillzustehen. So scharf ich sie auch beobachtete, ich konnte nicht die geringste Veränderung an ihrem Umriß wahrnehmen. Und dennoch bewegte sie sich; sie bewegte sich auf die Sonne zu, und je näher sie ihr kam, desto leuchtender wurde sie. Noch ein wenig weiter, und dann –

Während ich die in den Himmel gravierten Linien des Halbbogens in mich aufnahm, hörte ich Klappern und Stimmengewirr. Ted Burgess betrat, vor sich hinpfeifend, das Spielfeld. Kein Zweifel, daß er sich Mut machen wollte. Ein Gentleman hätte sich nicht so benommen.

Er trug seinen Schläger auf eher unorthodoxe Art unter dem Arm. Was für Gefühle hegte ich ihm gegenüber? Wünschte ich, daß er versagte? Er war ein Gegner, natürlich nicht mein persönlicher, aber ein Gegner unserer Mannschaft. Ich war verwirrt, denn bis jetzt waren meine Gefühle ganz eindeutig gewesen; *wir* sollten punkten, die Gegner möglichst nicht.

Der erste Ball streifte leicht das *wicket*. Und da wußte ich es: Ich wünschte nicht, daß er »unterlag«. (»Unterliegen« war ein Wort, das die Zeitungen in ihren Berichten von Cricketmatches gebrauchten, wenn sie vom Ausscheiden eines *batsman* schrieben; es gefiel mir sehr.) Diese Erkenntnis erweckte in mir ein Gefühl von Schuld und Illoyalität. Aber ich tröstete mich mit dem Gedanken, daß es sportlich und deshalb lobenswert sei, wenn man dem Gegner Glück im Spiel wünschte; außerdem waren sie so sehr im Hintertreffen! Und in diesem Zustand wunderlicher Neutralität verharrte ich, während Ted die meisten Würfe parierte, aber zwischendurch auch Fehlbälle schlug, eingeschlossen eines Balles in die Luft, den der Dienerjunge sicherlich gefangen hätte, wäre er nicht von der Sonne geblendet worden.

Dann wurde er konstanter und tat einige gute Schläge, so wie ich sie erhofft hatte. Ein Ball pfiff über den Spielfeldrand, und die Zuschauer stoben auseinander. Sie lachten und klatschten Beifall. Aber ich glaube, keiner hatte das Gefühl, daß das mehr als ein Zufallstreffer war. Und dann sah es doch so aus, als könnte jeder nächste Schlag sein letzter sein.

Aber er hatte das Glück auf seiner Seite. Er nahm seine ganze Kraft zusammen, und mit einer mächtigen Schulterdrehung schlug er den Ball direkt über das Dach des Pavillons in die Bäume.

Eine Horde kleiner Jungen rannte los, um danach zu suchen, und während sie suchten, legten sich unsere Spieler ins Gras. Nur Ted und sein Partner und die beiden Schiedsrichter blieben stehen. Sie sahen wie Sieger auf einem Schlachtfeld aus. Es schien, als sei aller Kampfgeist vergessen; es war ein

Augenblick völliger Entspannung. Und auch als der Finder den Ball triumphierend ins Feld geworfen hatte und das Spiel wieder begann, wurde es nicht interessanter und spannender. »Guter, alter Ted!« rief jemand.

Obwohl die Tabelle mit den Eintragungen des Spielverlaufs vor mir liegt, sagt sie mir nicht, wann das Spiel den Charakter eines Kampfes annahm und Teds glückliche Schläge uns gefährlich wurden. Ich glaube, als er die Fünfzigpunktegrenze erreicht hatte, begannen alle meine Warnsignale zu blinken. Jedenfalls begann mein Herz heftig zu pochen.

Es waren völlig andere »fünfzig« als die Punkte von Mr. Maudsley. Diesmal triumphierte das Glück, nicht Geschicklichkeit; denn der Wille, ja sogar der Wunsch zu siegen, schien zu fehlen. Undeutlich spürte ich, daß dieses sichtbare Aufeinandertreffen mehr war als nur eine Auseinandersetzung zwischen Schloß und Dorf. Es war darüber hinaus ein Kampf zwischen Ordnung und Gesetzlosigkeit, zwischen Traditionsgebundenheit und Auflehnung gegen die Tradition, zwischen bestehender Gesellschaftsordnung und Revolution, zwischen zwei verschiedenen Lebenshaltungen. Ich wußte, auf welche Seite ich gehörte; aber innerlich schwankte ich. Der Verräter in mir sah die Dinge anders; er trennte den Einzelmenschen von der Mannschaft, ja sogar von der eigenen Mannschaft, und fand an Ted Burgess' Sieg nichts auszusetzen. Aber ich konnte solche Gedanken der herumtreibenden midanitischen Schar nicht äußern, unter der ich mich hier im Schatten der Veranda des Pavillons bewegte. Ihre Gesichter hatten sich wie durch ein Wunder beruhigt, und nun schlossen sie Wetten über den Ausgang des Spieles ab, wobei sie mir gelegentlich einen einverständnisheischenden Blick zuwarfen. Als ich jetzt einen leeren Platz neben Marian erspähte, steuerte ich auf sie zu und flüsterte:

»Ist es nicht aufregend?« Ich hielt dies noch nicht für Verrat an unserer Sache.

Als sie darauf nicht antwortete, wiederholte ich die Frage. Sie wandte sich mir zu und nickte, und ich sah, daß sie schwieg, weil sie sich nicht genug in der Gewalt hatte. Ihre Augen glänzten, ihre Wangen waren gerötet, und ihre Lippen bebten. Ich war ein Kind und lebte unter Kindern, und ich wußte, was das bedeutete. Ich machte mir weiter keine Gedanken, aber der Anblick eines erwachsenen Menschen in so offensichtlicher Erregung erhöhte meine eigene leidenschaftliche Anteilnahme am Spiel; und ich konnte mich kaum mehr ruhig verhalten; denn die Aufregung machte mich immer zappelig. Meine widerstreitenden Gefühle wurden heftiger. Ich wußte, was Marian erhoffte, und in der Tiefe meines Herzens mußte ich ihr zustimmen. Es war schon immer so gewesen. Aber meine Erziehung und meine Loyalität gegenüber den Menschen von Brandham Hall ließen es nicht zu, daß ich der anderen Seite den Sieg wünschte.

Zwei weitere *batsmen* der Dorfmannschaft schieden aus, so daß nur noch zwei übrig blieben. Sie brauchten aber noch einundzwanzig Punkte. Das Publikum war absolut still, als der neue *batsman* das Feld betrat; er schlug sich wacker und überlebte sein *over*, er tauschte seinen Platz mit Ted, der wieder an der Reihe war. Ted stand also wieder auf der anderen Seite des *pitch*, genau gegenüber von uns und konnte nun zum Angriff übergehen.

Da Ted so weite Schläge machte, hatte Lord Trimingham zwei Männer weit zurückgezogen, und einer stand gerade vor uns. Ted schlug den ersten Ball direkt auf ihn zu. Ich glaubte, er würde über ihn hinwegfliegen, aber die Flugbahn wurde sehr bald flach. Während der Ball sich dem Boden näherte, schien er immer schneller zu fliegen. Der Spieler erreichte ihn gerade noch mit der Hand, aber der Ball sprang ab und raste gefährlich auf uns zu. Mrs. Maudsley sprang mit einem unterdrückten Schrei auf; Marian hob die Hände schützend vor das Gesicht; ich hielt den Atem an. Es folgte ein Augenblick der Verwirrung und der ängstlichen Fragen, ehe man festgestellt hatte, daß keine der Damen getroffen war. Beide Damen versuchten, die Sache scherzhaft abzutun, und lachten über ihr knappes Entrinnen. Der Ball lag zu Mrs. Maudsleys Füßen und sah seltsam klein und harmlos aus. Ich warf ihn dem Mann zu, der ihn verfehlt hatte, und sah jetzt, daß es einer unserer Gärtner war. Aber er fing ihn nicht auf. Sein Gesicht war von Schmerz verzerrt, und er rieb sich die linke Hand vorsichtig mit der rechten.

Lord Trimingham und einige andere Spieler gingen auf ihn zu, und er kam ihnen entgegen. Ich sah, wie er ihnen seine verletzte Hand zeigte. Sie berieten; sie schienen eine Entscheidung zu treffen. Dann löste sich die Gruppe auf, und Lord Trimingham und der Gärtner gingen in den Pavillon.

Verwirrung bemächtigte sich meiner. Alle möglichen Gedanken überstürzten sich: daß das Spiel zu Ende sei; daß der Gärtner lebenslänglich verkrüppelt bleibe; daß Ted ins Gefängnis müsse. Dann hörte ich Lord Trimingham sagen: »Wir haben einen Unfall. Pollin hat seinen Daumen verrenkt, und ich fürchte, wir brauchen unseren Ersatzmann.« Selbst dann war mir noch nicht klar, daß er mich meinte.

Mit weichen Knien betrat ich mit ihm die Arena. »Wir müssen ihn herausbekommen«, sagte er. »Wir müssen ihn aus dem Spiel bekommen. Hoffentlich hat ihn diese Unterbrechung unsicher gemacht. Nun Leo, ich placiere dich auf der Position des *square leg*, hinter den *batsman*. Dort hast Du nicht allzu viel zu tun, weil Ted in der Regel die Bälle nach vorne schlägt. Aber manchmal versucht er uns auszutricksen und kickt nach hinten, und dann bist Du an der Reihe.« Irgendwie so hat er zu mir gesprochen, aber mein Nervensystem war dermaßen damit beschäftigt, meine neue Rolle zu finden, daß ich kaum zuhören konnte. Vom Zuschauer zum Spieler, was für ein Wechsel.

Furchtbar nervös versuchte ich den Bewegungen des Kapitäns, Lord Trimingham, zu folgen, der mich zu meiner Position dirigierte. Letztlich kam ich an eine Stelle zu stehen, die wie ein Feenkreis aussah, wo das Gras etwas niedriger war und heller wuchs, und das gab mir kurioserweise Selbstvertrauen, ich fühlte, daß dies ein magischer Kreis war, der mich beschützen würde. Zusehends verflüchtigte sich meine Nervosität, und eine Welle der Begeisterung überkam mich. Ich fühlte mich eins mit mir und mit den altehrwürdigen Regeln des Cricketspiels. Ein überwaches Wahrnehmungsempfinden, wie ich es bisher nicht gekannt hatte, schärfte all meine Sinne; und als Ted mit den nächsten zwei Bällen nochmals punkten konnte, bevor er abgelöst wurde, mußte ich mich zurückhalten, um nicht zu applaudieren. Ich wagte es nicht, aus meinem Augenwinkel auf den neuen Punktestand hinüberzuschauen, denn ich wußte ohnehin, daß uns nurmehr zehn Punkte Vorsprung blieben. Das nächste *over* war ereignislos, der neue *batsman* zappelte nervös herum, seine Beine waren viel aktiver als seine Arme, und er brachte nichts zustande. Allerdings waren es auch nicht die gleichen harmlosen Würfe, von denen Ted Burgess vorher profitieren konnte. Auch unser Kapitän war sich dessen bewußt. Jetzt hatte Lord Trimingham wieder den Ball. Er warf ihn spielerisch von einer Hand in die andere und nahm einige Änderungen in der Aufstellung vor. Einen Augenblick lang fürchtete ich, er würde mich aus meinem magischen Kreis herausnehmen; aber es geschah nicht.

Beim nächsten Wurf nahm er einen langen Anlauf mit einem Hüpfer dazwischen, aber der Ball war nicht sonderlich schnell. Der *batsman* schlug nach der Lederkugel, die hoch in die Luft flog. Der *batsman* rannte los, Ted ebenfalls, aber bevor sie ihr

Ziel erreicht hatten, war der Ball wundersamerweise schon wieder in Lord Triminghams Hand. Es sprach für die Popularität unseres Kapitäns, daß er in dieser kritischen Situation frenetisch beklatscht wurde. Und es sprach auch dafür, daß der Junge, der die Zahlentafel bediente, angesteckt von der Nervosität der anderen, die Zahlen verkehrt einschob und daß ringsum ein Gelächter losbrach. Der Junge trat zurück und besah sein Werk. Dann brachte er, unter noch größerem Gelächter, die Zahlen in die richtige Reihenfolge. Eins drei sechs! Aber seltsamerweise löste dieser Fehler die Spannung nicht, er erhöhte sie nur noch. Es schien, als ob selbst die nüchternen Zahlen von der Nervosität erfasst worden wären.

Als der ausscheidende und der ablösende *batsman* aneinander vorbeigingen und ein paar Worte wechselten, wozu beide mit dem Kopfe nickten, befragte ich mich noch einmal, wem meine Sympathien gehörten. Aber meine Gefühle umgaben mich wie ein Nebel, dessen Form man sehen kann, solange er auf einen zukommt, aber nicht, wenn man mitten darin steht, und seine dichten, kreisenden Schleier hatten meine Urteilskraft bald getrübt. Aber ich besaß noch völlig das Gefühl für die Dramatik dieses Spiels. Und es wurde noch dadurch verstärkt, daß ich mir, ohne daß ich es hätte erklären können, einer persönlichen Spannung zwischen dem *bowler* und dem *batsman* bewußt wurde, die nun wiederum einander gegenüberstanden, Gutsherr und Pächter, Herr und Knecht, Schloß und Dorf – das waren die Antagonisten. Aber da war noch etwas, etwas, das mit Marian zu tun hatte, mit Marian, die auf den Stufen des Pavillons saß und die von hier aus nur ein leuchtender Farbfleck war.

Es war ein stolzer und erhebender Gedanke, daß wir, die Spieler, nicht das geringste Zeichen von Erregung zeigen durften, wohingegen sich die Zuschauer heiserschreien und müdefuchteln konnten. Weder Lord Trimingham, der die Eigentümlichkeit hatte, vor jedem Wurf mit dem Absatz Löcher in den Boden zu bohren, ließ sich etwas anmerken noch Ted, dessen schweißnasses Hemd am Rücken klebte.

Lord Trimingham warf einen täuschend angeschnittenen Ball. Aber Ted wartete nicht, bis er zu Boden fiel; er rannte los und schlug ihn bis zur Spielfeldgrenze. Er schlug wundervoll, und die Begeisterung durchfuhr mich wie ein elektrischer Schlag. Die Menge johlte und schrie, und plötzlich neigte sich die Waage meiner Gefühle ganz auf ihre Seite. Jetzt war es ihr Sieg, Teds Sieg, den ich herbeiwünschte, nicht der unsere, nicht Lord Triminghams. Ich vergaß die drei *runs*, die sie noch benötigten. Mir war, als hörte ich den Sieg wie einen Sturm heranbrausen.

Ich könnte nicht sagen, ob der nächste Ball auf das *wicket* gezielt war oder nicht. Aber er wurde weit höher geworfen, und plötzlich sah ich, wie Teds Gesicht und sein Körper herumfuhren, und ich sah den Ball, der wie an einem Seil, das sich zwischen ihm und mir spannte, geradewegs auf mich loszischte. Ted setzte zum Lauf an, blieb dann abrupt stehen und blickte mich wild an, ungläubiges Erstaunen in den Augen.

Meine Hand schoß über meinen Kopf empor – und da hielt sie auch schon die Lederkugel. Durch die Wucht des Balles wurde ich zu Boden geworfen. Als ich wieder auf den Füßen stand, den Ball immer noch an mich gepreßt, als krampfe sich mein Herz plötzlich im Schmerz zusammen – hörte ich den köstlichen Klang des Beifalls und sah, wie sich die Mannschaften auflösten und Lord Trimingham auf mich zukam. Das Spiel war entschieden. Ich weiß nicht mehr, was er sagte – meine Gefühle überwältigten mich –, aber ich weiß noch, daß ich seine Glückwünsche um so höher einschätzte, als sie zurückhaltend und unaufdringlich waren. Sie hätten in der Tat an einen *Mann* gerichtet sein können. Und wie ein Mann, und keineswegs der geringste, schloß ich mich der Gruppe an, die sich auf den Rückweg zum Pavillon machte. Wir gingen in einem unordentlichen Haufen, die besiegten und die siegreichen Spieler Seite an Seite. Alle Feindschaft war begraben, und ein nicht enden wollender Applaus der Zuschauer umgab uns. Ich konnte meine Gefühle nicht ausdrücken; die üblichen Maßstäbe, an denen ich solche Dinge zu messen pflegte, reichten für diese Hochstimmung nicht aus. Ich schwebte immer noch in der Luft, obwohl die Bühne, auf der ich eine so bedeutsame Rolle gespielt hatte, schon wieder abgebaut wurde. Aber ich spürte auch jene eigenartige Empfindung, die selbst in dem allgemeinen Aufruhr der Leidenschaften nicht unterging, jenes schmerzliche Bedauern, das mich im Augenblick des Fangs mit der Schärfe eines Schwerthiebs getroffen hatte. Weit davon entfernt, meine Exaltation zu mindern, verstärkte es sie nur noch. Sie wirkte wie der Wermutstropfen im Kelch des Glücks. Aber ich fühlte, daß ich noch glücklicher wäre, daß ich noch mehr über mich hinauswüchse, wenn ich es Ted bekennen würde. Eine Stimme in mir warnte mich, daß solch ein Bekenntnis nicht den Gepflogenheiten entspräche; Cricketspieler verbargen ihre persönlichen Gefühle hinter zusammengepreßten Lippen. Aber ich war buchstäblich außer mir. Ich wußte, daß dieses Match durch mich entschieden worden war, und ich fühlte, daß ich es mir erlauben konnte, die Konvention zu brechen. Aber wie würde er es aufnehmen? Was ging in ihm vor? Freute er sich über den Erfolg, den er gehabt hatte, oder war er bitterlich enttäuscht von dem vorzeitigen Ende? Betrachtete er mich noch als seinen Freund, oder sah er in mir seinen Feind, der ihn zu Fall gebracht hatte? Es war mir ziemlich egal. Und als ich sah, daß er allein ging (den meisten Spielern war der Gesprächsstoff ausgegangen), wandte ich mich zu ihm und sagte mit bebender Stimme: »Tut mir leid, Ted. Ich wollte Sie gar nicht aus dem Spiel haben.« Er antwortete nicht sofort; seine Gedanken schienen weit weg zu sein. Dann lächelte er mir zu und sagte: »Das ist völlig in Ordnung.« Kurz darauf bekam sein Gesicht einen anderen Ausdruck. Er sah mich besorgt an und sagte begütigend: »Mach' dir keine Sorgen um mich. Bring' dich nicht um den Spaß. Freu' dich nur. Ich wollte, ich wäre an deiner Stelle. Es war ein verdammt guter Fang. Ich hätte nie gedacht, daß du ihn halten könntest. Um die Wahrheit zu sagen, ich hatte dich ganz vergessen, und dann sah ich mich um und, bei Gott, da warst du. Und dann dachte ich: Der geht direkt über seinen Kopf. Aber du hast dich wie eine Harmonika auseinandergezogen. Ich hatte mir ein Dutzend Möglichkeiten vorgestellt, wie ich hinausfliegen könnte, aber ich hätte nie geglaubt, daß mich unser Briefträger rausbekäme.« »Ich hab's nicht vorgehabt«, wiederholte ich. Ich wollte meine Entschuldigung um jeden Preis anbringen. In diesem Augenblick verstärkte sich der Applaus, und ein paar Enthusiasten riefen dabei Teds Namen. Wenn wir auch alle Helden waren, so war er doch offensichtlich der Favorit der Menge. Und ich blieb zurück, damit er allein hineingehen konnte. Seine Mitspieler brachten ihm im Pavillon eine Ovation; selbst die Damen aus unserer Gesellschaft, die vorne saßen, zeigten ein gewisses Interesse, als Ted hereinkam. Eine einzige ausgenommen: Marian, so bemerkte ich, blickte nicht auf.

Sobald wir wieder im Schloß waren, sagte ich zu Marcus: »Leih mir mal deine Tabelle, Alter.«

»Warum hast du denn nicht selbst eine geführt, Puddinggesicht?« fragte er mich.

»Wie konnte ich denn, du Trottel, wenn ich im Spiel war?«

»Warst du im Spiel, du Maser-Bazillus? Bist du ganz sicher?«

Nachdem ich ihm dafür gehörig heimgezahlt und ihm die Tabelle entrissen hatte, holte ich die Eintragungen nach, die mir auf meiner Tabelle fehlten.

»E. Burgess, C. sub. b. Ld. Trimingham 81«, las ich. »He, du hättest meinen Namen auch einschreiben können, du elender Schuft.«

»›C. sub.‹ ist korrekt«, sagte er. »Außerdem möchte ich diese Tabelle sauber halten, und das wäre sie nicht mehr, wenn dein Name draufstünde.«

13

Das Bankett im Gemeindesaal erhielt durch die Anwesenheit verschiedener Lokalgrößen und der beiden Mannschaften seinen besonderen Glanz. Mir schien es bei weitem das großartigste Ereignis, an dem ich je teilgenommen hatte. Die Dekoration, die Farbenpracht, die Hitze, das fast überwältigende Gefühl männlicher Kameradschaft (worauf ich sehr großes Gewicht legte) stiegen mir ebenso zu Kopf wie die Bowle, die man mir einschenkte. Zeitweise verlor ich völlig das Gefühl, ein Einzelwesen zu sein. Dann wieder schwang sich mein Geist hinauf zur spitzbogigen Saaldecke, zu den Union Jacks und Papierschlangen: ein Himmelskörper, ein Gefährte der Sterne. Ich fühlte, daß ich meine Aufgabe im Leben erfüllt hatte, daß mir nichts mehr zu tun übrigblieb. Nun konnte ich für immer auf den Lorbeeren meines Ruhmes ausruhen. Meine beiden Nachbarn – sie gehörten der Dorfmannschaft an, denn man hatte uns aufgeteilt, weil man es nicht für richtig hielt, daß bei dieser demokratischen Festlichkeit zwei Mitglieder der Schloßmannschaft nebeneinandersaßen – müssen mich für einen sehr langweiligen Gesellschafter gehalten haben. Denn, so viel es auch mit ihnen zu besprechen gab, ich vermochte es nicht in Worte zu fassen. Sie nahmen mir das auch gar nicht übel. Das Essen erforderte ihre ganze Aufmerksamkeit, und bisweilen unterhielten sie sich über mich hinweg miteinander, als wäre ich gar nicht da. Ihre Bemerkungen, die mir meist unverständlich blieben, erweckten schallendes Gelächter; oft genügte schon ein Nicken oder Grunzen, und bald schien mir in meiner Berauschtheit die ganze Welt ein einziges Gelächter zu sein.

Nach dem Essen hielt Mr. Maudsley eine Rede. Ich erwartete, er würde sehr stockend sprechen, denn ich hatte ihn noch nie mehrere Worte hintereinander sagen hören. Aber er redete erstaunlich flüssig. Satz folgte auf Satz, als läse er von einem Manuskript ab, und seine Stimme war genauso monoton und ausdruckslos wie bei der Morgenandacht. Aus diesem Grund und wegen der Schnelligkeit, mit der er sprach, ging manche witzige Wendung verloren. Aber diejenigen, die verfingen, hatten durch diese trockene Vortragsweise um so größeren Erfolg. Mit – wie mir schien – unübertrefflicher Gewandtheit gelang es ihm, fast jeden Spieler beim Namen zu nennen und etwas Bemerkenswertes über seine Leistungen zu sagen. Im allgemeinen war ich Reden gegenüber taub; sie gehörten für mich wie Predigten zu den Dingen, die nur für Erwachsene bestimmt waren. Aber dieser Rede hörte ich aufmerksam zu, denn ich hoffte, daß ich meinen eigenen Namen hören würde. Und ich wurde nicht enttäuscht. »Als letzten, aber nicht als geringsten, es sei denn in der Statur, erwähne ich unseren jungen David, Leo Colston, der den Goliath vom Schwarzhof – wenn ich ihn so nennen darf – nicht mit einer Schleuder, sondern mit einem Fang besiegte.« Alle Augen waren auf mich gerichtet, oder jedenfalls glaubte ich das. Und Ted, der mir fast gegenübersaß, zwinkerte mir auffällig zu. In seinem dunklen Anzug mit dem hohen gestärkten Kragen sah er noch fremder aus als in Flanellhosen. Je mehr Kleider er anhatte, desto fremder wirkte er. Während Lord Triminghams Anzug immer ein Teil seiner selbst zu sein schien, wirkte Ted in seiner Ausstaffierung wie ein Bauerntölpel.

Rede reihte sich an Rede – es schien, als höre man die Zeit selbst verrinnen –, und dann wurde nach Gesang verlangt. Auf dem Podium am Ende der Halle stand ein Piano, und davor wartete einladend ein gepolsterter, plüschbezogener Drehstuhl. Aber nun erhob sich ein Stimmengewirr, dessen Grund schließlich auch ich erfaßte: Wo war der Begleiter? Man rief nach ihm, aber er erschien nicht. Erklärungen wurden laut. Er hatte eine Nachricht geschickt, daß er sich nicht wohlfühle; aber unerklärlicherweise war diese Nachricht nicht ausgerichtet worden. Enttäuschung bemächtigte sich der Anwesenden. Was war ein Cricketmatch, was war ein Bankett ohne Lieder? Frost legte sich auf unsere vom Wein erwärmten Gemüter, und es gab keinen Wein mehr, um sie wieder aufzutauen. Es war noch früh; vor uns lag der Abend, eine endlose Leere. Würde niemand in die Bresche springen? Lord Triminghams ungleiche Augen, in denen immer ein Funke von Autorität leuchtete, schweiften durch den Raum, und man wich ihnen so sorgfältig aus, als gehörten sie einem Auktionator. Ich jedenfalls starrte auf das Tischtuch; denn Marcus wußte, daß ich einigermaßen Klavier spielen konnte. Aber mit einemmal, als alle auf ihrem Platz angewurzelt zu sein schienen, regungslos, als könnten sie sich nicht mehr vom Fleck rühren, nicht mehr aufblicken, solange nach einem Klavierspieler gesucht wurde, bewegte sich etwas, erhob sich ein Rauschen, fast als entfalte sich eine Fahne, die senkrecht am Mast emporsteigt – und ehe noch die Entspannung, die der Erleichterung folgt, unsere versteiften Körper hatte lockern können, war Marian leichtfüßig durch die Halle gegangen und hatte sich auf den Klavierstuhl gesetzt. Wie schön sie aussah in ihrem gainsboroughblauen Kleid, eingerahmt von Kerzen! Von dort oben sah sie auf uns herab wie von einem Thron, erheitert und ein wenig spöttisch, als wollte sie sagen: Ich habe mein Teil getan, nun seid ihr an der Reihe.

Wie ich erfuhr, war es Brauch, daß die ersten Sänger Mitglieder der beiden Mannschaften sein mußten. Man rief alle auf, und einige wurden gedrängt; aber ich glaube, man wußte schon von vornherein, wer singen würde und wer nicht. Jene, so stellte ich fest, hatten ihre Noten mitgebracht. Es blieb unklar, wo sie sie hervorholten. Die einen zeigten eine etwas betretene, die anderen eine eher herausfordernde Miene, aber alle schienen gleichermaßen befangen gegenüber der Begleiterin und stellten sich so weit entfernt von ihr auf, wie sie konnten. Marians Spiel faszinierte mich, und ich hörte mehr auf sie als auf die Sänger. Ich sah ihre weißen, schlanken Finger (trotz der ewigen Sonne war es ihr gelungen, sie weiß zu erhalten) über die Tasten gleiten; und welch köstliche Klänge entlockte sie dem alten Schepperkasten! Man merkte, wie ungleichmäßig die Tasten reagierten, aber die Töne perlten so zart wie Wasser aus der Quelle. Welches Feuer in den lauten Passagen und welche Süße in den leisen! Und es grenzte an ein Wunder, wie sie die widerspenstigen Tasten in ihrer Gewalt hielt. Taktvoll und gekonnt paßte sie die Begleitung dem Gesang an und versuchte ihn weder zu beschleunigen noch zu dehnen. Aber ihre Darbietung unterschied sich im Niveau so sehr von der ihrer Partner, daß es keine völlige Harmonie ergab. Es war, als habe man ein Vollblutpferd zu einem Ackergaul gespannt. Die Zuhörer trugen dem Rechnung, und ihr Beifall war ebenso respektvoll wie ausgelassen.

Als Ted Burgess aufgerufen wurde, schien er es nicht zu hören, und ich glaubte, er hätte es wirklich nicht gehört. Doch auch als seine Freunde anfingen, seinen Namen zu wiederholen, und scherzhafte Ermunterungen hinzufügten: »Los, Ted! Genier' dich nicht! Wir wissen alle, daß du's kannst!«, machte er keine Anstalten, sich zu erheben. Mit dickköpfiger und verlegener Miene saß er auf seinem Stuhl. Die Gesellschaft genoß das. Ihre Zurufe verstärkten sich und wurden fast zum Chor, worauf er sich, ziemlich ungnädig, vernehmen ließ, er sei nicht zum Singen aufgelegt. Lord Trimingham stimmte in den Chor ein: »Enttäuschen Sie uns nicht, Ted«, sagte er (das »Ted« überraschte mich, doch vielleicht war es eine Konzession an die Sportkameradschaft). »Auf dem Cricketplatz haben Sie uns ja auch nicht warten lassen.« Teds Widerstand schien unter dem darauffolgenden allgemeinen Gelächter zu schwinden. Er erhob sich schwerfällig und stolperte, ein umfangreiches Notenbündel unter dem Arm, zum Podium. »Jetzt aber Vorsicht!« rief jemand, und das Gelächter verstärkte sich.

Marian schien dies alles nicht zu berühren. Als Ted zu ihr trat, hob sie die Augen, sagte etwas zu ihm, und er reichte ihr zögernd sein Liederheft. Sie überflog es rasch und stellte eines der Blätter auf den Notenhalter: ich bemerkte, daß sie ein Eselsohr in die Seite machte, was sie bisher nie getan hatte. »Ein Paar funkelnder Augen«, verkündete Ted in einem Ton, als wäre das das letzte, was man sich wünschen konnte, und jemand meinte: »Bißchen freundlicher, wir sind hier nicht auf einer Beerdigung!« Zuerst hörte man weniger die Stimme des Sängers als sein Schnaufen. Aber allmählich gewann sie an Stärke und Sicherheit und Farbe und gab sich dem tanzenden Rhythmus des Liedes hin, so daß es schließlich eine recht beachtliche Darbietung wurde, welche die Zuhörer um so mehr anerkannten, als der Anfang so dürftig gewesen war. Man verlangte eine Zugabe, die erste des Abends. Wieder mußte Ted sich mit Marian beraten; ihre Köpfe neigten sich einander zu; wieder schien er sich zu weigern, und abrupt trat er vom Piano zurück und verneigte sich zum Zeichen seiner Ablehnung. Aber der Beifall verdoppelte sich; Teds Bescheidenheit gefiel, und man war entschlossen, ihn zum Singen zu bringen.

Das neue Lied war ein Schmachtfetzen von Balfe. Ich glaube nicht, daß man ihn heute noch singt, aber mir gefiel er, und mir gefiel Teds Art der Wiedergabe und das Zittern, das in seiner Stimme mitschwang.

Andere Lippen, andere Herzen
werden Lieb' dir schwören.
Sie erliegen deinen Blicken,
die auch mich betören.

Ich erinnere mich des nachdenklichen Ausdrucks auf den Gesichtern der Zuhörer, während sie dieser resignierten und honigsüßen Vorhersage künftiger Treuebrüche lauschten, ohne die Bitterkeit, die darin lag, zu begreifen. Und ich glaube, daß mein Gesicht das ausdrückte; denn es schien mir, als wisse ich alles über andere Lippen und andere Herzen, die Liebe schworen, und ich wußte, wie traurig und dennoch schön es war. Auch die überschwengliche Sprache war mir nicht fremd. Aber welche Erfahrung, wenn überhaupt ich damit verknüpfte, das weiß ich nicht. Mich versetzte das Lied in eine poetische Stimmung, hervorgerufen durch den Klang von Worten, die ich schön fand, von Worten aus der Welt der Erwachsenen, die für mich Poesie waren und dennoch Realität besaßen – die Realität ihrer Bedeutung für die Erwachsenen, die ich bedingungslos anerkannte. Lieder hatten solche Dinge zum Inhalt. Nie kam mir der Gedanke, daß schlimme Gefühle erweckt werden könnten, wenn andere Lippen und andere Herzen Liebe schworen, oder daß sie sie auf andere Weise schwören könnten als zur Begleitung eines Pianos in einem Konzertsaal. Und schon gar nicht brachte ich solche Bekenntnisse in Verbindung mit dem Phänomen, das man Poussieren nannte. Hätte ich es getan, so wäre ich entsetzt gewesen. Ich saß in ekstatischer Versunkenheit, als lauschte ich einer Sphärenmusik, und als der Liebende von der Geliebten schließlich nichts verlangte, außer daß sie sich, mitten unter dem Scherzen mit einem oder vielen anderen, seiner erinnern sollte, traten mir beseligende Tränen der Rührung in die Augen.

Als das Lied zu Ende war, wurden Rufe nach der Begleiterin laut, und Marian erhob sich, um den Beifall zusammen mit Ted entgegenzunehmen. Sie wandte sich zur Seite und verneigte sich leicht vor ihm. Er aber, statt darauf zu reagieren, drehte seinen Kopf zweimal in ihre Richtung und wieder zurück, wie ein Komödiant oder ein Clown, der mit seinem Partner Schabernack treibt. Die Zuhörer lachten, und ich hörte, wie Lord Trimingham sagte: »Er ist nicht sehr galant, was?« Mein Nachbar sprach sich deutlicher aus. »Was ist mit unserem Ted los«, flüsterte er über mich hinweg meinem anderen Nachbarn zu, »daß er so schüchtern mit den Damen ist? Das kommt wohl, weil sie vom Schloß ist.« Inzwischen hatte sich Ted wieder so weit gefaßt, daß er sich vor Marian verbeugte. »So ist's besser«, bemerkte mein Nachbar. »Wenn nicht der Unterschied wäre – was gäben die für ein schönes Paar ab.«

Als wäre er sich dieses Unterschieds schmerzhaft bewußt, kam Ted, flammendrot im Gesicht, vom Podium herunter, und als er wieder auf seinem Platz saß, begegnete er den Glückwünschen und versteckten Hänseleien seiner Freunde mit mürrischer, finsterer Miene.

Sein Unbehagen störte mich, aber ich genoß es auch wieder; denn es brachte Schwung in die Gesellschaft, machte sie lebhaft und würzte ihre Reden mit spöttischer Boshaftigkeit. Ted, der Ungeschickte, war genauso populär wie Ted, der Held, vielleicht sogar mehr; denn allzuviel Heldenverehrung beansprucht die eigene Eitelkeit zu sehr. Die folgenden Lieder brachten, ob humoristisch oder romantisch, keine bemerkenswerten Höhepunkte. Es wurden Fehler gemacht, die Marian geflissentlich überspielte, aber es waren eben Fehler, und sie erhöhten nicht die Stimmung der Zuhörer. Da sie meist auf mangelnde Gesangstechnik zurückzuführen waren, störten sie die Fröhlichkeit des Abends, indem sie ihm die Atmosphäre einer Musikstunde gaben. Auch dies hatte für mich seinen Reiz, bestätigte es doch die Überlegenheit des Schlosses. Und ich war gerade daran, mich in diesem Gefühl zu sonnen und meinen anderen Sensationen diese weitere hinzuzufügen, als ich Lord Trimingham in die Stille, die auf das letzte Lied folgte, sagen hörte: »Was ist mit unserem Ersatzmann? Kann er nicht auch etwas zum Besten geben? Das Neueste aus der Schule zum Beispiel. Komm, Leo.«

Zum zweiten Male wurde ich aufgefordert, aus der Immunität der Kindheit in die Verantwortlichkeit der Erwachsenenwelt hinüberzuwechseln. Es war wie ein Sterben, aber ein Sterben mit der Aussicht auf eine Auferstehung: Wenn es ein drittes Mal geschähe, würde es keine Auferstehung mehr geben. Selbst als ich meinen Platz verließ – ich kam gar nicht auf den Gedanken, mich zu weigern – und merkte, wie mein Mund trocken wurde, wußte ich, daß ich wieder der werden würde, der ich gewesen war, wußte es mit derselben Sicherheit, die mir sagte, daß dies beim drittenmal nicht mehr der Fall sein würde. Ich hatte keine Noten, aber ich konnte ein Lied. Lord Trimingham hatte recht gehabt. Ich konnte sogar mehrere Lieder, eines davon hatte ich beim Schulkonzert gesungen. Aber noch auf dem Podium fiel mir nicht ein, daß ich es ja auswendig konnte.

»Nun, Leo«, sagte Marian, »was soll es sein?« Sie sprach in gewöhnlichem Tonfall, als wäre außer uns niemand im Raum, und als wäre es gleichgültig, ob jemand da sei.

Ich sah mich im Geiste schon in der katastrophalen Stille des ausbleibenden Beifalls an meinen Platz zurückgehen, und ich spürte das Versagen wie eine Entblößung. Hilflos sagte ich: »Aber ich habe keine Noten.«

Sie lächelte mich mit Sternenaugen an, deren ich mich noch heute erinnere, und sagte: »Vielleicht kann ich dich ohne Noten begleiten. Was ist es denn?«

»Der junge Minnesänger.«

»Mein Lieblingslied«, sagte sie. »Wie hoch kommst du?«

»Bis zum A«, sagte ich, stolz auf meine hohe Lage, aber auch voll Angst, sie würde sagen, daß sie es in dieser Tonart nicht spielen könne.

Sie sagte nichts, sondern zog einen Ring vom Finger und legte ihn ziemlich nachdrücklich oben auf das Piano. Dann setzte sie sich, unter einem Rauschen von Seide, das wie Parfüm um sie stäubte, und begann mit dem Vorspiel.

Wahrscheinlich hatte ich keinen Grund, ihr dankbar zu sein, daß ich ein zweites Mal vor dem bewahrt wurde, wovor ich mich am meisten fürchtete: mich öffentlich zu blamieren. Beim ersten Mal hatte ich dieses Gefühl gehabt. Sie hatte sich viel Mühe gegeben, damit ich korrekt angezogen war. Das zweite Mal hatte ich nicht ihr zu danken, sondern ihrer musikalischen Begabung. Trotzdem glaube ich, daß ich ihren zweiten Effort sogar noch höher schätzte; denn diesmal war es nicht ihre Freundlichkeit, die mich errettete, sondern eine ihrer Tugenden. Um einer Freundlichkeit willen wäre ich vielleicht nicht in den Krieg gezogen, wohl aber um einer Tugend willen. Und ich tat es auch. Denn während meine Stimme emporstieg, bestand für mich kein Zweifel darüber, wer auszog und weshalb. Ich war es, und zwar ihrethalben. Ihr allein galt mein Lied. Nie hatte sich ein Soldat williger dem Tode geweiht als ich; ich erwartete ihn inbrünstig; um nichts in der Welt hätte ich ihn missen wollen. Und was meine Harfe anbetraf, so konnte ich kaum den Augenblick abwarten, in dem ich ihre Saiten zerreißen würde. Nie sollte sie in Sklaverei ertönen, verkündete ich. Und ich kann ehrlich behaupten, daß sie es nie tat.

Ich kannte das Lied so gut, daß ich während des Singens nicht darauf achten mußte. Meine Gedanken konnten wandern, wohin sie wollten. Und obwohl ich, im Gegensatz zu den anderen Sängern, deren Augen auf die Noten gerichtet waren, in den Saal blickte, konnte ich Marians Finger auf der Klaviatur, das Leuchten ihrer weißen Arme und ihres noch weißeren Nackens sehen und mir nicht nur einen, sondern eine ganze Reihe von Toden vorstellen, die ich für sie sterben würde. Und jeder war natürlich ganz schmerzlos: eine Krone ohne Kreuz.

An dem Schweigen in der Halle merkte ich, daß das Lied gut ankam; aber auf den Beifallssturm, der in dem engen Raum viel stärker wirkte als der Applaus, der meinem Fang gegolten hatte, war ich nicht vorbereitet. In diesem Augenblick wußte ich nicht, was ich später erfahren sollte. Als ich scheinbar unvorbereitet auf das Podium ging, um zu singen, hatte die Gesellschaft mich keineswegs lächerlich gefunden, sondern dies als eine sportliche Haltung empfunden. Da stand ich nun und vergaß mich zu verneigen, während man mit den Füßen trampelte und die Rufe nach einer Zugabe lauter wurden. Marian kam nicht an meine Seite; sie saß, den Kopf leicht geneigt, am Piano. Wieder einmal hilflos, trat ich neben sie. Aber sie wurde nicht gleich auf mich aufmerksam. Ganz unnötigerweise sagte ich:

»Sie wollen, daß ich noch einmal singe.«

»Was kannst du denn noch singen?« fragte sie, ohne aufzusehen.

»Nun«, sagte ich, »ich kann ein Lied, das heißt ›Engel, ewig hold und rein‹, aber das ist ein Kirchenlied.«

Für einen Augenblick entspannte sich ihr ernstes Gesicht zu einem Lächeln. Dann sagte sie, wieder ganz kurz angebunden: »Ich fürchte, ich bin dir da keine Hilfe. Ich kann die Begleitung nicht.«

Mir war, als zöge man den Boden unter mir fort. Ich sehnte mich danach, meinen Triumph zu wiederholen, und mein Gefühlsbarometer stand so hoch, daß mir die Kraft fehlte, meine Enttäuschung zu verbergen. Aber während ich noch versuchte auszusehen, als berühre mich das nicht, ertönte aus dem Zuschauerraum eine Stimme in starkem Dialekt: »Ich glaub', das hab ich da.« Und im nächsten Augenblick stand der Sprecher auf dem Podium. In der Hand hielt er einen abgegriffenen, in Papier eingeschlagenen Notenband, an den ich mich noch heute erinnere: »Die Prachtausgabe populärer Lieder.«

»Sollen wir den ersten Teil auslassen?« fragte Marian, aber ich bat sie, ihn mich singen zu lassen.

Schlimmer denn Tod fürwahr! Ihr Wachen, ihr!
Führt mich zur Pein, führt zu den Flammen mich.
Habt Dank für euer Erbarmen!

So ging das Rezitativ und endete mit Händels üblichem Bum-Bum. Ich war stolz darauf, daß ich es singen konnte; denn es war in höchst schwieriger Moll-Tonart geschrieben, und die Intervalle waren sehr kitzelig. Ich besaß auch genug musikalisches Gefühl, um zu wissen, daß ohne dieses Rezitativ die sanfte Arie, die darauf folgte, bei weitem nicht so effektvoll war. Und ich sang es sehr gern, weil der Gedanke an etwas, das schlimmer war als der Tod, eine gewaltige Anziehungskraft auf meine Phantasie ausübte. Der junge Minnesänger war in den Tod gezogen, aber der Heldin dieses Liedes drohte etwas Schlimmeres als der Tod. Was das sein mochte, das konnte ich mir nicht vorstellen, aber bei meiner Leidenschaft für Extreme genoß ich es mit ekstatischer Begeisterung. Außerdem war es ein Frauenlied, und ich hatte das Gefühl, daß ich diese bitteren Erfahrungen nicht nur für Marian, sondern mit ihr machte ... Gemeinsam erfuhren wir dieses Schicksal, das schlimmer war als der Tod; gemeinsam stürmten wir unserer Apotheose entgegen:

Engel, ewig hold und rein!
Schließt in eure Hut mich ein.
Nehmt in euren heiligen Kreis
Mich in jungfräulichem Weiß,
Mich in jungfräulichem Weiß.

Ich entzündete mich an einer Vision von Engeln, kostbaren Gewändern, Jungfräulichkeit und weißem Glanz, die sich ins Unendliche fortsetzte, und an dem Gefühl des Aufwärtsstürmens, welches das langsame Anschwellen der Musik so ausdrucksvoll versinnbildlichte. Aber ich glaube, daß nichts von alledem in meiner Stimme mitschwang; denn für mich war Gesang eine Fertigkeit wie das Cricketspiel: Nichts von dem, was man fühlte, durfte gezeigt werden.

Marian blieb am Piano und überließ es mir, den Beifall allein entgegenzunehmen. Aber als er immer lauter wurde, stand sie plötzlich auf, nahm meine Hand und verneigte sich vor den Zuhörern; und dann ließ sie meine Hand los, wandte sich mir zu und knickste tief.

Ich kehrte an meinen Platz zurück, aber nicht sofort zu dem Knaben, der ich vor dem Gesang gewesen war; der Übergang war zu plötzlich. Ich hatte das Gefühl, daß mein Erfolg (denn ich konnte nicht daran zweifeln, daß es einer gewesen war) mich irgendwie von den anderen entfernt hatte. Niemand sagte etwas zu mir. Schließlich fragte jemand, ob ich vorhätte, das Singen zu meinem Beruf zu machen. Darüber war ich einigermaßen erstaunt; denn Singen war eine Fähigkeit, der man in der Schule kein besonderes Gewicht beimaß. Und jetzt, da ich mein Talent bewiesen hatte, war ich geneigt, es herabzusetzen. »Ich würde lieber ein Berufs-Cricketspieler«, sagte ich. »So ist's richtig«, bemerkte jemand. »Ted sollte auf der Hut sein.« Ted reagierte nicht darauf. Er betrachtete mich nachdenklich und sagte: »Deine hohen Töne waren prachtvoll. Auch ein richtiger Chorknabe hätte es nicht besser hingekriegt. Man hätte eine Nadel fallen hören. Es war wie in der Kirche.«

Und so war es auch. Nach meinem religiösen Beitrag schien niemand mehr Lust zu haben, mit einem weltlichen Lied aufzutreten. Es war spät geworden; die Rückkehr in die gesicherte Rolle eines Zuhörers machte mich schläfrig. Ich mußte eingenickt sein; denn das nächste, was ich hörte, war Marians Stimme, die »Home, Sweet Home« sang. Nach dem musikalischen Hazardspiel dieses Abends, den Zufallstreffern, den aus den Klauen des Mißerfolgs gerissenen Erfolgen, nach der Angst, die ich um mich selbst und um andere ausgestanden hatte, schien es ein reines Glück, dieser wundervollen Stimme zu lauschen, die die süßen Freuden des Heims bejubelte. Ich dachte an mein Daheim und daran, daß ich von Festen und Palästen dorthin zurückkehren würde; und ich dachte an Marians Daheim und daran, wie unzutreffend das Epitheton »bescheiden« dafür war. Sie sang mit so viel Gefühl; sehnte sie sich wirklich nach dem stillen Glück in einer strohgedeckten Hütte? Ich konnte es mir nicht vorstellen. Aber ich wußte, daß es noch viel großartigere Besitzungen gab als Brandham Hall; vielleicht war das die Erklärung. Sie mochte wohl an einige der großen Häuser in der Grafschaft denken, in denen sie verkehrte. Erst später erinnerte ich mich, daß sie das Lied auf Wunsch sang. Von denen, die darum gebeten wurden, war Marian die einzige, die uns keine Zugabe schenkte. Der Beifall, der für gewöhnlich den Sänger und seine Zuhörer zusammenführt, hatte in ihrem Fall die gegenteilige Wirkung; je lauter wir klatschten, desto unerreichbarer schien sie zu sein. Ich nahm ihr das nicht übel und bedauerte es auch nicht, und ich glaube, auch sonst tat es keiner. Sie war aus anderem Stoff als wir; sie war eine Göttin, und wir durften nicht glauben, daß unsere Anbetung sie auf unsere Ebene herunterziehen konnte. Wenn sie gesagt hätte: »Haltet Distanz, ihr Würmer!«, dann hätte mich das gefreut, und ich glaube, auch die meisten von uns anderen. Der Tag, der Abend waren bis zum Rande gefüllt gewesen. Nichts war uns vorenthalten worden, und vielleicht waren wir uns des Ausmaßes unseres Glückes nie stärker bewußt gewesen als in dem Augenblick, da Marian uns diese letzte Gunst verweigerte.

»Froschgesicht«, sagte Marcus, als wir zusammen nach Hause gingen, »du warst eigentlich gar nicht so schlecht.«

Ich fand es anständig von ihm, sich über meinen Erfolg zu freuen, und sagte deshalb großmütig:

»Du lausige Kröte, an meiner Stelle hättest du's genauso gut, wenn nicht besser gemacht.«

Er sagte nachdenklich: »Das stimmt, daß ich in gewissen Momenten versucht hätte, nicht wie eine seekranke Kuh auszusehen.«

»In was für Momenten?« fragte ich hastig und fügte hinzu: »Immerhin besser, als jeden Tag wie ein abgestochenes Schwein auszusehen.«

Marcus ignorierte dies. »Ich denke an die Zeit, als jemand, der keine Million Meilen von mir entfernt ist, durch einen Cricketball umgeworfen wurde und auf dem Rücken lag, die Füße in der Luft, und sein Hinterteil allen glotzenden Dorfbewohnern von Brandham, Brandham-under-Brandham, Brandham-over-Brandham und Brandham Regis entgegenstreckte.«

»Das hab' ich nicht getan, du popogesichtiger, trommelbäuchiger –.«

»Doch, das tatest du. Und als du den jungen Minnesänger gesungen hast, was sowieso ein blödes Lied ist, und deine Augen wie eine seekranke Kuh verdreht hast – das tatest du wirklich, Leo –, da hat das auch geklungen wie eine – eine Kuh, die gerade kotzt. Nihjäh!« Er versuchte eine dramatische Imitation von rein physisch einfach unmöglichen Gesangskunststücken. »Ich saß neben Mama und tat so, als ob ich ein Dorfbewohner wäre – die Arme, sie wollte sie nicht auf beiden Seiten haben. Und sie wand sich in Zuckungen, genau wie ich, ich möchte dir lieber nicht sagen, was ich fast getan hätte.«

»Ich kann es mir denken, du Bettnässer«, sagte ich. Das war ein bösartiger Hieb, aber ich war wirklich außer mir. »Wenn du nicht so ein erbärmlicher Invalide wärst, mit Watteknien und Armen wie die Ellbogen eines Spatzen, dann würde ich –«

»Ja, ja«, sagte Marcus beschwichtigend, »du warst gar nicht so schlecht. Ich mußte mich deinetwegen weniger schämen, als ich erwartet hatte. Und du hast dieses Biest Burgess fertiggemacht, obwohl es der größte Zufallstreffer war, den ich je gesehen habe. Himmel, als ich den mit Marian am Piano sah, ist mir ganz übel geworden.«

»Warum?« fragte ich.

»Frag nicht mich, sondern Mutter. Oder frag sie lieber nicht; sie denkt dasselbe wie ich über den Plebs. Jedenfalls haben wir jetzt wieder ein Jahr lang Ruhe vor dem Dorf. Hast du den Gestank in diesem Saal bemerkt?«

»Nein.«

»Das hast du nicht bemerkt?«

»Jedenfalls nicht sehr«, sagte ich; ich wollte nicht unempfindlich wirken. »Ich glaube, es war etwas miefig.«

»Puuh! Dreimal mußte ich fast kotzen. Ich habe mir mit beiden Händen die Nase zugehalten. Du mußt ja eine Nase wie ein Rhinozeros haben, und wenn ich es mir überlege, du hast sie – die gleiche Form, die gleichen Knollen und genau so schuppig. Aber ich nehme an, du warst mit deinem Gemuhe zu sehr beschäftigt und damit, deine Augen zu verdrehen und den Beifall zu schlürfen. Zum Teufel, du hast wirklich selbstzufrieden ausgesehen.«

Ich mußte mich zusammennehmen, um auf diese Bemerkung nichts zu erwidern.

»Und du sahst so bigott aus, Leo, wirklich schauderhaft bigott. Genau wie die anderen, als du dieses Kirchendings von den Engeln gesungen hast, die sich deiner annehmen. Sie haben alle ausgesehen, als würden sie an ihre lieben Toten denken. Und Burgess sah aus, als würde er gleich losheulen. Man kann natürlich schwer sagen, was Trimingham denkt, wegen seines Gesichts, aber er hat dich Mama gegenüber nicht schlecht herausgestrichen. Der frißt dir von jetzt ab aus der Hand.«

Nachdem er mir diesen Bonbon zugeworfen hatte, schwieg Marcus. Wir näherten uns dem Haus – der Südwestfassade, so glaube ich, denn auf dieser Seite lag das Dorf; aber ich kann mich immer noch nicht daran erinnern, wie sie aussah, obwohl ich mich daran erinnere, wie hell der Mond schien. Vor uns konnte ich Stimmen hören, aber keine hinter uns. Wir waren die letzten gewesen, die aus dem Saal gegangen waren, vor allem deshalb, weil ich absichtlich trödelte, um weitere Glückwünsche zu meinen Darbietungen entgegenzunehmen. Und das war zweifellos mit der Grund, weshalb Marcus so wütend war oder doch vorgab, wütend zu sein. Er spähte theatralisch in die Büsche und wartete, bis wir außer Hörweite waren.

»Kannst du ein Geheimnis bewahren?« sagte er und hörte mit dem Schuljargon auf.

»Das weißt du doch«, antwortete ich.

»Ja, aber es ist etwas sehr Wichtiges.«

Ich gab ihm die großen Ehrenworte für Verschwiegenheit. Daß ich tot umfallen wolle, wenn ich sein Vertrauen mißbrauchte, war noch eines der geringsten.

»Also schön, ich sag's dir, obwohl ich Mama versprechen

mußte, daß ich es niemandem sage. Aber kannst du's denn nicht erraten?« Marcus hatte offensichtlich Angst, daß seine Enthüllungen nicht den gewünschten Erfolg haben würden.

Ich konnte es nicht.

»Marian hat sich mit Trimingham verlobt. Nach dem Ball wird es öffentlich bekanntgegeben. Freust du dich?«

»Ja«, sagte ich, »ich freue mich. Ich freue mich wirklich.«

14

Der Sonntagmorgen verschwimmt in meiner Erinnerung in einem weißlichen Nebel, lautlos, bewegungslos und ohne Konturen. Alle meine Wünsche hatten sich erfüllt, und es verblieb mir nichts mehr, wofür ich hätte leben können. Im allgemeinen hält man das für einen Zustand der Verzweiflung; bei mir war es reinstes Glück. Niemals, nicht einmal nach dem Sturz von Jenkins und Strode, hatte ich ein so unbeschreibliches Gefühl persönlichen Triumphes gekannt. Es war mir klar, daß ich ihn außergewöhnlich günstigen Umständen zu verdanken hatte. Der Ball hätte ebensogut einige Zentimeter höher fliegen können; oder es hätte keiner die Begleitung zu meinen Liedern spielen können. Aber das alles minderte meinen Erfolg nicht; auch das Glück, wie jedermann sonst, liebte mich. Ich stand so hoch in meiner eigenen Achtung, daß ich keinerlei Bedürfnis nach Selbstbestätigung verspürte. Ich war ich. Dank meiner hatten wir das Cricketmatch gewonnen; dank meiner war das Konzert ein so großer Erfolg geworden. Dies waren unwiderlegbare Tatsachen.

Ein geringerer Teilerfolg hätte mir zu Kopf steigen können, so wie Marcus es glaubte; aber der meine war zu eindeutig, zu vollkommen. Er versetzte mich in Staunen und Verwunderung, ja in eine ehrfürchtige Stimmung. Endlich war ich frei von allen Unvollkommenheiten und Mängeln; ich gehörte einer anderen Welt an, der himmlischen Welt. Ich war eins geworden mit meinem Traumleben. Niemand mehr brauchte mir das zu bestätigen; und als man mich beim Frühstück wiederum zu meinen Erfolgen beglückwünschte, hatte dies nicht mehr Wirkung als ein weiteres Stück Holz, das man unter einen bereits kochenden Kessel schiebt.

Aber nicht nur meinetwegen triumphierte ich. Marcus' Enthüllung hatte meinem Glücksgefühl die Krone aufgesetzt. Was äußere Einflüsse betraf, so war Marians Gunst die Jakobsleiter gewesen, die zu meinem Aufstieg geführt hatte. Wäre das Gleichgewicht meiner Gefühle für sie auch nur durch einen unwirschen Blick gestört worden, wäre ich wie Ikarus gestürzt. Und jetzt war sie genau dort, wohin meine Wünsche sie haben wollten: vereint mit Lord Trimingham, meinem anderen Idol. Obgleich ich in gesellschaftlichen Dingen keine Erfahrung besaß, bereitete mir diese so passende Verbindung noch eine besondere Genugtuung dadurch, daß ich sie für die einzig richtige hielt.

Diese bedeutenden Ereignisse also beschäftigten meine Phantasie. Aber sie wirkten auch auf mein tägliches Leben oder würden sich jedenfalls darauf auswirken. Ich nahm es als selbstverständlich an, daß meine Rolle als Briefträger von jetzt an beendet wäre.

Darüber war ich aus verschiedenen Gründen recht froh. Ich wußte immer noch nicht, wie sich meine heimlichen Botengänge mit Marcus' Rückkehr zum normalen Dasein vereinbaren ließen. Sie hatten mich erregt und waren mir zur Gewohnheit geworden, und bis zu dem Cricketmatch hatte ich sie eigentlich nicht missen wollen. Sie waren ein Teil jener Strömung, auf der mich mein Ehrgeiz dahintrug; während ich sie ausführte, war ich am meisten ich selbst. Ich liebte das Geheimnis und die Verschwörung und die Gefahr. Und ich mochte Ted Burgess auf eine zwischen Bewunderung und Abneigung eigenartig schwankende Weise. War ich nicht in seiner Nähe, dann sah ich ihn objektiv als einen arbeitenden Bauern, von dem niemand im

Schloß sehr viel hielt. War ich aber bei ihm, dann verzauberte mich die bloße Tatsache seiner physischen Gegenwart und schuf ein Übergewicht, gegen das ich nicht ankonnte. Er war, so fühlte ich, so, wie ein Mann sein sollte, wie ich gerne werden würde, wenn ich einmal groß war. Gleichzeitig war ich eifersüchtig auf ihn, eifersüchtig auf die Macht, die er über Marian hatte und die mir unbegreiflich war, eifersüchtig auf was immer es auch war, was er besaß und ich nicht. Er stand zwischen mir und meinem Phantasiebild von Marian. In Gedanken wollte ich ihn demütigen, und manchmal tat ich es auch. Aber anderseits identifizierte ich mich so sehr mit ihm, daß ich mir sein Unbehagen nicht vorstellen konnte, ohne selbst Schmerzen zu empfinden, daß ich ihm nicht wehtun konnte, ohne mir selbst wehzutun. Er gehörte einfach in meine Traumwelt, er war mein Gefährte in den Zauberwäldern, ein Rivale, ein Verbündeter, ein Feind, ein Freund – ich war mir nicht sicher, was er war. Und dennoch, an jenem Sonntagmorgen hatte er aufgehört, ein undefinierbarer Mißton zu sein und war ein Teil der allgemeinen Harmonie geworden.

Damals überlegte ich nicht, wie das kam. Es genügte mir, mich dem Frieden hinzugeben, den mir meine Gedanken boten. Aber jetzt überlege ich mir, wie das wohl kam, und ich glaube, ich weiß es. Das Kapitel »Ted« war für mich abgeschlossen. Zweimal hatte ich ihn in offenem Kampf besiegt. Was nützten die Schläge dieses dörflichen Cricketmeisters, wenn ich sie auffing und ihm den Sieg entriß? Man würde sich noch an meinen Fang erinnern, wenn seine glänzenden Bravourstücke längst vergessen waren. Und auf gleiche Weise hatte ich ihn während des Konzertes überflügelt. Seine Liebeslieder hatten mich gerührt und ihm viel Beifall gebracht; aber es war ein Beifall, in den sich Gelächter mischte und der ein persönlicher und nicht ein künstlerischer Erfolg war. Man beklatschte seine

Schüchternheit und seine Fehler genauso wie den unbeholfenen Charme seines Gesanges; man beklatschte ihn, so wie man ihn auf den Rücken geklopft hätte. Und was für eine Figur hatte er auf dem Podium abgegeben, mit seinem roten Gesicht, seinem Anzug, der steif wie ein Brett war, und mit all seiner Kraft, die plötzlich nur noch schwerfällig wirkte! Wohingegen ich, mit meinen Liedern vom Tod, mit meiner hohen, reinen Kirchenmusik nicht nur die Bewunderung der Zuhörer erregt hatte, sondern auch ihre Gefühle. Ich hatte sie aus der menschlichen Oberflächlichkeit der Duzbrüderschaft und des Neckens, des polternden Frohsinns und der primitiven Witze emporgehoben in die Gefilde der Engel. Ich hatte ihnen die wahre Musik geschenkt, Musik, die von menschlichen Unzulänglichkeiten gereinigt war, nicht eine Allerweltsunterhaltung. Und Marian hatte das besiegelt; sie war von ihrem Thron herabgestiegen und hatte meine Hand ergriffen und vor mir geknickst. Wenn man sich des Cricketkonzerts von 1900 erinnerte, so war das wegen meiner Lieder – meiner Lieder vom Tod, nicht wegen seiner Lieder von der Liebe. Ich hatte ihn getötet, er war tot, und deshalb empfand ich ihn nicht länger als einen Mißklang in meinem Orchester.

Ich erinnere mich, wie an jenem verzauberten Morgen einer der Diener – nun nicht mehr ein Kampfgefährte, sondern wieder zu seinem vorhergehenden Status zusammengeschrumpft – auf mich zukam und sagte: »Master Leo, Sie haben uns gerettet. Hätten Sie den Ball nicht gefangen, dann wären wir erledigt gewesen. Natürlich hat sozusagen Seine Lordschaft den Ball gehalten, aber eigentlich waren Sie es. Und was für eine Freude haben wir an Ihren Liedern gehabt!«

Der Gedanke an den Bauernhof hatte für mich jeden Zauber verloren; er war so erledigt wie ein Steckenpferd, über das man hinausgewachsen ist. Die scharfen Gerüche oder das Gefühl, daß irgendein gefährliches Tier sich losreißen und mich anfallen könnte, hatten mir nie besonders behagt. Und was die Strohrutsche betraf, so hatte ich alles, was sie mir bieten konnte, bis zum Überdruß genossen und empfand nun, genau wie Marcus, das Strohrutschen als eine kindische Beschäftigung, die eines ausgewachsenen Internatschülers unwürdig war.

Ich schämte mich jetzt sogar ein wenig darüber. Ich freute mich darauf, mein altes Leben mit Marcus wiederaufzunehmen, unsere Gespräche und Späße zu erneuern und unsere Geheimsprache weiterzuentwickeln. Ich dachte mir einige neue, besonders saftige Beleidigungen aus, die ich an ihm ausprobieren wollte.

Ich war mir so sicher, Marian würde keine weiteren Botschaften für mich haben, daß ich nicht im Traum daran dachte, sie zu fragen. Ich hätte es in der Tat für taktlos gehalten, sie zu fragen, für genauso taktlos, wie wenn man einen Schulkameraden fragte, ob er je etwas getan hätte, wovon man genau wußte, daß er es aufgesteckt hatte. Es wäre ein Mißgriff gewesen, die Briefe ihr gegenüber auch nur zu erwähnen. Die ganze Angelegenheit war erledigt. In meiner völligen Ahnungslosigkeit, was Liebesgeschichten betraf, und in meiner Unkenntnis hinsichtlich ihrer Spielregeln war ich überzeugt, daß ein Mädchen, das verlobt war, keine Briefe an einen anderen Mann schrieb und ihn darin »Liebling« nannte. Das konnte sie vielleicht bis zum Tag ihrer Verlobung tun, aber dann nicht mehr. Das war nun einmal so; das war genauso ein Gesetz, wie man beim Cricket das Spielfeld verließ, wenn man ausgeschieden war. Und der Gedanke, daß es vielleicht schmerzhaft sein könnte, sich zu fügen, streifte nur den Rand meines Bewußtseins. Ich hatte große Erfahrung hinsichtlich der *force majeure* und rebellierte nur dann dagegen, wenn sie offenkundig ungerecht war. Schweigend ertragene Ungerechtigkeit war das Los der Schuljungen, wie das Beispiel von Jenkins und Strode zeigte. Aber für die Erwachsenen traf das nicht zu; wer sollte denn schon gegen sie ungerecht sein?

Nicht länger schien es mir, daß mein Leben ärmer würde, wenn meine heimlichen Gänge zwischen Schloß und Bauernhof aufhörten. Ich hatte Marian gegenüber nur so lange Besitzergefühle, wie Ted im Spiel war, und Ted war jetzt ausgeschaltet. Lord Trimingham betrachtete ich nicht ernstlich als einen Rivalen. Er befand sich auf einer höheren Ebene, der Ebene meiner Traumwelt. Ich wünschte Marians Glück mit aller Aufrichtigkeit herbei, sowohl um ihret- wie um meinetwillen. Mein Glück würde von dem ihren gekrönt sein. Für mich war Glück die natürliche Folge davon, daß man etwas erreicht hatte, wie zum Beispiel den Sieg in einem Cricketmatch. Man bekam, was man wollte, und war glücklich; es war ganz einfach. Wer könnte sich nicht wünschen, Lord Trimingham zu bekommen. – Und, wenn sie ihn bekam, so hatte Marcus mir gesagt, würde Marian auch sein Haus bekommen. Wenn er sie heiratete, dann hatte er die Mittel, es zu bewohnen. Auch sie hinterließ eine Goldspur.

All dies waren unerhört befriedigende Themen für meine Grübeleien, und ich dachte fast mit Wonne über sie nach, wenn ich nicht gerade über mich selbst und meine eigenen Erfolge nachdachte. Ich hatte den dringenden Wunsch, meiner Mutter davon zu berichten, und in der Pause zwischen Frühstück und Kirchgang schrieb ich ihr einen langen Brief, worin ich ihr Marian und mich selbst als Bewohner eines vom Glorienschein umgebenen Doppelgestirns darstellte. Ich schrieb ihr auch, daß Marian mich gebeten hatte, noch eine Woche zu bleiben. Mrs. Maudsley hatte diese Einladung nach dem Frühstück in ihrem Ordonnanzzimmer bestätigt, wobei sie mir eine Menge Liebenswürdigkeiten gesagt hatte, darunter ein Kompliment, das ich besonders hoch schätzte: Sie sei froh, daß Marcus einen so netten Freund gefunden habe. Ich schrieb dies meiner Mutter und fügte hinzu: »Bitte, laß mich hierbleiben, wenn du nicht zu einsam ohne mich bist. Ich war nie glücklicher als jetzt, außer mit dir.«

Ich warf den Brief in den Briefkasten in der Halle und war erleichtert, als ich einige adressierte Umschläge hinter der Glasscheibe sah. Ich hatte eine krankhafte Angst, sie wären vielleicht schon abgeholt worden, obwohl die Post erst nachmittags abging.

Während ich darauf wartete, daß sich die anderen Kirchgänger versammelten, überlegte ich, wie ich den Nachmittag verbringen sollte, und dabei wanderten meine Gedanken, wie zu einem sehr, sehr weit entfernten Gegenstand, zu Ted. Er hatte mir versprochen, daß er mir etwas erzählen würde. Was war es doch nur? Ach ja, er wollte mir alles übers Poussieren erzählen, und ich war sehr darauf erpicht gewesen, es zu erfahren. Jetzt interessierte es mich nicht mehr sehr, fast überhaupt nicht. Aber irgendwann, nicht heute nachmittag, würde ich ihn vielleicht erzählen lassen. Es blieben mir noch weitere vierzehn Tage in Brandham, und es war nur höflich, wenn ich zu ihm ginge, um mich zu verabschieden.

Ehe ich zur Kirche aufbrach, kam mir noch eine weitere Erkenntnis. Obwohl Wolken am Himmel standen, stieg, wie ich wußte, die Temperatur an. Das Wetter war doch nicht umgeschlagen.

Wieder hatte ich Glück mit den Psalmen. Am vorigen Sonntag waren es vierundvierzig Verse gewesen, diesen Sonntag waren es dreiundvierzig, sieben Verse unter der Gefahrenzone. Die Vorsehung war wirklich auf meiner Seite. Außerdem wußte ich, daß wir keine Litanei haben würden, da wir sie am vorherigen Sonntag gehabt hatten. Auch dies war ein großer Gewinn.

Ich war weniger denn je in der Stimmung, meine Sünden zu bereuen oder von anderen Menschen zu erwarten, sie sollten die ihren bereuen. Mir schien das Universum makellos, und ich zürnte der Christenheit, daß sie Unvollkommenheiten in meinen Gesichtskreis brachte. Deshalb verschloß ich meine Ohren ihrer Botschaft und wählte die Annalen der Familie Trimingham, die die Wände des Querschiffs zierten, zum Gegenstand meiner Meditationen. Jetzt, da Marian ihren Reihen zugefügt werden würde, hatten sie ein besonderes Interesse für mich. Marcus hatte mir gesagt, sie würde eine Gräfin; und zum erstenmal bemerkte ich, daß auch die Frauen auf den Wandtafeln vermerkt waren: bis dato hatte die Familie für mich ausschließlich aus Männern bestanden. Jedoch war dort nicht vermerkt, daß sie Gräfinnen waren: Caroline, seine Frau ..., Mabelle, seine Frau ... Was für eine gezierte Art, Mabel zu schreiben! Im nächsten Augenblick erschien mir dies aber schon reizvoll und aristokratisch, so stark wirkte der Trimingham-Zauber. »Marian, seine Frau« – aber ich verwarf diesen Gedanken sofort. Für mich waren sie beide unsterblich. Unsterblich – das Wort hatte eine wunderbare Bedeutung, die meinen Träumereien neuen Glanz verlieh. Weshalb sollte das Geschlecht der Trimingham jemals aussterben? In meiner sich steigernden Begeisterung dachte ich schon an den neunundneunzigsten Grafen, dann an den hundertsten, und versuchte auszurechnen, in welchem Jahrhundert sie wohl leben würden. Der Gedanke an ihre ununterbrochene Ahnenreihe, die sich durch die Jahrhunderte hinzog, bewegte mich tief. »Und dennoch«, dachte ich, »ist sie unterbrochen worden. Es gibt keine Gedenktafel für den fünften Grafen.« Meiner Phantasie mißfiel diese Lücke, und ich versuchte, sie zu überspringen. Indem ich mir einredete, daß die fehlende Tafel sich in einem anderen Teil der Kirche befinde, gelang es mir schließlich, mein

Hochgefühl wiederzugewinnen. Die erhabene Atmosphäre des geweihten Raumes verstärkte das Gefühl der Zufriedenheit über den irdischen Ruhm. In einer *unio mystica* von Genealogie und Mathematik verflog die Zeit.

Wieder war Lord Trimingham der letzte, der die Kirche verließ. Ich dachte, Marian würde auf ihn warten, aber sie tat es nicht. Also wartete ich auf ihn. Die Schüchternheit ihm gegenüber war fast ganz verflogen, und ich neigte zu der Annahme, daß alles, was ich tat oder sagte, schicklich war. Aber ich wollte das Thema, das meine Gedanken fast völlig beherrschte, nicht sofort anschneiden.

»Hallo, Merkur«, sagte er.

»Kann ich eine Botschaft für Sie überbringen?« fragte ich, zu taktvoll (und darauf war ich stolz), den Namen der Empfängerin zu erwähnen.

»Nein, danke«, antwortete er, und ich bemerkte die Befriedigung in seiner Stimme. »Es ist sehr freundlich von dir, daß du es mir anbietest, aber ich glaube, daß ich nicht mehr sehr viele Botschaften für dich haben werde.«

Es lag mir auf der Zunge zu fragen, weshalb nicht. Aber ich dachte, ich wüßte es, und sagte statt dessen, weniger taktvoll:

»Diesmal hat sie ihr Gebetbuch wohl nicht liegen lassen?«

»Nein, aber bist du jemals einem so zerstreuten Mädchen begegnet?« sagte er, als sei Zerstreutheit etwas, worauf man unerhört stolz sein und als ob ich eine Unmenge Mädchen kennen müsse, die zerstreut waren.

Ich verneinte, und in der Hoffnung, ihn zum Sprechen zu bringen und vielleicht gleichzeitig ein Kompliment für mich selbst zu ergattern, fügte ich hinzu: »Spielt sie nicht fabelhaft gut Klavier?«

»Ja, aber du kannst auch fabelhaft gut singen«, antwortete er, indem er sofort darauf einging.

Über den Erfolg meiner List entzückt, machte ich noch einige alberne Bemerkungen, nach denen es mir ganz leicht fiel, ihn zu fragen:

»Warum gibt es keinen fünften Grafen?«

»Keinen fünften Grafen?« wiederholte er. »Was meinst du? Es gibt haufenweise fünfte Grafen.«

»Oh, davon bin ich überzeugt«, antwortete ich leichthin; denn ich wollte nicht den Eindruck erwecken, als wisse ich im Adelskalender nicht Bescheid. »Aber ich meinte, in der Kirche. Dort ist kein fünfter Graf Trimingham.«

»Ach so«, sagte er. »Ich wußte nicht, daß du ihn meinst. Ich hatte vergessen, der wievielte er war. Doch, es gab einen.« Er schwieg.

»Aber warum ist er nicht da?« beharrte ich.

»Nun, weißt du«, sagte Lord Trimingham, »das ist eine ziemlich traurige Geschichte. Er wurde getötet.«

»Oh«, rief ich, angenehm erschauernd; denn das war mehr, als ich gehofft hatte. »Vermutlich in einer Schlacht?« Ich dachte daran, wie viele der Grafen im Heer gedient hatten.

»Nein«, sagte er, »nicht in der Schlacht.«

»Bei einem Unfall?« wollte ich nachhelfen. »Vielleicht bei einer Bergbesteigung? Oder als er jemanden rettete?«

»Nein«, antwortete er, »eigentlich war es kein Unfall.«

Ich merkte, daß er nicht darüber sprechen wollte, und noch vor einer Woche hätte ich aufgehört, weiter in ihn zu dringen. Aber jetzt, auf der Höhe meines Erfolges, glaubte ich, mir leisten zu können weiterzugehen.

»Was war es dann?«

»Wenn du es unbedingt wissen willst«, sagte Lord Trimingham, »er wurde in einem Duell getötet.«

»Oh, wie *toll*!« rief ich, erstaunt, daß er nicht über einen Vorfahren sprechen wollte, der mir der interessanteste von allen Triminghams zu sein schien. »Was hat er getan? Mußte er seine Ehre verteidigen?«

»Nun, in gewisser Weise, ja«, gab Lord Trimingham zu.

»Hatte ihn jemand beleidigt? Wissen Sie, ihn einen Feigling oder Lügner genannt? – Ich weiß natürlich, daß er das nicht war«, fügte ich hastig hinzu, aus Angst, ich könnte an dieser Beleidigung teilhaben.

»Nein, das hat niemand getan«, sagte Lord Trimingham. »Er duellierte sich wegen jemand anderem.«

»Und wer war das?«

»Eine Dame. Seine Frau, wenn du's genau wissen willst.«

»Oh!« Meine Enttäuschung war fast so bitter wie damals, als ich begriff, was für Botschaften ich zwischen Ted und Marian hin und her trug. Aber Marcus hatte mir gesagt, daß nur Leute, die nicht zur Gesellschaft gehörten, eine Frau als eine Dame bezeichneten. Das war eine seiner Redensarten. Jetzt konnte ich ihm erzählen, daß Lord Trimingham das tat, und das wollte etwas heißen. Indem ich versuchte, recht interessiert zu tun, sagte ich:

»Die Gräfin?«

»Ja.«

»Ich wußte nicht«, sagte ich mit tonloser und schleppender Stimme, »daß man sich wegen Damen duellierte.«

»Doch, man tat es.«

»Aber was hat sie getan?« Es war mir ziemlich gleichgültig, aber ich hielt es für höflich, ihn danach zu fragen.

»Er glaubte, sie sei einem anderen Mann gegenüber zu freundlich gewesen«, sagte Lord Trimingham kurz angebunden.

Mir ging ein Licht auf.

»Er war eifersüchtig?«

»Ja. Das Ganze spielte sich in Frankreich ab. Er forderte den Mann zum Duell, und der Mann erschoß ihn.«

Diese Ungerechtigkeit erschütterte mich, und ich sagte es auch. »Es hätte umgekehrt sein sollen.«

»Ja, er hat Pech gehabt«, sagte Lord Trimingham. »So haben sie ihn denn in Frankreich beerdigt, nicht hier unter seinen Angehörigen.«

»Hat die Gräfin den anderen Mann geheiratet?«

»Nein, aber sie lebte im Ausland, und ihre Kinder kamen alle nach England, außer dem jüngsten, das mit ihr in Frankreich blieb.«

»War er ihr Liebling?« Mit dem Egoismus meines Geschlechts nahm ich an, daß das Kind ein Junge war.

»Ja, ich vermute es.«

Ich war froh, daß er mir alles erklärt hatte. Und wie wenig diese Erklärung meine sensationshungrige Phantasie auch befriedigte, so beeindruckte mich die leidenschaftslose Art, in der er sie mir gab, doch sehr. Etwas von der Tragik des menschlichen Lebens drang in mein Bewußtsein; ich verspürte die Gleichgültigkeit des Schicksals gegenüber unseren Wünschen und sogar gegenüber dem Wunsch, das Unglück möge doch wenigstens nicht so grausam und häßlich sein, wie es tatsächlich ist. Der Gedanke an Unterwerfung und Resignation sagte mir nicht zu. Ich fand, Gefühle sollten dramatischer sein als die Tatsachen, die sie verursachten.

»Wenn sie nicht die Gräfin gewesen wäre, hätte es ihm dann auch so viel ausgemacht?« fragte ich nach einiger Zeit.

Er lachte verwundert.

»Ich glaube nicht, daß die Tatsache, daß sie einen Titel besaß, einen Unterschied machte. Er hatte ihr diesen Titel gegeben, also konnte er deswegen keine snobistischen Gefühle haben.«

»Oh, das meinte ich nicht«, rief ich aus und begriff, daß meine Delikatesse, eine Gräfin nicht einfach eine Ehefrau zu nennen, zu einem Mißverständnis geführt hatte. »Ich meinte, ob es ihm so viel ausgemacht hätte, daß sie einen anderen – Freund hatte, wenn er nicht mit ihr verheiratet, sondern nur verlobt gewesen wäre?«

Lord Trimingham dachte nach. »Ja, ich glaube, genausoviel.«

Als ich über seine Antwort nachsann, beschlich mich zum erstenmal der Gedanke, daß eine gewisse Parallele zwischen der Situation des fünften Grafen und seiner eigenen bestand. Ich verwarf diesen Gedanken sofort wieder, so sicher war ich, daß Marian ihre zu große Freundlichkeit gegenüber Ted aufgegeben hatte. Aber meine Phantasie war nun einmal angeregt, und da mich Zorn immer interessierte, sagte ich:

»War er auch auf sie zornig?«

»Das glaube ich nicht«, antwortete Lord Trimingham. »Eher bestürzt.«

»Sie hat aber doch nichts Böses getan?«

»Nun, sie hatte ein wenig unvernünftig gehandelt.«

»Aber war sie nicht genauso schuld daran wie der Mann?«

»Eine Dame hat niemals schuld. Das wirst du noch lernen«, sagte Lord Trimingham. Diese Bemerkung, die bestätigte, was ich bereits fühlte, beeindruckte mich enorm.

»War der Mann ein sehr verruchter Mann?« fragte ich. Ich konnte mir unter Verruchtheit nichts vorstellen, aber das Wort erregte mich.

»Ich glaube, er war ein gutaussehender Schwerenöter«, sagte Lord Trimingham. »Und es war nicht das erste Mal …«, er brach ab. »Er war ein Franzose«, fügte er hinzu.

»Ach, ein Franzose«, sagte ich, als erkläre das alles.

»Ja, und vor allen Dingen ein guter Schütze. Ich glaube nicht, daß er, an den Maßstäben seiner Zeit gemessen, ein besonders verruchter Mann war.«

»Aber heute wäre er es?« Ich war fest entschlossen, irgendwo eine Verruchtheit festzustellen.

»Ja, heute wäre das Mord; jedenfalls in England.«

»Aber es wäre kein Mord, wenn der fünfte Graf ihn erschossen hätte, nicht wahr?« fragte ich.

»Heutzutage schon«, sagte Lord Trimingham.

»Das kommt mir nicht sehr gerecht vor«, bemerkte ich. Ich versuchte, mir die Szene vorzustellen, so wie ich davon in Büchern gelesen hatte: Kaffee und Pistolen für zwei in der frühen Morgenstunde; die einsame Stelle; die Sekundanten, die die Entfernung messen; das Taschentuch, das zur Erde fällt; die Schüsse, der Sturz.

»Hat er – der fünfte Graf – sehr geblutet?« fragte ich.

»Das verzeichnet die Geschichte nicht. Ich glaube es kaum. Eine Schußwunde blutet nicht sehr stark, wenn die Kugel nicht gerade eine Arterie oder eine Vene trifft. Duelle sind in England abgeschafft worden, und das ist auch gut so.«

»Aber Männer schießen immer noch aufeinander, nicht wahr?« fragte ich hoffnungsvoll.

»Auf mich haben sie jedenfalls geschossen«, antwortete er mit einem Gesichtsausdruck, den ich für ein Lächeln hielt.

»Ja, aber das war im Krieg. Schießt man sich noch wegen Damen?« Ich stellte mir einen ganzen Teppich aus ohnmächtigen Frauen vor, über den hinweg Schüsse peitschten.

»Manchmal.«

»Und das ist Mord?«

»In England, ja.«

Ich hatte das Gefühl, daß das völlig in Ordnung war. Und weil ich unbedingt seine Meinung zu einer Frage erfahren wollte, die mich schon lange beschäftigte, fragte ich noch:

»Nicht wahr, die Buren brechen die Kriegsregeln?« Mein Vater hatte mir seine pazifistischen Ideen vererbt; aber Lord Trimingham, der Kriegsheld, hatte sie erschüttert.

»Der Bur ist kein übler Kerl«, sagte Lord Trimingham. »Ich

persönlich habe nichts gegen ihn. Ein Jammer, daß so viele von ihnen daran glauben müssen, aber so ist das eben. Hallo«, fügte er hinzu, als überrasche ihn eine plötzliche Entdeckung, »wir haben Marian eingeholt. Sollen wir zu ihr gehen und mit ihr reden?«

15

Während des ganzen Mittagessens erinnerte ich mich immer wieder bruchstückweise an meine Unterhaltung mit Lord Trimingham. Zwei Dinge standen dabei im Vordergrund. Das eine war, daß, ganz gleich, was auch geschah, die Dame niemals schuld hatte, und das andere, daß es sich als notwendig erweisen konnte, jemanden zu töten, obwohl man eigentlich nichts gegen ihn hatte. Diese Gedankengänge waren mir neu, und ihre Großmut beeindruckte mich sehr.

Als der langersehnte Augenblick herankam, und die Erwachsenen aufhörten, ihre Pfirsiche zu essen, und anfingen, sich umzusehen, statt voreinander anzugeben (Unterhaltungen zwischen Erwachsenen erschienen mir immer als eine andere Form von Angeben), fing ich Marcus' Blick auf, und wir machten uns, wie üblich, aus dem Staub. Wir waren jedoch kaum außer Hörweite, da sagte Marcus:

»Ich fürchte, ich kann dich heute nachmittag nicht begleiten.«

»Warum denn schon wieder nicht, du Kanalratte?« fragte ich, zutiefst enttäuscht.

»Also hör zu! Nannie Robson, unsere alte Kinderfrau, wohnt im Dorf und fühlt sich nicht sehr wohl, und Marian hat gesagt, ich solle so gut sein und den Nachmittag zu ihr gehen. Was sie davon haben soll, das weiß ich nicht – und, Mensch, wie ihr Haus stinkt! Der Mief genügt, um das Dach abzudecken. Aber ich glaube, ich muß hingehen. Marian sagte, sie komme selbst nach dem Tee. Mensch, Leo, du kannst von Glück sagen, daß du keine Schwester hast.«

Ich hatte meine Enttäuschung noch nicht ganz verwunden und sagte:

»Wirst du Nannie Robson etwas von der Verlobung sagen?«

»Großer Gott, nein. Wenn ich das täte, wäre es bald im ganzen Dorf herum. Und erzähl du's ja niemandem. Wenn du's tust, werde ich dich in winzig kleine Stückchen zerhacken.«

Ich gab ihm eine entsprechende Antwort.

»Also, was wirst du machen?« fragte Marcus gelangweilt. »Womit wirst du dein albernes Ich beschäftigen? In welche Richtung wirst du dein übelriechendes Aas bewegen? Doch nicht zu dem doofen alten Strohhaufen?«

»O nein«, sagte ich. »Dem habe ich Lebewohl gesagt. Vielleicht gehe ich einmal zum Abfallhaufen und dann –«

»Paß auf, daß man dich nicht aus Versehen mit abfährt«, sagte Marcus. Ich war wütend auf mich, daß ich ihm seine Antwort so leicht gemacht hatte, und ehe wir uns trennten, rauften wir ein wenig miteinander.

Nachdem ich mich über eine Woche nicht um ihn gekümmert hatte, übte der Abfallhaufen plötzlich wieder seine Faszination auf mich aus. Es machte mir Spaß, um diesen übelriechenden Hügel herumzustreichen, seine Oberfläche zu untersuchen und in seinen Tiefen nach versehentlich fortgeworfenen Schätzen zu stochern, die es, wie mir jemand versichert hatte, vielen, wenn nicht den meisten Lumpensammlern ermöglichten, sich mit großen Vermögen zur Ruhe zu setzen. Aber zuerst lenkte ich meine Schritte zur Wildbretkammer. Obgleich ich mich ein wenig einsam fühlte, war meine morgendliche Hochstimmung noch nicht verflogen. Sie versetzte all meine Gedanken in einen Schwebezustand wie die Sonne die Fäden des Altweibersommers. Und wie gewöhnlich suchte ich in Gedanken nach einem Gegenstand, über den ich nachsinnen und der mich auf eine noch höhere Ebene tragen konnte. Einige dieser Themen, das wußte ich, würden an Bedeutung verlieren, weil ich nur in einer begrenzten Anzahl von Variationen über sie nachdenken konnte. Selbst mein Fang, selbst mein Gesang hatten, so ahnte ich, mir schon alle Ekstasen verschafft, die sie herzugeben vermochten. Mein Gedächtnis und meine Vorstellungskraft konnten nichts mehr hinzufügen. Nur Marian bot mir immer wieder neue Aspekte, und schon fand ich einen, der mir brauchbar erschien: ihre Güte zu der alten Kinderfrau. Meine Mutter pflegte mir aus einem Buch vorzulesen, das »Hilfsbereite Kinder« hieß und in welchem zwei hochgeborene junge Damen – Anne Clifford und Lady Gertrude waren, glaube ich, ihre Namen – Wohltätigkeit und Hilfsbereitschaft an bedürftigen Dorfbewohnern übten. Diesen jungen Damen fügte meine Phantasie eine dritte hinzu, Marian, und ich begann, sie in die Geschichte einzubauen und sie – das muß ich wohl kaum betonen – zur hervorragendsten dieses Trios zu machen, sowohl was die Schönheit als auch die guten Taten betraf.

Siebenundzwanzig Grad zeigte das Thermometer. Damit war der gestrige Stand wieder um zwei Grad überboten. Aber ich hatte das Gefühl, die Sonne könne noch mehr hergeben, uns noch mehr rösten; und es stellte sich heraus, daß ich recht hatte.

Meine Gedanken wandten sich wieder zurück. Um Marian den sozialen Vorrang vor Lady Gertrude zu verschaffen, hatte ich gemogelt: Ich hatte ihre Heirat vorweggenommen. »Und schließlich kam die Gräfin Trimingham, die neunte ihres Geschlechtes, auf einem grauen Zelter geritten, und auch sie stieg vor der Tür der ärmlichsten Hütte ab, eine Schüssel dampfender Suppe in den Händen« – sagte ich gerade vor mich hin.

Aber als ich mir noch überlegte, wie sie die Suppe auf dem Pferd ruhig halten konnte – denn meine Phantasie, die so manchen Elefanten vertrug, versagte manchmal vor einer Mücke –, hörte ich hinter mir eine Stimme, die mich zusammenfahren ließ:

»Hallo, Leo! Der Mann, auf den ich gewartet habe« – und da war sie, in jeder Weise der Vision, die ich gerade von ihr hatte, so ähnlich, daß ich fast erstaunt war, sie nichts in Händen halten zu sehen, aber sie hielt doch etwas – jetzt sah ich es –, einen Brief.

»Willst du mir einen Gefallen tun?« sagte sie.

»O ja. Was soll ich tun?«

»Nur diesen Brief überbringen.«

Wie weit die Verbindung mit Ted für mich schon der Vergangenheit angehörte, geht daraus hervor, daß ich nun sagte:

»An wen?«

»An wen? Zum Hof natürlich, du Dummerchen«, antwortete sie, halb lachend, halb ungeduldig.

Die Bühne meines Lebens schien einzustürzen. Ich war sprachlos. Ich wurde von vielen Gedanken heimgesucht. Aber nur ein einziger hakte sich fest, und er überwältigte mich: Marian war mit Lord Trimingham verlobt, aber sie hatte ihre Beziehung zu Ted nicht aufgegeben, sie hatte immer noch Heimlichkeiten mit einem anderen Mann. Ich hatte keine Ahnung, was darunter zu verstehen war, aber ich wußte, wohin das führen konnte: zu Mord. Das furchtbare Wort erschütterte mich bis ins Mark. Ich wußte mir nicht mehr zu helfen, und fast unwillkürlich brach es aus mir hervor:

»Oh, das kann ich nicht.«

»Du kannst nicht?« sagte sie erstaunt. »Warum nicht?«

Man hat mir in meinem Leben viele schwierige Fragen gestellt, aber nur eine, deren Beantwortung mir mehr Qualen bereitet hat. Blitzartig sah ich die Treubrüche, deren ich mich schuldig machen würde, wenn ich ihr die Gründe sagte. Der eiserne Vorhang der Diskretion, den intakt zu halten mir mein tiefster Instinkt befahl, würde siebartig durchlöchert werden. Ich hätte überhaupt nicht antworten, ich hätte sie ohne Antwort verlassen müssen, hätte mich nicht eine noch heftigere Angst – die Angst, daß etwas Furchtbares passieren würde – zum Sprechen gezwungen.

»Es ist wegen ihm«, nuschelte ich unverständlich.

»Wegen mir«, wiederholte sie. Ein sanftes Lächeln überzog ihre Lippen und sie öffnete ihre großen, blauen Augen.

Ich erinnerte mich daran, wie ich gleichzeitig meine Augen schloss, geradezu zusammenkniff. Wenn ich die Geistesgegenwart gehabt hätte, dieses Mißverständnis so sein zu lassen, wie es war, hätte diese Geschichte womöglich einen ganz anderen Ausgang genommen. Aber ich konnte meiner Willenskraft, seinen Namen zu nennen, nicht widerstehen; zudem verwirrte mich ihr achtloses, aber auch aufreizendes Nichtverstehenwollen.

»Nein, nicht wegen Ihnen«, sagte ich, »wegen ihm, Hugh«, flötete ich so, wie sie das jeweils tat.

Marians Züge verfinsterten sich.

»Hugh?« sagte sie. »Was hat Hugh damit zu tun?«

Ich warf ihr einen verzweifelten Blick zu. Ich hatte ein wildes Verlangen, auf die andere Seite der Wildbretkammer zu rennen und diese zwischen sie und mich zu bringen. Aber ich mußte es durchstehen. Man rannte vor Fragen nicht buchstäblich davon. Mich eines Wortes erinnernd, das Lord Trimingham benutzt hatte, stotterte ich:

»Er könnte bestürzt sein.«

Bei dieser Antwort flammten ihre Augen. Sie trat einen Schritt vor, beugte sich über mich, die Nase wie ein Geierschnabel, den Körper vorgebeugt, als wolle sie losschlagen.

»Was hat er damit zu tun?« wiederholte sie. »Ich habe dir gesagt, das ist eine geschäftliche Angelegenheit zwischen mir und – und Mr. Burgess. Das hat mit sonst niemandem etwas zu tun, mit niemandem auf der Welt. Verstehst du das, oder bist du zu blöd?«

Ich starrte sie entsetzt an.

»Du kommst in unser Haus, bist unser Gast«, tobte sie. »Wir nehmen dich auf, wir wissen überhaupt nichts von dir, wir machen ein großes Getue mit dir – ich nehme an, du leugnest das nicht? Ich weiß jedenfalls, daß ich es tat. Und dann bitte ich dich um eine kleine Gefälligkeit, die mir jedes wildfremde Straßenkind, ohne ein Wort zu verlieren, erweisen würde – und du besitzt die bodenlose Unverschämtheit, sie abzuschlagen! Wir haben dich verwöhnt. Ich werde dich nie mehr bitten, etwas für mich zu tun. Nie mehr! Ich werde nie mehr mit dir sprechen!«

Ich machte einige hilflose Bewegungen mit meinen Händen, um ihr Einhalt zu gebieten, sie von mir fort zu halten oder sie näher an mich heranzubringen. In ihrer Wut hätte sie mich fast geschlagen. Ich glaubte – und ich verspürte dabei eine gewisse Erleichterung –, daß sie mich tatsächlich schlagen würde.

Mit einemmal änderte sich ihre Miene; sie schien zu gefrieren.

»Du möchtest bezahlt werden, das ist es«, sagte sie eisig. »Ich weiß es.« Sie zog irgendwo eine Geldbörse hervor und öffnete sie. »Und wieviel verlangst du, du kleiner Shylock?«

Aber ich hatte genug. Ich entriß ihr den Brief, den sie immer noch in der Hand zerknitterte, und rannte, so schnell ich konnte, davon.

Eine ganze Weile konnte ich nichts Vernünftiges denken, so betäubt war ich von ihrem Zorn. Dann begann ich über den augenblicklichen Schmerz und Kummer hinaus zu begreifen, was ich mit Marians Freundschaft alles verloren hatte. Es schien mir, als hätte ich alles verloren, was mir teuer war, und das traf mich noch tiefer als ihre grausamen Worte.

Ich war kein überempfindliches Kind. Ich war es gewohnt, daß man böse auf mich war, und es war mir eine Ehrensache, mich nicht darum zu kümmern. Man hatte mir weit schlimmere Schimpfnamen gegeben als Marian, und es waren Menschen gewesen, von denen ich glaubte, daß sie mich gern hätten und daß sie mir kein Haar krümmten. Ich selbst war fraglos ein Meister im Erfinden von Beleidigungen. Von all den vielen Beschimpfungen, mit denen man mich bedacht hatte, schmerzte mich die Bezeichnung »Shylock« am meisten; denn ich wußte nicht, was sie bedeutete, und konnte sie deshalb auch nicht zurückweisen. Ich wußte nicht, ob es persönlich gemeint war, wie die Behauptung, man stinke, die Schulbuben so gern einander anhängten oder noch heute anhängen, oder ob es eine moralische Verurteilung sein sollte. Die Befürchtung, daß nun jedermann herumginge und sagte, ich sei ein Shylock, und mich deswegen nicht mochte und verachtete, machte meine Verzweiflung nur noch größer.

Aber wenn ich auch in den Bereichen der Erfahrung ziemlich hartgesotten war, im Reiche der Phantasie war ich es nicht. Und dieses Reich bewohnte Marian – sie war in der Tat seine höchste Zierde, war die Jungfrau des Tierkreises. In meinen Gedanken war sie so wirklich wie in meiner Erfahrung, ja noch wirklicher. Ehe ich nach Brandham Hall kam, war die Welt meiner Vorstellungen von Phantasiewesen bevölkert gewesen, die sich so benahmen, wie ich es wünschte. In Brandham Hall war sie von richtigen Menschen bewohnt, die sich in beiden Welten frei bewegten. In Fleisch und Blut nährten sie meine Phantasie, und in meinen einsamen Grübeleien stattete ich sie mit gewissen magischen Fähigkeiten aus, idealisierte sie; aber sonst tat ich das nicht. Ich hatte das nicht nötig. Marian war für mich noch vieles andere als nur Jungfer Marian aus dem Zauberwald. Sie war eine Märchenprinzessin, die Gefallen an einem kleinen Jungen gefunden hatte, ihn kleidete, zärtlich mit ihm war, ihn von einer lächerlichen Figur zu einem anerkannten Mitglied ihrer Gesellschaft machte, ihn aus einem häßlichen Entlein zu einem Schwan werden ließ. Mit einer Berührung ihres Zauberstabes hatte sie ihn verwandelt; bei dem Cricketkonzert vom jüngsten und unbedeutendsten Anwesenden in einen Hexenmeister, der alle in seinen Bann schlug. Der verwandelte Leo der letzten vierundzwanzig Stunden war ihr Geschöpf, und sie hatte ihn erschaffen, so glaubte ich, weil sie ihn liebte.

Und nun hatte sie, wieder wie eine Zauberin, alles von ihm weggenommen, und ich befand mich dort, woher ich gekommen war – nein, viel tiefer. Sie hatte es nicht so sehr durch ihren Zorn und ihre bösen Worte zurückgenommen – auf meiner Erfahrungsebene waren mir diese bekannt; ich wußte, wie das wiedergutzumachen war – als vielmehr dadurch, daß sie mir ihre Gunst so gänzlich entzog. Als sich die Entfernung zwischen uns vergrößerte, begann meine Furcht zu schwinden, aber mein Herz wurde immer schwerer.

Denn jetzt begriff ich – gnadenlos grub sich die Erkenntnis in mich ein –, daß alles, was sie für mich getan hatte, einem ganz anderen Zweck gegolten hatte. Sie hatte mich überhaupt nicht liebgehabt. Sie hatte vorgegeben, mich liebzuhaben, damit sie mich dazu verleiten konnte, Botschaften zwischen ihr und Ted Burgess hin und her zu tragen. Es war alles ein abgekartetes Spiel.

Als ich mir dieser Erkenntnis bewußt wurde, hörte ich auf zu laufen und begann zu weinen. Ich war noch nicht lange genug im Internat, um die Kraft zum Weinen verloren zu haben. Ich weinte ziemlich heftig, und das beruhigte mich. Das Gefühl für meine Umgebung kam wieder zurück; zum erstenmal bemerkte ich, wo ich mich befand: auf dem Feldweg, der zur Schleuse führte.

Oben auf der Schleuse blieb ich aus Gewohnheit stehen. Ich sah niemanden bei der Arbeit; ich hatte vergessen, daß es Sonntag war. Ich war gezwungen, bis zum Hof zu gehen. Plötzlich überkam mich eine fast unüberwindliche Abneigung. »Ich werde keinen Schritt weitergehen«, dachte ich. »Ich werde mich in mein Zimmer einschließen, und vielleicht wird man mir etwas zu essen vor die Tür stellen, und ich brauche niemanden mehr zu sehen.« Ich sah hinunter aufs Wasser. Der Wasserspiegel war sehr tief gesunken. Die Oberfläche des Teiches war immer noch blau, aber viel mehr Steine als vorher zeigten sich geisterhaft, leichenhaft, auf dem Grund. Und auf der gegenüberliegenden, der seichten Seite, war die Veränderung noch auffallender. Früher hatte sie schon unordentlich ausgesehen; jetzt bot sie ein Bild irrer Verwilderung: eine wirre Masse von Wasserpflanzen, hochgeschossen und vertrocknet, und dazwischen Flecken gelben Kiesgrundes wie die kahlen Stellen auf einem Kopf. Die Büschel runder, dünner, graugrüner Binsen, deren quastenähnliche Spitzen mich an eine Armee von Lanzenträgern mit Wimpeln erinnert hatten, waren jetzt übermannshoch, und eine Armlänge über dem Wasserspiegel waren sie mit grauen Rückständen überzogen – mit Schlamm. Aber viele waren auch umgefallen; verlassen von ihrem gewohnten Element, waren sie unter dem eigenen Gewicht zusammengebrochen. Sie lagen kreuz und quer, geradezu liederlich. Die Armee der Lanzenträger war vernichtet worden, ihre Waffengefährten, die grasgrünen Schilfrohre, die in Schwertspitzen ausliefen, waren der Vernichtung entgangen und hatten ihre Farbe behalten; aber auch sie waren gebeugt und geknickt.

Als ich so dastand und schaute und mir ins Gedächtnis zu rufen versuchte, wie der Fluß ausgesehen hatte, bevor dies alles geschehen war, und in meiner Verzweiflung wie ein unruhiges Pferd von einem Fuß auf den anderen trat, hörte ich den Brief knistern; und mir wurde bewußt, daß ich weitergehen mußte.

Den ganzen Weg durch die Felder trafen mich die Erinnerungen an Marians Doppelzüngigkeit wie Nadeln, jede einzelne mit einem anderen Stich. Meine schwarzen Gedanken flüsterten mir zu, daß jede Freundlichkeit, die sie mir erwiesen hatte, samt dem Geschenk des grünen Anzugs, von der gleichen Absicht getragen war. Sie hatte mich von den nachmittäglichen Familienausflügen unter dem Vorwand befreit, daß sie mich langweilen würden, während sie mich in Wirklichkeit für Botengänge zur Verfügung haben wollte. Sie hatte mich aus dem gleichen Grunde eingeladen, noch eine Woche länger zu bleiben – nicht weil sie mich mochte oder glaubte, Marcus wolle es. Mit demselben Hintergedanken hatte sie heute nachmittag Marcus aus dem Weg geräumt, nicht etwa, um seiner alten Kinderfrau eine Freundlichkeit zu erweisen. Mir schien, daß sich Stein um Stein zu einem Mosaik zusammenfügte. Ich glaubte sogar, daß sie mich bei dem Konzert niemals begleitet noch meine Hand ergriffen, noch vor mir geknickst hätte, wäre es nicht letztlich für Ted gewesen.

Meine Tränen strömten von neuem; und dennoch brachte ich es nicht fertig, sie zu hassen oder auch nur schlecht von ihr zu denken; denn meine Verzweiflung wäre dadurch nur noch größer geworden. »Eine Dame hat niemals schuld«, hatte Lord Trimingham gesagt. Und an diese tröstliche Maxime klammerte ich mich. Aber einer mußte schuld haben: Ted mußte schuld haben.

Die Last meines Auftrages drückte mich immer schwerer. Aber als ich den Weg erreichte, der hügelaufwärts zum Hof führte, fand ich durch Zufall eine Möglichkeit, mir den schweren Gang zu erleichtern. Mein Fuß stieß an einen Stein. Der

Stein kam ins Rollen, und ich begann, ihn vor mir herzukicken und im Zickzack über den zerfurchten Weg zu laufen. Ich machte eine Art Spiel daraus, den Stein zu treffen, ehe er liegen blieb oder in eine Furche fiel, und ihn, wenn er sich im Wiesenrand verlor, zu suchen, was nicht leicht war; denn das Gras war so braun wie er. Dabei wurde mir sehr heiß, der Stein tat mir an den Zehen weh und nahm den Glanz von meinen geliebten Schuhen. Aber es verschaffte mir eine Erleichterung, und insgeheim hoffte ich, ich würde mich so sehr verletzen, daß ich nicht weitergehen könnte. Und ein merkwürdiges Gefühl, fast eine Wahnvorstellung, überkam mich, als sei ein Teil meines Ichs weit fort, hinter mir, vielleicht bei den Bäumen jenseits des Flusses. Und von dort aus konnte ich mich selbst sehen, eine gebückte Gestalt, nicht größer als ein Käfer, die auf dem schmalen Band der Straße hin und her schoß. Vielleicht war das der Teil meines Ichs, der den Brief nicht überbringen wollte. Diese Bewußtseinsspaltung hielt an und spaltete mich von mir selbst ab, bis ich das Hoftor erreichte.

Ich hatte meine Tränen immer weiter fließen lassen, weil es gleichgültig war, ob ich weinte, solange mich niemand sehen konnte, und weil ich glaubte, ich könnte aufhören, sobald ich wollte. Aber nun stellte sich heraus, daß ich zwar den Tränen Einhalt gebieten konnte, nicht aber dem Schluchzen; und dazu war ich noch außer Atem von meiner Rennerei, was alles noch schlimmer machte. Ich blieb daher am Tor stehen und wartete und dachte, daß Ted vielleicht herauskommen und mich sehen würde; dann würde ich ihm den Brief geben und wortlos davonrennen.

Aber er erschien nicht, und ich mußte versuchen, ihn zu finden. Der Gedanke, daß ich zurückgehen könnte, ohne den Brief abzugeben, kam mir nicht in den Sinn. Mein Gemütszustand hatte keinen Einfluß auf diese Verpflichtung. Ich durchquerte also den Hof und klopfte an die Küchentür. Es kam keine Antwort, und ich trat ein.

Er saß auf einem Stuhl hinter dem Tisch, ein Gewehr zwischen den Knien, und war so vertieft, daß er mich nicht hörte. Die Mündung war genau unter seinem Mund, der Lauf war gegen seine nackte Brust gepreßt, und er sah hindurch. Da hörte er mich und sprang auf.

»Ei«, sagte er, »da ist ja der Briefträger.«

Er lehnte das Gewehr an den Tisch und ging auf mich zu in seiner braunen Kordhose, die er auch bei der größten Hitze trug. Als er das Zögern und die Zurückhaltung in meinem Gesicht sah, sagte er: »Ich sollte nicht in einem solchen Aufzug sein, wenn Besuch kommt; aber mir war schrecklich heiß. Macht's dir was aus? Soll ich ein Hemd anziehen? Damen sind keine anwesend.«

Seine Art, mich höflich zu behandeln, nahm mich immer für ihn ein.

»N-nein.« Ein Schluckauf unterbrach das Wort.

Er sah mich prüfend an, auf ähnliche Weise, wie er seinen Flintenlauf betrachtet hatte.

»Was, du hast ja geweint!« sagte er. »In deinem Alter sollte man nicht weinen.« Ich wußte nicht zu sagen, ob er meinte, daß ich zu alt oder zu jung zum Weinen war. »Na, was ist denn los? Irgend jemand hat dich aus der Fassung gebracht – es würde mich nicht wundern, wenn es eine Frau wäre.«

Nun kamen mir abermals die Tränen, und er zog ein Taschentuch aus seiner Tasche, und ehe ich protestieren konnte, fing er an, mir über die Augen zu wischen. Zu meiner eigenen Überraschung nahm ich ihm das nicht übel; instinktiv wußte ich, daß er, im Gegensatz zu den Menschen meiner eigenen Klasse, nicht schlechter von mir denken würde, weil ich weinte.

Meine Tränen waren versiegt, und ich fühlte mich ruhiger. »Was können wir jetzt tun, um dich zu erheitern?« sagte er. »Möchtest du gern Smiler und ihr Fohlen sehen?«

»N-nein, vielen Dank.«

»Möchtest du gerne den Strohhaufen herunterrutschen? Ich habe unten noch mehr Stroh hingetan.«

»Nein, danke.«

Er sah sich im Zimmer um. Offensichtlich dachte er darüber nach, wie er mich aufheitern könne. »Würdest du gern mein Gewehr nehmen und draußen einmal damit schießen?« fragte er aufmunternd. »Ich wollte es eben reinigen, aber das kann ich auch später tun.«

Ich schüttelte den Kopf. Ich würde mich auf nichts, was er vorschlug, einlassen.

»Warum nicht?« sagte er. »Einmal mußt du damit anfangen. Es schlägt zurück, aber das wird dir nicht halb so wehtun wie der Ball, den du aufgefangen hast. Ah, das war prima, ganz prima. Ich habe es dir noch nicht ganz verziehen.«

Bei der Erwähnung meines Fangs gab etwas in mir nach, und ich fühlte mich wieder mehr ich selbst.

»Nun, möchtest du vielleicht mit hinauskommen und zusehen, wie ich auf etwas schieße?« schlug er vor, als läge mein Heil im Schießen. »Hier treiben sich ein paar alte Krähen herum, denen würde eine Ladung Schrot gut tun.«

Ich konnte nicht unentwegt nein sagen und folgte ihm in den Hof. Aus irgendeinem Grund hatte ich immer geglaubt, Schießen sei eine umständliche Angelegenheit, ein geduldiges Warten auf irgendeinen psychologisch günstigen Augenblick; aber kaum waren wir aus der Tür getreten, da hatte er auch schon das Gewehr an der Schulter.

Der Knall kam für mich völlig unerwartet. Er erschreckte mich fürchterlich, und das war vielleicht das beste, was mir passieren konnte. Halb betäubt sah ich, wie der Vogel wenige Meter von uns entfernt langsam zur Erde trudelte. »Nun, der ist erledigt«, sagte Ted und nahm ihn bei den Krallen – er so lebendig und der Vogel so tot – und warf ihn in ein Beet voll Nesseln. Über uns ertönte aufgeregtes, aufgebrachtes Gekrächze. Ich sah nach oben. Die Krähen kreisten am Himmel und wurden mit jedem Augenblick kleiner. »Die kommen nicht so schnell wieder«, bemerkte Ted. »Schlau sind die. Ich hab' Glück gehabt, daß ich die erwischt habe.«

»Schießen Sie auch einmal vorbei?« fragte ich.

»Großer Gott, ja. Aber ich bin ein ziemlich guter Schütze, wenn auch Eigenlob stinkt. So, möchtest du jetzt gern zusehen, wie ich das Gewehr reinige?«

Nach einem lauten Knall ist keiner mehr ganz derselbe, der er vorher war; ich ging als ein anderer Mensch in die Küche zurück. Mein Kummer war in Trotz und Selbstbemitleidung umgeschlagen, ein Zeichen dafür, daß ich mich auf dem Weg der Besserung befand. Das blutige Geschehen hatte irgendwie ein Übereinkommen zwischen uns besiegelt, als hätte uns ein alter Opferbrauch zusammengeführt.

»So, jetzt nehmen wir diesen Flintenreiniger«, sagte er, »und falten dieses Tuch« – er nahm einen ausgefransten, weißen öligen Fetzen –, »und dann ziehen wir das Ganze durch die Ösen dieses Stockes, genau so, als wollten wir einen Faden in eine Nadel einfädeln.« Er kniff die Augen zusammen, denn die Küche war nicht gut beleuchtet, und machte sich ans Werk. Die geringste Bewegung ließ die Muskeln seiner Unterarme anschwellen; sie sprangen aus einem Knoten oberhalb des Ellbogens wie Kolben aus einem Zylinder. »Und dann schiebt man es durch den Lauf, so wie ich es dir jetzt zeige, und dann wirst du einmal sehen, wie schmutzig es wieder herauskommt.« Er schob den Stock mehrmals auf und ab. »Da, hab ich nicht gesagt, daß es schmutzig würde?« rief er und zeigte mir triumphierend den Fetzen, der dreckig genug war, um die höchsten Erwartungen zu befriedigen. »Aber der Lauf wird jetzt ganz sauber sein, da schau – und jetzt schau durch den anderen, den ich noch nicht gereinigt habe; dann siehst du den Unterschied.« Er sprach so eindringlich, als hätte ich das Gegenteil behauptet. Er richtete die Flinte aufs Fenster und ließ mich hindurchsehen. Er hielt sie mit einer Hand waagerecht ausgestreckt; ich konnte sie kaum mit beiden halten, auch wenn ich dabei mit der einen den Lauf stützte. Aber die Berührung, das Gefühl des Kolbens, der gegen meine Schulter preßte, und des kalten Stahls in meiner Hand, verschaffte mir einen seltsamen Schauder.

»Halte deinen Kopf mehr seitlich, wenn du kannst«, sagte er, »und visiere das Korn; dann bekommst du den Eindruck, als würdest du wirklich zielen.«

Ich tat es, und mein Machtgefühl verstärkte sich. Ich bestimmte mehrere Gegenstände, die ich durch das Küchenfenster sehen konnte, zur Zielscheibe meiner Zerstörungslust, dann beschrieb ich langsam mit dem Lauf einen Halbkreis und suchte Dinge, die ich im Zimmer in Stücke schießen könnte, bis die Mündung schließlich direkt auf Ted gerichtet war.

»He, das darfst du nicht tun«, sagte er. »Das verstößt gegen die Regeln. Du darfst niemals auf einen Menschen zielen, selbst wenn das Gewehr nicht geladen ist.«

Ich fühlte mich schon fast als Mörder und gab ihm hastig das Gewehr zurück.

»Jetzt will ich nur noch den anderen Lauf reinigen«, sagte er, »und dann mache ich dir eine gute Tasse Tee.«

Sollte ich dieses Angebot annehmen? In Brandham Hall würde mich ein Teetisch erwarten ... Ich sah seinen Cricketschläger in der Ecke stehen, und sagte, um Zeit zu gewinnen:

»Sie sollten auch Ihren Schläger ölen.«

Es tat sehr gut, eine Belehrung zu erteilen, nachdem man selbst so viele empfangen hatte.

»Danke, daß du mich daran erinnerst. Am Samstag werde ich ihn wieder brauchen.«

»Darf ich ihn für Sie einölen?« fragte ich.

»Natürlich darfst du das. Es ist ein alter Schläger, aber er ist recht gut. Gestern hatte ich meinen Rekord. Ich glaube nicht, daß ich jemals wieder eine Fünfzig mache.«

»Warum nicht?«

»Nicht, solange du im Spiel bist.«

Darüber mußte ich lachen.

»Lord Trimingham hat mir den Ball zur Erinnerung geschenkt«, sagte ich und überlegte, ob er bei diesem Namen erbleichen würde. Aber er sagte nur:

»Ich werde den Kessel in der Spülküche aufsetzen. Hier drinnen ist es zu heiß, um ein Feuer anzuzünden. Ich hol' jetzt das Leinöl.«

Ich behandelte den Schläger so ehrfürchtig, als wäre er der Bogen des Odysseus, und überlegte, welche Narbe auf seiner arg zerkratzten Oberfläche von dem Schlag herrührte, den ich abgefangen hatte. Das Öl war in einem seltsamen Behälter. »Price's Maschinenöl für Fahrräder« stand auf der Dose, auf der eine Dame und ein Herr abgebildet waren, die fröhlich über eine Landstraße radelten und mich und die Zukunft mit erstauntem, aber zufriedenem und vertrauensvollem Ausdruck betrachteten.

Ich goß ein wenig Öl auf den Schläger und fing an, es unter leisem Druck mit meinen Fingern in das Holz zu reiben. Das Holz schien es so durstig und dankbar aufzusaugen, als litte es auch unter der Trockenheit. Dieses rhythmische Reiben beruhigte und erregte mich zugleich. Es schien eine rituelle Bedeutung zu haben, als verriebe ich meine eigenen Beulen, als würde die neue Kraft, die ich dem Schläger zuführte, auch auf den

Eigentümer übergehen. Meine Gedanken waren jetzt wieder zur Ruhe gekommen. Ich dachte, daß ich der Gegenwart angehörte, nicht einer zerstörten Vergangenheit oder einer drohenden Zukunft. Jedenfalls fühlte ich mich so.

Plötzlich kam er herein und sagte:

»Briefträger, hast du einen Brief für mich?«

Ich gab ihm den Brief. Ich hatte ihn vergessen.

»Der schaut ja aus, als hättest du darauf geschlafen«, sagte er und nahm ihn mit hinüber in die Spülküche. Er kam mit einem Tischtuch und Teegeschirr zurück.

»Ich bin heute allein«, sagte er. »Meine Tagesfrau kommt sonntags nicht.«

»Ach, Sie haben eine Frau, die jeden Tag kommt?« fragte ich höflich, obgleich nicht ohne Hintergedanken an die vielen Dienstboten in Brandham Hall.

Er warf mir einen kurzen Blick zu und sagte: »Nein, ich sagte ja, daß sie sonntags nicht kommt und am Samstag nur vormittags.«

Ich weiß nicht, weshalb ich an Marian denken mußte, aber ich tat es. Plötzlich hatte ich das Gefühl, daß ich nicht zum Tee bleiben könne, daß ich jetzt zurückmüsse, um meinem Schicksal ins Auge zu sehen, und ich glaubte, daß ich ihm nunmehr gewachsen sei.

»Haben Sie eine Nachricht für sie?« fragte ich.

»Ja«, antwortete er. »Aber willst du sie denn auch überbringen?«

Auf diese Frage war ich völlig unvorbereitet, und ich fühlte, wie mir wieder die Tränen in die Augen stiegen.

»Nicht sehr gern«, sagte ich. »Aber wenn ich es nicht tue, wird sie sehr böse werden.«

Nun war's heraus. Ich hatte es nicht sagen wollen, aber das Erstaunen darüber, daß er mich nach meiner Meinung fragte, hatte mich schwach gemacht.

»Also sie war es«, sagte er und zündete sich eine Zigarette an, die erste, die ich ihn je hatte rauchen sehen. Ich weiß nicht, was er sagen wollte. Was er aber sagte, war: »Es ist nicht recht, von dir zu verlangen, daß du es umsonst machst. Was kann ich tun, um mich dir erkenntlich zu zeigen?«

»Nichts«, hätte ich antworten müssen, und »nichts« hätte ich ihm noch vor einer halben Stunde geantwortet. Aber seither hatten viele Eindrücke meinen Verstand überlagert, der durch zu viel Aufregung bereits ermattet und überfordert war. Ted hatte mich mit seiner Flinte, seinem Cricketschläger, seinem Selbstbewußtsein und dem Glanz seiner männlichen Gaben und Fähigkeiten einmal mehr überwältigt. Die Tatsache, daß er nicht böse auf mich zu sein schien, nahm mir den Wind aus den Segeln. Wie viele ungebildete Menschen war er eher als ein Gebildeter dazu bereit, mit einem Kind wie mit seinesgleichen zu reden. Das Alter trennte uns nur den Jahren nach, aber nicht als Gesprächspartner.

Mit dem Wunsch, ihm zu gefallen, kehrte auch wieder etwas von der alten Freude an meiner Mission zurück. Die Gegengründe schienen in weiter Ferne und machten mir keine großen Kopfschmerzen mehr. Statt »nichts« zu sagen, zögerte ich meine Antwort hinaus. Ich lehnte seinen Bestechungsversuch nicht ab, wie ich Marians Geld zurückgewiesen hatte. Außerdem kam mir plötzlich eine Erinnerung.

»Als ich das letzte Mal hier war«, sagte ich vorwurfsvoll, »haben Sie gesagt, Sie würden mir etwas erzählen.«

»Hab' ich das?«

»Ja, Sie sagten, Sie würden mir alles über das Poussieren erzählen. Ich bin zum Teil deshalb gekommen.« Das war nicht wahr; ich war gekommen, weil Marian mich dazu gezwungen hatte. Aber es war ein gutes Argument.

»Das stimmt, das stimmt«, sagte er. »Ich hole mal eben die Teetassen«, fügte er hinzu und kam kurz darauf damit zurück.

Noch jetzt sehe ich diese Teetassen vor mir. Sie waren tief und rahmfarben, mit einem glatten Goldrand außen, und hatten am Grund, durch vieles Umrühren fast schon abgekratzt, eine goldene Blume. Ich fand, daß sie ziemlich gewöhnlich aussahen.

Es war ein seltsamer Anblick, einen Mann den Tisch decken zu sehen, obwohl dies im Schloß natürlich der Diener tat.

Ted räusperte sich und sagte: »Dein Gesang bei dem Konzert war mir ein Genuß.«

»Der Ihre für mich auch«, sagte ich.

»Oh, meiner war nichts wert. Ich habe nie Unterricht gehabt. Ich mache einfach den Mund auf, und dann ist er da. Eigentlich habe ich eine recht blöde Figur gemacht. Aber du hast genauso gesungen wie – nun, wie eine Lerche.«

»Nun ja«, sagte ich leichthin, »ich habe diese Lieder in der Schule geübt. Wir haben einen recht guten Lehrer. Er ist Mitglied der Königlichen Musikakademie in London.«

»Ich habe nie Stunden gehabt«, sagte Ted. »Aber als ich ein Stöpsel war, kaum größer als du« (daß er mich als Musterbeispiel für kleinen Wuchs anführte, schockierte mich), »nahm mich meine Mutter einmal an Weihnachten mit in die Kathedrale von Norwich, damit ich das Weihnachtssingen hören konnte, und da war ein Bursche, der hatte eine Stimme genau wie du. Ich habe sie nie vergessen.«

So geehrt ich mich durch diesen Vergleich fühlte, merkte ich doch, daß er absichtlich das Thema gewechselt hatte. Das war ein Trick, den alle Erwachsenen gebrauchten.

»Vielen Dank«, sagte ich. »Aber Sie sagten, Sie würden mir über das Poussieren erzählen.«

»Das stimmt, das stimmt«, wiederholte er und schob die Teller mit ungeschickten Fingern auf dem Tischtuch hin und her. »Aber ich bin mir jetzt nicht mehr so sicher, ob ich es tun soll.«

»Weshalb nicht?« fragte ich.

»Ich könnte es dir dadurch verderben.«

Ich mußte nachdenken, und plötzlich wandelte sich meine Müdigkeit in Wut.

»Aber Sie haben es versprochen!« rief ich.

»Das weiß ich«, sagte er. »Aber eigentlich ist das die Aufgabe deines Vaters. Er ist derjenige, der es dir sagen soll.«

»Mein Vater ist tot«, sagte ich. »Und« – meine ganze Verachtung für diese törichte Beschäftigung kam zum Ausbruch – »ich bin fest davon überzeugt, daß er nie poussiert hat!«

»Wenn er es nicht getan hätte, dann würde es dich nicht geben«, sagte Ted finster. »Und ich glaube, daß du mehr darüber weißt, als du zugibst.«

»Nichts weiß ich, nichts«, schrie ich leidenschaftlich. »Und Sie haben mir versprochen, es mir zu sagen.«

Er sah unentschlossen auf mich herab und sagte: »Nun, es bedeutet, daß man den Arm um ein Mädchen legt und sie küßt. Das ist damit gemeint.«

»Das weiß ich«, rief ich und rutschte auf meinem Stuhl hin und her, so außer mir war ich über seine Perfidie. »Das kann man ja auf allen Postkarten sehen. Aber es bedeutet noch etwas anderes. Man muß dadurch etwas *fühlen.*«

»Nun«, sagte er zögernd, »man fühlt sich dadurch in alle Himmel gehoben, wenn du weißt, was das bedeutet.«

Ich wußte es. So hatte ich mich gestern abend und heute morgen gefühlt. Aber ich glaubte nicht, daß es dasselbe war wie das Vergnügen, das man beim Poussieren empfand, und das sagte ich ihm auch.

»Was tust du am liebsten?« fragte er mich plötzlich.

Ich überlegte. Die Frage war berechtigt, und ich ärgerte mich, daß ich sie nicht beantworten konnte.

»Nun, Dinge, die nur im Traum geschehen. Zum Beispiel Fliegen oder Schweben oder –«

»Oder was?« sagte er.

»Oder Aufwachen und wissen, daß jemand, von dem man geträumt hat, er sei gestorben, in Wirklichkeit noch lebt.« Dies hatte ich mehrmals von meiner Mutter geträumt.

»Ich habe nie so einen Traum gehabt«, sagte er. »Aber das genügt. Das gibt dir eine Vorstellung davon. Stell dir das vor und noch ein bißchen mehr, und dann weißt du, was Poussieren ist.«

»Aber –« begann ich. Doch mein Protest wurde durch einen Lärm in der Spülküche übertönt. Es klapperte, blubberte und zischte.

»Der Kessel kocht über«, rief Ted und sprang auf. Er kam mit der Teekanne in der einen Hand und einem Teller mit Pflaumenkuchen in der anderen wieder zurück. Mir lief das Wasser im Mund zusammen. Ich würde doch bleiben, aber nur unter einer Bedingung …

»Sie haben mir nicht richtig erklärt«, sagte ich, »was Poussieren ist.«

Er stellte die Teekanne und den Teller vor sich hin und sagte geduldig: »Doch, ich hab' es dir erklärt. Es ist so wie Fliegen oder Schweben oder Aufwachen und feststellen, daß jemand, von dem man glaubte, er sei tot, in Wirklichkeit noch da ist. Es ist das, was man am liebsten tut und dann noch ein bißchen mehr.«

Ich war zu verzweifelt, um zu merken, wie verzweifelt er selbst war.

»Ja, aber *was* denn mehr?« rief ich. »Ich weiß, daß Sie es wissen, und ich werde keine weiteren Botschaften mehr übernehmen, bis Sie es mir gesagt haben.«

Mein Unterbewußtsein sagte mir, daß ich ihn in die Enge getrieben hatte. Gleichzeitig aber merkte ich auch, daß ich zu weit gegangen war. Riesenhaft stand er da, so hart und kerzengerade und gefährlich wie seine Flinte. Ich sah den Zorn in seinen Augen funkeln wie damals, als er mich beim Rutschen auf seiner Strohbahn ertappt hatte. Mit der geballten Kraft seines nackten Oberkörpers drohend, kam er auf mich zu.

»Mach sofort, daß du rauskommst«, sagte er, »oder du wirst es bereuen.«

16

»Brandham Hall bei Norwich
Norfolk England
Erde
Universum etc.

Liebe Mutter,« (so schrieb ich),

»es tut mir leid, Dir sagen zu müssen, daß ich nicht gern hier bin. Als ich Dir heute morgen schrieb, war ich gern hier, aber jetzt nicht mehr, wegen der Botengänge und der Aufträge. Sie sind sehr freundlich zu mir, wie ich Dir heute morgen schrieb, und es gefällt mir hier, aber bitte, liebe Mutter, schicke ein Telegramm, daß du möchtest, daß ich sofort zurückkomme. Du könntest sagen, daß Du möchtest, daß ich an meinem Geburtstag zu Hause bin, weil Du mich zu sehr vermissen würdest, und ich würde ihn auch viel lieber mit Dir feiern. Mein Geburtstag ist am Freitag, den 27. Juli, also Zeit genug. Oder, wenn das zu teuer ist, dann könntest du sagen, ›bitte, schickt Leo zurück – Brief folgt.‹ Ich möchte hier nicht länger bleiben, als nötig ist. Das ist nicht, weil es mir nicht gefällt, sondern wegen der Botschaften.«

Hier unterbrach ich. Ich wußte, daß ich die Sache mit den Botschaften genauer erklären sollte. Aber wie könnte ich das tun, da mir doch die Lippen verschlossen waren? Und wußte ich selbst genau Bescheid? Ich wußte nur, daß sie dazu dienten, Zusammenkünfte zwischen Ted und Marian zu vereinbaren. Ich wußte, daß sie sehr geheim waren und heftige Gefühle erweckten – Gefühle, von denen ich bis heute nachmittag nicht gewußt hatte, daß erwachsene Menschen ihrer fähig waren, Gefühle, die zu – nun, zu Mord führen konnten. Das war für mich nur ein Wort, aber es war ein beängstigendes Wort, und obgleich mir der Zusammenhang nicht klar war, gaben mir Teds Heftigkeit, seine Drohungen und sein Gewehr, das für mich zum Sinnbild seiner Person geworden war, eine Ahnung, wie diese Sache sich im wirklichen Leben abspielen könnte. Und das Opfer würde Lord Trimingham sein. Darüber bestand kein Zweifel; das Schicksal des fünften Grafen zeigte es nur allzu deutlich.

Nichts von alledem konnte ich meiner Mutter sagen. Aber ich konnte andere Argumente anführen, Argumente, die sie anerkennen würde und die meine Abneigung gegen die Botengänge verständlicher machten.

»Hin und zurück sind es fast vier Meilen, und ich muß auf einem schmalen Brett über den Fluß und auf einem holprigen Feldweg gehen, was in der Grosen Hitze sehr anstrengend ist.« (Die »Grose Hitze« war eine stehende Redensart meiner Mutter, und wie ich bereits sagte, fürchtete sie sich tatsächlich davor.) »Und links und rechts sind wilde Tiere, oder fast wilde, die sehr gefährlich sind. Das muß ich fast jeden Tag tun, sonst würden sie böse werden, weil ihnen so viel an den Botschaften liegt.«

So viel über die rein äußerlichen Gründe gegen die Botengänge. Jetzt wollte ich mich mit der moralischen Seite befassen; dies würde – davon war ich überzeugt – bei meiner Mutter bestimmt verfangen. Sie hatte zwei Redensarten: »Ziemlich unrecht« und »Sehr unrecht«; erstere wandte sie oft an, letztere nur sparsam, und zwar auf alle Handlungen, die sie nicht billigte. Den Begriff »Unrecht« lehnte ich für meine Person ab, aber ich erkannte, daß dies der Moment war, um ihn heraufzubeschwören.

»Das würde mir nicht so viel ausmachen«, fuhr ich fort, »aber ich fürchte, daß das, wozu sie mich zwingen, ziemlich unrecht ist und vielleicht sehr unrecht« (ich hielt es für angebracht, beide Begriffe heranzuziehen), »und außerdem würdest Du es bestimmt nicht gern sehen, wenn ich so etwas täte. Deshalb schicke, bitte, das Telegramm, sobald Du den Brief bekommst.

Ich hoffe, es geht Dir gut, liebe Mutter, wie mir auch, und ich wäre sehr glücklich, wenn nicht diese Botschaften wären.

Dein Dich liebender Sohn

Leo

PS. Ich freue mich sehr auf zu Hause.

PPS. Leider habe ich heute die Briefkastenleerung versäumt, aber wenn dieser Brief am Dienstag, den 24. Juli, mit der ersten Post ankommt, dann wird Dein Telegramm hier am Dienstag morgen ungefähr um 11.15 Uhr eintreffen, und wenn er mit der zweiten Post ankommt, dann wird das Telegramm spätestens am Dienstag um 5.30 Uhr nachmittags da sein.

PPPS. Vielleicht könntest du auch an Mrs. Maudsley ein Telegramm schicken.

PPPPS. Die Hitze ist Gros und wird immer Gröser.«

Ich hatte ein natürliches Talent für Orthographie, und wenn ich nicht so müde und erregt gewesen wäre, hätte ich nicht so viele Fehler gemacht.

Obwohl ich mich viel besser fühlte, nachdem ich den Brief geschrieben hatte, so hatte dieser Nachmittag mir doch seelisch einen schweren Schlag versetzt und mich geistig wieder in die Schranken meines Alters gewiesen. Sonst hätte ich ihn wohl gar nicht schreiben können. Ich weiß nicht genau, welche Wunde am tiefsten ging. Zugegeben, meine Gefühle waren verletzt worden. Aber sie waren zweimal verletzt worden, und der zweite Schlag hatte gewissermaßen den ersten abgeschwächt. Teds Ausbruch hatte mich den von Marian fast vergessen lassen;

er hatte den Einsturz meiner bisherigen Gefühlswelt vollendet. Zum zweitenmal an diesem Nachmittag hatte ich Reißaus genommen; so rasch mich meine Füße tragen konnten, war ich aus dem Hause gelaufen. Beim Zurückblicken sah ich Ted am Hoftor stehen. Er rief mir zu und machte mir Zeichen. Aber ich glaubte, er wolle mich verfolgen, und rannte nur noch schneller, wie ein Straßenjunge, der vor einem Polizisten flieht, und ich hielt nicht eher an, als bis mein Atem versagte. Ich weinte jedoch nicht; denn er war ein Mann, und sein Zorn berührte andere Saiten in mir als Marians Zorn. In dem Augenblick, da ich die Schleuse erreicht hatte, die Grenze zwischen seinem und unserem Land, verlor ich die Angst; denn nun war ich aus der Reichweite seines Arms, ja sogar seines Gewehrs, vor dem ich mich immer noch fürchtete.

Es mag sein, daß es gefährlicher ist, aus vielen Wunden zu bluten als aus einer einzigen; aber der Schmerz, der sich über eine größere Fläche ausdehnt, läßt sich leichter ertragen.

Meine *amour propre* spielte für meine seelische Verfassung vielleicht eine noch wesentlichere Rolle als meine *Gefühle*. Sie hatte auf verschiedene Weise gelitten, war aber auch durch Teds Anspielungen auf meine Leistungen im Cricket und im Gesang aufgemöbelt worden, und sie gehörte sozusagen in eine Schicht meines Bewußtseins, bis zu der meine Gefühle nicht vordringen konnten. Ich hatte beim Cricket geglänzt und hatte beim Singen geglänzt. Das waren Triumphe, denen auch noch so harte Worte nicht ihren Wert nahmen. Gleichzeitig war ich aber von öffentlicher Anerkennung ziemlich abhängig, und gerade sie, das malte ich mir aus, würde mir bei meiner Rückkehr nach Brandham Hall fehlen.

Ich hatte die fixe Idee (und es war von allem, was geschehen konnte, das Allerunwahrscheinlichste), daß Marian jedermann erzählt haben würde, was sie zu mir gesagt hatte: Ich sei ein dummer, kleiner Junge, ein aufgeblasener Blag etc. und – das Schlimmste von allem – ein Shylock. Ich bildete mir ein, daß man mich, wenn ich ziemlich verspätet zum Tee in den Salon käme, als einen Ausgestoßenen behandeln würde. Und dies war eine Vorstellung, vor der ich nach allem, was ich durchgemacht hatte, immer noch zitterte.

In Wirklichkeit geschah genau das Gegenteil. Ich kam nicht einmal zu spät. Man begrüßte mich mit freudigem Hallo und richtete scherzhafte und besorgte Fragen an mich, wie ich den Nachmittag verbracht hätte, und ich beantwortete sie, so gut ich konnte. Und man setzte mich auf einen Ehrenplatz in der Nähe des Teekessels, des glänzenden, silbernen Teekessels, den ich schon immer bewundert hatte.

Marian schenkte den Tee aus. Ich hatte sie noch nie so angeregt gesehen. Sie legte in das Teeausschenken nicht die Finesse wie ihre Mutter, die, indem sie einem den Wunsch von den Augen abzulesen schien, jede Tasse zu einem Geschenk machte, als ahne sie oder erinnere sich von früheren Tees her, wie ihn jedermann am liebsten hatte. »Sie nehmen Zitrone, nicht wahr?« sagte sie, und so ähnlich ging es weiter. Wir waren eine große Gesellschaft. Unter den Wochenend-Gästen befanden sich einige ältere Personen, deren Anwesenheit mir willkommen war; denn gewöhnlich beschäftigten sie sich mehr mit mir als die jungen Leute. Ich kann mich an ihre Gesichter nicht mehr erinnern; aber an Marians Gesicht erinnere ich mich und an die Herausforderung in ihren Augen und an den spöttischen Unterton in ihrer Stimme. Ihre Augen waren immer wilder als ihr Mund; sie funkelten, während er lächelte. Die Gäste schienen es zu genießen, daß man sie veralberte; denn auch darin lag eine Schmeichelei. Lord Trimingham saß neben ihr in einem tiefen Sessel. Ich konnte nur seinen Kopf sehen, und mich überkam der Gedanke, daß es so sein würde, wenn sie einmal die Herrin von Brandham wäre; sie der strahlende Mittelpunkt und er halb in ihrem Schatten. Auf allem, was sie tat, lag ein Glanz. In Abwesenheit ihrer Mutter schien sie bereits zu regieren. Eine große Entschlossenheit lag auf ihrem Gesicht und in ihren Bewegungen. Ich wunderte mich, wo Mrs. Maudsley war; sie hatte noch nie beim Tee gefehlt. Ihre Tochter beherrschte die Gesellschaft auf andere Weise, weniger subtil, aber viel glänzender.

Als ich an die Reihe kam, sah mir Marian in die Augen und sagte: »Drei oder vier Stücke, Leo?« Und ich sagte »vier«; denn man erwartete von kleinen Jungen, daß sie viel Zucker nahmen. Und es gab das erhoffte Gelächter.

Tee in Brandham war eine große Sache. Was gab es da für Kuchen und belegte Brötchen und Marmeladen! Die Hälfte davon ging an die Kuriertafel zurück. Wenn ich an Ted dachte, der seinen einsamen Tee an seinem zerkratzten Küchentisch trank, dann nur, um mich zu wundern, wie ich jemals dorthin geraten war. Ich hatte nur noch ein ungutes Gefühl, als wäre ich im Käfig eines Raubtiers gewesen. Die wohlanständigen Laute, die wir alle beim Essen und Trinken von uns gaben, die leichte Konversation, die gedämpften Stimmen, die leisen Geräusche der mit selbstverständlicher Sicherheit herumgereichten Gegenstände, der Platten, die von Hand zu Hand gingen, das Glitzern der Goldspur, wie faszinierend war das alles! Und dennoch hätte ich es nicht so sehr genossen, hätte ich das andere nicht gekannt.

Als ich Marian meine Tasse hinhielt, um sie nachfüllen zu lassen (ich beanspruchte dieses Privileg als Gast, der schon länger da war), gab sie mir einen sprechenden Blick, dessen Bedeutung mir nicht entging. »Bleib noch da«, sagte er, »oder komme nachher zu mir.« Aber obwohl ich verstanden und obwohl ich alles sehr genossen hatte, tat ich das nicht. Ich ging auf mein Zimmer zurück, schloß mich ein und schrieb den Brief.

Wenn ich fortging, und nur wenn ich fortging, so schien mir, würden die Beziehungen zwischen Ted und Marian aufhören. Ich fragte mich nicht, wie sie es gehalten hatten, ehe ich kam. Ich überlegte: Es gibt niemanden außer mir, der die Briefe überbringen kann. Sie müssen am gleichen Tag hin- und zurückgebracht werden; denn Marian weiß erst nach dem Frühstück, welche Pläne ihre Mutter hat. Wenn ich nicht mehr da bin, können sie sich nicht treffen, und Lord Trimingham wird nie erfahren, daß seine künftige Braut zu intim mit einem anderen Mann ist. Wenn ich bleibe, muß ich tun, was sie mir befiehlt. Das einzig Richtige ist, daß ich gehe. Ich konnte in dieser Überlegung keinen Widerspruch entdecken.

Ich fragte mich nicht, weshalb diese Aufträge, die einmal mein Entzücken gewesen waren, nun mein Alpdruck waren. Ich hatte mich verändert, nicht sie. Zum erstenmal in meinem Leben verspürte ich eine starke Verpflichtung in einer Angelegenheit, die eigentlich nicht mich anging – ein Gefühl von Sollen und Nichtsollen. Bisher hatte meine Maxime gelautet: Kümmere dich um deine eigenen Angelegenheiten. Und das war die Maxime der meisten meiner Schulkameraden. Wenn mich jemand angriff, versuchte ich mich selbst zu verteidigen. Wenn ich eine Regel verletzt hatte, versuchte ich, den Konsequenzen zu entgehen. Wo keine Regeln bestanden und wenn man mich nicht angriff, waren Recht und Unrecht für mich völlig beziehungslose Begriffe, die mir nur manchmal in Form von Mißbilligung oder Billigung meiner Handlungen entgegentraten. Aber jetzt fühlte ich mich wegen solcher Skrupel verpflichtet, Vorsichtsmaßnahmen zu ergreifen – und das unter Aufopferung meiner eigenen Interessen; denn ich wollte Brandham ja nicht verlassen.

Natürlich hatten mich Marian und Ted provoziert, aber ich besaß genug Fairness, um einzusehen, daß ich sie zuerst angegriffen hatte. Sie verteidigten sich gegen mich. Ich glaubte zu wissen, was für mich, für sie, für Lord Trimingham, für alle das beste sei: Ich würde also gehen. Ich hatte nicht das Gefühl, daß ich fortlief. Aber ich lief fort. Ich war erschüttert und verängstigt und traute weder mir noch sonst jemandem.

Der Briefkasten in der Halle war geleert worden, und mein Brief würde bis morgen warten müssen. Mein anderer Brief hatte einen Vorsprung von fast einem Tag, aber ich zweifelte nicht, daß der zweite das Telegramm mit meiner Abberufung auslösen würde.

Als ich durch die Halle ging, lief ich Lord Trimingham in die Arme. »Genau der Mann, den ich brauche«, sagte er, wie schon Marian gesagt hatte. »Möchtest du dir meine Anerkennung verdienen?«

Die Bestechungsversuche der anderen waren handfester gewesen, aber dafür erschien mir dieser nicht so riskant.

»O ja!«

»Nun, dann sei so lieb und such' mir Marian, mein Guter.«

Sofort sank mir der Mut. Sie war der Mensch, dem ich zuallerletzt begegnen wollte.

»Aber ich denke, Sie wollen ihr keine Botschaften mehr schicken!« protestierte ich.

Zum erstenmal seit unserer Bekanntschaft – wenn ich die Anzeichen dafür richtig verstand – sah er verstimmt aus, und ich dachte, er würde auf mich losgehen wie die anderen. Er sagte ziemlich scharf: »Oh, bitte, bemühe dich nicht, wenn du keine Zeit hast. Ich wollte ihr nur etwas sagen. Sie fährt morgen nach London, und ich habe vielleicht keine andere Möglichkeit mehr.«

»Sie fährt nach London?«

»Ja, bis Mittwoch.« Ich fand, daß er im Ton eines Besitzers von ihr sprach.

»Das hat sie mir gar nicht erzählt«, sagte ich mit der beleidigten Stimme eines Dienstboten, den man von einem erwarteten Besuch nicht in Kenntnis gesetzt hat.

»Sie hat eben zurzeit eine Menge im Kopf, sonst hätte sie das sicherlich getan. Jetzt sei ein Engel und such' sie, falls du sie nicht aus deinem Hut zaubern kannst.«

Plötzlich fiel mir zu meiner großen Erleichterung ein stichhaltiger Gegengrund ein: »Marcus sagte mir, daß sie nach dem Tee einen Besuch bei Nannie Robson machen wird.«

»Der Teufel soll Nannie Robson holen! Marian geht dauernd dorthin und erzählt, daß das alte Mädel ihr Gedächtnis verliert und vergißt, ob sie da war oder nicht.«

Ich war schon im Fortlaufen, als er mich zurückhielt. »Übertreib's nicht«, sagte er, indem er wieder in seine alte freundliche Art verfiel. »Du siehst ein bißchen blaß aus. Wir dürfen nicht zwei Kranke im Haus haben.«

»Oh, wer ist denn der andere?«

»Unsere Gastgeberin. Aber sie möchte nicht, daß darüber gesprochen wird.«

»Ist sie *sehr* krank?« fragte ich.

»O nein, es ist nichts Besonderes.« Ich merkte deutlich, daß es ihm lieber gewesen wäre, er hätte es mir nicht erzählt.

17

Ich traf Marcus, als ich gerade meinen Besuch beim Abfallhaufen nachholen wollte.

»Bon soir, schäbiger Page, wohin des Wegs?« sagte er.

Ich nannte ihm mein Ziel.

»Ach, doch nicht dahin. Je le trouve trop ennuyeux«, sagte er. »Laß uns etwas anderes ausdenken.«

Ich seufzte. Es würde eine französische Unterhaltung werden. Französisch war eines der wenigen Fächer in der Schule, in denen Marcus mir überlegen war. Er hatte eine französische Gouvernante gehabt, der er seine gute Aussprache verdankte. Außerdem war er, im Gegensatz zu mir, in Frankreich gewesen und hatte dort Wörter und Redensarten aufgeschnappt, die ihm seine Gouvernante nicht beigebracht hatte. Und er hatte die ärgerliche Angewohnheit, ein Wort, das man falsch aussprach, in der richtigen Aussprache zu wiederholen. Aber er war nicht eingebildet und erlaubte sich, seinem guten Französisch einen Hauch jenes Kauderwelschs zu geben, das wir alle manchmal sprachen. Ich war sein Gast und somit verpflichtet, mich zu fügen. Ich mußte zugeben, daß er so anständig gewesen war, nicht schon früher auf einer Form von Unterhaltung zu bestehen, bei welcher er glänzte und ich nicht. Ich glaube auch nicht, daß er jetzt darauf bestanden hätte, wenn ihn meine Erfolge vom Samstag nicht noch gewurmt hätten. Er glaubte, daß ich immer noch eines Dämpfers bedürfe; denn er wußte ja nicht, daß dies bereits reichlich geschehen war. Und halb und halb erriet ich seine Absicht und verübelte sie ihm. Während unserer Unterhaltungen wetteiferten wir oft um die größere Wortgewandtheit; wir balancierten auf einer messerscharfen Grenze zwischen Zuneigung und Ausfallendwerden. Aber diesmal machte sich unsere sonst sorgfältig verborgene Animosität bemerkbar.

»Je suggère que nous visitons les Geräteschuppen«, schlug ich mit großer Mühe vor.

»Mais oui! Quelle bonne idée. Ce sont des places délicieuses!«

»Ich dachte, eine place heißt ein Platz«, bemerkte ich.

»Bon! Vous venez sur!« sagte er kleinlaut, fiel dabei aber, wie ich mit Erleichterung feststellte, in eine Art Französisch zurück, das weniger schulmeisterlich war. »Et que trouvons-nous là?«

»La Schwarze Tollkirsche, zum Beispiel«, antwortete ich in der Hoffnung, ihn ins Englische zu locken.

»Vous voudriez dire, la belle-dame, n'est-ce-pas?«

»Oui, Atropa belladonna«, antwortete ich und übertrumpfte sein Französisch mit Latein.

»Eh bien, je jamais!« erwiderte er. Aber ich wußte, daß das Spiel eins zu null für mich stand; denn das »Eh bien, je jamais«, obwohl ironisch gemeint, galt als ein Zugeständnis, daß man beeindruckt war, und wir kehrten für eine Weile wieder zu unserer Muttersprache zurück oder, besser gesagt, zu einer altertümelnden und drolligen Form des Englischen.

Fast in jedem Semester gingen gewisse Wörter und Redensarten wie ein Lauffeuer durch die ganze Schule und erhielten eine fetischähnliche Bedeutung. Jedermann benutzte sie, aber keiner wußte, wer damit begonnen hatte. Umgekehrt wurden andere Worte, die vollkommen harmlos waren, plötzlich tabu, und ihr Gebrauch erregte den äußersten Spott. Wir mußten unsere Zungen davor hüten. Ich konnte immer noch hören, wie meine Peiniger mir »überwältigt« zuzischten. Diese Moden pflegten in wenigen Wochen passé zu sein, und die Wörter gewannen dann wieder ihre normale Bedeutung zurück. »Vous venez sur« (Sie kommen drauf) und »Eh bien, je jamais« (Gut, ich nie) waren gerade der letzte Schrei.

Die Geräteschuppen lagen etwa zehn Minuten weit weg. Sie gehörten zu einem alten Küchengarten, der, wie solche Gärten oft, ziemlich weit vom Haus entfernt angelegt worden war. Der Weg, ein Pfad aus Erde und Asche, war von zwei langen Rhododendronhecken flankiert, und ich kann mir vorstellen, daß er häufig aufgesucht wurde, wenn die Hecken blühten. Jetzt aber war er düster, wenig einladend und eher furchteinflößend, und das erklärte zum Teil das Geheimnis der Anziehungskraft, die er auf mich ausübte. Ich hatte mehrmals Ansätze gemacht, die Schwarze Tollkirsche wiederzusehen, und war jedesmal, von unerklärlicher Furcht überwältigt, umgekehrt, ehe ich mein Ziel erreicht hatte. Aber nur einmal, als ich Marian traf, war ich jemandem auf diesem Weg begegnet. Doch mit Marcus an meiner Seite wurde meine Furcht zu einem angenehm prickelnden Entdeckergefühl.

»Je vois l'empreinte d'un pied!« rief er und verfiel wieder ins Französische.

Wir blieben stehen und beugten uns zur Erde. Der Pfad war sehr trocken, das Gras verdorrt, die Erde puderiger Staub. Aber es schien wirklich ein Fußabdruck zu sein, ein sehr kleiner. Marcus stieß ein Geheul aus, das ein indianischer Kriegsruf sein sollte.

»Eh bien, je jamais! Je dirai à maman que nous avons vu le Spur de Freitag.«

»Ou de mademoiselle Freitag«, schlug ich scherzhaft vor.

»Vous venez sur! Certes, c'est la patte d'une dame. Mystère! Que dira maman? Elle a une grande peur des voleurs.«

»Ich hätte eher gedacht, daß deine Mutter sehr mutig ist«, widersprach ich ihm. »Sogar mutiger als die meine«, fügte ich hinzu, denn ich wünschte nicht, daß das Gespräch sich zu weit von meinen eigenen Angelegenheiten entfernte.

»Mais non! Elle est très nerveuse. C'est un type un peu hystérique«, sagte er mit der kühlen Objektivität eines Arztes. »En ce moment elle est au lit avec une forte migraine, le résultat de tous ces jours des Anstrengungen.«

Ich war froh, daß Marcus über dieses letzte Wort gestolpert war, aber es tat mir leid zu hören, daß sich seine Mutter nicht wohlfühlte.

»Aber was strengt sie an?« fragte ich. »Es scheinen doch so viele Leute da zu sein, um ihr zu helfen.« Für mich stand das Wort Anstrengungen, wie für eine moderne Hausfrau, im Zusammenhang mit dem Haushalt.

Er schüttelte geheimnisvoll den Kopf und erhob seinen Finger.

»Ce n'est pas seulement ça. C'est Marianne.«

»Marian?« Ich sprach den Namen englisch aus.

»Mais oui, c'est Marianne.« Er senkte seine Stimme. »Il s'agit des fiançailles, vous savez. Ma mère n'est pas sûre que Marianne –« Er rollte die Augen und legte den Finger an die Lippen.

Ich verstand kein Wort.

»Ihre Verlobung einhalten wird – wenn man es dir schon auf Englisch sagen muß.«

Ich war wie vom Donner gerührt, nicht nur über die Nachricht, sondern auch über Marcus' Indiskretion. Und ich bin fast sicher, daß er vorsichtiger gewesen wäre, hätte er sich nicht von seinem eigenen Französisch mitreißen lassen und davon, daß er versuchte, sich wie ein Franzose zu gebärden und sich vor mir aufzuspielen. Wie weit ging sein Verdacht? Wie weit der Verdacht seiner Mutter? Ich wußte, daß er ihr Liebling war;

Denys bedeutete ihr nichts, und sie richtete, jedenfalls in meiner Gegenwart, nur selten das Wort an Mr. Maudsley. Vielleicht war Marcus ihr Vertrauter, so wie meine Mutter mir manchmal Dinge anvertraute – Dinge, die mich überraschten. Vielleicht neigten alle Frauen in gewissen Momenten dazu, Geheimnisse auszuplaudern. Aber wieviel wußte sie wirklich?

Mir kam eine Idee. »Vous avez vu votre sœur chez mademoiselle Robson?« brachte ich nach langem Überlegen heraus.

»Robsón«, wiederholte Marcus mit starker Betonung der zweiten Silbe. »Mais non! Quand je suis parti, la Marianne n'était pas encore arriveé. Et la pauvre Robsón était bien fâcheuse; denn sie behauptet, daß Marian sie fast nie besucht«, sagte Marcus hastig. »Ich sage das auf Englisch, um es dir leichter zu machen, du insulare Eule.«

»Lord Trimingham erzählte mir«, sagte ich nachdrücklich und ignorierte die Beleidigung, »daß Marian behauptet, Nannie Robson hätte, nun – sie hätte perdu sa mémoire.« Ich schloß mit einem französischen Schnörkel.

»Perdu sa – dummes Zeug!« entgegnete Marcus und fiel aus der Rolle. »Sa mémoire est aussi bonne que la mienne et cent fois meilleure que la vôtre, sale type de Tagträumer!«

Dafür bekam er eine drauf, aber die Nachricht beunruhigte mich.

»Lord Trimingham erzählte auch, daß Marian morgen nach London fährt«, sagte ich. »Pourquoi?«

»Pourquoi?« sagte Marcus mit viel besserer Aussprache als ich. »En part, parce que, comme toutes les femmes, elle à besoin des habits neufs pour le bal; mais en grand part, à cause de vous, vous –« Da ihm das passende Epitheton nicht einfiel, blies er statt dessen die Backen auf.

»A cause de moi?« fragte ich. »Meinetwegen?«

»Vous venez sur!« kam die prompte Antwort. »Ja, deinetwegen! Sie fährt, um etwas zu kaufen, was du vielleicht unter dem Namen cadeau kennst.«

»Ein Geschenk!« sagte ich, und einen Augenblick lang überkamen mich Gewissensbisse. »Aber sie hat mir doch schon so viel geschenkt?«

»Diesmal handelt es sich um etwas Besonderes zu deinem Geburtstag«, sagte Marcus, und er sprach deutlich und laut wie zu einem Tauben oder einem Trottel. »Entendez-vous, coquin? Comprenez-vous, nigaud? Aber du wirst niemals erraten, was es ist.«

Vor lauter Aufregung vergaß ich meine Angst vor Marians Geschenken, von denen ich doch wußte, daß es Danaergeschenke waren.

»Weißt du denn, was es ist?« rief ich aus.

»Ja, aber ich sage es nicht petits garçons.«

Ich schüttelte ihn, bis er »Pax« schrie.

»Schwöre, daß du niemandem sagst, daß ich's dir gesagt habe.« Ich hatte offenbar auch sein Französisch aus ihm herausgeschüttelt.

»Ich schwöre.«

»Schwöre auf französisch, si vous le pouvez.«

»Je jure.«

»Und schwöre, daß du erstaunt aussiehst, wenn Marian es dir gibt – obwohl du ja nicht umhinkannst, erstaunt auszusehen, du Mondkalb. Das ist dir angeboren.« Und er äffte meinen Gesichtsausdruck nach.

»Je jure«, sprach ich und ignorierte seine Grimassen.

»Willst du dir Mühe geben, mich zu verstehen, wenn ich's dir auf französisch sage?«

Ich antwortete nicht.

»C'est une bicyclette.«

Für ein Kind von heute wäre diese Enthüllung wohl eine

Antiklimax gewesen, mir öffnete sie die Pforten zum Paradies. Ein Fahrrad war das, was ich mir am meisten von allem auf der Welt wünschte und was ich mir zuallerletzt erhofft hätte; denn es überstieg, das hatte ich durch Fragen bereits festgestellt, die Mittel meiner Mutter. Ich bestürmte Marcus mit Fragen – über die Marke, die Größe, die Reifen, die Beleuchtung, die Bremsen. »C'est une bicyclette Oombaire«, sagte Marcus in so gewähltem Französisch, daß ich den berühmten Namen Humber nicht gleich erkannte. Aber auf meine anderen Fragen antwortete er immer nur »je ne sais pas«, in einem Singsang, der mich fast wahnsinnig machte.

»Je ne l'ai pas vu«, sagte er schließlich. »C'est un type qui se trouve seulement à Londres, den man nur in London bekommt, espèce de Quadratschädel. Aber etwas, das du mich noch nicht gefragt hast, kann ich dir sagen.«

»Was?«

»Sa couleur oder, wie du sagen würdest, seine Farbe.«

»Was hat es für eine Farbe?«

»Vert – un vert vif.«

Es war sehr dumm von mir, aber ich verstand »verre«, und ich starrte ihn zweifellos mondgesichtig und eulenhaft an; denn ich überlegte, wieso ein Fahrrad wohl die Farbe eines lebhaften Glases haben könne.

Schließlich klärte er mich auf. »Grün, grün, mon pauvre imbécile, giftgrün«, und gerade als dieses Bild mir in seiner ganzen Pracht aufging, fügte er hinzu: »Et savez-vous pourquoi?«

Ich konnte es nicht erraten.

»Parce que vous êtes vert vous-même – du bist selbst grün, wie man im lieben alten England sagt«, übersetzte er, damit keine Zweifel für mich bestanden. »Das ist die Farbe, die zu dir paßt. Marian hat es selbst gesagt.« Und er fing an, um mich herumzuhüpfen und sang dazu: »Grün, grün, grün.«

Mir fehlen die Worte, um auszudrücken, wie schmerzlich mir diese Eröffnung war. Im ersten Augenblick raubte sie mir die ganze Freude an dem Fahrrad. Die meisten von Marcus' Sticheleien waren an mir abgeprallt, aber grün genannt zu werden, das saß. Und wie andere lieblose Äußerungen dieses Tages warf sie einen schwarzen Schatten über die Vergangenheit, die ich für begraben gehalten hatte. Der grüne Anzug, dieses beglükkende Geschenk, Lincolngrün, das Grün des Zauberwaldes, Robin Hoods Grün – auch das war eine subtile Beleidigung gewesen, die darauf abzielte, mich lächerlich zu machen.

»Hat sie das wirklich gesagt?« fragte ich.

»Mais oui! Vraiment!« Und er fing wieder an zu singen und zu hüpfen.

Vielleicht hüpfen heute die Schuljungen nicht mehr umeinander herum, aber damals taten sie es, und es war für das Opfer eine außerordentlich enervierende und erbitternde Erfahrung. Einen Augenblick lang haßte ich Marcus, und ich haßte Marian. Ich begriff, wie grün ich auf sie wirken mußte, und begriff, wie sehr sie das ausgenutzt hatte. Jetzt würde ich zurückschlagen, und das auf Französisch.

»Savez-vous où est Marian en ce moment-ci?« fragte ich mit Bedacht.

Marcus erstarrte und sah mich mit aufgerissenen Augen an. »Nein«, sagte er, und seine Stimme klang mit einemmal sehr englisch. »Weißt du etwa, wo sie ist?«

»Oui«, antwortete ich, entzückt, daß ich nun meinerseits Französisch mit ihm sprach. »Je sais bien.«

Das war durchaus unwahr. Ich hatte keine Ahnung, wo sie war, obschon ich vermutete, daß sie sich mit Ted verabredet hatte.

»Wo, wo?« sagte er.

»Pas cent lieues d'ici.« Ich kannte das französische Wort für

»Meile« nicht und erweckte wohl den Eindruck, daß Marian ganz in der Nähe war.

»Aber wo, wo?« wiederholte er.

»Je ne dis pas ça aux petits garçons«, gab ich zurück, und nun begann ich um ihn herumzuhüpfen und zu singen: »Petits garçons, petits garçons, ne voudriez-vous pas savoir?«

»Pax«, schrie Marcus schließlich, und ich hörte auf, um ihn herumzuwirbeln.

»Aber weißt du wirklich, wo sie ist, großer Häuptling?« fragte Marcus.

»Mais oui, mais oui, mais oui«, war alles, was ich zugestehen wollte.

Hätte ich daran gedacht, was für eine Plaudertasche Marcus war, hätte ich mein angebliches Wissen über Marians Aufenthaltsort niemals hinausposaunt. Aber die Tatsache, daß ich ihn in Wirklichkeit gar nicht kannte, ließ die Äußerung paradoxerweise eigentlich nicht als Verrat erscheinen. Ich hätte übrigens auch nichts gesagt, wenn wir Englisch gesprochen hätten; dann hätte ich meine Zunge mehr im Zaum gehalten. Aber mein französisches Ich ging mit mir durch. Im Französisch-Wettkampf mit Marcus fühlte ich mich wie ein anderer Mensch – wie zweifellos auch er. In einer fremden Sprache muß man etwas sagen, will man nicht dumm dastehen, selbst wenn dieses Etwas besser ungesagt bliebe. Aber was mich am meisten bedrückte, war das Gefühl, daß ich Marian einen schlimmen Streich spielte. Indem ich sagte, ich wisse, wo sie sei, befreite ich mich von der Wut, die ich auf sie hatte; dadurch, daß ich es aber nicht wußte, entlastete ich mein Gewissen.

Wir gingen schweigend nebeneinanderher, und ab und zu hüpften wir, um die Spannung herabzumindern und unsere erhitzten Gemüter abzukühlen. Da sah ich plötzlich etwas, das mir einen eisigen Schauer einjagte.

Wir konnten nun den Schuppen, in dem die Schwarze Tollkirsche wuchs, sehen; und die Schwarze Tollkirsche kam aus der Tür.

Sekundenlang glaubte ich tatsächlich, es sei ihr die Fähigkeit verliehen worden sich fortzubewegen, und sie komme auf uns zu. Dann erklärte sich das Phänomen: Seit meinem letzten Besuch war der Busch derart gewachsen, daß ihm der Schuppen zu eng geworden war.

An der Schwelle, die er versperrte, blieben wir stehen und spähten ins Innere. Marcus wollte sich an der Pflanze vorbei in den Schuppen zwängen. »Oh, nicht«, flüsterte ich, und er lächelte und trat zurück. Das war der Augenblick unserer Versöhnung. Der Busch hatte sich erstaunlich ausgebreitet; er überwucherte die Wände, die kein Dach mehr trugen, drängte sich beim Versuch, einen Auslaß zu finden, in ihre Ritzen, angetrieben von einer geheimen, explosiven Kraft, von der ich fühlte, daß sie diese Wände sprengen würde. Er war durch die Hitze, die alles übrige verdorrt hatte, zu üppiger Entfaltung gelangt. Seine Schönheit, deren ich mir wohl bewußt war, schien mir zu überladen, in jeder Einzelheit zu herausfordernd. Die unheilverkündenden, schweren, purpurnen Blütenglocken, die dreisten, schwarzglänzenden Beeren verhießen mir etwas, was ich nicht haben wollte. »Alle anderen Pflanzen«, dachte ich, »blühen für das Auge. Im Anschauen offenbart sich ihre Vollkommenheit: Das Geheimnis des Wachstums manifestiert sich in ihnen, unergründlich und doch so einfach!« Aber diese Pflanze schien etwas im Schilde zu führen, sie schien ein fragwürdiges Spiel mit sich selbst zu treiben. Sie war ohne Harmonie, ohne jede Proportion. Sie zeigte alle Stadien ihrer Entwicklung auf einmal. Sie war gleichzeitig jung, reif und alt. Nicht nur, daß sie ihre Früchte und Blüten zur selben Zeit trug, auch in der Größe ihrer Blätter bestand ein seltsamer Unterschied. Einige waren nicht länger als mein kleiner Finger, andere viel länger als meine Hand. Sie lud zur näheren Betrachtung ein und stieß gleichzeitig ab, als berge sie ein dunkles Geheimnis, von dem sie aber doch wünsche, daß man es erfahre. Draußen begann die Dämmerung hereinzubrechen, aber drinnen im Schuppen war es bereits Nacht.

Zwischen Faszination und Abscheu hin und her gerissen, wandte ich mich ab; und in diesem Augenblick hörten wir Stimmen.

Tatsächlich war es nur eine Stimme; wenigstens konnte man nur eine Stimme hören. Im Gegensatz zu Marcus erkannte ich sie sofort. Es war die Stimme von »Andere Lippen ...«, und sie sprach zweifellos die Sprache der Betörung. Was ich hörte, war nur ein leises, eindringliches Murmeln, das abbrach, um auf eine Antwort zu warten; aber es kam keine Antwort. Sie hatte etwas Hypnotisches, wie ich es noch nie bei einer anderen Stimme gehört hatte. Sie war drängend, schmeichelnd und zugleich von äußerster Zärtlichkeit, mit einem dunklen Unterton verhaltenen Lachens vibrierend, das jeden Moment ausbrechen konnte. Es war die Stimme eines Menschen, der sehr dringend etwas forderte und überzeugt war, daß er es bekommen würde, der aber gleichzeitig willens, ja von innen heraus gezwungen war, mit der ganzen Kraft seines Wesens darum zu bitten.

»Ein Verrückter, der Selbstgespräche führt«, flüsterte Marcus. »Sollen wir nachschauen?«

Im gleichen Augenblick wurde eine zweite Stimme vernehmbar, tonlos, unkenntlich, aber deutlich. Marcus' Augen leuchteten auf.

»Eh bien, je jamais! C'est un couple«, flüsterte er, »un couple qui fait le poussage.«

»Fait le poussage?« wiederholte ich verständnislos.

»Poussieren, du Idiot. Komm, wir wollen sie aufscheuchen.«

Gleichermaßen entsetzt über das, was ich entdecken würde oder darüber, selbst entdeckt zu werden, hatte ich plötzlich eine Eingebung.

»Mais non!« flüsterte ich. »Ça serait trop ennuyeux. Laissons-les faire.«

Ich machte mich entschlossen auf den Heimweg, und Marcus folgte mir, mehrmals zurücklinsend, höchst unwillig. Trotz meines wilden Herzklopfens und der Erleichterung, die ich verspürte, fand ich noch Zeit, mich zu beglückwünschen. Das Wort »ennuyeux« war mein Trick gewesen. Marcus hatte es benutzt, als er geringschätzig von dem Abfallhaufen sprach. In seinem ganzen, großen Vokabular besaß es die allerabschätzigste Bedeutung. Frühreif und altklug, wußte er bereits, daß es eine unverzeihbare Sünde war, langweilig zu sein.

»Das nenne ich den Gipfel der Frechheit!« schäumte Marcus, als wir außer Hörweite waren. »Was fällt denen ein, zum Poussieren hierherzukommen? Ich möchte wissen, was Mama dazu sagen würde.«

»Oh, ich würde ihr nichts davon erzählen, Marcus«, sagte ich rasch. »Sag's ihr nicht. Versprich, daß du's nicht tust. Jurez, jurez, je vous en prie.«

Aber er tat mir diesen Gefallen nicht, nicht einmal auf französisch.

Wieder in voller Einigkeit, gingen wir gemächlich, mit arglosen Gesichtern nebeneinanderher und stießen uns nur manchmal in die Seite. Ich dachte über vieles nach.

»Wie lange dauert eine Verlobung?« fragte ich. Marcus wußte das sicherlich.

»Cela dépend«, verkündigte er sphinxhaft. »Vielleicht ist es dir lieber, wenn ich die Frage auf englisch beantworte«, sagte er plötzlich. »Das ist eine Sprache, die deiner schwachen Intelligenz mehr liegt.«

Ich überhörte dies.

»Im Fall von Stallknechten, Gärtnern, Dienstbolzen und ähnlichem Kroppzeug«, sagte Marcus, »kann sie ewig dauern. Bei Menschen unserer Klasse dauert sie meistens nicht sehr lange.«

»Wie lange?«

»Oh, ungefähr einen Monat. Deux mois, trois mois.«

Ich dachte darüber nach.

»Manchmal werden Verlobungen aufgelöst, nicht wahr?«

»Das ist es ja, was Mama beunruhigt. Aber Marian wird niemals so folle sein – fou in deinem Fall, Colston, das Maskulinum trifft genau auf dich zu; schreib das, bitte, hundertmal – so folle, um Trimingham planté là zu lassen. Was habe ich gesagt, Colston?«

»Planté là«, wiederholte ich demütig.

»Übersetze es bitte.«

»Sitzenzulassen.«

»Sitzenzulassen, in der Tat! Setz dich. Der Nächste, der Nächste, der Nächste, der Nächste, der Nächste. Weiß keiner von euch die richtige Übersetzung für ›planté là‹?«

»Nun, was heißt es denn?« fragte ich.

»Planté là heißt – es heißt, nun, alles, was du willst, außer ›sitzenlassen‹.«

Ich schluckte auch dies. Ich war wieder ganz mit meinen Gedanken beschäftigt, die jetzt wie Bienen um einen Honigtopf schwärmten. Das grüne Fahrrad! Selbst wenn es eine Beleidigung war – und ich zweifelte nicht daran –, so konnte ich diese Beleidigung hinunterschlucken. Würde ich es fertigbringen, sie *nicht* zu schlucken? Das war die Frage. Das Fahrrad war mir bereits teurer als alles, was ich besaß. Ich war überzeugt, daß ich es nicht bekommen würde, wenn ich vor meinem Geburtstag abreiste. Sie würden beleidigt sein und es zurückgeben oder vielleicht Marcus schenken, obwohl er bereits eines besaß. Ich sah mich durch unsere Dorfstraße radeln, die mir während der letzten Stunden wieder viel näher gekommen und wirklicher geworden war, ich sah mich abspringen und das Rad gegen einen der Pfosten lehnen, an denen die Absperrketten befestigt waren, die unsere Straßenfront schützten. Wie sehr würde es von allen bewundert werden! Ich konnte nicht radfahren, aber ich würde es rasch lernen. Mutter würde zuerst helfen und mich am Sattel halten, und auch der Gärtner würde es tun … Hügelauf und hügelab würde es gehen, dahinstürmend, schwebend …

Und dennoch hatte ich ein ungutes Gefühl. Ich war sicher, daß irgendwo ein Haken war; und obwohl mir das Wort »Schweigegeld« unbekannt war, flatterte seine Bedeutung wie eine Fledermaus durch meine Gedanken.

Ich war zu müde, um einen einzelnen Gedanken noch lange festzuhalten, nicht einmal den Gedanken an das Fahrrad. Ich war darauf, wie ich die Situation im Schuppen gemeistert hatte, so stolz gewesen; jetzt überlegte ich, ob es nicht besser gewesen wäre, wenn ich, statt mit Marcus zu flüstern, einen warnenden Schrei ausgestoßen hätte.

»Vous êtes très silencieux«, sagte Marcus. »Je n'aime pas votre voix, die häßlich und ölig ist und nur dazu taugt, um sich bei einer Dorfsingerei hören zu lassen. Et quant à vos sales pensées, crapaud, je m'en fiche d'elles, je crache darauf. Mais pourquoi avez-vous perdu la langue? Deine lange, dünne, schleimige, gefleckte Schlangenzunge?«

Wir trennten uns an seiner Schlafzimmertür. Bis zum Abendbrot war noch viel Zeit, und ich schlich mich in die Halle, um nach dem Briefkasten zu sehen. Mein Brief war immer noch da. Er lehnte an der Glasscheibe, und hinter ihm lagen noch andere Briefe. Ich fingerte an der Türe herum, und zu meinem größten

Erstaunen ging sie auf. Ich hielt den Brief in der Hand. Wenn ich ihn zerriß, dann gehörte mir auch das Rad. Einen Augenblick lang focht ich einen furchtbaren inneren Kampf aus. Dann warf ich den Brief wieder ein und ging, mit heftigem Herzklopfen, auf den Zehenspitzen die Treppe hinauf.

18

Als ich am nächsten Morgen zum Frühstück herunterkam, war der Brief fort. Welch erlösender Augenblick! Am Frühstückstisch fehlten zwei Personen: Marian und ihre Mutter. Marian, so erfuhr ich, hatte den Frühzug nach London genommen; Mrs. Maudsley lag noch zu Bett. Ich überlegte, was ihr wohl fehle. Un type hystérique, hatte Marcus sie genannt. Was für Symptome sich wohl bei ihr zeigen mochten? Hatte sie vielleicht Krämpfe? Ich wußte nur, daß manchmal Dienstboten hysterisch waren. Ich hatte keine Ahnung, worin sich Hysterie äußerte, konnte sie aber nicht mit Mrs. Maudsley in Verbindung bringen; denn abgesehen davon, daß sie eine Dame war, war sie immer so gelassen. Der scharfe, stetige Blick ihrer Augen, dessen Scheinwerferstrahl einen so sicher einfing! Sie war stets unverändert freundlich zu mir gewesen; in mancher, ja vielleicht in jeder Hinsicht freundlicher als Marian. Aber gerade wegen dieser Gelassenheit empfand ich ihre Gegenwart als bedrückend. Wäre sie meine Mutter gewesen, ich hätte nicht den Mut gehabt, sie zu lieben. Marcus liebte sie; aber vielleicht kannte er sie von einer anderen Seite. Denys benahm sich in ihrer Anwesenheit besonders ungeschickt; sobald er sich von ihr beobachtet fühlte, sah er auch schon aus, als würde er etwas hinfallen lassen – oder er ließ es fallen. Ja, man atmete freier, wenn Mrs. Maudsley nicht da war.

Liebte Marian sie? Ich hätte es nicht sagen können. Ich hatte gesehen, wie sie einander wie zwei Katzen belauerten; und dann, ebenfalls wie Katzen, wieder gleichgültig voneinander ließen, als sei die Ursache ihres geheimen Streites plötzlich gegenstandslos geworden. Das entsprach nicht meiner Vorstellung von Liebe; für mich war Liebe etwas Überschwenglicheres.

Ich hatte Marian geliebt, oder ich hätte es jedenfalls so ausgedrückt, wenn mich jemand, der mein Vertrauen besaß, danach gefragt hätte. Aber es fragte mich keiner, und meiner Mutter hätte ich es bestimmt nicht erzählt. Was empfand ich für Marian? Diese Frage stellte ich mir, als wir knieten und beteten und meine Gedanken sich mit Vergebung hätten beschäftigen sollen. Aber ich fand keine Antwort. Eigentlich erwartete ich geradezu, ihr spöttisches Gesicht auf der gegenüberliegenden Tischseite zu sehen, und als ich es nicht sah und mir klar wurde, daß ich es bis Mittwoch nicht sehen würde, überkam mich ein Gefühl großer Erleichterung. Bis Mittwoch, ja schon am Dienstag, würde mein Marschbefehl eingetroffen sein. Brandham wäre dann für mich ein abgeschlossenes Kapitel. Schon jetzt fühlte ich mich nur noch als Randfigur.

Selbst als sie für mich noch all das verkörperte, was ich am meisten bewunderte, und ihre Stimme, die meinen Namen mit ironischem, vertrautem Klang aussprach, mir das äußerste an Glück schenkte, was eine menschliche Beziehung schenken kann, selbst da hatte ich immer ein wenig Angst vor ihr gehabt und gefürchtet, ich könnte ihren Ansprüchen nicht genügen. Worin diese bestanden, wußte ich nicht so recht zu sagen. Jedenfalls war es nicht allein ihre Schönheit, die mich fesselte. Ich glaube nicht, daß ich sie je etwas besonders Gescheites habe sagen hören, obgleich ich es auch nicht bemerkt hätte, wäre es der Fall gewesen. Nein, es war die gutmütige Ungeduld, die sie Menschen und Dingen gegenüber zeigte. Die Art, mit der sie vor den anderen ihr Ziel erreichte und davon abließ, während sich jene noch abmühten, und die beunruhigende Fähigkeit, zu erraten, was man sagen wollte, noch ehe es ausgesprochen war – das alles erweckte den Anschein ihrer Überlegenheit. Sie war schon am Ziel, während man sich noch keuchend abmühte; ihre Behendigkeit ließ die anderen schwerfällig und langweilig wirken. Ihre Überlegenheit hatte nichts Gönnerhaftes an sich; sie bekundete ein echtes Interesse für Menschen, und sie war stets sie selbst, egal mit wem sie auch sprach. Aber in ihren Augen wirkten wir anders, und das war immer recht verwirrend. Sie sah uns nicht so, wie wir selbst oder unsere Umgebung uns sahen. Es berauschte mich, daß sie von mir die Vorstellung des Grünen Jägers hatte. Unermüdlich konnte ich mich in diesem Spiegel betrachten; es war wie eine Wiedergeburt. Und sie allein konnte dieses Wunder vollbringen. Es war zwecklos, mir einzureden: »So sieht Marian mich.« Das Bildnis wurde erst dann lebendig, wenn sie den Spiegel hielt.

Und nun war der Spiegel zerbrochen. Ich allein wußte, wie viel Berechnung hinter ihrer scheinbaren Inkonsequenz steckte, und jeder Gedanke an sie war in Grün getaucht und vergiftet; ich brachte es kaum über mich, meinen grünen Anzug anzusehen. Sinnlos, mir jetzt einzureden, sie habe ihn mir ja geschenkt, ehe ich Briefe überbrachte; hatte sie mich doch immer schon als grünen Jungen angesehen. Marcus hatte mir das gesagt, und daß er gelogen haben könnte, bedachte ich nicht.

So kam es, daß ich über ihre Abwesenheit erleichtert war; erleichtert, weil sie mich der Belastung, ihren Ansprüchen gerecht zu werden, enthob, und weil ich nicht mehr jede Minute so sein mußte, wie ich glaubte, daß sie mich haben wollte, eine psychologische Übung, die ihren Zauber verloren hatte. Und ich fühlte mich erlöst von der drohenden Gefahr einer emotionellen Entgleisung, die vielleicht weitere Beschuldigungen und harte Worte zur Folge haben würde; denn ich glaubte, diese Gefahr gestern in ihren Augen drohen gesehen zu haben.

Ich bin es, der gealterte, der alte Leo, der diese Betrachtungen nachträglich anstellt. Damals analysierte ich meine Gefühle nicht weiter. Ich war froh, als ich fühlte, wie der Druck der äußeren Verhältnisse, unter dem ich gelitten hatte, nachließ und ich wieder in meine harmlose Vor-Brandham-Verfassung zurückfiel, in der ich keinen anderen Ansprüchen als meinen eigenen genügen mußte.

Vier von den Wochenendgästen hatten mit Marian den Frühzug genommen, so daß wir eine kleine Gesellschaft waren, nur sieben Personen: Mr. Maudsley, Lord Trimingham, Denys, Marcus und ich und ein älteres Ehepaar, Mr. und Mrs. Laurent, von denen ich nur noch in Erinnerung habe, daß sie ziemlich respekteinflößend waren. Auch der Tisch war kleiner geworden. Er war jetzt kaum größer als unser Eßtisch zu Hause, den ich so bald wiedersehen sollte. Die Katzen waren fort; es herrschte ein köstliches Gefühl von *détente.* Denys nahm die Gelegenheit wahr, uns einen langen Vortrag darüber zu halten, wie man Wilddiebe am besten zu fassen bekommt. »Papa, du vergißt nämlich«, sagte er mehr als einmal, »daß dieser Park ein sehr exponierter Park ist. Jeder kann hinein, einfach jeder, und von allen Seiten, und keiner von uns wird es merken.« Er schwätzte, sich ereifernd, drauflos, und da er auf keinen Widerspruch stieß, widersprach er sich selber. In Gegenwart seiner Mutter hätte er das nicht gewagt. Aber Mr. Maudsley fuhr ihm in meiner Anwesenheit niemals über den Mund, außer das eine Mal auf dem Cricketplatz.

Schließlich erhob sich unser Gastgeber, und wir folgten seinem Beispiel. »Zigarre?« fragte er unvermittelt, und seine tiefliegenden Augen wanderten von einem Gesicht zum anderen, einschließlich des meinen. Er stellte diese Frage oft zu, wie selbst ich merkte, sehr unpassenden Tageszeiten. Plötzlich erinnerte er sich da seiner Pflichten als Gastgeber und offerierte derartige aus der Pistole geschossene Gefälligkeiten. Wir lächelten und schüttelten die Köpfe und überließen das Eßzimmer den Domestiken. Kein Ordonnanzzimmer, keine Tagesbefehle, keine Botschaften zu überbringen, keine Probleme. Wir waren frei!

Als ich das Zimmer verließ, sagte Marcus: »Komm mit, ich will dir etwas sagen.« Fiebernd vor Neugierde, folgte ich ihm in Mrs. Maudsleys Wohnzimmer, genannt das Blaue Boudoir. Nie hätte ich gewagt, es zu betreten; aber Marcus genoß bei seiner Mutter gewisse Privilegien.

Er schloß die Tür und sagte, ziemlich verlegen:

»Kennst du den schon?«

»Nein«, sagte ich instinktiv, und wußte noch gar nicht, was kommen würde.

»Er ist sehr komisch und ziemlich ordinär.«

Ich war gespannt.

Marcus machte ein feierliches Gesicht und sagte: »Die Zuchteinblaser sind fort.«

Ich verdrehte krampfhaft die Augen und hoffte, daß mir allmählich dämmern würde, wieso das besonders komisch und ziemlich ordinär sei. Aber es war vergebens, und schließlich mußte ich das auch eingestehen.

Marcus runzelte die Stirne und legte den Finger an die Backe. Dann schüttelte er sich vor Verzweiflung:

»Ach, ich hab's falsch gesagt. Jetzt fällt es mir ein. Du mußt lachen! Es ist wahnsinnig komisch.«

Ich bereitete mich auf einen Lachkrampf vor.

»Es heißt: die Zucht*krämer* sind fort.«

Ich kicherte aus Nervosität; denn ich hatte den Witz keineswegs verstanden. Marcus, dem dies klar wurde, war verärgert.

»Wenn du nicht willst, brauchst du nicht zu lachen«, sagte er von oben herab. »Aber es ist *sehr* komisch.«

»Ich bin davon überzeugt«, sagte ich; denn ich wußte, wie unklug, um nicht zu sagen unmanierlich, es ist, über einen Witz, den man erzählt bekommt, nicht zu lachen. Ja, noch schlimmer, man setzte sich der Gefahr aus, als Dummkopf zu gelten.

»Ein Klassenführer in einem Internat hat ihn einem Freund von mir erzählt, und der hat sich vor Lachen gebogen«, sagte Marcus. »Und zwar, als einige Hilfslehrer geflogen waren, wegen Poussieren oder so was Ähnlichem. Sie waren wahnsinnig streng gewesen, hatten wegen jeder Kleinigkeit Krach geschlagen und Verweise erteilt, und das hat die Sache noch komischer gemacht. Verstehst du's jetzt?«

»Nicht ganz«, gestand ich.

»Also, *Krämer* – es gibt Eisenwarenkrämer oder Fischkrämer oder Gemüsekrämer oder Käsekrämer, aber hast du je etwas von einem Zuchtkrämer gehört?«

»Ich könnte es nicht behaupten.«

»Na, *ist* es nicht komisch?«

»Ich nehme an, ja«, sagte ich zweifelnd. Dann, als ich begriff, wie witzig die Wörter zusammengestellt waren, fing ich herzhaft zu lachen an. »Aber weshalb ist es ordinär?«

»Weil ›Zucht‹ ein ordinäres Wort ist, du Trottel.«

»Ist es das?« sagte ich und fühlte mich so klein, wie sich nur jemand fühlen kann, der seine Unkenntnis in schlüpfrigen Zoten eingestehen muß. »Warum ist es ordinär?«

Statt zu antworten, fing Marcus zu lachen an und lachte immer weiter. Er schloß die Augen und wackelte mit seinem runden Kopf, und sein ganzer Körper bebte vor Lachen. Endlich sagte er:

»Du bist selbst der größte Witz!«

Aus Angst, für einen Spielverderber gehalten zu werden, lachte ich mit, und als er sich ausgelacht hatte, fragte ich zum zweitenmal, obwohl es mich größte Überwindung kostete:

»Aber warum ist ›Zucht‹ ein ordinäres Wort? Bitte, erklär's mir.«

Aber er weigerte sich, mich aufzuklären, und ich bin überzeugt, daß er es nicht gekonnt hätte.

Dieser Tag und der folgende waren die beiden glücklichsten, die ich in Brandham Hall verbrachte. Sie waren mit dem Samstag und dem Sonntagvormittag nicht zu vergleichen. Ich fühlte mich nicht, um Teds Wort zu gebrauchen, »wie im Himmel«, sondern es waren Tage, in denen ich mich seelisch und körperlich in so guter Verfassung befand wie nie zuvor in meinem Leben. Es waren Tage der Genesung. Ich hatte das Gefühl, als erhole ich mich allmählich nach einer langen Krankheit oder als habe man mich mitten aus einem Turnier vom Spielfeld fort und unter die Zuschauer gezaubert.

Niemand besuchte uns, und auch wir besuchten niemanden. Zum erstenmal fühlte ich mich in Brandham Hall heimisch und nicht wie auf Besuch. Der Zwang, unterhalten zu müssen oder unterhalten zu werden, war vorüber. Niemand war mehr verpflichtet zu reden oder zuzuhören; wir konnten so unkommunikativ sein, wie wir wollten. Denys nutzte die Gelegenheit und redete viel; aber wir übrigen sprachen nur, wenn es uns gerade paßte. Ich entdeckte jetzt viele Dinge im und ums Haus (wenngleich auch nie die Südwest-Ansicht), die ich vorher nicht bemerkt hatte, weil uns die gesellschaftlichen Verpflichtungen zu sehr in Atem gehalten hatten. Das Wetter wurde beständiger und auch heißer; am Montag betrug die Temperatur achtundzwanzig Grad, am Dienstag einunddreißig Grad. Der von mir ersehnte Höchststand von fünfunddreißig Grad schien wieder in den Bereich des Möglichen zu rücken.

»Marian wird in London zerfließen«, sagte Lord Trimingham. »Nie spürt man die Hitze so stark wie beim Einkaufen.« Ich sah sie vor mir in einer überfüllten Fahrradhandlung, wo das warme Öl in alle Richtungen floß. »Du lieber Himmel, es ist an meinen Rock gekommen, was mache ich nur? Und dazu noch an einen neuen, den ich gerade für meine Verlobung gekauft habe.« Aber so etwas würde sie nicht sagen. Sie würde lachen und mit einer Bemerkung den Verkäufer zum Lachen bringen; ich erinnerte mich, wie es in Norwich gewesen war. Nun tritt sie aus dem Laden, ihr ölverschmierter Rock fegt über das Pflaster und wirbelt den Staub auf; und hinter ihr sehe ich ein kleines grünes Fahrrad, ein Knabenfahrrad, ausgestattet mit allen Neuheiten, einschließlich Vorder- und Hinterradbremse, aber mit den neuen hufeisenförmigen Felgenbremsen, nicht mit den altmodischen Modellen, die oben auf dem Vorderreifen bremsen, wie Marcus sie hat, und die nur den Reifen abnützen und nichts taugen. Wo immer sie auch in meiner Vorstellung ging, das Rad folgte ihr, wie ein Hündchen, ganz dicht auf den Fersen.

Ein grünes Fahrrad! Wie schwer ist es, einen schmerzlichen Gedanken, der sich wie ein Blutegel an einem angenehmeren festgesetzt hat, aus der Vorstellung zu verdrängen! Hätte Marcus mir nicht diese lieblose Erklärung zur Farbe des Fahrrades gegeben, hätte ich den Brief an meine Mutter vielleicht nicht abgeschickt.

Mein Glück beruhte auf der Gewißheit ihrer raschen Antwort. Ich hoffte, sie würde den Vorschlag, ein zweites Telegramm zu schicken, nicht zu extravagant finden. Ich hatte fast Angst davor, Mrs. Maudsley das meine zu zeigen; sie könnte vielleicht einen Anfall oder etwas Ähnliches bekommen.

Am Dienstag morgen fand ich einen Brief neben meinem Gedeck. Die Handschrift war mir unbekannt, abgestempelt war er in Brandham-Rising, einem Dorf in der Nähe. Ich konnte mir nicht denken, von wem er sein mochte; denn Briefe bekam ich nur von zwei Menschen, von meiner Mutter und von meiner

Tante. Die Neugierde plagte mich so sehr, daß ich kaum hinhörte, wenn man mit mir sprach; aber ich konnte sie nicht befriedigen, weil ich es haßte, meine Briefe in Gegenwart von anderen zu lesen. Sobald die Tafel aufgehoben war – jetzt eine so zwanglose und nebensächliche Angelegenheit –, rannte ich auf mein Zimmer. Zu meinem größten Ärger waren, wie so oft, wenn ich allein sein wollte, die Stubenmädchen darin beschäftigt, und ich mußte meine Ungeduld bezähmen, bis sie fertig waren.

»Schwarzhof, Sonntag.
Lieber Master Colston,

ich will Ihnen gleich schreiben, wie leid es mir tut, daß ich Sie so fortgeschickt habe. Ich bin ganz bestürzt darüber, daß ich Sie so fortgeschickt habe. Ich habe es nicht absichtlich getan, ich wollte es nicht, aber ich habe mich im letzten Augenblick darum gedrückt, Ihnen etwas zu sagen. Wenn Sie größer sind, dann verstehen Sie vielleicht den Grund und verzeihen mir. Es ist ganz natürlich, daß ein Junge in Ihrem Alter es wissen will, aber Tatsache ist, daß ich in diesem Augenblick keine Lust hatte, es Ihnen zu sagen. Aber ich hätte es doch tun sollen, besonders nachdem Sie mir gesagt haben, daß Ihr Papa tot ist – aber ich bin ausgerastet, wie das manchmal der Fall ist.

Ich bin Ihnen nachgerannt und habe gerufen, Sie sollten zurückkommen, aber ich nehme an, Sie haben geglaubt, ich würde Sie verfolgen.

Ich denke, es wird Sie nicht sehr drängen, mich wieder zu besuchen, aber wenn Sie am nächsten Sonntag um die gleiche Zeit kommen wollen, dann werde ich versuchen, Ihnen zu sagen, was Sie wissen möchten, und Sie können ein bißchen schießen und Tee mit mir trinken. Zu schade, daß Sie Ihren Tee versäumt haben! Ich hoffe, man hat Ihnen im Schloß welchen aufgehoben.

Seien Sie bitte versichert, daß es mir aufrichtig leid tut, daß ich so grob war, und nehmen Sie es mir nicht übel.

~~Hochachtungsvoll~~

Ihr getreuer Freund

Ted

P.S. Den Schläger haben Sie prima geölt.«

Ich las den Brief mehrmals durch und war von Teds Aufrichtigkeit fast überzeugt. Aber etwas in mir argwöhnte immer noch, er sei eine List, die bezwecke, mich wieder als Briefboten zu gewinnen. Ich war zu oft hereingefallen, ich war so grün gewesen! Und ich dachte, vielleicht mit Recht, daß es doch ziemlich merkwürdig war, wenn Ted sich schämte, mir etwas zu sagen, was er mir, ohne sich zu schämen, als Köder vorgehalten hatte. Ich erriet damals nicht – was mir heute sehr wahrscheinlich vorkommt –, daß er sich für das eine wie für das andere entschuldigte.

Jedenfalls konnte der Brief auch nichts mehr ändern. Wenn die Aussicht auf einen angenehmen Sonntagnachmittag bei Ted mit Tee und einer Aufklärung über die Geheimnisse des Lebens auch verlockend war, so ließ sie mich doch kalt, wußte ich ja, daß ich zu diesem Zeitpunkt am anderen Ende Englands sein würde.

Meine Mutter glaubte, daß Gefühle ihre eigene Logik hätten; Gefühle untersuchen oder gar auf Grundlage von Erfahrungen steuern zu wollen, fand sie falsch. Wenn ich zehnmal nett zu ihr gewesen war und ein elftes Mal ungezogen, so bestürzte sie das genauso, als hätte es die zehn netten Male gar nicht gegeben; und wenn ich (um des Arguments willen führe ich das an; ich hoffe, es war nie der Fall) zehnmal ungezogen und ein elftes Mal nett gewesen wäre, so hätten auch diese zehn Male bei ihr nicht gezählt. Sie verließ sich auf ihr augenblickliches Gefühl und hätte es »ziemlich unrecht« gefunden, es nicht zu tun. Unbewußt hatte auch ich mir diese Denkweise angewöhnt und als Lebensregel übernommen. Aber diesmal konnte ich sie nicht befolgen; ich war wachsam geworden und nahm mich meiner Gefühle in acht.

Ein älterer Mensch hätte gewußt, daß dieser Brief beantwortet werden mußte. Mir kam das gar nicht in den Sinn – ich betrachtete immer noch einen Brief in erster Linie als ein Geschenk. Aber da stand ein Ausdruck in dem Brief, der mir unklar war, und deshalb wollte ich Lord Trimingham aufsuchen und ihn bitten, ihn mir zu erklären. (Für mich war er immer noch Graf, obwohl ich mir angewöhnt hatte, von ihm als Lord zu sprechen.)

Um diese Stunde zog er sich gewöhnlich ins Rauchzimmer zurück, um die Zeitung zu lesen und »wichtige Staatsaffären« zu bereden (so pflegte meine Mutter zu sagen, wenn mein Vater sich mit seinen Freunden separierte). In der Annahme, er könne solchermaßen beschäftigt sein, öffnete ich vorsichtig die Tür einen Spalt weit und spähte hinein, bereit, mich fluchtartig wieder zurückzuziehen; als ich aber sah, daß er allein war, trat ich ein.

»Hallo«, sagte er, »hast du dir das Rauchen angewöhnt?«

Ich wand mich und suchte nach einer passenden Antwort. Da ich keine fand, ging ich vor seinem Sessel auf und ab.

»Laß das«, sagte Lord Trimingham, »du machst mich schwindlig.«

Ich lachte und platzte heraus: »Können Sie mir etwas über Ted Burgess sagen?«

Jetzt, da er mich nicht mehr schreckte, konnte ich ohne weiteres über ihn sprechen.

»Ja«, sagte er erstaunt. »Weshalb?«

»Ich meine nur«, sagte ich lahm.

»Ach, du denkst wohl an deinen Fang«, sagte Lord Trimingham, mir freundlich einen Grund für meine Frage zuspielend. »Nun, er ist ein ganz ordentlicher Bursche« – ich erinnerte mich, daß er das gleiche von den Buren gesagt hatte –, »aber er ist ein wenig wild.«

»Wild?« wiederholte ich und dachte an Löwen und Tiger. »Heißt das, daß er gefährlich ist, Hugh?«

»Dir nicht und mir nicht. Er ist ein Ladykiller, aber das ist nicht weiter gefährlich.«

Ladykiller! Was war das nun wieder? Ich wollte nicht zu viele Fragen stellen. Ich glaubte jedoch nicht, daß Ted Marian umbringen würde; Killer, das war das Wort, vor dem ich mich gefürchtet hatte. Jetzt verlor sich auch diese Angst; sie verlor, wie mein übriges Leben in Brandham Hall, ihre Realität. Ich konnte mir kaum noch vorstellen, einmal geglaubt zu haben, ich müsse Lord Trimingham vor einer Gefahr warnen. Der neunte Graf würde nie erfahren, daß er durch mich vor dem Schicksal des fünften Grafen bewahrt worden war. Indem ich selbst ging, räumte ich auch die Gefahr aus dem Wege: Es war mein Meisterstück. Mir lag nicht daran, meine Abreise als einen Akt der Selbstaufopferung zu sehen, selbst wenn sie es gewesen wäre; denn Selbstaufopferung schien mir weder klug noch etwas, worauf man stolz sein könnte. Wenn ich an die Szenen dachte, die Ted und Marian mir gemacht hatten, dann war es entschuldbar, daß ich mich als Mittelpunkt dieser ganzen Angelegenheit betrachtete.

Seitdem ich meiner Mutter wegen meiner Rückkehr geschrieben hatte, schien ich in Brandham das Leben eines Abgeschiedenen zu leben. Aber gewissermaßen rückblickend nahm ich noch immer Anteil am Lauf der Dinge, besonders im Hinblick darauf, was hätte geschehen können, wenn ich es hätte geschehen lassen.

»Kann ich dir sonst noch etwas über ihn sagen?« fragte Lord Trimingham. »Er hat ein etwas hitziges Temperament. Oft genügt ein Wort, und er explodiert.«

Darüber dachte ich nach und stellte dann die Frage, derentwegen ich gekommen war, ohne daß ich mir bewußt wurde, wie gut sie gerade paßte.

»Was bedeutet das: ›ausrasten‹? Hat das etwas mit Gewehrreinigen zu tun?«

Lord Trimingham lachte. »Nein, das hat es nicht«, sagte er. »Aber es ist seltsam, daß du das fragst. Es bedeutet nämlich genau das, was ich eben gesagt habe – einen Wutanfall bekommen.«

In diesem Augenblick kam Mr. Maudsley herein. Lord Trimingham erhob sich, und ich folgte, nach kurzem Zögern, seinem Beispiel.

»Bleiben Sie sitzen, Hugh, bitte, bleiben Sie sitzen«, sagte Mr. Maudsley mit seiner trockenen, tonlosen Stimme. »Ich sehe, Sie haben ein neues Mitglied für das Rauchzimmer gewonnen. Haben Sie ihm ein paar Rauchzimmer-Anekdoten erzählt?«

Lord Trimingham lachte.

»Oder ihm die Bilder gezeigt?«

Er deutete auf eine Reihe kleiner, dunkler Ölgemälde mit wuchtigen Rahmen. Ich betrachtete das, welches am nächsten hing, und sah Männer mit breitkrempigen Hüten und holländischen Pfeifen, die auf Fässern saßen und Deckelkrüge in der Hand hielten oder Karten spielten. Frauen, die entweder ebenfalls tranken oder die Männer bedienten, vervollständigten das Bild. Sie trugen keine Hüte; ihre Haare waren aus den hohen, kahlen Stirnen gebürstet und mit einfachen weißen Tüchern zurückgebunden. Eine Frau beugte sich über die Rückenlehne eines der Stühle, auf dem ein Mann saß, und sah den Kartenspielern mit gierigen Augen zu. Die Stuhllehne preßte gegen ihre Brüste, die darüber hervorquollen und in schmutzigem Grau-Rosa gemalt waren. Dieser Anblick erweckte in mir ein unangenehmes Gefühl. Ich mochte das Bild und das, was es ausdrückte, nicht. Meiner Ansicht nach sollten Bilder etwas Hübsches darstellen, einen Augenblick festhalten, der um seiner besonderen Schönheit willen gewählt worden war. Diese Menschen hatten sich nicht einmal die Mühe gemacht, vorteilhaft auszusehen; sie waren häßlich und mit ihrer Häßlichkeit ganz zufrieden. Die Tatsache, daß sie so waren, wie sie der Maler dargestellt hatte, verschaffte ihnen Genugtuung, das ersah ich aus ihren Gesichtern. Aber diese Selbstherrlichkeit, die nur auf der eigenen Anerkennung basierte, stieß mich ab – ich fand sie noch abstoßender als das, womit sie sich beschäftigten, so unschicklich es auch war. Sie ließen sich gehen, das war es; und man sollte sich nie gehen lassen.

Kein Wunder, daß diese Bilder nicht der Öffentlichkeit gezeigt wurden; denn wer wollte so etwas schon sehen? Da sie so klein waren, konnten sie auch nicht sehr wertvoll sein.

»Sie gefallen ihm nicht«, sagte Mr. Maudsley trocken.

Ich wand mich.

»Ich dachte mir schon, daß er sie nicht versteht«, sagte Lord Trimingham. »Meiner Meinung nach ist Teniers nur etwas für einen geschulten Geschmack.« Er schien Wert darauf zu legen, das Thema zu wechseln, und sagte, ohne dabei allzusehr abzuschweifen:

»Wir sprachen gerade über Ted Burgess, und ich sagte zu Leo, er sei ein Ladykiller.«

»So heißt es allgemein, glaube ich«, antwortete Mr. Maudsley.

»Ja, aber es geht mich nichts an, was er am Wochenende treibt, nicht wahr?« Lord Trimingham schien mir einen Blick zuzuwerfen – man wußte nie genau, wohin er sah – und fügte rasch hinzu: »Ich habe mit ihm wegen seines Militärdienstes gesprochen. Natürlich sehr taktvoll – man muss da behutsam vorgehen. Ein geeigneter Mann, ledig, ohne Bindungen – er würde einen erstklassigen Unteroffizier abgeben. Ein Karabiner ist natürlich etwas anderes als seine Flinte; aber er ist ein guter Schütze, nach allem, was ich gehört habe.«

»So heißt es allgemein, glaube ich«, sagte Mr. Maudsley zum zweitenmal. »Wann sprachen Sie ihn? Sonntag? Ich frage nur, weil ihn jemand im Park gesehen hat.«

»Nein, gestern«, sagte Lord Trimingham, »und zwar auf seinem Hof. Ich habe ihn schon früher einmal wegen dieser Sache in die Zange genommen. Aber ich fürchte, ich bin keine sehr gute Reklame für den Dienst in der Armee.«

Heute glaube ich, daß er manchmal auf seine Verstümmelung anspielte, um sich selbst daran zu gewöhnen und um seiner Umgebung einzureden, er habe sich damit abgefunden. Das gelang ihm jedoch nicht immer. Nach einer peinlichen Pause fragte Mr. Maudsley:

»Was meinte er?«

»Das erste Mal sagte er, er wolle nicht, er sei ganz zufrieden mit seinem Dasein und überlasse es anderen, Krieg zu führen. Aber gestern schien er seine Ansicht geändert zu haben – er meinte, er würde es gerne mal ausprobieren. Ich sagte, er käme vielleicht gar nicht nach drüben. Die Lage hat sich geändert, seit Roberts Pretoria erobert hat, obwohl es möglich ist, daß uns de Wet in Transvaal noch zu schaffen macht.«

»Sie glauben also, daß er geht?« sagte Mr. Maudsley.

»Ich glaube, es besteht die Möglichkeit, und ich bedauere es eigentlich. Er ist ein guter Kerl, und ich werde nicht so leicht wieder einen solchen Pächter finden. Aber was wollen Sie machen? Krieg ist Krieg.«

»Er wird wohl kein allzu großer Verlust für die Gegend sein«, sagte Mr. Maudsley.

»Weshalb?« fragte Lord Trimingham.

»Nun, darüber haben Sie ja gerade gesprochen«, sagte Mr. Maudsley und ließ die Antwort in der Schwebe.

Sie schwiegen. Ich hatte der Unterhaltung nicht ganz folgen können, aber irgendwie beunruhigte sie mich.

»Geht Ted wirklich in den Krieg?« fragte ich.

»Du stehst also per ›Ted‹ mit ihm!« sagte Lord Trimingham. »Nun, es scheint beschlossen zu sein, daß er geht.«

Wenn sich die Erwachsenen nur deutlicher ausdrücken würden! Ich überlegte, wer oder was das wohl beschlossen haben könnte. Als ich das Rauchzimmer verließ, hörte ich, wie Mr. Maudsley zu Lord Trimingham sagte:

»Man sagt, eine Frau sei von ihm in der Hoffnung.«

Ich wußte nicht, was er meinte, aber ich glaubte, er spiele auf Teds Tagesfrau an.

19

Ich hatte mir gesagt und hatte es auch meiner Mutter geschrieben, daß das Telegramm um elf Uhr fünfzehn ankommen könne. Es wurde elf Uhr fünfzehn, aber mein Marschbefehl traf nicht ein. Ich war deshalb nicht niedergeschlagen, sondern, im Gegenteil, sogar erleichtert. Mein Glaube an dieses Telegramm war unerschütterlich, und nun hatte ich noch eine weitere Frist, sozusagen eine Gnadenfrist zu der eigentlichen Frist. Denn der Gedanke, Mrs. Maudsley meine plötzliche Abreise – ich hatte sie innerlich bereits auf Donnerstag festgesetzt – erklären zu müssen, sagte mir wenig zu, und außerdem wußte ich nicht, wie ich sie sprechen konnte, da sie ja zu Bett lag. Im Bett konnte meine Vorstellungskraft sie nicht erreichen; sie hätte ebensogut im Ausland sein können.

Es gab eine sehr einfache Erklärung. Mein Brief war wohl irgendwie verlegt worden. Er würde mit der zweiten Post ankommen.

Ich verbrachte den größten Teil des Tages mit Marcus. Wir waren im besten Einvernehmen. Marcus hatte die Gereiztheit – oder jedenfalls die äußeren Anzeichen dafür –, die er aufgrund meines Erfolges mir gegenüber gehabt hatte, völlig überwunden. Dieser Erfolg hatte die traditionellen neun Tage nicht überdauert, und man sprach kaum mehr davon. Wir schlenderten ziemlich planlos durch den Park, stellten Betrachtungen darüber an, was uns das nächste Semester wohl bringen würde, erprobten unser Vokabular, warfen einander Beleidigungen an den Kopf, rauften und gingen manchmal Arm in Arm. Er vertraute mir viele Geheimnisse an; denn er war eine schamlose Quasselstrippe, was ich mißbilligte, insgeheim aber genoß. Im Gegensatz zu der bekannten Regel glaubte ich nicht, daß es sehr schlimm sei, wenn man aus dem Nähkästchen plauderte. Er sprach von dem bevorstehenden Ball und erzählte des langen und breiten von dessen Pracht; er übte mit mir für die Rolle, die ich übernehmen sollte. Er sagte mir, daß Marian mir ein Paar weiße Handschuhe aus London mitbringen würde. Darauf war ich nicht sehr erpicht; aber das grüne Fahrrad, das grüne Etwas, das sie wie ein Schatten begleitete – oh, dieser Gedanke nagte an mir! Er zog ein Programm aus seiner Tasche und zeigte es mir: Walzer, Walzer, Quadrille, Lancers, Boston, Erntetanz (»Das ist für die alten Spießer wie dich«, erklärte Marcus liebenswürdig, »völlig aus der Mode!«), Walzer, Walzer, Polka. Dann das Souper und wieder Walzer, Walzer etc. bis zum »Sir Roger de Coverley« und dem »Galop«.

»Schreibt man Galopp denn nicht mit zwei p?« fragte ich.

»Nicht im Französischen, crétin«, sagte Marcus vernichtend. »Was du noch alles lernen mußt! Aber ich bin nicht sicher, ob wir Sir Roger *und* einen Galopp haben werden: Beides zusammen ist un peu provincial, vous savez. Wir werden das im letzten Moment entscheiden. Papa wird es wohl bekanntgeben!«

»Und wann wird die Verlobung bekanntgegeben?« fragte ich.

»Vielleicht werden wir sie gar nicht bekanntgeben«, sagte Marcus. »Wir halten es für besser, sie vielleicht nur durchsickern zu lassen. Das wird nicht lange dauern, kann ich dir versichern. Aber bis dahin wird man dich und mich bereits ins Bett geschickt haben. Man wird uns nicht erlauben, länger als bis zwölf aufzubleiben, aus Rücksicht auf dein zartes Alter, mon enfant. Ach, wie bist du ju-u-u-ung!« trällerte er affektiert. »Und weißt du, was du noch bist?«

»Nein«, sagte ich arglos.

»Nimm's mir nicht übel, aber du bist ein winzig kleines bißchen grün, *vert,* vous savez.«

Ich gab ihm einen Puff, und wir rauften ein wenig.

Es war äußerst angenehm und gänzlich unwirklich, von diesen Anlässen zu hören, an denen ich nicht teilnehmen würde. Seit meiner Ankunft drohte mir dieser Ball wie ein Hindernis, das ich auf irgendeine Weise nehmen müßte. Ich hatte eben begonnen, das Tanzen zu lernen; ich konnte die Schritte noch nicht richtig und war überzeugt, daß ich eine schlechte Figur abgeben würde. Sich den Ball aber vorzustellen, ohne daran teilzunehmen, das war etwas anderes.

Ich hatte nicht das Gefühl, daß ich Marcus hinterging. Diese Täuschung war zur Durchführung meines Planes notwendig – meines Planes, der allen zum besten diente. So unbegreiflich mir das heute erscheint, damals war ich ein Mann der Tat, und als solcher war ich ein Realist, dem der Zweck die Mittel heiligte. Mein Zweck war jedenfalls einwandfrei. Dies war etwas anderes als meine Botengänge, die, davon war ich überzeugt, ein böses Ende nehmen mußten. Und deshalb waren Marian und Ted im Unrecht, wenn sie mich zu täuschen versuchten. Ziemlich im Unrecht, enorm im Unrecht? Unrecht war kein Wort, mit dem ich viel anfangen konnte. Die Vorstellung von Recht und Unrecht als zwei riesigen Horchern, die jede meiner Bewegungen ausspionierten, war für mich äußerst geschmacklos. Aber etwas, das zu Mord führen mußte, war bestimmt unrecht.

So hörte ich gleichmütig zu, als Marcus mir von dem Ball erzählte; als er aber, vom großen zum kleinen Fest übergehend, von den Vorbereitungen zu meinem Geburtstag zu erzählen begann (sie waren streng geheim, teilte er mir mit), überkamen mich Gewissensbisse. Und nicht nur Gewissensbisse, sondern auch Gefühle des Bedauerns. Denn alle, so schien es, hatten ein Geschenk für mich. Der grüne Anzug und sein Zubehör zählten nicht – das waren explizite Nicht-Geburtstagsgeschenke gewesen. »Eine weitere Sorge von Mama«, sagte Marcus, »ist die Torte. Nicht die Torte selbst, vous savez, mais les chandelles. Mama ist das, was man abergläubisch nennt. Die Zahl Dreizehn mag sie nicht – obwohl natürlich jeder einmal dreizehn werden muß. Besonders du, du unausgegorenes Dutzend mit Rabattzugabe.«

Das fand ich wirklich witzig und betrachtete Marcus mit erneutem Respekt.

»Wir haben jedoch einen Ausweg gefunden; aber das ist zu geheim, als daß ich es dir sagen kann. Du würdest es überall ausposaunen. Doch der große Augenblick, der *clou* des Abends, wenn du Döskopp das verstehst, wird sein, wenn Marian dir das Fahrrad überreicht. Mit dem sechsten Glockenschlag werden die Flügeltüren aufgehen, und sie wird darauf hereinradeln, wie sie sagt, in Strumpfhosen – falls Mama das erlaubt, was ich bezweifle. Vielleicht muß sie Pumphosen anziehen.«

Vor dieser hinreißenden Vision schloß ich, wie geblendet, die Augen, und mein altes Gefühl für Marian kehrte für einen Augenblick zurück. Zu spät: Die Würfel waren gefallen. Es war Dienstag sechs Uhr und nicht Freitag, und das Telegramm mußte jetzt jeden Moment eintreffen.

»Sind Pumphosen nicht so gefährlich wie Strumpfhosen?« fragte ich.

»Nicht so gefährlich! Das ganz bestimmt nicht, aber nicht so flott.«

»Aber sollten sie nicht flott sein zum Radfahren?«

»Nicht das, was du unter flott verstehst«, sagte Marcus mit überraschender Geduld. »Sondern so, wie Frauen sind, die einen Stich haben. Männer können *flott* sein, aber das ist dann etwas anderes. Pumphosen waren auch nicht comme il faut, bis eine Dame, die wir kannten, sie zum Radfahren im Battersea Park anzog.«

»Ich verstehe immer noch nicht, weshalb Strumpfhosen *flotter* sind«, bekannte ich.

»Eh bien, je jamais! Denk mal nach!«

Das tat ich, aber ich kam nicht darauf.

»Und außerdem sollen es auch noch schwarze Strumpfhosen sein.«

»Sind die besonders schlimm?«

»Natürlich, du Eule! Viel schlimmer, sagt Mama. Pas comme il faut – entièrement défendu.«

Die Schatten wurden länger, das Licht wechselte und bekam eine goldene Färbung. Das Wetter benahm sich jetzt so, wie man es sich wünschte; zu jeder Tageszeit entsprach es genau den Vorstellungen eines schönen Sommers. Keine Kapriolen, keine Bewölkung, keine drohenden Anzeichen für plötzliche Gewitter. Es blieb beständig, man konnte sich darauf verlassen. Nie wieder – nicht einmal auf dem Kontinent, nicht einmal in Italien – habe ich »schönes Wetter« je so vollkommen erlebt. Es war, als seien die diktatorischen Forderungen der Wissenschaft nach absoluter Sicherheit in wunderbarer Weise vom Himmel erfüllt worden. Diese unveränderte Lieblichkeit, die an Landschaften von Claude Lorrain erinnerte, wirkte sich seltsam auf die Gemüter aus. Mehr konnte man nicht erwarten, und jedes Gefühl der inneren Unzufriedenheit, das man sonst am Wetter ausließ oder auf das Wetter schob, wurde nun sozusagen in überlegener Ruhe von diesem zurückgewiesen.

Wir bogen in die Einfahrt ein und hatten vor, ins Dorf hinunterzugehen, als wir einen Telegrafenjungen in rotpaspelierter Uniform, mit runder Mütze und leuchtend rotem Fahrrad, kräftig in die Pedale tretend, auf uns zukommen sahen. Meine Gedanken waren so sehr mit Fahrrädern beschäftigt, daß sein

Rad eine Verwirklichung meiner Träume und die Farbe nur ein Versehen zu sein schien.

»Ein Telegramm!« riefen wir beide wie aus einem Mund, und Marcus machte dem Jungen ein Zeichen, er solle halten. Ich war so überzeugt, das Telegramm müsse für mich sein, daß ich meine Hand danach ausstreckte.

»Maudsley?« fragte der Junge frech.

»Mr. Maudsley«, belehrte ihn Marcus. Ich zog meine Hand zurück und fixierte Marcus, neugierig, wie er die Nachricht aufnehmen würde; denn ich war immer noch überzeugt, daß das Telegramm von Mutter wäre.

Marcus öffnete es. »Bloß Marian«, sagte er, als ob ein Telegramm von ihr nicht der Rede wert sei, »die mitteilt, daß sie morgen mit dem späten Zug kommt. Mama hat ihr vorhergesagt, daß sie sich für die vielen Besorgungen nicht genügend Zeit genommen hat. Ich vermute, sie bleibt noch, um dein Rad zu kaufen. So, jetzt wollen wir mal die im Dorf déranger – sales types!«

Wie kurzsichtig von mir, dachte ich, zu erwarten, meine Mutter würde telegrafieren! Natürlich tat sie das nicht. Ein Telegramm kostete einen Sixpence, und wir mußten unsere Sixpences zusammenhalten. Morgen würde ein Brief kommen, der mich zurückriefe, wenn nicht mit der ersten, dann mit der zweiten Post. Wieder ein Aufschub, noch ein sorgloser Tag; körperlich noch in Brandham Hall, mit dem Herzen schon zu Hause.

Am Mittwoch morgen kam der »Punch«. Ich mußte abwarten, bis die älteren Herrschaften sich über die Witze amüsiert hatten, die sie nun, da Mrs. Maudsley abwesend war, weit ungezwungener zu genießen schienen; aber endlich ergatterte auch ich die Nummer. Ich schlug sie vorsichtig auf; denn (Marcus hatte es herausgefunden) ich verstand die Witze nicht immer, und manchmal mußte sie mir einer der Erwachsenen wie eine Rechenaufgabe erklären. Verstand ich aber einen von selber, dann war das ein doppelter Triumph. Zu meinem Entzücken war die Zeitschrift voll von Anspielungen auf die Hitze; das machte mein privates Interesse zu einem universalen. Da war etwa die Sonne, »Der wahre Sechstagefahrer« (es gab dankenswerterweise mehrere Witze über das Radfahren), tief über eine Lenkstange gebeugt, mit gewundenen Strahlen um das Haupt und einem Siegeslächeln auf dem Gesicht; und im Hintergrund stand Mr. Punch unter einem Sonnenschirm und wischte sich den Schweiß von der Stirne, während hinter ihm sein Hund Toby mit heraushängender Zunge zu schmelzen schien.

Ich lachte laut und auffällig, mit der Absicht, gehört zu werden; denn einen Witz verstanden zu haben, bedeutete mir etwas. Aber was stand da unter der Überschrift »Ein bedeutender Gedanke für jeden Tag des Jahres«?

»De Wet, von Lord Methuen mehrmals in die Flucht geschlagen, ist es gelungen, die Eisenbahnverbindung an drei Punkten zu unterbrechen« – und noch einiges mehr in der gleichen Tonart, hämische Anspielungen auf unsere Kriegsführung. War das komisch? Ich fand es nicht – ich empfand es als unpatriotisch, wie man es vielleicht auch heute empfinden würde. Ich nahm immer Partei, manchmal war ich für mehrere Parteien, und jetzt war ich auf seiten Englands.

Ich war empört, und als sich die Gelegenheit ergab, zeigte ich Lord Trimingham die anstößige Seite mit geziemendem Abscheu.

Zu meinem Kummer und Erstaunen lachte er schallend. Ich erdreistete mich nicht, ihn zu kritisieren – aber das ging doch sichtlich zu weit! Er, als Kriegsveteran, fand es komisch, für komisch genommen zu werden! Zu lachen, wenn das Heer, für das er so tapfer und unter so großen persönlichen Opfern gekämpft hatte, lächerlich gemacht wurde! Ich kam nicht mehr mit.

Doch auch am Mittwoch morgen kam kein Brief von meiner Mutter. Das beunruhigte mich jedoch nicht weiter. Im Gegenteil, ich hatte das Gefühl, die ganze Sicherheit, in der ich mich während der letzten vierundzwanzig Stunden gewiegt hatte, sammele sich zu einer geballten Ladung, die beim Tee explodieren würde. Wie aber sollte ich inzwischen den Tag verbringen? Es war bereits sehr heiß; mein meteorologischer Scharfsinn, der sich durch die lange Übung zu einem sechsten Sinn entwickelt hatte, ahnte einen Hitzerekord voraus. An jenem Morgen mußte ich mehrmals an mich halten, um nicht zur Wildbretkammer zu laufen und an dem noch unreifen Apfel der Erkenntnis zu nagen.

Dies würde also mein letzter Tag in Brandham sein, wenn man mir nicht den Kompromiß anböte, bis Freitag zu bleiben; in diesem Falle, so sagte ich mir, würde ich meine Geschenke doch noch bekommen, wenn auch auf etwas formlose Weise und ohne die Krönung durch die Geburtstagstorte. Ich hoffte insgeheim auf diesen Vorschlag; denn bisweilen drang der Gedanke an das Fahrrad selbst noch durch die Rüstung meines Entschlusses.

»Hast du etwas vergessen?« Meine Mutter stellte diese Frage jedesmal, wenn ich nach den Ferien wieder zur Schule fuhr oder sonstwohin, obgleich ich sehr wenig herumkam. »Mußt du dich noch bei jemandem bedanken?« war eine weitere solche Frage.

Allen Menschen, denen ich zu danken hatte, konnte ich morgen, oder an welchem Tag auch immer ich abreiste, danken – Marian, Marcus, meinem Gastgeber und meiner Gastgeberin und den Dienstboten. Ich sah mich im Geist meinen Dank aussprechen, ihnen danken, daß sie mich eingeladen hatten. Vielleicht hatte ich ihnen auch für Geschenke zu danken. Dank war etwas, das man sich bis zuletzt aufhob; er war das Kernstück jedes Abschieds, und der Gedanke daran brachte die Abreise näher. Lebwohl, Brandham! Hatte ich noch jemanden vergessen?

Da fiel mir Ted ein. Ich glaubte nicht, ihm besonderen Dank schuldig zu sein. Aber er hatte mir einen Brief geschrieben, und es war beschlossene Sache, daß er sich zur Armee melden würde. Dieser Gedanke beschäftigte mich noch immer. Ich sollte mich doch von ihm verabschieden.

Viel Zeit würde es mich nicht kosten; aber wie würde ich Marcus für diese Zeit los? Ich konnte mich nicht bei Ted verabschieden, wenn er dabei war. Da kam mir eine Idee.

Mutter hatte erlaubt, daß ich zum Schwimmen ging. Aber ich hatte von dieser Erlaubnis nie Gebrauch gemacht; denn kaum war sie eingetroffen, war der Wasserspiegel oberhalb der Schleuse so sehr gesunken, daß es dort selbst für einen Nichtschwimmer zu flach war. Die männlichen Gäste gingen manchmal zum See unterhalb der Schleuse; aber obwohl er ebenfalls gesunken war, war er für mich immer noch zu tief.

»Marcus«, sagte ich, »il est très ennuyeux, mais ...« Mein Französisch ließ mich im Stich.

»Huste dich englisch aus, wenn's dir leichter fällt«, sagte Marcus wohlwollend. »Es ist äußerst langweilig, aber ...«

»Ted Burgess hat mir gesagt, er würde mir eine Schwimmstunde geben«, sagte ich eilig. Das entsprach nicht der Wahrheit; aber ich hatte so viele Lügen angehört, und Lügen steckt an. Außerdem hatte er gesagt, er würde alles tun, damit ich »dafür« entschädigt würde. Ich erklärte, weshalb ich die Hilfe eines Erwachsenen benötigte.

»Es dauert nur un petit quart d'heure«, schloß ich und war sehr zufrieden mit mir.

»So läßt du mich also im Stich?« sagte Marcus in tragischem Tonfall.

»Aber du hast mich ja auch im Stich gelassen«, brachte ich vor, »als du zu Nannie Robson gegangen bist.«

»Ja, aber das ist etwas anderes. Sie ist meine alte Kinderfrau, und er …« Das folgende Epitheton war mir unbekannt, aber es klang nicht druckreif. »Paß auf, daß er dich nicht ersaufen läßt.«

»Oh, das tut er nicht«, antwortete ich und wollte mich schon in die Büsche schlagen.

»Ich wäre nicht traurig, wenn du ihn ersäufst«, sagte Marcus. Er hatte die Angewohnheit, schlecht von Menschen zu reden, besonders von solchen, die sozial tiefer standen. Es war, um mit ihm zu reden, eine façon de parler, die nichts besagte.

Ich verschaffte mir bei dem Diener, der auf eine mürrische, nicht gerade einladende Weise immer bereit war, mir einen Gefallen zu erweisen, ein kurzes Seil. Damit und mit Badetuch und Badeanzug bewaffnet, machte ich mich auf den Weg zum Fluß. Mein Badeanzug war erst einmal naß geworden: als Marian ihr triefendes Haar darauf ausgebreitet hatte.

Als ich auf die Schleuse stieg, sah ich Ted auf der Mähmaschine übers Feld fahren. Es war das letzte Feld, auf dem noch Korn stand; auf allen anderen war es schon zu Garben gebündelt. Gewöhnlich ging ich zu ihm hinüber; aber heute handelte es sich um einen letzten und besonderen Besuch, und ich fand, diesmal solle er zu mir kommen. Ich machte ihm Zeichen, aber er sah mich nicht. Auf dem Sitz mit »Sprungfederung« auf und nieder schwankend, sah er nur auf den Boden, damit die Messer die Ähren auch richtig faßten, und dann wieder nach dem Kopf des Pferdes. Endlich erblickte mich einer der Arbeiter und machte ihn auf mich aufmerksam. Er hielt das Pferd an und stieg langsam ab, und der Arbeiter nahm seinen Platz ein.

Ich ging zur zweiten, kleineren Schleuse hinüber, ihm entgegen; aber noch ehe wir einander erreicht hatten, blieb er stehen, was ganz ungewöhnlich bei ihm war. Auch ich blieb stehen.

»Ich dachte nicht, daß Sie noch einmal kommen würden«, sagte er.

»Ich wollte mich verabschieden«, erklärte ich. »Ich reise morgen ab, oder spätestens am Freitag.« Es war, als sprächen wir über einen kleinen, aber deutlichen Abgrund hinweg zueinander.

»Nun, dann leben Sie wohl, Master Colston, und alles Gute!« sagte er. »Ich hoffe, Sie werden sich's gut gehen lassen.«

Ich starrte ihn an. Ich war kein besonders scharfer Beobachter, aber mir fiel auf, daß er noch merkwürdiger aussah, als er sich benahm. Früher hatte er mich immer an ein Kornfeld erinnert, das reif zur Ernte war; jetzt erinnerte er mich an Korn, das schon geschnitten und in der Sonne liegen gelassen worden war. Ich glaube, er war nicht älter als fünfundzwanzig. Er war mir nie jung vorgekommen. Damals versuchten junge Männer nie jung auszusehen; sie bemühten sich, einen gereiften Eindruck zu machen. Aber jetzt entdeckte ich in seinem Gesicht die Züge eines viel älteren Menschen. Obwohl er schwitzte, wirkte er verdorrt, wie der Schatten des Mannes, der er einmal gewesen war. Ich bemerkte auch, daß er seinen Gürtel enger geschnallt hatte. Ich hätte ihn fragen können, was er mich damals gefragt hatte: »Was haben sie mit dir angestellt?«, aber statt dessen sagte ich:

»Stimmt es, daß Sie in den Krieg gehen?«

»Wieso?« sagte er. »Wer hat Ihnen das erzählt?«

»Lord Trimingham«, antwortete ich.

Er schwieg.

»Wußten Sie, daß Marian mit ihm verlobt ist?« fragte ich.

Er nickte.

»Gehen Sie deshalb?«

Er scharrte mit den Füßen wie ein Pferd, und einen Augenblick lang dachte ich, daß er mich anbrüllen würde.

»Ich weiß noch gar nicht, *ob* ich gehe«, sagte er, und man konnte ein wenig von der Art des alten Ted heraushören. »Das liegt bei ihr. Es kommt nicht darauf an, was ich will, sondern was sie will.«

Ich fand diese Antwort feige und bin noch heute dieser Meinung.

»Hören Sie, Master Colston«, sagte er plötzlich, »Sie haben doch niemandem etwas von dieser Sache erzählt? Es ist nichts weiter als eine geschäftliche Angelegenheit zwischen Miss Marian und mir, aber –«

»Ich habe niemandem etwas erzählt«, sagte ich. Er sah mich immer noch ängstlich an. »Sie hat gesagt, daß Sie es nicht tun würden. Aber ich sagte: ›Er ist nur ein kleiner Junge, er könnte sich verschwätzen.‹«

»Ich habe niemandem etwas erzählt«, wiederholte ich. »Wir wollen ja alle keine Scherereien haben, nicht wahr? Ich habe mit niemanden darüber gesprochen«, sagte ich noch einmal.

»Ich versichere Ihnen, daß wir beide Ihnen sehr dankbar sind, Master Colston, für alles, was Sie getan haben«, sagte er. Es klang, als wolle er eine Dankesrede halten. »Nicht jeder junge Herr würde seine Nachmittage dazu hergeben, um Botschaften auszutragen wie ein Laufjunge.«

Er schien sich des gesellschaftlichen Unterschiedes zwischen uns überdeutlich bewußt zu sein. Er wahrte auf mehr als eine Weise die Distanz. Zuerst war ich geschmeichelt, daß er mich »Master Colston« nannte, aber plötzlich wünschte ich, er würde es lassen, und sagte:

»Bitte, nennen Sie mich Briefträger, wie früher.« Er lächelte mich traurig an. »Es tut mir immer noch leid, daß ich dich am Sonntag so angeschrien habe«, sagte er. »Es ist ganz natürlich, daß ein Junge in deinem Alter über diese Dinge Bescheid wissen möchte, und wir Älteren sollten es euch nicht so schwer machen. Und ich hatte es dir ja auch versprochen, wie du ganz richtig gesagt hast. Aber ich weiß nicht, ich mochte plötzlich nicht – nicht mehr, nachdem ich dich singen gehört hatte. Wenn du willst, dann halte ich mein Versprechen und sag's dir jetzt. Aber ich gebe zu, daß ich es lieber nicht täte.«

»Ich möchte Sie in keiner Weise damit belästigen«, sagte ich von oben herab, wie meiner Meinung nach ein Erwachsener vielleicht gesagt hätte. »Ich weiß jemanden, der es mir sagt. Ich weiß übrigens mehrere Menschen, die es tun werden.«

»Wenn sie's dir nur nicht falsch sagen«, meinte er etwas besorgt.

»Wie könnten sie? Das sind doch allgemein bekannte Tatsachen, oder nicht?«

Ich war mit diesem Satz recht zufrieden.

»Ja, aber es würde mir leid tun ... Meinen Brief hast du wohl bekommen, nicht wahr? Ich habe sofort geschrieben, aber die Post ging erst am Montag weg.«

Ich sagte, daß ich ihn bekommen hätte.

»Dann ist's recht«, sagte er und schien erleichtert. »Ich schreibe nicht oft Briefe, außer geschäftlich. Aber ich kam mir so gemein vor, nach allem, was du für uns getan und wie du deine Zeit geopfert hast, die für einen Jungen doch so kostbar ist.«

Ich fühlte einen Kloß im Hals, aber mir fiel nichts anderes ein als: »Es ist schon gut.«

Er wich meinem Blick aus und sah nach den Bäumen hinüber, hinter denen das Schloß lag.

»Morgen fährst du also fort?«

»Ja, oder am Freitag.«

»Nun, vielleicht werden wir uns einmal wiedersehen.« Endlich überschritt er den Abgrund und streckte mir zögernd die Hand entgegen. Ich glaube, er dachte immer noch, ich würde sie vielleicht nicht nehmen. »Auf ein andermal, Briefträger.«

»Leb wohl, Ted.«

Als ich mich zum Gehen wandte, traurig darüber, daß ich mich von ihm trennen mußte, durchzuckte mich ein Gedanke, und ich drehte mich nochmals um.

»Soll ich noch eine Botschaft für Sie überbringen?«

»Das ist sehr nett von dir«, sagte er. »Aber möchtest du denn?«

»Doch, dieses eine Mal schon.« Ich dachte, das könne nichts schaden; und bis sich die Botschaft auswirken würde, wäre ich schon weit fort. Und ich wollte ihm beweisen, daß wir Freunde waren.

»Schön«, sagte er, jetzt wieder über den Abgrund hinweg, »dann sage ihr, daß es morgen nicht geht, weil ich nach Norwich muß. Aber am Freitag, um halb sieben, wie immer.«

Ich versprach, ihr das zu sagen. Oben auf der Schleuse blieb ich stehen und sah zurück. Auch Ted sah zurück. Er nahm seinen alten, weichen Hut ab, beschattete seine Augen mit der einen Hand und winkte kräftig mit dem Hut in der anderen. Ich versuchte, den meinen zu ziehen, und wußte nicht gleich, weshalb das nicht ging. In der einen Hand hielt ich den Badeanzug, in der anderen das Handtuch; das Seil lag wie ein Halfter um meinen Nacken. Plötzlich fühlte ich mich äußerst unwohl, ich war in meiner Bewegungsfreiheit behindert, und der Schweiß rann mir ins Genick. Bis zu diesem Augenblick hatte ich meine Bürde gar nicht bemerkt und Ted offensichtlich auch nicht. Ich hatte vergessen, weshalb ich gekommen war, und erinnerte mich nun an etwas, wozu ich nicht gekommen war. Meinen trockenen Badeanzug schwingend, der sich jetzt sehr warm anfühlte, und das scheuernde Seil im Nacken, ging ich über den rissigen Damm zurück. Was für eine alberne Figur würde ich in Marcus' Augen abgegeben haben, dachte ich.

20

Auf dem Teetisch lag der Brief meiner Mutter. Das Begnadigungsschreiben war eingetroffen.

Da begriff ich erst, wie sehr ich damit gerechnet hatte, und an meiner Erleichterung konnte ich die Unsicherheit ermessen, die ich seit Sonntag verspürt hatte. Seit Sonntag hatte ich vieles aus vollem Herzen genossen, jedenfalls schien es so, aber unterschwellig bröckelten die Grundmauern noch immer ab. Beim Anblick des Briefes begann vieles, was, ohne daß ich mir dessen bewußt geworden war, durch die seelische Belastung in Unordnung geraten war, sich wieder zu normalisieren. Ich redete wieder viel und aß heißhungrig. Wenn ich nicht alsbald mit einer Entschuldigung vom Tisch lief, um den Brief zu lesen, so entsprang das teilweise dem Wunsch, jenes Gefühl der Leere, das erfahrungsgemäß einer so sicher sich erfüllenden Hoffnung folgen würde, noch hinauszuzögern, teilweise aber auch, weil die Mitteilung seines Inhaltes an Mrs. Maudsley das einzige war, wovor ich mich in Brandham noch fürchtete. Ich hatte viele Gäste unbeweint von Brandham scheiden sehen, und ich hätte mir denken können, daß Mrs. Maudsley auch meine Abreise mit philosophischer Gelassenheit hinnehmen würde, wäre ich mir nicht so sehr als der Mittelpunkt meiner und ihrer Welt vorgekommen.

Aber endlich gelangte ich in mein Schlafzimmer, und was ich dort las, war folgendes:

»Mein Herzensjunge,

ich hoffe, Du bist nicht enttäuscht, daß Du kein Telegramm bekommst, und ich hoffe, Du bist auch über diesen Brief nicht enttäuscht.

Deine beiden Briefe kamen mit der gleichen Post. Das ist doch seltsam, nicht wahr? Ich brauchte einige Minuten, um herauszufinden, welcher zuerst geschrieben war. Im ersten batest Du mich, Dich eine weitere Woche dort bleiben zu lassen, weil Du so glücklich seist – und ich kann Dir gar nicht sagen, wie froh ich über die Nachrichten vom Cricket und von den Liedern war und wie stolz auf Dich. Dann schriebst Du mir im zweiten Brief, Du seist gar nicht glücklich und ich solle Dir ein Telegramm senden und Mrs. Maudsley bitten, Dich nach Hause zu schicken. Ach, mein Liebling, der Gedanke, daß Du unglücklich bist, schien mir unerträglich, und ich brauche Dir auch nicht zu sagen, wie sehr ich Dich vermisse, immer, wenn Du nicht bei mir bist, und nicht nur an Deinem Geburtstag, wenn auch dann ganz besonders. Deshalb ging ich auch gleich vor meiner morgendlichen Hausarbeit zur Post, um zu telegraphieren. Aber unterwegs kam mir der Gedanke, daß wir vielleicht beide übereilt handeln würden, was nie klug ist, nicht wahr? Ich erinnerte mich, daß Du erst wenige Stunden, ehe Du den zweiten Brief schriebst, sagtest, Du seist glücklicher als je zuvor in Deinem Leben, und ich muß sagen, das schmerzte mich ein wenig; denn ich hoffe, Du warst auch hier glücklich. Und ich überlegte mir, was wohl in diesen wenigen Stunden geschehen sein mochte, das Dich so umstimmen konnte, und ob Du nicht irgend etwas ein wenig aufgebauscht hast – das tun wir alle manchmal, nicht wahr? Man nennt das ›aus einer Mücke einen Elefanten machen‹. Du sagst, es sei deshalb, weil Du Botengänge machen und Briefe übermitteln müßtest, und das würdest Du nicht gern tun. Aber ich kann mich erinnern, daß Du das früher einmal gern getan hast, und außerdem, Liebling, kann man nicht immer nur das tun, was man möchte. Ich finde, daß es Mrs. Maudsley gegenüber unfreundlich ist, wenn Du ihr diesen kleinen Dienst verweigerst, nach allem, was sie Dir an Freundlichkeiten erwiesen hat.« Verständlicherweise bezog meine Mutter das »sie« in meinem Brief auf Mrs. Maudsley. »Auch hier ist es sehr heiß, und ich habe mich oft um Dich gesorgt, aber Du hast mir immer gesagt, daß Du die Hitze gern hast, besonders seit Miss Maudsley Dir den dünnen Anzug geschenkt hat (ich kann es kaum abwarten, ihn zu sehen und Dich darin, mein Liebling, das weißt Du, nicht? Obgleich ich nicht ganz sicher bin, ob Grün für einen Jungen auch wirklich die richtige Farbe ist). Zu Hause bist Du oft mehr als vier Meilen gegangen (einmal bist Du den ganzen Weg nach Fordingbridge und zurück gegangen, erinnerst Du Dich?), und ich bin überzeugt, daß diese Wege nicht zu anstrengend für Dich sind, wenn Du Dir *viel* Zeit läßt und nicht *rennst,* wie Du das manchmal tust und Dich dabei nur unnötig *erhitzt.*

Du sagst, da was Du tust, könnte unrecht sein. Aber wieso, Liebling, wie kann es unrecht sein? Du erzählst mir, daß Mrs. Maudsley nie ihren Kirchgang versäumt und daß auch die übrige Familie und die Gäste in die Kirche gehen und daß jeden Tag Familienandacht abgehalten wird, was durchaus nicht in *allen* großen Häusern der Fall ist (sogar in kleinen nicht immer!). Deshalb *kann* ich mir nicht denken, daß sie Dich zu etwas *Unrechtem* veranlassen würde – außerdem, was *kann* an einem Botengang schon unrecht sein? Aber ich finde, es wäre ziemlich unrecht, obwohl natürlich nicht *großes* Unrecht (Du *bist* doch ein komischer Kauz!), wenn Du es sie auch nur *merken* lassen würdest, daß Du nicht gern gehst. Ich bin sicher, daß sie nicht böse sein würde, aber sie wäre *erstaunt* und würde sich fragen, was für eine Kinderstube Du gehabt hast.

Aber ich weiß natürlich, daß einem die Hitze zu schaffen machen kann (es heißt nicht ›Gros‹, Liebling, sondern ›groß‹ – ich wußte gar nicht, daß Du das falsch schreibst, Du hast es meines Wissens noch nie getan), und ich bin überzeugt, wenn Du zu Mrs. Maudsley gehst und es ihr erklärst und sie *sehr höflich* bittest, ob nicht jemand anderes die Briefe befördern kann, dann wird sie ja sagen. Du hast mir mehrmals geschrieben, es seien zwölf Dienstboten im Haus; sicherlich kann sie einen entbehren, damit er gehen kann. Aber ich nehme an, sie ahnt nicht, daß Du nicht gern gehst – ich hoffe es wenigstens, daß sie es nicht gemerkt hat.

Mein Liebling, ich hoffe, Du bist nicht enttäuscht und gekränkt über meine Haltung, aber ich finde, es wäre *falsch*, wenn Du so plötzlich abreist. Man würde es nicht verstehen und mich für eine unvernünftige und schwache Mutter halten! – was ich ja auch bin, Liebling, aber in diesem Fall möchte ich es nicht sein. Nach allem, was ich von Dir gehört habe, könnten sie Dir sehr gute Freunde in Deinem späteren Leben sein. Ich hoffe, das klingt nicht berechnend, aber manchmal muß man berechnend sein. Dein Vater hat sich nichts aus einem gesellschaftlichen Leben gemacht, aber ich glaube, das war ein Fehler, und seit seinem Tod hatte ich wenig Gelegenheit, Freunde für Dich zu finden. Ich würde Marcus gern hierher einladen, aber ich weiß nicht, womit wir ihn unterhalten könnten – er muß einen *sehr* großzügigen Lebensstil gewohnt sein!

Diese zehn Tage werden bald vorübergehen, und deshalb, mein Liebling, müssen wir *Geduld* haben. Das gilt für mich genauso wie für Dich; denn ich sehne mich nach Dir, und die liebste Stelle in Deinem Brief war die, wo Du schriebst, Du freutest Dich auf zu Hause. Aber man kann nicht erwarten, daß man *immer* nur glücklich ist, stimmt es? Das wissen wir beide. Vielleicht würde es uns auch gar nicht gut bekommen.

Und Du bist wie Deine Mutter: himmelhoch jauchzend – zu Tode betrübt. Ich erinnere mich, daß Du vor nicht allzulanger Zeit sehr unglücklich warst, weil einige größere Buben Dich wegen eines Wortes, das Du benutzt hattest, ärgerten; aber Du hattest das bald vergessen und warst wieder so vergnügt wie immer. Ich bin überzeugt, Du bist schon wieder viel vergnügter, wenn Du diesen Brief in Händen hast, und daß Du Dich wunderst, wie Du je solch einen Brief schreiben konntest.

Lebe wohl, mein lieber, lieber Junge. Ich werde Dir zu Deinem Geburtstag wieder schreiben und Dir ein kleines Geschenk schicken. Dein wirkliches Geschenk hebe ich auf, bis Du zurückkommst. Ob Du wohl raten kannst, was es ist?

Alles, alles Liebe, mein einziger Leo,

Deine Dich liebende

Mutter.

P.S. Was für ein langer Brief! Aber ich dachte, Du wolltest gern *genau* wissen, was ich denke. Ich halte es wirklich für falsch, wenn Du jetzt abreist. Das alles wird für Dich eine wesentliche Erfahrung sein, mein Liebling.«

Kinder sind mehr daran gewöhnt als Erwachsene, daß man ihnen eine Bitte glatt verweigert, aber sie sind auch weniger in der Lage, die Verweigerung mit philosophischer Weitsicht hinzunehmen. Der Brief meiner Mutter war, trotz seines vernünftigen Tones, letztlich nichts als eine glatte Verweigerung meiner Bitte und versperrte mir nicht nur jede weitere Aussicht, sondern warf auch alle meine Pläne über den Haufen. Ich wußte wirklich nicht mehr, was ich nun tun sollte. Ich wußte nicht, sollte ich in meinem Schlafzimmer bleiben oder es verlassen. Ich hätte gern mit jemandem über mein Mißgeschick gesprochen, verwarf aber diesen Gedanken instinktiv, noch ehe er ganz in mein Bewußtsein gedrungen war; ich konnte mit niemandem sprechen. Meine Aufgabe war es ja, völliges Schweigen zu bewahren. Ich war ein Grab des Schweigens, in welchem die Gebeine eines tödlichen Geheimnisses bleichten, eines zwar überaus lebendigen, aber todbringenden und unheilvollen Geheimnisses.

Jedenfalls glaubte ich das. Denn nun, nachdem mir der Brief meiner Mutter den Fluchtweg abgeschnitten hatte, sah ich wieder, wie gefährlich die Dinge lagen. In einem anderen Licht konnte ich sie nicht mehr sehen.

Ich verließ mein Zimmer nach kurzer Zeit; meine eigene Unruhe vertrieb mich daraus. Halb hoffend, halb fürchtend, ich könne jemandem begegnen, ging ich zu den rückwärtigen Gebäuden, zur Waschküche, zur Molkerei, zu den verschiedenen Schuppen, von denen ich kaum wußte, welchen Zwecken sie dienten, deren harmlose, normale Bestimmungen mich aber irgendwie beruhigten; sogar dem Abfallhaufen stattete ich einen lustlosen Besuch ab. Ich versuchte, mich an meine neue Lage zu gewöhnen, mich ihr anzupassen, wie man sich an einen neuen Anzug gewöhnt; aber es gelang mir nicht. Einige Dienstboten gingen an mir vorüber und lächelten mir zu. Ich wunderte mich, wie sie so ruhig ihrer Arbeit nachgehen konnten, als wäre alles wie immer und wie es sein sollte, und als hinge kein Damoklesschwert über unseren Häuptern. Dann nahm ich meine Richtung zur Frontseite des Hauses, mich verstohlen durch die Büsche drückend und hinter den Bäumen haltend, bis ich schließlich die Geräusche eines Crocketspiels auf dem Rasen hörte und Stimmen, die zu weit entfernt waren, als daß ich die Sprecher hätte unterscheiden können. Ich fragte mich, ob Marian wohl schon zurück sei.

Soweit ich überhaupt einen Entschluß gefaßt hatte, war es der, ein Zusammensein unter vier Augen mit ihr zu vermeiden. Sie, so hatte ich dumpf begriffen, war der Felsen, an dem ich zerschellt war. Ted hatte mich vielleicht mehr erschreckt, aber sie hatte mich tiefer verletzt. Bei Männern, genau wie bei Jungen, wußte ich ziemlich genau, woran ich war. Ich erwartete nicht, daß sie nett zu mir waren. Schuljungen haben eine viel klarere Einsicht in die gegenseitigen Charaktere als Erwachsene; denn sie tarnen sich nicht hinter einem Schleier guter Manieren. Sie sprechen eine rauhe Sprache, sie betreiben keine weitsichtige Politik, wie Männer das tun, die ihre Positionen sichern wollen, sie bevorzugen kleine Gewinne und rasche Gegenleistungen. Ted war wie ein Schuljunge, im einen Augenblick zornig, im nächsten schon wieder gutmütig. Bis zum Schluß sah ich in ihm nichts anderes als einen Draufgänger, der einem anderen Draufgänger auf gleicher Ebene begegnet, und ich war bereit, es unter diesen Voraussetzungen mit ihm aufzunehmen; und obgleich ich ihn idealisierte und mit ihm auch mich selbst, hatte ich ihm nie allzu großes Vertrauen entgegengebracht.

Aber Marian hatte ich vertraut. Ihr gegenüber war ich wehrlos. Sie war meine gute Fee. Sie vereinigte in sich die Rollen einer Fee und einer Mutter, die übernatürliche Güte der einen und die natürliche Güte der anderen. Ich hatte von ihr genausowenig erwartet, daß sie sich von mir abwenden könne, wie die Fee aus dem Märchen sich von dem Helden abwendet, den sie beschützt. Aber sie hatte es getan. Und auch meine eigene Mutter hatte es getan, auch sie hatte mich verraten. Der Unterschied bestand nur darin, daß meine Mutter nicht wußte, was sie tat, Marian sich dessen aber wohl bewußt war.

Daher beschloß ich, mich von ihr fernzuhalten. Ich wußte, daß das kurzsichtig war, daß ich sie irgendwann sehen mußte und wenn auch nur, um ihr Teds Botschaft auszurichten. Und was das anbetraf, so kam ich allmählich zu einem Entschluß, der mehr Willenskraft von mir verlangte als irgend etwas, das ich bisher in Brandham Hall getan hatte. Ich wußte nicht, ob ich diese Willenskraft im entsprechenden Moment aufbringen würde; aber dieser Entschluß war eine Folge meiner Einbildung, ich sei die entscheidende Figur im Spiel. Ich, ich allein konnte die Fäden durchschneiden, und wenn sie einmal durchgeschnitten waren, dann war auch das Spiel aus. Das stand jedenfalls unerschütterlich fest: Ich würde keine weiteren Botschaften mehr überbringen.

Unser erstes Zusammentreffen war belanglos. Marian erschien zum Abendessen und hatte zwei Gäste mitgebracht. Der Tisch war wieder ausgezogen worden, alle unterhielten sich. Sie lächelte mir wie immer zu und neckte mich ein wenig über den Tisch hinweg; dann gingen Marcus und ich zu Bett.

Am nächsten Morgen, es war Donnerstag, erschien Mrs. Maudsley wieder beim Frühstück. Sie begrüßte mich mit Wärme – nein, nicht mit Wärme, denn die besaß sie nicht –, sondern in der schmeichelhaften Art, die man einem Gast schuldet, den man bedauerlicherweise, aber ohne es vermeiden zu können, vernachlässigt hatte. Ich beobachtete sie scharf, um Anzeichen von Hysterie festzustellen, konnte aber keine entdecken. Ich fand, daß sie blasser als sonst aussah, aber sie war immer blaß. Ihr Blick besaß immer noch seine besondere Fähigkeit, sein Ziel zu erreichen, ohne es lange suchen zu müssen, und ihre Bewegungen waren so bestimmt wie nur je. Aber das Frühstück stand wieder unter einer gespannten Atmosphäre. Ich hatte wieder Angst, eine ungeschickte Bewegung zu machen, etwas zu verschütten, unangenehm aufzufallen. Und nach dem Frühstück kam, statt der Entspannung der letzten drei Tage, statt des Gefühls, nun könne man unbekümmert in den Tag schlendern, ihre Stimme, die jede Konversation übertönte und ominös verkündete: »Also, *heute* …«

Als Marcus und ich den Raum verließen, flüsterte er mir boshaft zu: »Die Zuchtkrämer sind wieder da«, und ich kicherte nervös, aber nicht über den Witz, sondern über die Respektlosigkeit. Ich wollte eben antworten, als eine Stimme hinter uns sagte: »Marcus, ich möchte dir Leo einen Augenblick entführen«, und schon befand ich mich in Marians Kielwasser.

Ich erinnere mich nicht mehr, wo diese Zusammenkunft stattfand, aber ich weiß, daß es im Haus war und daß ich nicht, wie sonst, das Gefühl hatte, wir könnten gestört werden.

Sie fragte mich, wie ich ohne sie zurechtgekommen sei, und ich sagte: »Sehr gut, danke«, was ich ungefährlich und unverfänglich fand. Aber das freute sie keineswegs, denn sie sagte: »Das ist die erste unfreundliche Antwort, die ich von dir gehört habe.« Ich hatte nicht unfreundlich sein wollen, und ein Mann hätte es auch nicht als unfreundlich empfunden; aber nun tat es mir sofort leid, und ich überlegte, wie ich es wiedergutmachen könnte. Sie hatte ein neues Kleid an; ich kannte alle anderen genau und bemerkte den Unterschied. »Hat es Ihnen gefallen in London?« fragte ich. »Nein«, antwortete sie. »Man hat mich zum Dinner ausgeführt, aber mir war wie bei einem Requiem zumute. Ich hatte jede Minute Brandham vermißt. Hast du mich vermißt?«

Ich überlegte, was ich antworten sollte; denn ich wollte nicht noch einen Fauxpas begehen. Aber da sagte sie schon: »Gib dir keine Mühe, ›ja‹ zu sagen, wenn es nicht so war.« Sie sagte das mit einem Lächeln, und ich schwindelte: »Natürlich«, und als ich das gesagt hatte, glaubte ich es fast, jedenfalls wünschte ich, es wäre der Fall gewesen. Sie seufzte und sagte: »Ich nehme an, du hältst mich für eine widerliche alte Gouvernante, nicht wahr, die dich ausschimpft und dir häßliche Namen an den Kopf wirft. Aber das bin ich eigentlich nicht – eigentlich bin ich ganz gutmütig.«

Ich wußte nicht, was ich daraus schließen sollte. Wollte sie sich entschuldigen wie Ted? Ich hatte nur einmal erlebt, daß sie sich entschuldigte, außer natürlich für belanglose Dinge, wie zum Beispiel, wenn sie jemandem auf den Fuß getreten war. Und dies blieb ihre einzige Anspielung auf jene Episode; sie schien sie als abgeschlossen zu betrachten.

»Ich nehme an, du hast dich mit Marcus herumgetrieben«, fragte sie. »Habt ihr etwas angestellt?«

»O nein«, rechtfertigte ich mich, »wir haben Französisch gesprochen.«

»Französisch«, sagte sie. »Ich wußte nicht, daß Französisch auch zu deinen Fertigkeiten gehört. Was kannst du nur alles – Singen, Cricket, Französisch!« Ihre schönen Augen suchten nach meiner schwachen Stelle und fanden sie.

Aber ich war auf der Hut und sagte: »Marcus spricht viel besser Französisch als ich. Er kennt die irregulären Verben.«

»Äußerst irreguläre, möchte man sagen«, sagte Marian. »Aber jedenfalls hast du dir gut die Zeit vertrieben?«

»O ja«, sagte ich höflich. »Es tut mir leid, daß es Ihnen in London nicht gefallen hat.«

»Nein, das tut dir gar nicht leid«, sagte sie überraschend. »Es tut dir nicht im mindesten leid. Es wäre dir egal, wenn ich vor deinen Augen tot umfallen würde. Du bist ein hartherziger kleiner Junge, aber so sind schließlich alle Jungen.«

Obgleich sie das so sagte, daß es wie ein Kompliment klang, und obwohl ich lieber hartherzig genannt wurde als weichherzig, hörte ich das nicht sehr gern. Aber ich war mir nicht sicher, ob Marian es ernst meinte.

»Sind Männer auch hartherzig?« fragte ich, um von mir abzulenken. »Ich bin überzeugt, daß Hugh es nicht ist.«

»Warum?« fragte sie. »Weshalb glaubst du, daß er es nicht ist? Ihr seid alle gleich, Mühlsteine, Granitblöcke – oder wie die Betten in Brandham, wenn man etwas *wirklich* Hartes nennen will.«

Ich lachte. »Mein Bett ist nicht hart«, sagte ich.

»Dann hast du Glück. Das meine ist hart, härter als der nackte Boden.«

»Ich habe nie auf dem Boden geschlafen«, sagte ich. Ihr Vergleich hatte mein Interesse geweckt. »Aber ich kenne einen Jungen, der es getan hat. Er sagte, er habe sich die Hüfte wundgelegen. Haben Sie das auch?«

»Weshalb glaubst du, ich hätte auf dem Boden geschlafen?« entgegnete sie.

»Weil Sie sagten, Ihr Bett sei härter.«

»Das stimmt auch«, sagte sie. »Viel härter.«

Ich nahm nun an, sie meinte kein richtiges Bett.

»Aber Brandham ist so schön«, sagte ich und versuchte das Thema zu wechseln.

»Wer behauptet das Gegenteil?«

»Nun, Sie sagten, die Betten –«

»Seien hart? Das sind sie auch.«

Sie schwieg, und zum erstenmal spürte ich, daß sie unglücklich war. Das war eine Offenbarung für mich. Ich wußte, daß Erwachsene unglücklich sein konnten – zum Beispiel wenn ein Verwandter starb oder wenn sie Bankrott machten. Dann waren sie ganz sicher unglücklich; sie hatten keine andere Wahl, es gehörte sich so, wie Trauer nach einem Todesfall, wie Briefpapier mit schwarzem Rand (meine Mutter benutzte noch solches für meinen Vater). Sie waren auf Befehl unglücklich. Daß sie aber unglücklich sein konnten, wie ich es manchmal war, weil etwas in meinem persönlichen Leben, was ich vielleicht gar nicht benennen konnte, schiefgegangen war – das war mir neu. Und auf keinen Fall hätte ich das Unglücklichsein je mit Marian in Verbindung gebracht. Das Glück schien, wie ihre anderen Stimmungen, nach ihrer Pfeife zu tanzen, und man hatte nicht den Eindruck, als sei sie davon abhängig. Ich glaubte zu wissen, weshalb sie unglücklich war, aber ich wollte mich vergewissern.

»Müssen Soldaten auf dem Boden schlafen?« fragte ich.

Sie sah mich erstaunt an; sie war in Gedanken weit fortgewesen.

»Ja, ich denke schon. Ja, natürlich müssen sie es.«

»Hugh auch?«

»Hugh?«, sagte sie gleichgültig. »Ja, zweifellos mußte er.«

Ein wenig betroffen von ihrer Gefühllosigkeit Lord Trimingham gegenüber, sagte ich: »Wird Ted auch müssen?«

»Ted?«

Ihr Erstaunen hätte mich warnen sollen, aber meine seelischen Fühler waren unempfindlich, und ich fuhr fort:

»Ja, wenn er in den Krieg geht.«

Sie starrte mich mit geöffnetem Mund sprachlos an.

»Ted geht in den Krieg? Was meinst du?« sagte sie.

Der Gedanke, sie wüßte das nicht, war mir nie gekommen. Blitzartig entsann ich mich, daß Lord Trimingham Ted am Montag, also nach Marians Abreise, gesehen hatte. Aber nun war es zu spät, ich konnte nicht mehr zurück.

»Ja«, sagte ich. »Hugh hat es mir erzählt. Hugh schlug ihm vor, sich zu melden, und er sagte, er würde es vielleicht tun. Hugh sagte, es – es sei eine abgemachte Sache, daß er ginge.« Ich wollte Teds Lage Marian und gleichzeitig auch mir vollkommen klar machen. Ich war mir bewußt, daß ich zu viele »Hughs« verwendet hatte (nicht ganz ohne Absicht: Ich versteckte mich hinter ihm), aber auf den nun folgenden Ausbruch war ich gänzlich unvorbereitet.

»Hugh!« explodierte Marian. »Hugh! Willst du mir sagen, daß Hugh Ted überredet hat, er solle sich melden? Willst du mir das wirklich sagen, Leo?«

Ich bekam Angst. Da ich aber begriff, daß sich ihr Zorn nicht so sehr gegen mich richtete, murmelte ich:

»Er sagte, er habe ihn in die Zange genommen.«

»In die Zange genommen?«

Ich dachte, sie wisse nicht, was »in die Zange nehmen« heißt. »Das ist ein Ausdruck, den man beim Fußball benutzt«, erklärte ich, »für – wenn sie jemanden zu Fall bringen wollen.«

»Oh!« schrie Marian, und es klang, als sei sie von etwas durchstochen worden. »Willst du behaupten, Hugh hätte Ted *gezwungen,* daß er sich meldet?«

Alle Farbe war aus ihrem Gesicht gewichen, und ihre Augen waren wie zwei schwarze Löcher in einer Eisfläche.

»Nein«, sagte ich. »Ich glaube nicht, daß er ihn *gezwungen* hat. Wie könnte er? Ted ist genauso stark wie er, stärker, würde ich sagen.« Dies schien mir ein stichhaltiges Argument zu sein. Aber nicht so für Marian.

»Da irrst du dich aber«, sagte sie. »Ted ist weich wie Wachs. Hugh ist viel stärker.«

Ich verstand das alles überhaupt nicht. Diese Behauptung schien mir, wie vieles, was die Erwachsenen sagten, das Gegenteil der Wahrheit zu sein. Aber nun erschien ein neuer Ausdruck auf Marians Gesicht – Angst, die mit Zorn gemischt war.

»Es könnte sein, es könnte sein«, wiederholte sie, mehr zu sich selber als zu mir. »Sagte er, *weshalb* er will, daß Ted sich meldet?«

Die Eislöcher blickten drohend, als wollten sie mich verschlingen.

»Ja«, sagte ich, und wenn ich rachsüchtig gewesen wäre, dann hätte ich es genossen, Marian zurückweichen zu sehen. »Er sagte, er sei ledig und ohne Bindungen und würde einen erstklassigen Unteroffizier abgeben. Das ist eine Art Offizier, der kein richtiger Offizier ist«, erklärte ich. Man erklärte mir dauernd etwas, und ich freute mich sehr, meinerseits Erklärungen abzugeben. »Hugh sagte auch, Ted sei ein guter Schütze, aber mit einem Karabiner sei es etwas anderes. Er meinte, mit einem Karabiner könne man leichter vorbeischießen.«

Marians Gesicht veränderte sich wieder. Es war, als schaute etwas hinter ihren Augen hervor. »Er *ist* ein guter Schütze«, sagte sie, »er *ist* ein guter Schütze. Gnade Gott, wenn Hugh es *wagt!* Aber ich lass' ihn nicht«, fuhr sie wild fort. Ich wußte nicht, ob sie Hugh oder Ted meinte. »Dem werde ich gleich einen Riegel vorschieben! Ich werde Ted zwingen, einen Riegel vorzuschieben! Ted ist gefährlich, wenn er in Wut gerät!«

Ich schauderte, und meine Stimmung, die bisher von ihrem Toben fast unberührt geblieben war, geriet nun ganz unter den Einfluß der ihren.

»Nein, er wird nicht in den Krieg gehen«, sagte sie, etwas ruhiger. »Dafür werde ich sorgen. Erpressung ist ein Spiel, das gut von zweien gespielt werden kann.«

Ich wußte nicht, was Erpressung war, und war trotz meiner Wißbegier zu verschüchtert, um zu fragen.

»Ich werde Hugh sagen – « sie brach ab. »Ein Wort genügt.«

»Was für ein Wort? Was werden Sie ihm sagen?« wollte ich wissen.

Sie starrte mich an und durch mich hindurch.

»Ich werde ihm sagen, daß ich ihn nicht heirate, wenn Ted geht.«

»Oh, das dürfen Sie nicht!« schrie ich und sah sofort, was für unheilvolle Folgen das haben würde, sah den fünften Grafen tot vor mir liegen, mit einer schmalen Schußwunde, die nicht blutete. »Hugh *weiß* doch nichts davon.«

»Weiß nichts davon?«

»Von den Botschaften.«

Sie kniff die Augen zusammen, als versuche sie eine Rechenaufgabe im Kopf zu lösen. »Er weiß es nicht?« wiederholte sie. »Weshalb will er dann, daß Ted in den Krieg geht?«

»Oh«, rief ich aus, dankbar, endlich wieder Boden unter die Füße zu bekommen, »ich sagte es Ihnen doch. Weil er ein

Patriot ist – mein Vater nannte das einen ›Chauvinisten‹ – und deshalb möchte er Männer für die Armee werben. Ich weiß genau, daß das der Grund ist – er hat es beinahe selbst verraten, als er sagte, er sei keine Reklame für das Militär.«

Sie sah mich an, als sei ich ein Fremder und sie wisse nicht genau, wer. »Vielleicht hast du recht«, sagte sie zweifelnd, aber mit einem Unterton von Hoffnung in der Stimme. »Vielleicht hast du recht. In diesem Fall«, sagte sie inkonsequenterweise, »ist es nur albern von Ted, und das werde ich ihm auch sagen.«

»Warum ist es albern?« fragte ich. Für uns Kinder war das Wort »albern« der Ausdruck für heftige, wenn auch nicht gar zu heftige Mißbilligung. Davor wollte ich Ted in Schutz nehmen. »Warum ist es albern?« fragte ich noch einmal, als sie nicht antwortete.

»Weil es eben albern ist. Weshalb soll er gehen? Weil Hugh ihn darum bittet?«

Später erriet ich, weshalb sie sagte, Ted sei albern. Sie glaubte, er habe Skrupel, weil sie mit Hugh verlobt war, und gehe in den Krieg, um sein Gewissen zu erleichtern. Aber damals kam ich nicht darauf, und ich sagte, mit unbewußter Grausamkeit und immer noch in dem Wunsch, ihn von der Anklage der Albernheit freizusprechen:

»Aber vielleicht *will* er gehen?«

Ihre Augen weiteten sich vor Angst.

»Oh, aber das kann er doch nicht tun!« rief sie.

Ich sah ihren Blick, deutete ihn aber falsch. Ich glaubte, sie hätte Angst um Ted, nicht um sich selbst. Und mit einem Male drängte sich mir eine Frage auf die Lippen, die ich aus Loyalität für Lord Trimingham und aus einem undeutlichen Gefühl, das mir sagte, wie hoffnungslos ungehörig sie sei, immer aus meinen Gedanken verdrängt hatte:

»Marian, warum heiraten Sie Ted nicht?«

Es dauerte nur eine Sekunde, aber in dieser Sekunde spiegelte ihr Gesicht die ganze Qual wider, durch die sie hindurchgegangen war. In diesem Blick stand die ganze Geschichte ihrer Liebe zu lesen. »Ich kann es nicht, ich kann es nicht!« wimmerte sie. »Verstehst du denn nicht warum?«

Ich glaubte, sie zu verstehen, und nachdem schon so viele Mauern zwischen uns gefallen waren, fügte ich hinzu – es schien mir nur logisch:

»Aber weshalb heiraten Sie Hugh, wenn Sie nicht wollen?«

»Weil ich ihn heiraten muß«, sagte sie. »Das verstehst du nicht. Ich *muß*. Es bleibt mir nichts anderes übrig!« Ihre Lippen bebten, und sie brach in Tränen aus.

Ich hatte Erwachsene mit geröteten Augen gesehen, aber ich hatte, außer meiner Mutter, noch nie einen erwachsenen Menschen weinen gesehen. Wenn meine Mutter weinte, veränderte sie sich bis zur Unkenntlichkeit. Das tat Marian nicht. Sie war einfach Marian in Tränen. Aber eine Veränderung ging trotzdem vor sich – in mir. Wie sie nun so weinte, war sie nicht mehr Marian, die Verräterin, Marian, die mich für ihre Zwecke mißbraucht und dann »grün« genannt hatte; sondern die Marian der ersten Tage, Marian, die Mitleid mit mir gehabt und mich davor bewahrt hatte, lächerlich zu wirken, Marian, die bei dem Konzert vor mir geknickst hatte, Marian aus dem Tierkreis, Marian, die ich liebte.

Der Anblick ihrer Tränen löste auch die meinen aus, und ich weinte ebenfalls. Ich weiß nicht, wie lange wir weinten, aber plötzlich blickte sie auf und sagte – sie schluchzte nicht, aber ihre Stimme war wie von den Tränen verschleiert –, als habe das nichts mit unserer vorhergegangenen Unterhaltung zu tun:

»Warst du auf dem Hof, während ich fort war?«

»Nein«, sagte ich, »aber ich habe Ted gesehen.«

»Hatte er mir etwas zu bestellen?« fragte sie.

»Er sagte, heute geht es nicht, weil er nach Norwich muß. Aber am Freitag, um sechs Uhr, wie immer.«

»Bist du sicher, daß er sechs Uhr gesagt hat?« fragte sie überrascht.

»Ganz sicher.«

»Nicht halb sieben?«

»Nein.«

Statt einer Antwort erhob sie sich und küßte mich. Sie hatte mich noch nie geküßt.

»Und es macht dir nichts aus, weiter Botschaften für uns zu übernehmen?«

»Nein«, hauchte ich.

»Gott segne dich«, sagte sie. »Du bist ein Freund, wie man unter Tausenden nur einen findet.«

Als ich endlich aufblickte und sah, daß ich allein war, kostete ich diese Worte noch immer aus und spürte noch den Kuß.

Ich hatte mich meines Vorsatzes erinnert, aber ich hatte vergessen – und offensichtlich hatte auch Marian es vergessen –, daß mein Geburtstag am Freitag um die Teezeit gefeiert werden sollte. Als ich Ted anbot, seine Botschaft zu übermitteln, hatte ich geglaubt, ich würde meinen Geburtstag zu Hause verbringen. Ich hatte nicht geglaubt, daß ich noch hier sei, wenn die Botschaft sich auswirkte.

21

Das Gespräch mit Marian hinterließ in mir ein Wohlgefühl, in dem ich mich alsbald nur allzu gerne sonnte. Auf einer gewissen Empfindungsebene, wenn auch wohl nicht der tiefsten, waren wir wieder versöhnt. Das war eine große Sache; früher einmal wäre es *die* große Sache gewesen – aber nun steckte irgendwo noch ein Vorbehalt in mir, nicht ihr, sondern dem gegenüber, was sie tat. Undeutlich fühlte ich, daß ich hier genau zu unterscheiden hatte – so wie ihre Traurigkeit und ihre Tränen von meiner Vorstellung ihrer Person als Göttin getrennt bleiben mußten: Jene waren sterblich, Marian unsterblich.

Ein weiterer Grund für meine gute Stimmung war der: Ich konnte fast wieder so an sie denken wie früher. Und ich konnte an das grüne Fahrrad, das sie wie ein Schatten begleitete, denken, ohne zu wünschen, es möchte eine andere Farbe haben; Grün hatte seinen Schrecken für mich fast verloren. Und es gab noch einen Grund, weshalb meine Lebensgeister wieder erwachten. Die Atmosphäre war gereinigt, vieles war nun ausgesprochen worden. Ich selbst hatte gewagte Dinge gesagt, Dinge, die auch einem älteren Menschen gewichtig erschienen wären.

Ja, ich stand mit mir und der Welt im reinen. Aber etwas hatte ich während der letzten Tage gelernt. Die Tatsache, daß ich nun wieder glücklicher war, bedeutete nicht, daß auch alles andere in Ordnung käme. Die Tatsache, daß gewisse Geheimnisse ans Tageslicht gezerrt worden waren, bedeutete nicht, daß sie deshalb an Gefährlichkeit verloren hätten.

Wenn Lord Trimingham wirklich den Verdacht hatte, Marian sei zu intim mit Ted – was würde geschehen, wenn sie nun Ted überredete, sich nicht zum Militär zu melden, wie sie es offensichtlich vorhatte? »Es kommt nicht darauf an, was *ich* will, sondern was *sie* will«, hatte Ted gesagt. »Sie hat zu bestimmen.« Marian hatte gesagt, Ted sei gefährlich. Ich glaubte es nicht; denn er war so sanft gewesen, als ich ihn das letzte Mal sah. Aber ich wußte, wie hitzig er sein konnte, und wenn Marian ihn anstachelte, dann war es möglich …

Hier lag die größte Gefahr, hier war der Punkt erreicht, wo sich die Geschicke des neunten und des fünften Grafen kreuzten.

Gegen diese furchterregende Hypothese wandte sich jedoch mein Verstand. Obgleich meine Vorstellung von den Rechten eines Grundbesitzers reichlich übertrieben waren, glaubte ich dennoch nicht, daß Lord Trimingham von Rechts wegen Ted zwingen konnte, zum Militär zu gehen. Ebensowenig glaubte ich, daß er ihn fordern würde, wie sein Vorfahre es unter den gleichen Umständen getan hatte.

Je eingehender ich dieses Problem und seine unbekannten Faktoren betrachtete, desto abstrakter schien es mir. Die Mitwirkenden des Dramas begannen, ihre Dimensionen zu verlieren und in die bekannten Linien AB, BC, CA überzugehen.

Aber Ted weniger als die anderen. Ich wußte genau, was Lord Trimingham wollte. Er war eine unveränderliche Größe; er wollte Marian heiraten. Ich wußte, was Marian wollte oder jedenfalls beabsichtigte – was nicht das gleiche war: Lord Trimingham heiraten und Ted behalten. Und was wollte Ted? Das, was sie wollte, hatte er gesagt; aber ich bezweifelte es. Er war, wie ich aus eigener Erfahrung wußte, von den dreien bei weitem der impulsivste. Manchmal »mochte« er – um seinen Ausdruck zu gebrauchen –, manchmal »mochte« er nicht. Die anderen »mochten« hingegen immer. Jetzt fiel mir nachträglich auf, daß er es nicht »gemocht« hatte, als ich zu ihm über Lord Triminghams Verlobung mit Marian sprach, und daß er deshalb die Antwort, die er seinem Grundherrn hinsichtlich des Militärdienstes gegeben hatte, vorsichtig revidierte.

Um Lord Trimingham bangte ich, mit Marian weinte ich, aber um Ted trauerte ich. Mir schien, als lebte er allein ein wirkliches Leben außerhalb dieses Problems, ein Leben, das nichts damit zu tun hatte und das er zu erfüllen suchte. An diesem anderen Leben hatte er mich teilnehmen lassen, als Mensch, nicht nur als Laufbursche, den man hätscheln oder einschüchtern mußte, damit er seine Pflicht erfüllte. Vielleicht war das ungerecht gegenüber Marian und Lord Trimingham, die mich beide mit auffallender Freundlichkeit behandelt hatten. Aber für sie, das wußte ich, war ich ein Go-Between; sie sahen mich in einem anderen Licht als Ted. Wenn Lord Trimingham Marian wollte, wenn Marian Ted wollte, dann wandten sie sich an mich. Die Vertraulichkeiten, die Marian mir geschenkt hatte, waren ihr abgerungen worden. Bei Ted war das anders. Er hatte das Gefühl, er schulde mir etwas – mir, Leo: den Dank, den ein Geschöpf dem anderen schuldet.

Der Gedanke, daß er alles, wofür er lebte, aufgeben und auf dem Boden schlafen sollte, tat mir weh. Ich konnte mir nicht vorstellen, daß das weicher war als die Betten in Brandham; außerdem könnte er getötet werden, und alles, was ich mit ihm verband, würde mit ihm dahingehen.

Wer hatte das alles angerichtet? fragte ich mich. Wer trug die Schuld? Diese Überlegung gefiel mir gar nicht. Sie brachte den Begriff der Sünde mit sich, und diesen Begriff wollte ich nicht mit hereinziehen. Sünde war ein starrer Begriff, und viele schöne Handlungen, die man vielleicht sonst sogar den guten Werken zugezählt hätte, wurden damit in ein eintönig graues Licht getaucht.

Dennoch, wer trug die Schuld? »Eine Dame hat niemals schuld«, hatte Lord Trimingham gesagt, und damit schied Marian aus, und ich war froh darüber; denn ich wollte sie jetzt nicht mehr für schuldig befinden. Er hatte nicht gesagt: »Einen Herrn trifft niemals die Schuld.« Aber niemand konnte ihm einen Vorwurf machen. Er hatte nichts getan, was er nicht hätte tun sollen. Darüber war ich mir im klaren. Er hatte aber auch nicht gesagt: »Ein Bauer hat niemals schuld.« Und da die Schuldfrage anders nicht gelöst werden konnte, so mußte die Schuld, wenn es überhaupt eine gab, bei Ted liegen. Ted hatte Marian in seine Stube, in seine Küche gelockt und sie verhext. Er hatte sie verzaubert, und diesen Zauber würde ich nun brechen – sowohl um ihretwillen wie um seinetwillen.

Aber wie?

Der erste Schritt war die falsche Zeitangabe für das Rendezvous gewesen. Marian würde ihn um sechs Uhr nicht im Schuppen antreffen. Und würde sie eine geschlagene halbe Stunde auf ihn warten? Das bezweifelte ich. Ich verließ mich auf ihre Ungeduld, eine ihrer offensichtlichsten Eigenschaften. Sie konnte nicht warten. Sie konnte nicht einmal eine Erklärung abwarten; sie konnte nicht warten, bis man einen Satz ausgesprochen hatte; die Langeweile des Wartens verursachte ihr körperliches Unbehagen. Ich war sicher, daß sie Ted äußerstenfalls zwei Minuten Gnadenfrist gewährte; und in der Verzweiflung des Wartenmüssens änderten sich vielleicht ihre Gefühle für ihn. Einen Erwachsenen warten zu lassen, war ein schwerwiegendes Vergehen, selbst unter Erwachsenen. Vielleicht würde sie zornig auf ihn; denn sie konnte ebenso zornig werden wie er. »Ich werde nie wieder kommen! Ich werde nie wieder kommen!« Und Ted: »Schön, wenn du auch gewartet hast – ich habe auch oft auf dich gewartet und sogar länger, und ich bin ein vielbeschäftigter Mann, und jetzt ist Erntezeit.« »Pah! Du bist bloß

ein Bauer, und es macht nichts, wenn man Bauern warten läßt.«
»Ach, ich bin bloß ein Bauer! So, bin ich das? Na, ich werd's dir schon zeigen« etc., etc.

Ich malte mir einen recht hübschen Streit zwischen den beiden aus, und dann gäbe es Vorwürfe und Gegenbeschuldigungen und schließlich den endgültigen Bruch. Und das alles war ein Erfolg des Mißtrauens, das ich gesät hatte. Und dann die ganze Geschichte in sich zusammenfiele wie ein Kartenhaus.

Wie viel glücklicher wären wir alle gewesen, so dachte ich, wenn sie nie begonnen hätte! Das galt nicht für Lord Trimingham; er war glücklich, jedoch nur, weil er ahnungslos war. Aber Marian, Ted und ich, Leo Colston; was hatten wir als Ersatz bekommen für das, was wir verloren hatten? Wir alle drei waren an einem Punkt angelangt, wo alles, und mochte es noch so wenig damit zu tun haben, uns allein im Hinblick darauf interessierte, ob die Zusammenkünfte zwischen Marian und Ted möglich waren oder nicht. Diese Zusammenkünfte beherrschten unser Leben; alles andere zählte eigentlich nicht. Weshalb haßte Marian London oder behauptete, es zu hassen? Weshalb glaubte Ted, er müsse die Landarbeit, die er liebte, aufgeben, um Soldat in Südafrika zu werden, was er verabscheute? Weshalb war ich so weit gekommen, daß ich mich von Brandham Hall, wo ich glücklich gewesen war, abberufen lassen wollte? Die Antwort war immer die gleiche: Es lag an der Beziehung zwischen Marian und Ted.

Alles, aber auch alles, war durch diese Beziehung getrübt worden und hatte seine Bedeutung verloren. Denn verglichen mit dieser Beziehung erschien alles andere unwichtig. Sie schillerte in grelleren Farben, sie übertönte alles andere, ihre Anziehungskraft war unvergleichlich mächtiger. Sie war ein Parasit, der alle Empfindungen überwucherte und aufsog. Nichts konnte neben ihr bestehen, nichts ein Eigenleben führen, solange sie da war. Sie ließ alles andere verdorren, teilte nichts, teilte mit niemandem und beanspruchte alles für sich. Und da sie ein Geheimnis war, lieferte sie auch keinen Beitrag zu unserem Alltag; man konnte ebensowenig darüber sprechen wie über eine beschämende Krankheit.

Ich wußte nicht, daß das die Leidenschaft war. Die Kette, an welche die beiden geschmiedet waren, kannte ich nicht. Aber wie sie sich auswirkte, das wußte ich sehr genau. Ich wußte, welchen Preis sie zu zahlen bereit waren und was sie dafür aufgeben würden; ich wußte, wie weit sie gehen würden – ich wußte, daß es für sie keine Grenze gab; ich war mir im klaren, daß sie etwas hatten, was mir versagt blieb. Aber mir war nicht klar, daß ich eifersüchtig war, eifersüchtig auf das Unbekannte, das sie einander schenkten und woran sie mich nicht teilhaben ließen. Aber wenn mir auch die Erfahrung fehlte, zu begreifen, was es war, so begann mein Instinkt es doch zu erahnen.

Welch ein Paradies war Brandham Hall gewesen, ehe diese Schlange sich eingeschlichen hatte! Ich malte mir in Gedanken aus, wie mein Besuch hätte gewesen sein können, wäre ich niemals den Strohhaufen auf Ted Burgess' Hof heruntergerutscht. Manches überging ich, manches verzerrte ich, manches vergrößerte ich. Es hätte keine lächerliche Situation gegeben, keine Möglichkeit, mich auszulachen. Jeder Tag wäre ein Höhepunkt gewesen wie der Ausflug nach Norwich mit seinen Einkäufen, wie mein Fang beim Cricketmatch, wie mein Gesang beim Konzert. Man hätte mich über alle Maßen geschätzt und geachtet, und gleichzeitig wäre ich völlig frei gewesen und hätte meiner eigenen Wege gehen können; die Zuneigung, mit dem man mich überschüttet hätte, wäre ohne Verpflichtung gewesen. Ich konnte nicht leugnen, daß die Sonne des zwanzigsten Jahrhunderts, auf das ich so große Hoffnungen gesetzt hatte, mir geschienen hatte. Selbst heute, da es mir, nach dem gestrigen Tage, enttäuschend kühl vorkam, war das Thermometer auf fast einundzwanzig Grad gestiegen. Aber, so sagte ich mir, ich hätte es anders genossen, in einer ungetrübten, bewußt lyrisch empfundenen Stimmung. In der regungslosen Stille, in der ich einherging und grübelte, hätte alles zu meinem Glücksgefühl beigetragen. Alles hätte seine Richtigkeit gehabt und hätte mir sein Geheimnis enthüllt. Die Blumen, die Bäume, die Häuser, die fernen Höhenzüge hätten meinem leiblichen wie meinem inneren Auge das gleiche Bild vermittelt. Ihre innere Geschlossenheit, die Distanz, welche sie voneinander trennte, das Gespür, daß sie nur um ihrer selbst und um meinetwillen erschaffen waren, ein Gefühl, das ich zur Verwirklichung meines Goldenen Zeitalters brauchte, wären mein persönlicher und unangetasteter Besitz gewesen. Und ebenso die einzelnen Figuren in dieser Landschaft. Bei Mrs. Maudsley angefangen (denn sie stellte ich obenan), hätte ich sie in der einmaligen Herrlichkeit ihrer verschiedenen Wesenheiten kennen und lieben gelernt, Sterne von unterschiedlicher Größe, aber jeder an seinem bestimmten Platz am Firmament und jeder anbetungswürdig.

Statt dessen war meine Bahn im gleichen Maße enger geworden, in dem meine Geschwindigkeit zugenommen hatte, bis ich nun in schwindelerregendem Tempo um einen winzigen Glutkern kreiste, der wie eine Karbidflamme auf einem Jahrmarkt zuckte; um mich war undurchdringliche Finsternis und ich selbst rettungslos meiner unmittelbar drohenden Vernichtung ausgeliefert.

Il faut en finir, würde Marcus gesagt haben, *il faut en finir.* –

Zu welchem Fluch konnte ich greifen, um jenen zu brechen, mit dem Ted Marian in Bann hielt?

Ich kannte die Gesetze der Schwarzen Magie nicht und mußte mich auf die Eingebung des Augenblicks verlassen. Ich glaubte, daß die Erfolgsaussichten größer wären, wenn ich bei der Abfassung der Zauberformel Furcht und Schrecken verspürte. Noch besser wäre es, wenn ich das Gefühl hätte, daß etwas in mir und in meiner Umgebung nachgäbe. Der Fluch, der Jenkins und Strode zu Fall gebracht hatte, hatte alle diese Bedingungen erfüllt.

Aber dies waren Flüche, deren Durchführung auf die Welt meiner Erfahrungen, die Schuljungen-Welt, beschränkt blieb. Ich hatte noch nie einen Fluch auf einen erwachsenen Menschen herabbeschworen. Meine jetzigen Opfer waren nicht nur Erwachsene; sie gehörten der Welt an, von der mein Zauber seine Kraft bezog. Ich würde also versuchen, sie mit ihren eigenen Waffen zu schlagen.

Aber ich durfte sie mir nicht als Opfer vorstellen. Das sagte ich mir immer wieder und bin auch heute noch dieser Meinung. Sie durften keineswegs leiden. Der andere Fluch, Teds Fluch, sollte vernichtet werden; aber ihnen sollte kein Leid geschehen. Später würden sie sich vielleicht gar nicht mehr wiedererkennen, wie die Figuren im »Sommernachtstraum«. »Wer ist der Mann dort drüben?« würde mich Marian fragen. »Er kommt mir bekannt vor, und trotzdem weiß ich nicht … Oh, er ist ein *Bauer?* Dann möchte ich ihn, glaube ich, nicht kennenlernen.« Das war der eine Dialog, und der andere lautete: »Wer ist diese Dame, Master Colston? Ich dachte, ich kenne sie, und kenne sie doch nicht. Sie ist hübsch, nicht wahr?« »Oh, wissen Sie denn nicht, wer sie ist? Das ist Miss Maudsley, Miss Marian Maudsley!« »Oh, was Sie nicht sagen! Dann ist sie nichts für unsereinen.«

Vielleicht würden sie auch unsichtbar füreinander; das wäre noch spannender. Jedenfalls würde wieder Ordnung geschaffen im gesellschaftlichen Bereich. Und Puck, oder wer immer dieses Wunder vollbrächte, würde mit Anmut von der Bühne abtreten.

Der Zauberspruch mußte etwas sein, das mir das Äußerste abverlangte, was mich zwang, mich auf etwas einzulassen, wovor ich mich fürchtete; und außerdem mußte er auch eine symbolische Bedeutung haben.

Die Lösung fiel mir ein, während ich mit Marcus sprach, und ich glaube nicht, daß er eine Veränderung in meinem Gesichtsausdruck entdecken konnte.

Ich schlüpfte in meine Pantoffeln, zog meinen braunen Wollschlafrock über mein Nachthemd und schlich mich ins Treppenhaus – sorgsam darauf bedacht, die linke Treppe zu benutzen, die nun an der Reihe war; denn bei einem derartigen Unternehmen mußte man jede Kleinigkeit genau beachten. Durch die geschlossene Türe zum Salon war Gesang zu hören. Ich wußte, daß nach dem Abendessen oft gesungen wurde; aber man gestattete uns nie aufzubleiben. Marian spielte die Begleitung, ich erkannte ihren Anschlag; und der Sänger mußte der Mann sein, den sie aus London mitgebracht hatte. Er hatte eine schöne Tenorstimme, viel ausgeglichener als Ted, aber der seinen nicht unähnlich. Ich kannte das Lied; es hieß »Der Dorn«.

Meine liebe Chloe
wollt' schmücken ihre Brust
mit einem blühenden Schlehdornzweig …
Ach, lieber wollt ich tot sein,
so rief ich ihr zu,
als je den Dornen ihren Busen weih'n.

Ich hatte den Sinn dieses Liedes nie ganz begriffen; aber es berührte mich stark. Weshalb hatte die Dame (vielmehr die Frau, wie Marcus mir zu sagen befohlen hatte, aber das vergaß ich immer wieder) Angst davor, daß ein eifersüchtiger Rivale sie auslachen könnte? Ich wußte es nicht, aber ich empfand Mitgefühl für sie; denn ich wußte, wie unangenehm es war, wenn man ausgelacht wurde. Und ich empfand Mitgefühl – und welch tiefes Mitgefühl! – für den Liebhaber, der entschlossen war, lieber zu sterben, als sie einer solchen Beleidigung auszusetzen.

Nach dem Lied hörte man gedämpften Beifall, matt gegen den Applaus, mit dem meine Darbietungen im Gemeindesaal aufgenommen worden waren; dann folgte eine Stille.

Die Haustüre stand offen. Seit meiner Ankunft hatte man sie jede Nacht, außer der ersten, offen gelassen, damit das Haus auskühlte. Aber es war nicht kühl; ich schwitzte unter meinem Schlafrock.

Ich starrte auf das hohe, dunkle Rechteck vor mir. Auch die Halle hinter mir, da und dort von Öllampen erleuchtet, verschwamm in der Dunkelheit. Aber unter der Salontüre kam ein Streifen helles, ruhiges Licht durch, der wie ein Balken auf dem Boden lag. Was würde geschehen, was würden sie sagen, wenn ich die Türe öffnete, hineinginge und zu Mrs. Maudsley sagte: »Ich kann nicht schlafen – darf ich der Musik zuhören?«

Ich wagte es nicht, aber ich war nahe daran, es zu tun; so groß war meine Furcht vor dem, was mir bevorstand. Ich versuchte mich loszureißen. Ich wandte mich der Dunkelheit dort draußen zu und kam bis zur Schwelle, aber ich konnte sie nicht überschreiten. Die Zukunft stand wie eine Wand vor mir, und es schien mir undenkbar, sie zu durchdringen.

Ich ging wieder in die Halle zurück. Die Menschen hinter der Salontüre waren mir ein Trost. Sie wußten nicht, daß ich da war, aber sie waren wie Zuschauer am Kai, die dem abfahrenden Schiff nachwinken und dem einsamen Passagier Mut machen, selbst wenn ihre Grüße nicht ihm gelten.

Ich fand heraus, daß ich Bruchstücke der Unterhaltung verstehen konnte, wenn ich mich dicht an die Salontüre hielt.

Man besprach, ob das nächste Lied »In der Dämmerung« oder »Kathleen Mavourneen« sein sollte. Jemand sagte: »Wir wollen beide hören«, und vielleicht wäre ich geblieben, um zuzuhören, denn sie gehörten zu meinen Lieblingsliedern – und wäre dann in mein Bett zurückgekrochen. Aber meine unselige Angewohnheit, in der Erregung heftige Bewegungen zu machen, überkam mich. Ich verursachte ein Geräusch, und man bat jemanden im Zimmer, hinauszugehen und nachzusehen – ich glaube, es war Denys. Ich hörte Schritte über das Parkett kommen und floh.

Draußen war es genauso dunkel, wie ich es erwartet hatte, aber ich fand mich sehr leicht zurecht. Daß ich mich verlaufen könnte, war eine meiner größten Befürchtungen gewesen – jener Befürchtungen die praktische Durchführung betreffend. Eine weitere verfolgte mich immer noch und wurde mit jedem Schritt stärker: Man könnte die Haustür schließen und absperren, ehe ich zurück war. Dann müßte ich draußen bleiben und versuchen, auf der Erde zu schlafen.

Die Nacht war für mich nicht nur eine fremde, sondern auch eine verbotene Welt. Kleine Jungen hatten nachts draußen nichts verloren. Die Nacht gehörte den Erwachsenen und vor allem den bösen Erwachsenen, den Dieben, den Mördern und derartigem Gesindel.

Aber was ich zu tun hatte, mußte in der Nacht geschehen; sonst verlor es seine Wirkung. Das hatte ich mir eingeredet, und die Angst, die ich nun verspürte, überzeugte mich von der Richtigkeit meiner Vorstellung.

Ich eilte den Rhododendronbüschen entlang, versuchte an nichts zu denken und kam an all den Stellen vorüber, an denen ich umkehren wollte, wenn meine Angst unerträglich würde. Mit diesem Versprechen hatte ich mich, ehe ich mein Schlafzimmer verließ, selbst bestochen.

Im Laufen wiederholte ich, was ich mir vorgenommen hatte; denn ich wußte, wie leicht man beim ersten Versuch vergessen kann, die richtige Reihenfolge und den genauen Hergang einzuhalten. Es war mir mehr als einmal passiert, daß ich in der Theorie sehr wohl wußte, wie ich ein chemisches Experiment durchzuführen hatte; aber vor den Bunsenbrennern und all dem übrigen Zubehör, die in Wirklichkeit so anders waren als in der Vorstellung, hatte ich den Kopf verloren und alles verdorben.

Auch dies hier war ein chemisches Experiment, und eine der Bedingungen, daß es nämlich bei Nacht durchgeführt werden mußte, hatte ich bereits erfüllt. Wenn möglich, sollte es bei Mondschein vonstatten gehen, noch besser bei Sonnenfinsternis, aber jedenfalls in der Dunkelheit. Zuerst mußte man die Ingredienzien sammeln. Für meinen Zweck genügte eine einzige Beere. Aber da jeder Teil der Pflanze giftig war, wäre es wirksamer, wenn man alle Teile benutzte: Blatt, Stengel, Blüte, Beere und Wurzel. Von der letztgenannten eine Probe zu bekommen, würde vielleicht schwierig sein; denn die Wurzeln konnten ziemlich tief in der Erde stecken. Deshalb war es ratsam, sich eines Taschenmessers zu bedienen, das eine kräftige Klinge hatte, damit ein Stück von der Wurzel abgeschnitten werden konnte. Da weder Spaten noch Schaufel zur Verfügung standen, waren die Finger zu Hilfe zu nehmen, um die Erde an der Wurzel zu entfernen, wobei natürlich der Kopf mit den unteren Ästen in Berührung kommen würde (diese Berührung fürchtete ich ganz besonders). War das gewünschte Stück Wurzel abgeschnitten, so war es in die Tasche des Schlafrocks oder in ein anderes geeignetes Behältnis zu stecken. Während der ganzen Prozedur war zu beachten, daß nichts mit den Lippen berührt wurde, da jeder Teil der Pflanze giftig war. (NB: Gelingt dies bei angehaltenem Atem, so ist die Wirkung größer.) Sodann muß alles, im Laufschritt und ohne anzuhalten, ins Schlafzimmer des Zauberers gebracht werden, woselbst die übrigen Utensilien bereitzustehen haben, als da sind:

Vier Kerzen (zum Verbrennen)
Ein Metallbehälter (Silber)
Ein perforierter Behälter
Vier Bücher (kleine), um diesen zu stützen
Vier Schachteln Streichhölzer
Wasser zum Kochen
Uhr, um die Zeit zu messen
Nasser Schwamm wegen Feuergefahr

Der Metallbehälter war ein Gefäß, das meine Mutter mir geschenkt hatte. Er gehörte zu einem ganzen Satz Becher, die ineinander paßten und nur sehr wenig Platz einnahmen. Sie waren aus Silber und innen vergoldet, und meine Mutter hatte sie zu ihrer Hochzeit geschenkt bekommen. Sie waren für Picknicks bestimmt, und sie hoffte, ich würde sie während meines Besuches dafür verwenden, was ich aber nie tat, da es immer genug Gläser gab. Ich vermute, daß sie auch glaubte, die Becher würden mir einen vornehmen Anstrich verleihen und beweisen, daß ich aus gutem Hause kam. Als Destillierkolben eigneten sie sich hervorragend; denn sie waren hauchdünn.

Der durchlöcherte Behälter, von dem mehr als von irgend etwas anderem der Erfolg meines Zaubers abhing, war der Einsatz meiner Seifenschale, eines weißemaillierten Dings, das nicht zu meiner Waschtischgarnitur paßte. Er hatte ein großes Loch in der Mitte und darum herum kleinere Löcher, welche die Hitze der Kerzenflammen gut durchlassen würden: Gestützt von den Büchern, würde alles zusammen eine Art Dreifuß ergeben.

Nach der Rückkehr waren die Ingredienzien zu zerstoßen und im Zahnputzglas zu einem Brei oder zu einer weichen Masse zu verrühren, wobei Wasser hinzugefügt wird, jedoch nicht zu viel, da es sonst zu lange dauert, bis es kocht. Es kocht, wenn es zu blubbern beginnt (hundert Grad). Dies soll um Mitternacht geschehen, und gleichzeitig muß der Zauberspruch (Wörter werden noch formuliert) gesungen werden, dreizehnmal von hinten nach vorne, dreizehnmal von vorne nach hinten. Dann sagt man: »Und auch ich bin dreizehn«; das alles nicht so laut, daß es auf dem Gang zu hören war, aber laut genug, daß es im Zimmer gehört werden kann, und wenn der Magier schwitzt, so wäre es sehr wirksam, wenn einige Tropfen seines Schweißes der Mischung beigefügt würden.

Später darf der Saft auf keinen Fall mit dem Mund berührt werden, sondern muß in das WC geschüttet, und alle Utensilien müssen sauber und sachgemäß hinterlassen werden, bedenkend, daß andere sie nach dir benutzen wollen!

Ich kann nicht mehr sagen, wie viele von diesen Instruktionen ich befolgen konnte. Ich hatte sie auf einer leeren Seite meines Tagebuchs niedergeschrieben, die ich, der Sicherheit wegen, herausreißen wollte, sobald ich mich lange genug daran geweidet hatte. Aber das, wie so vieles andere, vergaß ich am darauffolgenden Tage.

Obwohl sich meine Augen allmählich an die Dunkelheit gewöhnten, war ich schon dicht vor dem Schuppen, als ich die Umrisse der Schwarzen Tollkirsche unterschied. Sie sah aus wie eine Dame, die auf ihrer Türschwelle jemanden erwartet. Auf einen gewissen Schrecken war ich vorbereitet, aber nicht auf den Sturm von Gefühlen, den sie in mir auslöste. Ich spürte, daß der Strauch mich wollte, so wie ich ihn haben wollte; und ich bildete mir ein, er wolle mich als eine Ingredienz und würde mich auch bekommen. Der Zauber wartete nicht darauf, in meinem Schlafzimmer angerufen zu werden, wie ich mir das gedacht hatte, sondern hier in diesem ungedeckten Schuppen; und nicht ich bereitete ihn für die Schwarze Tollkirsche, sondern die Schwarze Tollkirsche bereitete ihn für mich. »Komm herein«, schien sie mir zuzurufen; und endlich, nach einer Ewigkeit, streckte ich meine Hand in das dichte Dunkel und fühlte, wie die Stengel und Blätter sie sanft umschlossen. Ich zog meine Hand zurück und spähte hinein. Es war kein Platz für mich da drinnen. Aber wenn ich hineinginge in diese heidnische Finsternis, wo das Gewächs lauerte, in diese explosive Zusammenballung pflanzlicher Kraft, dann würde ich sein Geheimnis begreifen und der Strauch das meine. Und so ging ich hinein. Es war zum Ersticken, und doch war es köstlich, wie die Blätter, die Stengel, ja sogar die Zweige nachgaben. Und das mußte eine Blüte sein, die über mein Augenlid strich, und dies eine Beere, die sich auf meine Lippen preßte ...

Da ergriff mich Panik, und ich versuchte, den Weg ins Freie zu finden, aber es gelang mir nicht; auf allen Seiten schienen sich Mauern zu erheben, und ich stieß mir die Knöchel wund. Zuerst hatte ich Angst, die Pflanze zu verletzen. Dann aber begann ich in meiner Angst, daran zu zerren, und hörte die Zweige splittern und krachen. Bald hatte ich meinen Kopf befreit, aber das genügte nicht; ich mußte mich ganz befreien. Die Pflanze war bei weitem nicht so stark, wie ich geglaubt hatte. Ich kämpfte mit ihr. Ich bekam den Stamm zu fassen und brach ihn ab. Ein Rauschen ertönte. Mit leisem Seufzen fiel wirbelnd Blatt um Blatt; ein Haufen abgefallener Blätter lag knietief um mich herum, und mitten darin stand schief der abgebrochene Stamm. Ich ergriff ihn mit aller Kraft; und als ich fest daran zog, flogen mir die Worte des noch fehlenden Zauberspruches zu, angeweht aus einer fernen Geschichtsstunde: »Delenda est belladonna! Delenda est belladonna!« Ich hörte, wie die Wurzeln krachend nachgaben, fühlte, wie sie sich mit ihrer letzten Kraft gegen mich anstemmten, wie sich das Lebensprinzip der Pflanze selbst im Todeskampf verteidigte. »Delenda est belladonna!« sang ich – nicht laut, aber laut genug, daß ein Lauscher es hätte hören können – und wappnete mich zum letzten Angriff. Und da gab sie nach, blieb mir in den Händen, mit einem leisen Seufzer, einem weichen Erdregen, der leise auf die Blätter niederrieselte. Und ich lag auf dem Rücken, im Freien, immer noch den Stumpf umklammernd, und starrte auf den Wurzelstock, der wie eine zerzauste Perücke über mir schwebte, und die Erdklümpchen fielen mir ins Gesicht.

22

In dieser Nacht schlief ich tief, und zum erstenmal seit meiner Ankunft in Brandham Hall schlief ich noch, als der Diener zum Wecken kam. Ich fühlte mich seltsam und kam nicht so recht zu mir. Auch als er die Vorhänge aufgezogen hatte, verließ mich das seltsame Gefühl nicht. Es steckte nicht nur in mir, sondern drang auch von außen in mich ein. Ich konnte gerade noch rechtzeitig »Guten Morgen, Henry!« sagen, sonst wäre er wortlos wieder gegangen. Er sprach nur mit mir, wenn ich ihn ansprach – und selbst dann nicht immer.

»Guten Morgen, Master Leo! Herzlichen Glückwunsch!«

»Ach, ich habe ja Geburtstag! Das hatte ich ganz vergessen.«

»Vielleicht Sie, Master Leo«, sagte der Diener, »aber nicht die anderen. Die Zeit vergeht rasch! Jetzt sind Sie dreizehn, bald werden Sie vierzehn sein. Fünfzehn, sechzehn, siebzehn, achtzehn – und jedes Jahr bringt neue Sorgen.«

Diese Rede gefiel mir gar nicht, obgleich ich wußte, daß sie gut gemeint war und nur Henrys eingefleischten Pessimismus widerspiegelte. Aber ich fühlte mich immer noch seltsam. Woran mochte das wohl liegen? Ich sah nach dem Fenster, und da wurde es mir klar.

»Du lieber Himmel, es regnet!«

»*Noch* regnet es nicht«, sagte Henry mürrisch. »Aber es wird regnen, ehe der Tag vorüber ist. Verlassen Sie sich darauf. Nicht, daß wir es nicht brauchten. Diese Hitze ist ja nicht normal.«

»Aber es ist doch Sommer!« rief ich aus.

»Sommer oder nicht, es ist nicht normal«, wiederholte Henry. »Es ist ja alles verdorrt, und es heißt« – hierbei sah er mich vielsagend an –, »daß eine Menge Menschen den Verstand verloren haben.«

»Oh«, rief ich; denn geistige Verwirrung besaß, wie fast alle Kalamitäten, für mich ein besonderes Interesse.

»Wissen Sie, die Hundstage«, sagte er vertraulich und schüttelte den Kopf.

Immer noch an den Auswirkungen des Wetters interessiert, sagte ich: »Kennen Sie einen Hund, der verrückt geworden ist? Ich meine, ob Sie selbst einen gekannt haben ...«

Wieder schüttelte er den Kopf. »Es werden nicht nur Hunde verrückt«, bemerkte er mit düsterer Genugtuung, »auch menschliche Wesen.«

»Oh, doch nicht etwa jemand hier im Haus?« fragte ich, ganz Ohr.

»Ich sage nicht ja«, orakelte Henry, »und ich sage auch nicht nein. Was ich aber behaupte, ist: Knapp daneben ist auch vorbei.«

Ich konnte mir darunter nichts vorstellen; und wäre er nicht so abweisend gewesen, hätte ich ihn gebeten, es mir zu erklären. Er stand über den Waschtisch gebeugt und zelebrierte das morgendliche Ritual, indem er den Wasserkrug gegen die messingne Heißwasserkanne vertauschte und diese mit einem Gesichtshandtuch zudeckte. Plötzlich sagte er vorwurfsvoll: »Es fehlt der Einsatz aus der Seifenschale.«

»Da drüben ist er«, antwortete ich schuldbewußt und deutete auf den Schreibtisch, der aus Raummangel am Bettende stand. Henry kam herüber und starrte auf mein Werk.

Es sah aus wie ein kleiner heidnischer Altar oder wie das Modell von Stonehenge. Die vier Bücher bildeten den geweihten Raum, und darin standen, nahe aneinandergerückt, die vier

Kerzen; darüber, durch die Bücher gestützt, hing der Einsatz der Seifenschale, und auf diesem, bereit die Ingredienzien zu empfangen, stand mein Silberbecher. Die Wasserflasche, der feuchte Schwamm und die vier Streichholzschachteln waren in genau berechneten Abständen darum herumgruppiert. Nur meine Uhr fehlte zur Vervollständigung des magischen Zubehörs. So kindisch und dürftig dieser Aufbau auch war, ließ er doch irgendwelche dunkle Absichten vermuten, als sei er bereit, so viel Unheil anzurichten, wie in seiner Macht stand, und es war mir außerordentlich peinlich, mich als seinen Urheber zu bekennen.

Henry schüttelte nachdenklich den Kopf. Ich wußte, was er sagen wollte: Da ist noch einer, dem die Hitze den Verstand geraubt hat. Aber er sagte nur: »Es scheint, Sie haben einen anstrengenden Tag hinter sich.«

Dies war ein lakonischer Ausspruch, den er häufig benutzte, um seine olympische Geduld hinsichtlich Handlungen auszudrücken, die er, so harmlos sie auch waren, nicht begreifen konnte.

»Aber«, fügte er grimmig hinzu, »es ist nicht meine Aufgabe, hier aufzuräumen.«

Sobald Henry das Zimmer verlassen hatte, stieg ich aus dem Bett und nahm vorsichtig meine Zauberapparatur auseinander. Als die verschiedenen Gegenstände wieder einzeln an ihrem richtigen Platz waren, schienen sie sogleich die böse Kraft zu verlieren, die sie als Kollektiv besaßen, jene Kraft, die sie erst während meines Schlafes erlangt hatten; denn in der Nacht, nach meinem Kampf mit der Schwarzen Tollkirsche, waren sie mir vorgekommen wie die weißeste Magie, ja sie hatten fast überhaupt nichts Magisches an sich gehabt. Durch mein Erlebnis war ich derart überreizt gewesen, daß mein Rückweg trotz der Aussicht, vor eine verschlossene Türe zu kommen, keinerlei

Schrecken mehr für mich gehabt hatte. Ich ging durch die offene Türe, als wäre es elf Uhr morgens und nicht elf Uhr nachts.

Und nun war der Himmel grau. Das war einer der Gründe, weshalb ich mich so seltsam fühlte. Wir hatten schon früher bewölkte Tage gehabt, aber keine grauen, die mit Regen drohten. Ich war so daran gewöhnt, von der Sonne begrüßt zu werden, daß ihr Fehlen mich verwirrte wie ein Stirnrunzeln auf einem Gesicht, das immer lächelte. Ich sagte mir, der Sommer sei vorüber und eine strengere Jahreszeit im Anzug.

Meine Erlebnisse in der vergangenen Nacht hatten mich in gewisser Weise auf dieses Ereignis vorbereitet. Nicht umsonst fühlte ich mich eins mit dem Wetter; auch mein Sommer war vorüber. Ich hatte mich im Kampf mit der Schwarzen Tollkirsche verausgabt und die üppigen Phantasien abgestreift, die seit meiner Ankunft in Brandham Hall ins Kraut geschossen waren. Niemand hatte mich je vor ihnen gewarnt, aber nun machte ich selber ihnen ein Ende. Lebt wohl, meine Täuschungen! Mit nur geringem Erfolg versuchte ich meinen Kampf im Schuppen als eine harmlose gärtnerische Tätigkeit anzusehen, als die Ausrottung eines giftigen Unkrautes, vor dem ich meine Gastgeberin schon längst hätte warnen sollen.

Jetzt, da ich dreizehn war, oblag mir die Pflicht, mich der Wirklichkeit zu stellen. In der Schule würde ich nun einer der großen Jungen sein, zu dem die kleineren emporsahen. Mir stieg die Schamröte ins Gesicht, als ich an das Schauspiel dachte, das ich letzte Nacht im Schuppen geboten hatte, an meine Bemühungen, mein klägliches Ich dem Schicksal entgegenzustellen, an meine Laufbahn als Magier und an den Hokuspokus, den ich getrieben und anderen beigebracht hatte. Und der Brief an meine Mutter, diese wehleidige Bitte um Abberufung – wie verachtete ich mich, weil ich ihn geschrieben hatte. Wenn ich an die Handlungen zurückdachte, die ich seit meiner

Ankunft in Brandham vollbracht hatte, so verdammte ich sie samt und sonders; sie schienen mir die Handlungen einer fremden Person.

Ich verdammte sie unbesehen. Ich nahm mir nicht die Zeit zu überlegen, wie ich es hätte besser machen können. Ich sah sie alle als plumpe Quacksalberei, die mit dem Augenblick meiner Ankunft in Brandham begonnen hatte – nein, schon früher, als Jenkins und Strode vom Dach stürzten. Seit diesem Augenblick schien ich ständig eine Rolle gespielt zu haben, die jedermann, und am meisten mich selbst, getäuscht hatte. Sie hätte nicht meine alte Kinderfrau getäuscht, die sehr schnell merkte, wenn ich oder sonst ein Kind jemand anderen nachzuäffen versuchte. Sie hatte nichts dagegen, wenn man irgendein Tier oder auch irgendein menschliches Wesen, hoch oder niedrig, jung oder alt, einen Toten oder einen Lebenden, nachmachte, vorausgesetzt, daß man auf Befragen sagen konnte, *wer* man war. War aber diese angenommene Persönlichkeit eine verzerrte Version des eigenen Ego, das »Ich« in fremden Federn, das Eindruck machen sollte, ein Jemand, für den man gerne gehalten werden wollte, dann bekam man zu hören: »Wer bist du denn jetzt?« »Och, niemand besonderes, nur Leo.« »Na, mein Leo bist du aber nicht. Du bist irgendein anderer Junge, und den mag ich nicht.«

In Brandham war ich die ganze Zeit über ein anderer kleiner Junge gewesen, und die Erwachsenen hatten mich darin unterstützt und mir Vorschub geleistet! Es war zum großen Teil ihre Schuld. Es gefiel ihnen, aus einem kleinen Jungen den kleinen Jungen zu machen, der ihrer Vorstellung entsprach – einen Standardjungen, nicht einen Leo oder einen Marcus. Sie hatten sogar eine Spezialsprache für kleine Jungen – wenigstens manche von ihnen, einige der Besucher, nicht die Familie. Die Familie und Lord Trimingham, der bald zur Familie zählen würde, respektierten die eigene Würde. Aber es gibt andere, viel verführerischere

Methoden, einen seiner Persönlichkeit zu berauben, als die Bezeichnung »kleiner Mann«. Kein kleiner Junge liebt es, als »kleiner Mann« tituliert zu werden, aber jeder kleine Junge liebt es, wie ein kleiner Mann behandelt zu werden, und das hatte Marian mit mir gemacht. Wenn es ihr gerade paßte, hatte sie mir die Wichtigkeit eines Erwachsenen verliehen. Sie hatte mir das Gefühl gegeben, sie sei auf mich angewiesen. Mehr als alle anderen hatte sie zu meiner Aufgeblasenheit beigetragen.

Henry hatte zweifellos recht, wenn er sagte, die Hitze sei schuld. Die Hitze hatte Mrs. Maudsley umgeworfen – die Hitze und Marian. Vielleicht *war* Marian die Hitze? Diese hatte auch Marcus überwältigt, und er hatte sich von allen am vernünftigsten verhalten. Er hatte Flecken bekommen und sich ins Bett zurückgezogen. Er hatte nicht den Wunsch, ein anderer zu sein als der, der er war. Er hätte zu mir sagen können, er habe Masern, aber er tat es nicht. Er gab sich keiner Selbsttäuschung hin. Sogar seine gelegentliche Affektiertheit war nicht Selbstzweck, sondern immer mit einer bestimmten Absicht verbunden. Ein- oder zweimal war seine französische Posiererei mit ihm durchgegangen; aber ihr ursprünglicher Sinn war der gewesen, mir eins auszuwischen. Er interessierte sich für das, was tatsächlich um ihn herum vorging, nicht für das, was seine Phantasie daraus machen könnte. Deswegen liebte er Klatsch; er wollte über die Menschen Bescheid wissen, nicht sich etwas vorstellen. Ihm hätte es auch keine Freude gemacht, sich in der Rolle eines romantischen Außenseiters zu sehen, der ein tödliches Geheimnis bis zum letzten Blutstropfen verteidigte. Er hätte dieses Geheimnis lieber verraten und die Folgen abgewartet. Nie hatte ich Marcus mehr bewundert als am Morgen meines dreizehnten Geburtstages.

So denke ich heute, aber so fühlte ich auch damals, und meine Gefühle waren gewichtiger als meine Gedanken und lasteten schwer auf meinem erschöpften und verwirrten Gemüt.

Bei meinem Angriff auf die Schwarze Tollkirsche war ich selbst für meine Verhältnisse zu weit gegangen. Angenommen, es hätte mich jemand gesehen, als ich wie ein Berserker wütete! Angenommen, es hätte jemand – der Lauscher, den meine Phantasie herbeizitiert hatte – gehört, wie ich »Delenda est belladonna« in die Nacht hinaus psalmodierte! Er hätte mich wohl für wahnsinnig halten können. Es war schlimm genug, daß ich mich gesehen hatte.

Das graue, wässerige Licht, das sich wie Regen über Dächer und Bäume breitete, strömte sanft in mein kleines hohes Zimmer. Henry hatte den Eton-Anzug, den ich zum Abendessen getragen hatte, fortgeräumt (manchmal räumte er auch meine Hosenträger mit fort, und ich mußte danach läuten) und den grünen Anzug auf den Stuhl gelegt, zusammen mit meiner Unterwäsche, den Strümpfen und den Strumpfbändern, die säuberlich obenauf lagen. Als ich schon fast fix und fertig und gerade im Begriff war, den grünen Anzug anzuziehen, beschloß ich plötzlich, es nicht zu tun. Nicht wegen der Farbe oder weil er mich an Marians doppeltes Spiel erinnerte – nein, es war ein Anzug wie jeder andere; aber er war auch mein Narrenkleid, das Kostüm meiner Selbsttäuschung. Ich konnte es ertragen, wenn man mich einen grünen Jungen nannte; denn der war ich. Aber ich wünschte nicht, für Robin Hood gehalten zu werden; denn der war ich nicht. Deshalb holte ich meinen Norfolk-Anzug aus dem Schrank, der mir bereits ganz fremd vorkam, sowie die dazugehörigen Strümpfe und meine Stiefel. Ich hatte ein sehr eigenartiges Gefühl, als ich sie anzog und ihren ungewohnten Druck spürte, und ich fühlte mich auch sehr eigenartig, als ich mich im Spiegel sah. Aber ich sah auf jeden Fall mich selbst und nicht eine seegrüne, käufliche Parodie.

Während der Andacht blieb ich unbeachtet, ein Betender, von dem andere Sterbliche keine Notiz nahmen. Aber als wir uns von den Knien erhoben, war ich ein Geburtstagskind in einer Norfolk-Jacke. Und nachdem man mir zu dem einen gratuliert hatte, kam man auf das andere, meinen Anzug, zu sprechen. Mir war, als hörte ich ein leises, gutartiges Echo der Spötteleien aus vergangenen Tagen. Ich wunderte mich, daß sie mich je hatten kränken können. Aber Lord Trimingham, der offenbar glaubte, ich könnte mich gekränkt fühlen, sagte: »Er hat ganz recht, und zwar ist er der einzige unter uns, der recht hat. Eine Norfolk-Jacke in Norfolk! Und außerdem wird es regnen. Wir werden uns alle umziehen müssen und er nicht.« Außer mir waren alle Tischgäste für schönes Wetter angezogen. »Ja«, sagte Marian, in deren Augen es schalkhaft blitzte, »aber er sieht aus, als wolle er abreisen; das ist es, was mir nicht gefällt. Dieser Anzug erinnert an Bahnhöfe.«

Neben meinem Gedeck lagen zwei lange Umschläge; auf dem einen entdeckte ich die Handschrift meiner Mutter, auf dem anderen die meiner Tante. An jedem anderen Tag hätte ich bis zum Ende der Mahlzeit gewartet, um sie allein zu lesen. Aber heute hätte ich das als Heimlichtuerei empfunden. Ich wünschte, daß jeder sah, was ich tat. Daher öffnete ich, mit einer Entschuldigung, wie ich sie von den Erwachsenen gehört hatte, den Brief meiner Mutter. Die in Seidenpapier gewickelte Einlage ließ ich unbeachtet und nahm nur den Brief heraus. Er enthielt viele liebevolle Worte und Entschuldigungen. »Ich war so unglücklich, weil ich das Telegramm nicht geschickt habe«, schrieb sie. »Es schien mir aber viel *vernünftiger* zu sein, es nicht zu tun. Aber nun überlege ich mir, ob Du Dich vielleicht nicht wohl gefühlt hast und es mir nicht sagen wolltest. Du würdest mir das doch immer sagen, nicht wahr, Liebling? Ich ahnte nicht, wie sehr ich Dich vermissen würde, aber ich vermisse

Dich schrecklich, und zehn Tage sind eine endlose Zeit, wenn man wartet. Nun, sie werden vorübergehen. Ich hoffe, Du bist wieder ganz vergnügt. Ich wollte, ich könnte ganz sicher sein, daß Du es bist. Wenn Du immer noch Botschaften austragen mußt und es zu anstrengend findest, dann folge meinem Rat und bitte Mrs. Maudsley, daß sie jemand anderen schickt. Ich bin überzeugt, daß sie es *gern* tun wird. Und ich fürchte, Liebling, Du hast den Eindruck, ich hätte nicht sehr nett auf Deinen neuen Anzug reagiert, weil ich schrieb, die Farbe passe nicht für einen Jungen. Aber das stimmt natürlich nicht; sogar die Soldaten tragen heute Grün, die Armen – Khaki ist auch eine Art Grün –, und deshalb schicke ich Dir eine Krawatte, die dazu paßt. Ich hoffe jedenfalls, daß sie paßt. Grün ist eine schwierige Farbe, die nicht immer gut harmoniert, aber das kannst Du wohl noch nicht wissen.«

Daraufhin sah ich neugierig in den Umschlag, ohne daß ich beabsichtigte, die Krawatte herauszunehmen. Als ich aber ein Eckchen Seide sah, konnte ich nicht anders: da hielt ich sie auch schon in der Hand, eine lange, grüne Schlange. »Oh, was für eine schöne Krawatte«, rief man von allen Seiten. »Was bist du für ein verwöhnter kleiner Junge«, sagte einer der neuen Gäste, der mir sofort unsympathisch war.

»Aber sie paßt nicht zu diesem Norfolk-Anzug«, sagte Marian.

Errötend verschanzte ich mich wieder hinter meinem Brief, der nun nur noch in die sanft dahinplätschernden Abschiedsworte meiner Mutter mündete.

Der andere Brief war länger; denn meine Tante hatte viel von sich zu erzählen und erging sich in Vermutungen über mich. Sie hatte eine lebhafte Phantasie und wußte immer, was man möglicherweise tun würde, aber sie erriet es nicht immer. »Norfolk ist wegen seiner Klöße berühmt«, schrieb sie. »Ich nehme an, Du bekommst viele.« In Wirklichkeit haben wir, glaube ich, nicht einen einzigen bekommen. »Ich habe früher einmal eine Familie Maudsley gekannt«, riet sie weiter, »die lebte ganz in der Nähe von Deinem jetzigen Aufenthaltsort, in Hanging-Brandham oder Steeple-Brandham; ich weiß nicht mehr genau, wo es war. Ich nehme an, Du hast sie kennengelernt.« Leider Gottes hatte ich sie nicht kennengelernt. Über eine andere Sache war sie besser informiert. »Deine Mutter erzählt mir, Du hättest einen neuen Anzug, einen grünen, vielleicht eine etwas ungewöhnliche Farbe für einen Jungen. Aber ich finde Männerkleidung im allgemeinen viel zu wenig farbenfroh, Du nicht? Man behauptet, daß eine Frau nie die richtige Krawatte aussucht; aber ich finde das Blödsinn, und hier ist sie.«

Ich mußte wieder meine Lektüre unterbrechen und in den Umschlag sehen, und wieder genügte ein Blick nicht. Was ich sah, warnte mich schon, daß dieses Grün, welche Schattierung nun auch für einen Jungen richtig sein mochte, nicht das richtige war. Es war viel zu senffarben. Aber dafür war diese Krawatte bereits zu einer machtvollen Schleife gebunden, wie sie keine menschliche Hand knüpfen konnte, und eine hinten angebrachte Öse ermöglichte auch dem eiligsten Benutzer einen makellosen Sitz.

Sie hatte jedoch nicht den gleichen Erfolg wie die andere. Der Beifall ließ auf sich warten, und ich bemerkte einige zweifelnde Blicke. Marcus machte schon ein finsteres Gesicht, da streckte Lord Trimingham plötzlich seine Hand über den Tisch und sagte:

»Darf ich mal sehen?«

Ich schob ihm die Krawatte zu.

»Ich finde sie reizend«, sagte er. »So lustig. Warte einen Augenblick, dann zeige ich dir, wie sie wirkt.«

Er band seine blau-weiß getupfte Krawatte ab und befestigte die meine nach einigen Schwierigkeiten (»Ich finde den Dreh nicht heraus«) an seinem Kragenknopf. An ihm wirkte sie nicht als das ordinäre Ding, das sie, nach Marcus' Gesichtsausdruck zu schließen, sein mußte. Sie wirkte outriert, aber elegant; und Lord Trimingham machte eine schwungvolle Geste mit seinen Händen und lächelte, wie um auf einen unbekümmerten Anlass hinzudeuten – vielleicht den Rennplatz von Goodwood? Selbst mir fiel es schmerzlich auf, wie wenig sein Gesicht das ausdrükken konnte, was er dachte; aber ihm schien das nicht bewußt zu sein. »Was meinen Sie?« wandte er sich an Mrs. Maudsley. »Was meinen Sie, Marian?« Ich hob die Krawatte jahrelang auf.

»Und heute«, sagte Mrs. Maudsley, und schob ihren Stuhl zurück, »heute«, sie machte eine Pause, »heute ist Leos Tag.« Sie lächelte mir zu, und ihr Lächeln ging wie eine kühle Woge über mein Gesicht. »Was würdest du gern unternehmen, Leo?«

Ich war völlig sprachlos. Mir fiel nichts ein, was ich vorschlagen könnte. Mrs. Maudsley versuchte mir zu helfen. »Wie wäre es mit einem Picknick?«

»Das wäre sehr schön.«

»Wenn es nicht regnet«, sagte Mrs. Maudsley und betrachtete prüfend den Himmel. »Oder mit einer Fahrt nach Beeston Castle, nach dem Mittagessen? Das kennst du doch noch nicht?«

»Das wäre sehr schön«, wiederholte ich unglücklich.

»Gut. Machen wir das, wenn es nicht regnet? Ich nehme an, du möchtest den Vormittag frei haben, um mit Marcus zu spielen.«

»Ja, bitte.«

»Und um fünf Uhr wirst du dann deinen Geburtstagskuchen anschneiden … Ja, Denys?«

»Ich wollte nur sagen, Mama, daß wir immer noch nicht wissen, was *Leo* eigentlich möchte.«

»Ich glaube doch«, sagte Mrs. Maudsley sanft. »Das gefällt dir doch, Leo, nicht wahr?«

»Oh, *ja*«, sagte ich.

Mrs. Maudsley wandte sich an ihren ältesten Sohn.

»Bist du nun zufrieden, Denys?«

»Ich meinte nur, Mama, daß er sich an seinem Geburtstag selbst etwas aussuchen sollte.«

»Aber er hat doch gewählt, oder nicht?« »Eigentlich nicht, Mama; du hast für ihn gewählt.« Seine Mutter machte ein Gesicht, als flehe sie Gott um Geduld an. »Er hat keinen Gegenvorschlag gemacht, also –« »Ich weiß, Mama, aber an seinem *Geburtstag* –« »Kannst du etwas vorschlagen, Denys?« »Nein, Mama, es ist ja nicht mein Geburtstag.« Ich sah, wie Mrs. Maudsley ihre Finger zusammenpreßte.

»Ich glaube, es ist alles aufs beste geregelt«, sagte sie ruhig. »Was nun uns *Erwachsene* betrifft ...«

Sobald Marcus und ich das Zimmer verlassen hatten, sagte er: »Leo, du kannst es nicht tun.«

»Was kann ich nicht tun?«

»Diese Krawatte tragen.«

»Warum nicht?«

»Weil«, erklärte Marcus und sprach jedes Wort langsam und deutlich aus, »es eine fertiggebundene Krawatte ist.«

Nachdem wir ein wenig gerauft hatten, sagte Marcus: »Bei Trimingham ist das natürlich egal – er kann alles tragen; aber du, du mußt dich in acht nehmen.«

»Vor was?«

»Daß du nicht wie ein Prolet aussiehst. Aber ich will mich nicht weiter darüber auslassen; denn du hast heute Geburtstag.«

Ich hatte an diesem Vormittag viel Zeit, meine Stimmungen auszukosten. Mein neues, wahres Ich kam mir sehr farblos vor. Zunächst einmal fehlte ihm die Geburtstagsfreude. Es wollte nicht wahrhaben, daß dies ein besonderer Tag war, mit besonderen Privilegien für Gefühle und außergewöhnliches Benehmen. Es warnte mich dauernd, ich solle mich in meinen Grenzen halten. Wenn ich mich in den Augen anderer zum Narren gemacht hatte, dann ging ich gegen ihr Urteil an, auch während es mich noch schmerzte; aber ich konnte nicht so leicht gegen mein eigenes Urteil ankämpfen. Mein neuer Mentor erlaubte mir nicht, die Stätte meines Verbrechens aufzusuchen, zu der es mich, wie alle Mörder, hinzog. Er erlaubte mir nicht einmal einen Besuch beim Abfallhaufen, um nachzusehen, ob der Leichnam der Pflanze inzwischen dort gelandet war. Als die Sonne kam, was bald der Fall war, und zwischen den dicht aufgetürmten Wolkenballen hindurchbrach, jubelte ich ihr mit keinem Gedanken zu. Als wir Marian und Lord Trimingham begegneten, die spazierengingen und die Köpfe zusammensteckten, versuchte ich das Glücksgefühl, das ich bei ihrem Anblick verspürte, zu unterdrücken. Alle meine Beziehungen, zu Menschen sowohl wie zu Dingen, schienen ihre Intensität verloren zu haben. Selbst Marcus gegenüber, der in meiner Achtung immer eine doppelte Stellung eingenommen hatte – in der Schule eine andere als in seinem Zuhause –, fühlte ich mich unbehaglich. Unsere Freundschaft war das Produkt vieler subtiler Angleichungen, vieler wohlausgewogener Gefühle, und nun sah ich einen Jungen mit rundem Kopf, etwas kleiner als ich, der besonders nett zu mir war und nicht Französisch sprach, weil ich Geburtstag hatte.

Mein Geburtstag! Immer wieder kam ich darauf zurück. Aber ich hatte gar nicht das Gefühl, daß es *mein* Geburtstag war; ich fühlte mich als unbeteiligter Zuschauer beim Geburtstag irgendeines anderen, der eine Norfolk-Jacke mit zwei Reihen Knöpfen und einem Gürtel über dem Bauch trug, dazu dicke Strümpfe und Schnürstiefel, deren Haken wie Schlangenzähne drohten, als wollten sie seine Beine verschlingen.

Ich begriff nicht, daß dieser Versuch, mich der doppelten oder vielfachen Vorstellung meiner Person zugunsten eines einzigen Ichs zu entledigen, die größte Selbsttäuschung war, auf die ich mich je eingelassen hatte. Es war fürwahr ein Akt der Selbstverleugnung, jene Hälfte meines Ichs aus meinem Bewußtsein zu verbannen, die ich am meisten genoß. Die Dinge so zu sehen, wie sie wirklich waren – was für eine Verarmung! Seelisch und körperlich verwundet, ging ich ziellos an Marcus' Seite und wünschte fast, er würde mich anrempeln, mir Beleidigungen an den Kopf werfen oder sein überlegenes Französisch an mir ausprobieren, statt mich mit den Samtpfötchen seiner gesellschaftlichen Manieren zu streicheln.

Kurz vor dem Mittagessen schlich ich mich in mein Zimmer und zog mich um. In meinem grünen Anzug fühlte ich mich sofort viel wohler.

23

Das Mittagessen war fast nie vor drei Uhr beendet, und unsere Spazierfahrt war auf Viertel nach drei angesetzt. Aber die Wolken hatten sich wieder verdichtet. Diesmal sahen sie unheilbringend aus, Weiß auf Grau, Grau auf Schwarz, und die regungslose Luft kündete ein Gewitter an. Wir gingen einer nach dem anderen vor die Tür, betrachteten den Himmel und kamen wieder herein, um unser Urteil abzugeben.

Es war das erste Mal, daß wir mit dem Wetter rechnen mußten, und das erste Mal, daß ich Mrs. Maudsley unentschlossen sah. Ihrem Gesicht konnte man nichts anmerken; es hatte, wie immer, den konventionellen Ausdruck eines Porträts; aber ihre Bewegungen waren gezwungen. Schließlich schlug sie vor, wir sollten eine Viertelstunde warten und sehen, was geschehe.

Wir standen, wie das ein improvisiertes Vorhaben mit sich bringt, unsicher in der Halle herum, da sagte Marian:

»Komm, Leo, sehen wir, wozu sich das Wetter entschließt.«

Ich folgte ihr ins Freie und sah aufmerksam zum sich immer mehr verfinsternden Himmel.

»Ich glaube –« begann ich.

»Gib dir keine Mühe«, sagte sie. »Wie wäre es mit einem Spaziergang, wenn die Ausfahrt ins Wasser fällt?«

Ich glaube nicht, daß heutzutage jemand wagen würde, so unschuldig auszusehen wie sie in diesem Augenblick.

»Oh, ja«, sagte ich eifrig. »Gehen Sie mit mir?«

»Ich wollte, ich könnte«, antwortete sie. »Aber ich meine

einen anderen Spaziergang.« Und während sie sprach, berührte ihre Hand die meine, und schon hielt ich einen Brief zwischen den Fingern.

»Oh, nein!« rief ich.

»Oh, ja!«

Diesmal war sie nicht zornig; sie lachte, und mein Widerstand war nurmehr halbherzig. Ich war auch dadurch im Nachteil, daß ich den Brief halten mußte. Ich glaube, wir beide machten einen ziemlichen Lärm; denn auch ich lachte, lauter als sie, unmanierlich laut, so laut wie schäkernde Paare, die man in Seebädern trifft; und ich wollte auch nicht aufhören, ich wollte weitermachen, bis ich eine Lösung gefunden hatte. Während wir nacheinander haschten, uns duckten und auswichen, warfen wir uns herausfordernde Blicke zu. Sie wollte mich vermutlich zwingen zu sagen, ich würde den Brief befördern; ich hatte vergessen, wie es zu der Balgerei gekommen war, und wußte kaum noch, ob ich mich verteidigte oder angriff.

»Marian! Leo!«

Beim Klang von Mrs. Maudsleys Stimme rissen wir uns los, Marian immer noch lachend, ich keuchend und beschämt.

Mrs. Maudsley kam langsam die Treppe herunter.

»Weshalb habt ihr gerauft?« fragte sie.

»Oh«, sagte Marian, »ich habe ihm eine Lektion erteilt –« Weiter kam sie nicht; denn in diesem Augenblick – das hätte Denys passieren können – ließ ich den Brief fallen. Zerknittert lag er zwischen uns auf der Erde; ich vermochte nicht danach zu greifen.

»War das der Zankapfel?« fragte Mrs. Maudsley.

Marian hob den Brief auf und stopfte ihn in meine Tasche.

»Jawohl, Mama«, sagte sie. »Ich wollte, daß er dieses Billett zu Nannie Robson trägt, damit das gute alte Stück weiß, daß ich sie heute nachmittag auf einen Sprung besuche. Und stell' dir vor, Leo wollte nicht! Er behauptete, er habe eine Verabredung mit Marcus. Ja, das hast du gesagt!« beharrte sie lächelnd, als ich eben widersprechen und sagen wollte, ich würde den Brief wegbringen.

»Ich würde mir deswegen keine Gedanken machen, Marian«, sagte Mrs. Maudsley und sah uns beide mit ihrem durchdringendsten Blick an. »Du sagst selbst, sie wüßte oft nicht, ob du dort warst oder nicht, und ich denke, Leo und ich machen jetzt einen Spaziergang durch den Garten. Das Wetter ist zu unsicher, um nach Beeston zu fahren. Komm, Leo! Ich glaube nicht, daß du den Garten schon richtig gesehen hast; Marcus interessiert sich nicht für Blumen – das kommt erst noch.«

Es stimmte, ich hatte den Garten noch nie richtig gesehen. Ich zog, offen gesagt, den Abfallhaufen vor; denn er hatte etwas Abenteuerliches, das dem Garten fehlte. Aber meine Mutter hatte mit mir ziemlich oft über Blumen gesprochen, und vor Botanik hatte ich Respekt. Im allgemeinen liebte ich Blumen; in meiner Phantasie spielten sie eine große Rolle. Ich dachte gern an Blumen und war immer froh, sie in der Nähe zu wissen. Ich las auch gern über sie, besonders über die ausgefallenen Arten, die insektenfressenden wie den Sonnentau, die Kannenpflanze und die Karde, die angeblich Insekten in Suppe verwandeln kann. Aber Blumen um ihrer selbst willen zu betrachten, war eine Gewohnheit, die mir noch fremd war, und es in Mrs. Maudsleys Gesellschaft zu tun, war mir nicht ganz geheuer. Noch immer atemlos von der Balgerei und aus einem gewissen Schutzbedürfnis heraus sagte ich:

»Hätten Sie gern, daß Marcus mitkäme?«

»Oh, nein! Er hat dich den ganzen Morgen für sich gehabt, er muß dich jetzt einmal eine Stunde entbehren. Weißt du, Leo, er hat dich sehr gern, genau wie Marian. Wir haben dich alle gern.«

Natürlich war ich über diese Worte entzückt; aber was sollte ich darauf antworten? Meine Schulerfahrungen konnten mir da keine Hilfe geben; so etwas sagte man in der Schule nicht. Ich stellte mir vor, was meine Mutter jetzt gesagt hätte, und versuchte, in ihrer Weise zu antworten.

»Sie waren alle so gut zu mir«, begann ich etwas unsicher.

»Waren wir das? Ich hatte Angst, wir hätten dich vernachlässigt, wegen Marcus' Krankheit und so weiter. Ich hoffe, man hat gut für dich gesorgt?«

»O ja«, sagte ich.

Wir kamen zu der großen Zeder, wo die Blumenbeete begannen.

»Nun schön«, sagte Mrs. Maudsley, »hier ist der Garten. Er wirkt etwas unsymmetrisch, nicht wahr – durch diese L-förmigen Mauern. Ich weiß nicht genau, ob ich das richtig gemacht habe; aber sie halten den Ost- und den Nordwind ab, und dann wachsen so herrliche Rosen daran. Aber interessierst du dich denn auch wirklich für Blumen?«

Ich bejahte und sagte, ich interessiere mich besonders für giftige.

Sie lächelte. »Ich glaube nicht, daß du hier viele finden wirst.«

Um ihr meine Kenntnisse zu beweisen, begann ich, von der Schwarzen Tollkirsche zu erzählen, brach aber mitten im Satz ab. Mir war, als sollte ich lieber nicht darüber sprechen. Aber sie hörte nur mit halbem Ohr zu.

»In einem Schuppen, sagst du? Meinst du dort, wo der alte Garten war?«

»Ja, ungefähr dort … Aber – können Sie mir sagen, wie diese Rose heißt?«

»Seejungfrau – ist sie nicht herrlich? Gehst du oft in die Schuppen, wie du sie nennst? Ich könnte mir vorstellen, daß es dort recht ungemütlich ist.«

»Ja, aber vielleicht trifft man dort Wilderer.«

»Meinst du echte Wilderer?«

»O nein, aber man kann es sich dort so gut vorstellen.«

Wir blieben vor einer rosaüberhauchten Magnolie stehen, und Mrs. Maudsley sagte: »Sie erinnert mich immer an Marian. Wie lieb von dir, daß du Botschaften an Nannie Robson für sie beförderst. Schickt sie dich oft mit Botschaften fort?«

Mein Gehirn arbeitete fieberhaft.

»O nein, nur ein- oder zweimal.«

»Es tut mir jetzt leid, daß ich dich davon abgehalten habe«, sagte Mrs. Maudsley. »Vielleicht möchtest du noch gehen? Du kennst doch den Weg?«

Hier bot sich eine Gelegenheit zur Flucht; die Freiheit winkte. Aber wie sollte ich ihre Frage beantworten?

»Nicht genau, aber ich kann ja fragen.«

»Du kennst den Weg nicht? Aber ich denke, du hast schon Botschaften hingetragen?«

»Ja, ja, das habe ich.«

»Und du kennst den Weg immer noch nicht?«

Ich schwieg.

»Hör' zu«, sagte Mrs. Maudsley, »ich glaube, der Brief sollte doch hingebracht werden. Du hast ihn doch in deiner Tasche, nicht wahr? Ich werde einen der Gärtner rufen, damit er ihn hinträgt.«

Ein eisiger Schrecken durchfuhr mich.

»O nein, Mrs. Maudsley«, sagte ich. »Es ist gar nicht wichtig; bitte, bemühen Sie sich nicht.«

»Es ist doch wichtig, weißt du«, sagte Mrs. Maudsley, »weil Nannie Robson sich auf den Besuch vorbereiten möchte. Alte Leute haben es nicht gern, wenn man sie überfällt. Stanton«, rief sie, »können Sie einen Augenblick herkommen?«

Der Gärtner, der in unserer Nähe arbeitete, legte sein Gerät hin und kam mit einem schwerfälligen Gärtnergang schwankend auf uns zu. Ich sah sein Gesicht immer näher kommen; es schien mir das Gesicht eines Henkers zu sein. Unwillkürlich fuhr ich mit der Hand in die Tasche.

Der Gärtner hob grüßend die Hand zur Mütze.

»Stanton«, sagte Mrs. Maudsley, »wir haben hier einen Brief für Miss Robson, der ziemlich eilig ist. Würden Sie ihn, bitte, hintragen?«

»Ja, gnä' Frau«, sagte Stanton und streckte die Hand aus.

Ich bohrte die Finger in die Tasche. Ich versuchte verzweifelt, mich ruhig zu halten, damit das Papier nicht knisterte, und wand mich dabei hilflos. »Ich hab' ihn nicht!« rief ich. »Es tut mir sehr leid, aber er muß aus meiner Tasche gefallen sein.«

»Such' noch einmal«, sagte Mrs. Maudsley. »Such' noch einmal.«

Ich tat es, aber wieder ohne Erfolg.

»Na schön, Stanton«, sagte Mrs. Maudsley, »sagen Sie dann, bitte, Miss Robson nur, daß Miss Marian sie im Laufe des Nachmittags besuchen wird.«

Der Mann grüßte und ging. Ich verspürte den dringenden Wunsch, ihm zu folgen, nur um fortzukommen, und hatte tatsächlich bereits einige Schritte getan, als ich einsah, wie hoffnungslos es war, und wieder zurückging.

»Hast du dich wegen des Briefes doch anders besonnen?« fragte Mrs. Maudsley.

Da ich, wie die meisten Kinder, Sarkasmus haßte, gab ich keine Antwort, sondern starrte finster auf einen Punkt, halbwegs in der Mitte des weiten fliederfarbenen Rockes meiner Gastgeberin.

»Nimm, bitte, die Hände aus den Taschen«, sagte Mrs. Maudsley. »Hat man dir nie gesagt, daß man nicht mit den Händen in den Taschen dasteht?«

Schweigend gehorchte ich.

»Ich könnte dir befehlen, deine Taschen umzudrehen«, sagte sie, und sofort flogen meine Hände wieder an die Taschen. »Aber ich werde es nicht tun«, fuhr sie fort. »Ich möchte nur eines wissen: Du sagst, du hättest schon früher Botschaften für Marian befördert?«

»Nun, ich –«

»Ich denke doch, du hast es gesagt. Wenn du sie nicht zu Nannie Robson trägst, wem bringst du sie dann?«

Ich konnte nicht antworten, aber es kam eine Antwort. Erst klang es, als räuspere sich der Himmel mit schmerzhafter Anstrengung, dann brach der Donner aus allen Richtungen los.

Schon fielen auch die ersten Tropfen. Ich kann mich nicht mehr erinnern, wie unsere Unterredung endete; ich weiß weder, ob einer von uns noch etwas sagte, noch, wie wir das Haus erreichten. Aber ich entsinne mich, daß ich in mein Zimmer hinaufrannte, um dort Zuflucht zu suchen, und wie sehr ich erschrak, als ich es bereits von jemand anderem besetzt fand. Ich erschrak weniger vor dem neuen Gast als vielmehr vor seinen Sachen: den Gläsern, dem Silber, den Ledersachen, dem Ebenholz und den Elfenbeingegenständen, den Haarbürsten, Schwämmen und dem Rasierzeug. Auf den Zehenspitzen ging ich wieder hinaus und wußte nicht, wohin; ich schloß mich in der Toilette ein und war eher erleichtert als erschrocken, als ungeduldige Hände am Türgriff rüttelten.

Alle, außer Marian und Mrs. Maudsley, hatten sich zum Tee eingefunden. Einige Gesichter waren mir fremd: Hausbesuch für den Ball. Draußen war es so finster, daß man die Lampen angezündet hatte; ich konnte den Gedanken nicht loswerden, es sei die Zeit für das Abendessen und nicht die Teestunde. Da die Gastgeberin fehlte, standen wir herum, beobachteten durch die Fenster die aufzuckenden Blitze und unterhielten uns zerstreut. Niemand beschäftigte sich eingehender mit mir; ich war wie der Held oder das Opfer, das bis zum Beginn der Zeremonie abgesondert blieb. Meine Gedanken waren in Aufruhr; aber um mich herum schien alles wie immer. In der Mitte des Tisches stand meine Torte, eine Torte mit weißem Guß, von rosa Kerzen umgeben und mit meinem Namen in rosa Buchstaben verziert. Endlich merkte ich an der Bewegung, die durch den Raum ging, daß Mrs. Maudsley hereingekommen war. Die anderen drängten sich um den Teetisch, aber ich blieb zögernd im Hintergrund.

»Leo, Lieber, setz' dich, bitte, hierher«, sagte Mrs. Maudsley, und ich schob mich unwillig auf den Platz an ihrer Seite. Aber sie war eitel Liebenswürdigkeit; ich hätte keine Angst zu haben brauchen.

»Ich mußte dich aus deinem Zimmer ausquartieren«, sagte sie, »in das von Marcus. Es tut mir sehr leid, aber wir brauchten das deine für einen anderen, älteren Junggesellen. Marcus freut sich so, daß du wieder bei ihm bist. Hoffentlich macht es dir nichts aus?«

»Durchaus nicht«, sagte ich.

»Siehst du, was da vor dir liegt?« fragte sie.

Es lag ziemlich viel vor mir: Knallbonbons, Blumen, die über das Tischtuch gestreut waren, und – plötzlich sah ich es – eine zweite Torte, eine genaue Kopie der anderen, aber winzig klein und mit einer einzigen Kerze in der Mitte und meinem Namen darauf.

»Für mich?« fragte ich einfältig.

»Ja, alles ist für dich. Aber weißt du, ich mag die Zahl dreizehn nicht – dumm von mir, was? Ich glaube, sie bringt Unglück. Deshalb haben wir zwölf Kerzen um den großen Kuchen getan, und wenn sie ausgeblasen sind, zündest du diese an.«

»Wann ist es soweit?« fragte ich.

»Wenn Marian kommt. Sie will die erste sein, die dir ein Geschenk gibt. Zerbrich dir nur nicht den Kopf darüber, was es sein kann. Die anderen Geschenke warten auf der Anrichte auf dich.«

Ich spähte nach der Anrichte hinüber und sah mehrere Pakete, die in farbenfrohe Papiere verpackt waren. An den Formen versuchte ich zu erraten, was ihr Inhalt sein mochte.

»Kannst du noch warten?« neckte mich Mrs. Maudsley.

»Bis wann?« fragte ich wieder.

»Ich denke, bis etwa sechs Uhr, bis Marian von Nannie Robson zurückkommt. Es wird jetzt nicht mehr lange dauern; wir haben so spät mit dem Tee angefangen. Ich fürchte, es war meine Schuld; ich war nicht fertig.«

Sie lächelte; aber ich bemerkte, daß ihre Hände zitterten.

»Sind Sie naß geworden?« fragte ich. Ich fühlte einen unwiderstehlichen Zwang, auf unser Gespräch anzuspielen. Ich konnte mir nicht denken, daß sie es vergessen hatte.

»Nur ein paar Tropfen«, sagte Mrs. Maudsley. »Du unritterlicher Bursche hast nicht auf mich gewartet!«

»Leo unritterlich?« fragte Lord Trimingham, der an Mrs. Maudsleys anderer Seite saß. »Das glaube ich nicht. Er ist ein richtiger *homme à femme.* Wußten Sie nicht, daß er Marians Kavalier ist?«

Mrs. Maudsley antwortete nicht. Statt dessen sagte sie: »Ist es nicht Zeit, daß Leo den Kuchen anschneidet?«

Ich konnte nicht bis zur Tischmitte reichen, deshalb brachte man mir den Kuchen. Ich machte meine Sache nicht sehr glanzvoll.

»Hebt ein Stück für Marian auf«, sagte jemand.

»Sie sollte jetzt hier sein«, sagte Lord Trimingham und sah auf seine Uhr.

»Es regnet immer noch«, sagte Mr. Maudsley. »Wir schicken ihr doch lieber einen Wagen, der sie abholt. Warum haben wir nicht früher daran gedacht?«

Er läutete und gab den Auftrag weiter.

»Hat es schon geregnet, als sie fortging?« fragte jemand; aber niemand wußte es, niemand hatte sie fortgehen sehen.

Der Kuchen war aufgegessen, der ganze Kuchen, bis auf ein dickes Stück, das umgekippt mitten auf der Platte lag, und darum herum standen brennende Kerzen.

Wir hörten den Wagen an den Fenstern vorbeifahren.

»In zehn Minuten ist sie bei uns«, sagte Lord Trimingham.

»Und dann muß sie sich umziehen, nicht wahr?« sagte Marcus.

»Pst«, machte Denys. »Das ist ein Geheimnis, ein großes Geheimnis.«

»Was ist ein Geheimnis«, fragte Mrs. Maudsley. »Was ist ein Geheimnis, Denys?«

»Daß Marian sich umziehen muß.«

»Wenn es ein Geheimnis ist, warum sprecht ihr dann davon?«

Denys schwieg beschämt; aber es war Marcus gewesen, der sich verschwatzt hatte, nicht er.

»Vielleicht hat sie nicht auf den Wagen gewartet«, sagte jemand, »und geht im Regen herauf. Dann muß sie sich umziehen, das arme Kind; sie wird triefen.«

»Was haben Sie für eine gute Tochter, Mrs. Maudsley«, sagte ein anderer Gast. »Nicht jedes Mädchen kümmert sich so um seine alte Kinderfrau.«

»Marian mochte sie sehr«, sagte Mrs. Maudsley. »So, Leo, blas' diese Kerzen aus, ehe sie etwas in Brand setzen, und dann zünde deine Kerze an. Hast du noch Platz für den Kuchen gelassen, der dir ganz allein gehört?«

Ich erhob mich, wie sie mich geheißen hatte, und bald war das Zimmer von Gepuste erfüllt. Obwohl sie so dünn waren, ließen sich die Kerzen nicht leicht ausblasen, und ich war schon ziemlich außer Atem, ehe ich anfing. Aber stärkere und weniger atemlose Lungen kamen mir zu Hilfe.

»Drück' sie aus, drück' sie aus! Mach erst die Finger naß!«

Endlich waren die rauchenden Dochte verglüht. Ich zündete meine eigene Kerze an und schnitt mir ein Stück von meinem kleinen Kuchen ab; aber ich brachte es nicht hinunter.

»Der hebt seinen Kuchen lieber auf, als daß er ihn ißt«, sagte jemand.

Es folgte eine Stille; mir fiel auf, daß während der letzten Minuten fast auf jede Bemerkung eine Stille gefolgt war.

»Sie müßte jetzt jeden Augenblick eintreffen«, sagte Lord Trimingham. Niemand widersprach.

»Laßt uns die Knallbonbons ziehen«, schlug Mr. Maudsley vor. »Komm, Leo, zieh mit mir!«

Jeder suchte sich einen Partner; teils fanden sich dabei die Tischnachbarn, teils die einander Gegenübersitzenden zusammen. Mehrere Damen kniffen die Augen zu und legten die Köpfe in den Nacken; ein paar Mutige zogen an den Pappstreifen.

»So – jetzt alle auf einmal!«

Die Explosionen waren großartig und nachhaltig. Sie vereinigten sich mit dem Donner von draußen zu einer prachtvollen Salve; und ich glaube, nur ich hörte das Geräusch der Wagenräder, die an den Fenstern vorbeirollten.

Man setzte Kappen auf, Narrenkappen, Jockeymützen, römische Helme, Kronen, Militärmützen. Blechpfeifen trillerten, schmachtende Stimmen sangen sentimentale Lieder. »Noch eine Runde, noch eine Runde!« Jedermann begann in den Papierresten nach unbenutzten Knallbonbons zu wühlen; bald waren alle neu gerüstet und standen einander mit erhitzten, herausfordernden Gesichtern gegenüber. Diesmal war Mrs. Maudsley meine Partnerin. Sie neigte den Kopf und preßte die Lippen aufeinander.

»Laßt eines für Marian übrig!« rief jemand.

Wieder knallte es, wieder das Geräusch von reißendem Papier, der Rauch und die beißenden Dämpfe. Als der Lärm und der Rauch sich verzogen hatten und das Gelächter anhob, sah ich den Butler neben Mrs. Maudsley stehen.

»Entschuldigen Sie, gnädige Frau«, sagte er, »der Wagen ist zurückgekommen, aber ohne Miss Marian. Sie war nicht bei Miss Robson, und Miss Robson sagt, sie sei heute überhaupt nicht dort gewesen.«

Diese Nachricht hätte mich nicht mehr erschrecken können, wenn ich auf sie vorbereitet gewesen wäre. Vielleicht *hatte* ich sie nicht erwartet. Vielleicht hatte ich mir eingeredet, Marian würde dort sein. Meine Eingeweide revoltierten von neuem gegen meinen Geburtstagstee. Über den Teetisch hinweg sah ich die Erwachsenen, die unter den Narrenkappen noch älter wirkten, als sie waren; mit ihren glänzenden Augen, mit Gesichtern, die im Lampenlicht dunkelrot schimmerten, sahen sie wild und gnomenhaft aus. Sie erinnerten mich an die Bilder im Rauchzimmer: Sie ließen sich gehen.

»Wo mag sie nur sein?« fragte jemand, aber so, als sei es nicht wichtig.

»Ja, wo kann sie nur stecken?«

»Sie *muß* sich umziehen. Vielleicht zieht sie sich gerade um. Vielleicht ist sie oben beim Umziehen«, sagte Denys.

»Nun, wir können nichts anderes tun, als auf sie warten«, sagte Mr. Maudsley ruhig.

Die Kappen nickten einander zu, Pfeifen begannen zu trillern, und ein Mann fing an, ein Rätsel aufzugeben, und brüllte, um sich Gehör zu verschaffen. Da stieß Mrs. Maudsley plötzlich ihren Stuhl zurück und stand auf. Ihre Ellbogen waren abgewinkelt, ihr Körper war gekrümmt und ihr Gesicht bis zur Unkenntlichkeit verzerrt.

»Nein«, sagte sie. »Wir werden nicht warten. Ich werde sie suchen. Leo, du weißt, wo sie ist; du wirst mir den Weg zeigen.«

Ehe ich begriff, was geschah, hatte sie mich aus dem Zimmer gefegt, mehr durch die Autorität ihrer Stimme und ihrer Geste als durch die Kraft ihrer Hand, die, glaube ich, meine Schulter gefaßt hielt. »Madeleine!« ertönte hinter ihr die Stimme ihres Mannes; es war das einzige Mal, daß ich ihn ihren Namen rufen hörte.

Als wir die Halle durchquerten, erhaschte mein Blick das grüne Fahrrad, und es prägte sich sekundenschnell in mein Gedächtnis ein. Es lehnte am Pfeiler des Treppenhauses und erinnerte mich irgendwie an ein kleines Bergschaf mit gewundenen Hörnern, das seinen Kopf abbittend oder zur Verteidigung gesenkt hatte. Die Lenkstange, die mir zugewandt war, erhielt durch den hohen Sattel, der für Marian so hoch wie möglich gestellt war, ein zwergenhaftes Aussehen.

Dieses Bild hinterließ bei mir den Eindruck von etwas Mißgestaltetem und Mißbrauchtem und verfolgte mich, als ich neben Mrs. Maudsley durch den Regen lief. Ich hatte nicht gewußt, daß sie überhaupt laufen konnte; aber ich vermochte kaum, mit ihr Schritt zu halten, so rasch lief sie. Ihre violette Papiermütze war bald durchnäßt; sie flatterte traurig auf und nieder, dann klebte sie an ihrem Kopf, dunkel und durchscheinend, und das Wasser troff von den Fransen. Ich spürte, wie der Regen durch meine Narrenkappe sickerte, meinen Kopf kühlte und mir in den Nacken rann.

Nun ließ der Regen nach; der Donner kam von weither, und der Blitz schoß nicht mehr eisblau aus schwarzen Wolken, sondern schlängelte sich, ein orangefarbenes Rinnsal, umständlich über einen schlüsselblumengelben Himmel. Ich war zu verängstigt, um auf den Sturm zu achten, obwohl er mein Unbehagen noch steigerte; was ich über meine eigene Misere hinaus am stärksten wahrnahm, war der unbeschreibliche Geruch des Regens, der die ganze Luft erfüllte.

Mrs. Maudsley sprach kein Wort, sondern lief mit großen, unbeholfenen Schritten; ihr Rock schleifte mit seinem dreifachen Besatz über den Kies und schwappte durch die Pfützen. Und bald begriff ich, daß nicht ich sie, sondern sie mich führte; sie wußte, wohin es ging. Als wir den Aschenpfad zwischen dem Rhododendron erreicht hatten, versuchte ich, sie zurückzuhalten. Ich schrie: »Nicht dorthin, Mrs. Maudsley.« Aber sie beachtete mich nicht und stürzte blindlings weiter, bis wir zu dem Schuppen kamen, in dem die Schwarze Tollkirsche gestanden hatte. Der zerzauste Stumpf lag noch immer auf dem Weg, schlaff und durchnäßt. Sie blieb stehen und starrte in die Blätter, die naß, aber bereits welk waren. »Nicht hier«, sagte sie, »aber vielleicht hier, oder hier. Du hast gesagt, hier wären Wilderer.« Aus den vergessenen Hütten drang kein Laut; nur der Regen trommelte auf die verfallenen Dächer. Es ging über meine Kräfte, ihr bei ihrer Suche zu helfen, und ich wich weinend zurück. »O nein, du kommst mit«, sagte sie und packte meine Hand, und in diesem Augenblick sahen wir sie zusammen auf dem Boden, die Jungfrau und den Wassermann, zwei Körper zu einem verschmolzen. Ich glaube, ich war mehr verwirrt als erschrocken; Mrs. Maudsleys unaufhörliche Schreie waren es, die mich zusammenfahren ließen, und der Schatten an der Mauer, der sich wie ein Schirm öffnete und schloß.

Ich erinnere mich an fast nichts sonst. Aber irgendwie erfuhr ich noch während meines Aufenthaltes in Brandham Hall, daß Ted Burgess nach Hause gegangen war und sich erschossen hatte.

Epilog

Als ich die Feder aus der Hand legte, glaubte ich, unter meine Vergangenheit den Schlußstrich gezogen zu haben. Tage, Wochen und Monate hatte ich Zeit gehabt, sie setzen zu lassen; aber es war mir letzten Endes nicht gelungen. Und so kam ich dazu, diesen Epilog zu schreiben.

Während meines schweren Zusammenbruchs glich ich einem Zug, der durch viele Tunnels fährt; manchmal war es hell um mich, manchmal dunkel; manchmal wußte ich, wer und wo ich war, manchmal auch nicht. Allmählich nahmen die lichten Momente zu, und ich entrann der Dunkelheit. Um die Mitte des Septembers war man der Meinung, daß ich wieder ins Internat zurückkehren könne.

Ich versuchte nicht mehr zu rekonstruieren, was in Brandham nach der Entdeckung im Geräteschuppen vor sich gegangen war. Wie auch meine Heimkehr blieb es eine leere Stelle in meinem Gedächtnis. Ich konnte mich nicht daran erinnern, und ich wollte es auch gar nicht. Der Doktor sagte, es wäre gut für mich, wenn ich mir diese Last von der Seele redete, und meine Mutter versuchte, mich dazu zu bringen. Aber selbst wenn ich es vermocht hätte, würde ich es ihr nicht gesagt haben. Wenn sie mir erzählen wollte, was sie wußte, gebot ich ihr schreiend Einhalt; und ich habe nie erfahren, wieviel sie gewußt hat. »Aber du hast gar keinen Grund, dich zu schämen«, sagte sie immer wieder, »wirklich gar keinen Grund, mein Liebling. Und außerdem ist jetzt alles vorbei.«

Aber ich glaubte ihr nicht, und die Fähigkeit zu zweifeln ist nicht nur schwierig zu erlangen, sondern ebenso schwierig wieder loszuwerden. Ich glaubte nicht, daß alles vorbei sei, und ich glaubte nicht, daß ich keinen Grund hätte, mich zu schämen. Im Gegenteil, mir schien, ich müßte mich über alles schämen. Ich hatte sie alle betrogen – Lord Trimingham, Ted, Marian, die ganze Familie Maudsley, die mich in ihrer Mitte willkommen geheißen hatte. Welchen Ausgang die Geschichte genommen hatte, wußte ich nicht und wollte es auch nicht wissen. Ich beurteilte den Ernst der Situation nach Mrs. Maudsleys Angstschreien, den letzten Lauten, die ich bewußt vernommen hatte – die Nachricht von Teds Selbstmord kam lautlos wie eine Traumbotschaft.

Sein Schicksal war mir bekannt, und um ihn trauerte ich. Er verfolgte mich nicht allein in den schrecklichsten Vorstellungen von Blut und Gehirn, das an den Wänden der Küche verspritzt war; ich sah ihn immer wieder vor mir, wie er seine Flinte reinigte. Die Idee, daß er sie gereinigt hatte, um sich selbst damit zu erschießen, rief bei mir besondere Qualen hervor. Von allen Gedanken, die ihm während des Reinigens gekommen sein mochten, muß der Gedanke, daß er sie gegen sich selbst richten werde, ihm am fernsten gelegen haben. Diese Ironie war mir wie ein Pfeil in meiner Seele.

Der Gedanke, daß man mich mißbraucht hatte, kam mir nie. Ich wußte auch nicht, wie ich gegen einen Erwachsenen eine Anklage hätte richten sollen. Gewisse Umstände waren zusammengekommen, und ich hatte mich damit abzufinden, so wie ich mich in der Schule mit der Verfolgung von Jenkins und Strode hatte abfinden müssen. Damals hatte ich mich erfolgreich zur Wehr gesetzt. Ich hatte ihren Spott wegen des »überwältigt« gegen sie selbst gekehrt. Diesmal war ich der Unterlegene. Ich war es, der überwältigt worden war, und zwar für immer und ewig.

In der Schule hatte mich ein Fluch gerettet; und auch in Brandham hatte ich zu einem Zauberspruch Zuflucht genommen. Der Fluch hatte gewirkt, das war nicht zu leugnen. Er hatte die Beziehung zwischen Ted und Marian zerstört, von deren Fortsetzung ich so unheilvolle Folgen erwartet hatte. Er hatte den Belladonna-Strauch entwurzelt und dessen böse Kräfte gegen Ted selbst mobilisiert. Aber dann war der Fluch auf mich zurückgeprallt. Mit der Vernichtung des Belladonna-Strauchs hatte ich gleichzeitig Ted vernichtet und vielleicht sogar mich selbst. War es wirklich ein Augenblick des Triumphes, als ich der Länge nach am Boden lag und die Erde von dem ausgerissenen Wurzelstock auf mich herabrieselte?

Ich sah mich in Teds Leben treten, ein unbekannter kleiner Junge, ein Besucher von weither, der Teds Strohhaufen hinunterrutschte, und es schien mir, als sei Teds Schicksal in diesem Augenblick besiegelt worden. Sein Schicksal und das meine – sie waren miteinander verbunden. Ich konnte ihm nichts antun, ohne mir selbst etwas anzutun.

Ja, die übersinnlichen Kräfte, die ich angerufen hatte, hatten mich für meine Vermessenheit gestraft. Und warum hatten sie das getan, da sie doch in der Schule so eindeutig auf meiner Seite gewesen waren? Der Grund war, so sagte ich mir, daß ich diese Kräfte in Brandham Hall gegeneinander ausgespielt hatte, daß ich versucht hatte, Fehde unter den Gestalten des Tierkreises zu stiften. In meinen Augen waren die Akteure meines Dramas Unsterbliche gewesen, Kinder des Sommers und der kommenden Glorie des zwanzigsten Jahrhunderts.

Ob ich die Welt der Erfahrung oder die Welt der Vorstellung anrief – mein Ruf verhallte im Nichts. Ich konnte von keiner Seite ein Echo vernehmen, und so zog ich mich ganz auf mich selbst zurück.

Als Marcus und ich uns wieder in der Schule begegneten, war es fast, als träfen sich zwei Fremde. Wir waren zueinander höflich und zurückhaltend, wir vermieden, zu zweit zu sein, und spielten niemals auf die Vergangenheit an. Niemandem schien das aufzufallen. In der Schule werden fortwährend Freundschaften geschlossen und wieder gebrochen. Ich fand neue Freunde, denen ich mich anschloß. Aber bei diesen Freundschaften gab ich den anderen kaum etwas von mir – ich hatte ja nicht mehr viel zu geben. Jedesmal, wenn ich Marcus sah, fiel mir meine Schweigepflicht ein, und jedesmal war mir, als würde in den Sarg, der mich umschloß, ein neuer Nagel geschlagen. Allmählich ging meine Furcht davor, etwas von Brandham zu hören, in Gleichgültigkeit über, und mein Interesse an Menschen schwand mehr und mehr, ja fast völlig. Doch ein anderer Bereich kam mir zu Hilfe: die Welt der Fakten. Ich sammelte Fakten; Fakten, die mich nicht unmittelbar angingen, die meine persönlichen Wünsche weder positiv noch negativ beeinflussen konnten. Und sehr bald sah ich in diesen Fakten die Wahrheit, die einzige Wahrheit, die zu ergründen mir am Herzen lag. Pascal hätte sie als »Wahrheit ohne christliche Liebe« verdammt. Sie trug wenig zur Erweiterung meiner Kenntnisse oder meiner Vorstellungen bei, aber nach und nach trat sie an deren Stelle. Es zeigte sich wirklich, daß die Welt der Fakten kein schlechter Ersatz für das eigentliche Leben war. Sie enttäuschten mich nicht, sondern hielten mich im Gegenteil aufrecht, und vermutlich retteten sie mir sogar das Leben. Denn als der Erste Weltkrieg ausbrach, hielt man meine Fähigkeit, Fakten auszuwerten, für wichtiger als jede andere Dienstleistung, die ich bei der Truppe hätte verrichten können. Und so entging mir manches im Leben, auch das »Poussieren«. Ted hatte mir zwar nicht erklärt, was das ist, aber er hatte es mir gezeigt und mit seinem Leben dafür bezahlt; und daraufhin war mir die Lust vergangen.

Außer jenen Dingen, die sich in der Kragenschachtel befunden hatten, kam noch manches andere ans Licht. Meine Mutter und ich waren unverbesserliche Hamster. Ich hatte alle ihre Briefe aufbewahrt und sie alle von mir. Es war nur eine Frage der Zeit, wann ich unsere Korrespondenz aus der Brandham-Epoche finden würde. Unter den Briefen war ein verschlossener Umschlag, der aber keine Adresse trug. Was mochte es sein? Plötzlich kam mir die Erleuchtung: Das war der Brief, den Marian mir am Nachmittag meines Geburtstags für Ted gegeben hatte. Ich wollte ihn öffnen und auch wieder nicht. Schließlich entschied ich mich dafür, daß ich ihn beiseite legte als einen Preis, den ich erst bekommen würde, wenn ich fertig war.

Mein anerzogener Respekt vor Fakten trug Früchte und erlaubte mir, Balsam auf meine wunde Seele zu legen, den ich mir damals versagt hatte. Mir wurde nämlich klar – es war chronologisch nachzuweisen –, daß Marian mir schon sehr zugeneigt war, ehe die Frage meiner Verwendung als Botengänger auch nur aufgetaucht war. Später hatte sie die Beweise ihrer Gunst verdoppelt, viel Aufhebens um mich gemacht und mich nach Noten belogen. Aber die Episode mit dem grünen Anzug lag vorher. Ich erkannte nun, was ich früher nicht erfaßt hatte, daß nämlich der eigentliche Grund der Fahrt nach Norwich der gewesen war, Ted Burgess zu treffen. Es mußte sein Hut gewesen sein, der da auf der anderen Seite des Platzes gezogen worden war. Aber es wäre übertrieben zynisch, wollte man sagen, ich sei nur der Vorwand für ihre Reise gewesen. Zunächst wäre das doch ein sehr teurer Vorwand gewesen, obwohl es ihr gewiß nicht um Geld ging. Ich war ziemlich davon überzeugt, daß sie wegen meiner viel zu warmen Kleidung ernstlich um mich besorgt war und mir etwas Gutes antun wollte. So unerklärlich mir das heute schien, damals war ihre vermeintliche Lieblosigkeit mir gegenüber die allerbitterste Pille gewesen, die ich zu schlucken hatte. Auch Lord Triminghams Freundlichkeit und Leutseligkeit, auf die ich so großen Wert gelegt hatte, entsprangen nicht allein dem Wunsch, aus mir ein bequemes Verbindungsglied zwischen ihm und Marian zu machen. Teds Verhalten war schon verdächtiger. Wie hatte er doch seine Haltung mir gegenüber geändert, als ich ihm erzählte, daß ich im Schloß zu Gast sei! Und wie hatte er mir abwechselnd geschmeichelt und gedroht, als ich mich weigern wollte, weiter Botschaften entgegenzunehmen! Und doch hatte er seine Grobheit ehrlich bedauert, ja er hatte, wie ein braves Kind, ausdrücklich um Verzeihung gebeten, wie es sich gehörte. Von uns allen – und das galt auch für mich – war er vielleicht der einzige, der ein echtes Gefühl der Reue empfunden hatte.

Auch andere Fakten, die mir damals verborgen geblieben waren, konnte ich nun rekonstruieren. Marcus mußte es gewesen sein, der seiner Mutter erzählt hatte, ich wisse, wo Marian sich aufhielt, wenn sie angeblich bei ihrer alten Kinderfrau war. Er hatte mich mit seiner überlegenen Kenntnis des Französischen zu dieser dummen und folgenschweren Prahlerei getrieben. Ich hatte angenommen, daß alle Schuljungen das Nicht-Petzen-Gesetz so unbedingt befolgten wie ich – und wie Marcus selbst, wenn er in der Schule war. Es war mir nicht aufgefallen, daß wir so, wie wir unsere Sprache und unseren Wortschatz änderten, sobald wir in eine gesittete Gesellschaft kamen, auch uns selbst änderten – oder wenigstens die Art, uns auszudrücken.

Und ich, ich war nicht so schuldig, wie ich in den langen Monaten nach meinem Besuch geglaubt hatte, und auch nicht so schuldlos, wie ich die darauffolgenden Jahre gedacht hatte. Ich war soweit gekommen, daß ich dem Besuch in Brandham Hall die Schuld an allem gab, sogar an meiner Untugend, mich selbst zu ernst zu nehmen. Ich hätte Marians Brief nicht lesen, hätte die Stunde von Marians Rendezvous mit Ted nicht fälschen sollen. Das erste war bedauerlich, wenn auch entschuldbar gewesen. Und das zweite war zwar gut gemeint, aber fatal in seinen Auswirkungen. Wenn ich jetzt, um die Mitte der Sechzig, anders gehandelt hätte, so deshalb, weil ich längst nicht mehr den Wunsch hatte, mich – zum Guten oder zum Schlechten – in anderer Leute Belange einzumischen. »Einmal ein Go-Between und niemals wieder«, hieß nun meine Maxime.

Was den Zauberspruch betraf, so konnte ich nur den Kopf schütteln. Ich konnte ihn nicht ernst nehmen. Er paßte nicht in die Welt der Fakten. Die Suche nach Tatsachen, und das hieß doch die Suche nach der Wahrheit, hatte so beruhigend und versöhnlich auf mich gewirkt, daß die Episode auf Schloß Brandham, diese Blaubart-Fabel, zuletzt ihren Schrecken verloren hatte. Sie berührte mich nicht tiefer als eine langwierige bibliographische Nachforschung. Sie war mir so fern gerückt, als wäre sie einer anderen Person zugestoßen. Indem ich die Tür aufstieß und das Licht der objektiven Betrachtung eindringen ließ, zerfielen die Mumien zu Staub.

Die Fakten, die ich zutage gebracht hatte, genügten für diesen Zweck. Natürlich waren sie unvollständig. Wenn ich genauer wissen wollte, wie meine Einstellung zum Leben war, zu Erfolg und Mißerfolg, zu Glück und Unglück, zu Vollkommenheit und Unvollkommenheit und so weiter, dann hätte ich andere Fakten befragen müssen, Fakten, die außerhalb meiner Erinnerung zu finden waren, die ich an anderen, lebendigen Quellen sammeln mußte. Ich hätte wissen müssen, was aus den Personen der Geschichte geworden war und wie sie ihre Erfahrungen verarbeitet hatten. Der Gedanke an diese anderen erfreute mich nicht. Es störte mich nicht, sie als Zeugen heraufzubeschwören, solange sie auf dem Papier standen, aber ich wollte ihnen nicht in Fleisch und Blut begegnen, nicht in der Form, in der sie mich am meisten beunruhigten.

Was diese »anderen« aus Brandham Hall betraf, so konnte ich aus irgendeinem Grund nicht weiter an sie denken. Sie waren wie Figuren in einem Bild. Der Rahmen hielt sie umschlossen, der zweifache Rahmen von Zeit und Ort. Sie konnten nicht daraus hervortreten, sie waren auf Schloß Brandham und in dem Sommer des Jahres 1900 gefangen. Und mich verlangte nicht danach, sie zu befreien.

Und so konnte ich in aller Ruhe darangehen, den letzten Beweis zu untersuchen, den ungeöffneten Brief.

»Liebling«, stand da zu lesen – nur ein »Liebling« diesmal –, »unser getreuer Botschafter muß etwas verpatzt haben. Du *kannst* nicht sechs Uhr gesagt haben. Du würdest ja über und über mit Heu bedeckt sein, Stroh in den Haaren haben, nicht zum Ansehen! Darum schreibe ich Dir, um zu sagen: Komme um halb sieben, wenn Du kannst; denn heute ist der Geburtstag unseres Briefträgers, und ich muß hier sein, um ihm ein kleines Geschenk zu geben, gerade das Richtige für einen Briefträger – er wird jetzt nicht mehr zu Fuß gehen müssen, wenn er unsere Botschaften austrägt, der arme Kleine. Ich gebe ihm jetzt diesen Brief. Mama hat etwas anderes mit ihm vor, und vielleicht kann er, so schlau er auch ist, sie nicht überlisten, und wenn es ihm nicht gelingt, werde ich um sechs Uhr da sein und bis sieben warten, bis acht, bis neun oder bis zum Jüngsten Tag – Liebster, Liebster.«

Die Tränen traten mir in die Augen – Tränen, wie ich sie, glaube ich, seit der Zeit in Brandham Hall nicht mehr geweint hatte. Deshalb also hatte sie mir das grüne Fahrrad geschenkt: um mir den Weg zwischen dem Schloß und dem Bauernhof zu erleichtern. Eh bien, je jamais! Was war sie doch für eine berechnende Person. Es war nun egal; ich wünschte nur, ich hätte es behalten, statt es meine Mutter weggeben zu lassen, weil ich es nicht benutzte.

Die Figuren des Bildes fingen an, sich zu bewegen; meine alte Neugierde erwachte wieder. Ich würde nach Brandham fahren und herausfinden, was sich seit meiner Abreise dort zugetragen hatte.

Allem Aberglauben zum Trotz nahm ich ein Zimmer in Norwich im Maidshead, und am nächsten Tag mietete ich, ohne lange zu überlegen, einen Wagen und fuhr zu meinem Ziel.

Meine Erinnerungen an das Dorf waren sehr nebelhaft, aber ich hätte es auch sonst kaum wiedererkannt. Der Gesichtswinkel macht doch einen großen Unterschied. Ich war gut dreißig Zentimeter gewachsen, seit ich es zuletzt gesehen hatte, und nun schien es um ein Vielfaches kleiner zu sein. Ein vorüberfahrendes Auto schnitt die Häuser in halber Höhe ab. Ich sah eine Frau an einem Fenster im Oberstock stehen, und ihr Kopf und ihre Schultern blieben unsichtbar, so niedrig war das Fenster. Der Ort war verändert durch die Neuerungen der letzten fünfzig Jahre, jenes halben Jahrhunderts, das die meisten Veränderungen in der Geschichte mit sich gebracht hatte. Ich fühlte mich auch nicht als einer, der wiederkehrt; ich fühlte mich als Fremder. »Was hat sich wohl am wenigsten verändert?« überlegte ich. Die Kirche. Ich wandte meine Schritte zur Kirche, und dort angekommen, ging ich geradewegs in das Seitenschiff. Zwei neue Wandtafeln waren dort angebracht.

»Hugh Francis Winlove, 9. Graf von Trimingham«, las ich. »Geboren am 15. November 1874, gestorben am 6. Juli 1910.«

So früh! Armer Hugh! Er konnte kein gutes Leben gehabt haben, dachte ich, jedenfalls nicht, was die Ärzte ein gutes Leben nennen. Plötzlich wurde ich mir bewußt, daß er ein viel geringeres Alter erreicht hatte als ich; er, der mir so viel älter vorgekommen war; ein junger Mann von sechsunddreißig, aber völlig alterslos aussehend, das Gesicht von Menschenhand verunstaltet, um auf die gnädigere Formung durch Gottes Hand noch zu reagieren. Es war mir niemals der Gedanke gekommen, daß es außer dieser sichtbaren Verletzung noch eine geben könnte, die man nicht sah.

Requiescat.

Hatte er jemals geheiratet? Ich bezweifelte es. Die Tafel nannte keine Gräfin. Nichts schien darauf hinzudeuten. Doch ja, hier stand etwas, dort in der Ecke war eine andere Tafel.

»Hugh Maudsley Winlove, Zehnter Graf von Trimingham. Geboren am 12. Februar 1901, gefallen in Frankreich am 15. Juni 1944, und Alethea, seine Frau, getötet bei einem Luftangriff am 16. Januar 1941.«

Wenn das auch Fakten waren, so waren es doch sehr befremdliche Fakten. So wenig ich mich an die Umstände meiner Abreise erinnern konnte, so gewiß wußte ich doch, daß Lord Trimingham nicht verheiratet war, als ich abfuhr; auch seine Verlobung mit Marian war noch nicht bekanntgegeben worden. Wie war es gekommen, daß er geheiratet hatte und daß ihm nach weniger als sieben Monaten ein Sohn geboren wurde?

Daß ich nicht auf die Lösung dieses Rätsels kam, zeigt, welch tiefen Eindruck die Szene im Geräteschuppen in mir hinterlassen hatte. Ich konnte mir nicht vorstellen, daß Marian sich danach noch weiter zeigen konnte. Es war nicht nur schlimmer als der Tod, es war auch der Tod selbst: Sie war ausradiert.

Kopfschüttelnd und immer noch verwirrt und ein wenig irritiert – denn ich, der so oft der Fakten Herr geworden war, vertrug es nicht, wenn die Fakten mich überwältigten – setzte ich mich in den Kirchenstuhl, von dem ich annahm, daß ich vor fünfzig Jahren darin gesessen hätte, und suchte, wie schon damals, nach einer Erinnerungstafel für den elften Grafen.

Aber es gab keine. War die Linie ausgestorben? Dann fiel mir ein, daß der elfte Graf noch am Leben sein konnte.

Als ich so an mein ehemaliges, verlorenes Ich zurückdachte, erinnerte ich mich, wie ungeduldig ich immer über die Litanei und das allgemeine christliche Beharren auf der Sünde gewesen war. Ich wollte nicht daran denken! Seit damals hatte ich viel darüber nachgedacht, wenn auch nicht in religiösem Sinn und auch nicht an die Sünde als solche. Ich hatte mich mit meinem Los abgefunden und mich manches Mal dazu beglückwünscht. Aber wenn ich gegen seine Farblosigkeit aufbegehrte, dann wußte ich, wo die Schuld lag, und mein Ressentiment gegen Brandham Hall und alles, was man mir dort angetan hatte, war zu einem allgemeinen Groll gegen die Menschheit geworden. Ich nannte sie nicht Sünder – Sünde gehörte nicht zu den Begriffen, in denen ich dachte –, aber ich mochte sie nicht und traute ihnen nicht.

Aber was war aus dem Gefühl für Lobpreisen und Danksagen geworden, das ich damals besaß? Was mit dem Lied, das ich mit so großem Vergnügen zu singen pflegte (Singen war eine der Beschäftigungen, die ich aufgegeben hatte): »Mein Lied soll immer deine Gnade preisen«? Jetzt würde ich es nicht gesungen haben, selbst wenn ich die Noten dazu gehabt hätte. In der heutigen Welt schien so wenig Raum für Lobpreisen und Danksagen zu sein, und die Gnade Gottes, die alle Leute nur gar zu gern für sich in Anspruch nahmen, war mit den Psalmen aus meinem Bewußtsein entschwunden.

Als ich in die Vorhalle trat, sah ich einen Anschlag, der besagte, daß die Kirche zum Zwecke des privaten Gebetes für Besucher geöffnet war; und ob der Besucher wohl für den Pfarrpriester beten würde, für die Gemeinde, die ihm anvertraut war, und für die Seelen der Gläubigen, die in der Hoffnung auf eine freudvolle Auferstehung verschieden waren?

Obwohl die Zeit, in der ich zur Kirche ging, längst vorbei war, erschien es mir unfreundlich, dieser Bitte nicht zu entsprechen. Und als ich zu den Seelen der Gläubigen kam, versäumte ich nicht, ein Gebet für Hugh und für seinen Sohn und seine Schwiegertochter zu sprechen. Und dann fiel mir Ted ein, und obwohl ich mir nicht sicher war, ob er in geweihter Erde begraben worden war und der Tröstungen des Gebetes teilhaftig werden konnte, sprach ich auch für ihn ein Gebet. Aber ich war noch nicht befriedigt. Ich gedachte aller Personen unseres Dramas und betete für sie, und schließlich betete ich sogar für mich selbst.

Ich trat aus der Kirche und wußte noch nicht, wohin ich meine Schritte nun lenken würde. Ich war ohne endgültigen Plan nach Brandham gekommen, aber mit der ziemlich unklaren Idee, den ältesten Einwohner ausfindig zu machen und ihn oder sie um Auskunft zu bitten. Die Dorfschenke war der geeignetste Platz, eine solche Person zu finden. Aber es war noch früh, und die Schenken würden erst in einer Stunde geöffnet werden. Übrigens mochte ich Dorfschenken auch nicht und hatte nur selten eine von innen gesehen.

Ich stand vor der Kirche und sah zum Cricketplatz hinunter. Es war Mitte Mai, und man hatte ihn gemäht und gewalzt und für die Spielzeit hergerichtet. Ganz offensichtlich florierte Crikket noch in Brandham. Der Pavillon war noch da, gerade mir gegenüber, und ich versuchte herauszufinden, wo ich gestanden hatte, als ich meinen historischen Fang machte, und überlegte, wie man sich wohl als Cricketspieler fühlen mochte; denn auch vom Cricket war ich nach meiner Rückkehr in die Schule dispensiert worden.

Ich machte kehrt und nahm den Weg hinunter ins Dorf, und als ich in die Dorfstraße einbog, sah ich einen Mann, dessen Gesicht mir vertrauter vorkam als die anderen. Es war ein junger Mann um die Mitte der Zwanzig, nicht einer von den Leuten, nach denen ich Ausschau hielt. Wahrscheinlich war er auch fremd hier. Jedenfalls aber war er mir fremd, und ich war nicht darauf aus, mit Fremden zu sprechen. Aber ich hatte eine Frage, die er mir vielleicht beantworten konnte.

Er trug eine Sportjacke und eine alte Kordhose. Sein Gesicht war verschlossen, als denke er über etwas nach.

»Entschuldigen Sie«, sagte ich, »aber lebt noch ein Lord Trimingham auf Schloß Brandham?«

Er sah mich an, als teile er mein Vorurteil gegen Fremde und als wünsche er, allein gelassen zu werden und doch auch wieder nicht.

»O ja«, sagte er ziemlich knapp, »und falls es Sie interessiert, ich bin Lord Trimingham.«

Ich starrte ihn verblüfft an. Die Haarfarbe war mir bekannt: sie erinnerte an ein Weizenfeld, an ein reifes Weizenfeld im Mai.

»Das scheint Sie zu überraschen«, sagte er in einem Ton, als sei meine Überraschung völlig ungerechtfertigt. »Aber ich bewohne nur einen kleinen Teil des Gebäudes. Im anderen Teil befindet sich jetzt eine Mädchenschule.«

Ich hatte mich wieder einigermaßen gefaßt. »Oh«, sagte ich, »das meinte ich nicht, obwohl ich mich freue zu hören, daß Sie dort leben. Wissen Sie, ich war vor vielen Jahren einmal dort.«

Daraufhin änderte er seine Haltung völlig und sagte fast begierig: »Sie waren dort? Sie kennen das Haus?«

»Ich erinnere mich nur schwach daran«, sagte ich.

»Sie waren dort?« wiederholte er. »Wann war das denn?«

»Zur Zeit Ihres Großvaters«, sagte ich.

»Meines Großvaters?« sagte er, und ich merkte, daß er wieder zurückhaltend wurde. »Sie kannten meinen Großvater?«

»Ja«, sagte ich, »Ihren Großvater, den neunten Grafen.« Aus irgendeinem unverschlossenen Fach meiner Erinnerung schlüpfte mir der pompöse Ausdruck über die Zunge. »Er war doch Ihr Großvater, nicht wahr?«

»Natürlich«, sagte Lord Trimingham, »natürlich. Ich habe ihn leider nicht gekannt. Er starb vor meiner Geburt. Aber ich glaube, er war ein bezaubernder Mann, wenn ich das von meiner Verwandtschaft so sagen darf.«

»Sie dürfen es«, sagte ich lächelnd. »Er war ein bezaubernder Mann.«

Lord Trimingham wirkte etwas verunsichert. Es schien, als habe die Beschwingtheit dieses Maimorgens ihn verlassen. Zögernd sagte er: »Und kannten Sie auch meine Großmutter?«

Diesmal war es an mir, die Frage zu wiederholen. »Ihre Großmutter?«

»Ja. Sie war eine geborene Maudsley.«

Ich holte tief Atem. »O ja«, sagte ich. »Ich kannte sie sehr gut. Ist sie noch am Leben?«

»Sie lebt«, sagte er ohne allzugroße Begeisterung.

»Und wo lebt sie?«

»Hier im Dorf, in einem kleinen Haus, das früher einem alten, pensionierten Dienstboten der Familie gehörte. Ich glaube, sie hieß Nannie Robson. Vielleicht kannten Sie sie auch?«

»Nein«, sagte ich. »Ich habe sie niemals gesehen, obschon ich von ihr gehört habe … Geht es Ihrer Großmutter gut?«

»Ganz gut, abgesehen davon, daß sie in letzter Zeit recht vergeßlich wird, wie es alten Leuten so geht.« Er lächelte. Es war ein tolerantes, jugendliches Lächeln, das sie ohne Bedauern in die Kategorie der alten Leute zu verweisen schien. »Warum rufen Sie sie nicht an und besuchen sie?« fuhr er fort. »Ich bin sicher, sie würde Sie gern sehen. Sie ist ziemlich einsam. Sie hat nicht viel Besuch.«

Die Hemmungen von fünfzig Jahren kamen in mir hoch und machten sich wohl auf meinem Gesicht und in meiner Stimme bemerkbar.

»Ich glaube, es ist besser, ich tue es nicht«, sagte ich. »Ich bin nicht sicher, ob sie mich sehen möchte.«

Er sah mich einen Augenblick lang an. Man merkte, daß seine gute Erziehung mit seiner Neugierde kämpfte.

»Nun«, sagte er, »das ist Ihre Sache.«

Plötzlich fiel mir ein, daß er, ob ein Trimingham oder nicht, viel jünger war als ich und ich mich in diesem Gespräch auf das Vorrecht des Alters berufen konnte.

»Würden Sie mir einen großen Gefallen tun?« fragte ich.

»Gern«, sagte er und warf einen flüchtigen Blick auf seine Armbanduhr. »Worum handelt es sich?«

»Würden Sie Lady Trimingham sagen, daß Leo Colston hier ist und sie gern sehen würde?«

»Leo Colston?«

»Ja, so heiße ich.«

Er zögerte. »Für gewöhnlich gehe ich nicht zu ihr«, sagte er. »Manchmal telephoniere ich … Welch herrliche Erfindung ist das! Gab es zu Ihrer Zeit schon ein Telephon?«

»Nein«, erwiderte ich. »Es wäre wohl vieles anders gewesen, wenn es Telephon gegeben hätte.«

»Ja, gewiß«, sagte er. »Meine Großmutter redet sehr gern, wissen Sie; alte Leute haben das manchmal so an sich. Aber ich werde hingehen, wenn Sie es wünschen. Ich –« Er stockte.

»Sie würden mir einen großen Gefallen erweisen«, wiederholte ich mit Nachdruck. »Auch ich möchte sie nicht – nicht unvorbereitet überraschen.« Ich dachte daran, wie ich es das letzte Mal getan hatte.

»Nun gut«, sagte, er und überwand offensichtlich seinen Widerwillen. »Mr. Leo Colston, nicht wahr? Sie glauben, daß sie sich an den Namen erinnert? Sie ist ziemlich vergeßlich.«

»Ich bin sicher, daß sie sich erinnern wird«, sagte ich. »Ich werde hier auf Sie warten.«

Als er gegangen war, schlenderte ich die Straße entlang und suchte nach einem Gegenstand, der mich auch optisch mit der Vergangenheit verbinden würde. Aber ich fand nichts, was einen Kontakt bewirkt hätte. Ich sah den Gemeindesaal, einen düsteren Bau aus glatten, dunkelroten Backsteinen, der nicht zu den hellen Flinthäusern paßte. Ich hätte mich an ihn erinnern müssen, war er doch der Schauplatz meines letzten öffentlichen Triumphes gewesen. Aber ich erkannte ihn nicht wieder.

Ich sah meinen Abgesandten auf mich zukommen und ging ihm entgegen. Sein Gesicht hatte sich verfinstert, und die Ähnlichkeit zwischen ihm und Ted war nun noch deutlicher als zuvor.

»Zuerst erinnerte sie sich nicht an Sie«, sagte er, »aber dann erinnerte sie sich sehr gut. Sie läßt sagen, sie würde sich sehr freuen, Sie zu sehen. Sie bat mich auch, Sie zum Lunch aufzufordern, da sie es nicht tun kann. Ist Ihnen das angenehm?«

»Ja«, antwortete ich, »wenn es Ihnen paßt.«

»Ich würde mich sehr freuen«, sagte er, alles andere als erfreut aussehend. »Es stört Sie hoffentlich nicht, mit dem vorlieb zu nehmen, was gerade da ist. Aber sie war nicht sicher, ob Sie gern kommen.«

»Oh, warum?«

»Wegen einer Geschichte, die lange zurückliegt. Sie waren noch ein kleiner Junge, sagte sie. Und sie sagte, es sei nicht ihre Schuld gewesen.«

»Ihr Großvater pflegte zu sagen«, antwortete ich, »daß eine Dame niemals schuld hat.«

Er sah mich scharf an.

»Ja«, sagte ich, »ich kannte Ihren Großvater wirklich sehr gut. Und Sie sind ihm sehr ähnlich.«

Er wechselte die Farbe, und mir fiel auf, daß er genau so vor mir stand wie sein Großvater, als wir uns zum letztenmal gesehen hatten.

»Es tut mir sehr leid«, sagte er und wurde rot, »wenn wir Sie nicht gut behandelt haben.«

Ich war betroffen durch das »wir«, und da ich mich an die fatale Bußfertigkeit seines Großvaters erinnerte, sagte ich rasch: »Oh, Sie hatten nichts damit zu tun. Machen Sie sich, bitte, keine Gedanken. Ihre Großmutter –«

»Ja?« sagte er mürrisch.

»Sehen Sie sie oft?«

»Nicht sehr oft.«

»Sagten Sie nicht, sie hätte wenig Besuch?«

»Ja, sehr wenig.«

»Hatte sie viel Besuch, als sie noch im Schloß lebte?«

Er schüttelte den Kopf. »Ich glaube nicht.«

»Weshalb bleibt sie dann hier wohnen?«

»Das weiß ich, offen gesagt, auch nicht.«

»Sie war so schön«, sagte ich.

»Man hat es mir oft gesagt«, erwiderte er. »Ich selbst kann es eigentlich nicht finden … Sie kennen den Weg zu ihrem Haus?«

Ich antwortete, und war mir dabei bewußt, daß ich diese Antwort schon früher einmal gegeben hatte: »Nicht genau, aber ich kann ja fragen.«

Mir fiel auf, daß er mir nicht seine Begleitung anbot. Er beschrieb mir aber den Weg. »Mittagessen um eins?« fügte er hinzu, und ich versprach zu kommen. Als er wegging, hörte ich das schnarrende Geräusch seiner Kordhose. Und kurz darauf hörte ich es wieder. Er kam zurück.

Als er neben mir war, hielt er an. Es kostete ihn offensichtlich einige Anstrengung, als er, ohne mich anzusehen, sagte: »Waren Sie der kleine Junge, der –«

»Ja«, sagte ich.

Marian empfing mich in einem kleinen, dichtverhangenen Zimmer, das auf die Straße hinausging und etwas tiefer lag als diese. Man mußte eine Stufe hinuntergehen, wenn man eintrat. Sie saß mit dem Rücken zum Licht.

»Mr. Colston«, meldete das Mädchen.

Sie erhob sich und streckte mir unsicher die Hand hin.

»Aber ist das wirklich –?« begann sie.

»Ich hätte Sie wiedererkannt«, sagte ich, »aber ich konnte nicht erwarten, daß Sie mich erkennen.«

In Wirklichkeit hätte ich sie nicht wiedererkannt. Ihr Haar hatte einen bläulichen Schimmer, ihr Gesicht besaß nicht mehr seine Rundung, ihre Nase war noch größer und einem Geierschnabel noch ähnlicher geworden. Sie war stark geschminkt und sehr manieriert. Nur ihre Augen, wenn sie auch in der Farbe nachgelassen hatten, besaßen noch das alte, eisige Feuer. Wir sprachen ein wenig über meine Reise und darüber, was ich in meinem Leben getan hatte, beides Themen, die bald erschöpft waren. Für die Konversation wiegt eine Unze Ereignisse so viel wie ein Pfund alltäglichen Geschehens, und mein Leben war nicht sehr ereignisreich verlaufen. Mein vorübergehender Gedächtnisschwund in Brandham Hall war der letzte dramatische Höhepunkt in meinem Dasein gewesen. Sie kam darauf zurück.

»Sie verloren Ihr Gedächtnis am Anfang Ihres Lebens«, sagte sie. »Ich verliere das meine am Ende – ich verliere es nicht gerade, wissen Sie, aber ich weiß nicht mehr ganz genau, was sich gestern zugetragen hat, so wie es auch der guten alten Nannie Robson erging. An die Vergangenheit erinnere ich mich aber noch ganz deutlich.«

Hier hakte ich ein und stellte ein paar Fragen.

»Nur eine auf einmal«, sagte sie, »nur eine auf einmal. Marcus, ja, der fiel im Ersten Weltkrieg, und Denys auch. Ich vergaß, wer zuerst fiel – ich glaube, es war Denys. Marcus war Ihr

Freund, nicht wahr? Ja, natürlich. Ein Junge mit einem runden Gesicht. Er war Mamas Liebling und auch der meine. Wir waren eine sehr hingebungsvolle Familie, aber Denys gehörte nie so ganz dazu, wenn Sie wissen, was ich meine.«

»Und Ihre Mutter?« half ich nach.

Sie seufzte. »Die arme Mama! Schrecklich, diese aufgeregten Gäste! Ich habe es überstanden. Ich habe es sehr gut überstanden. Der Ball fand nicht statt, wissen Sie. Er mußte abgesagt werden. Ihre Mutter kam angereist – ich erinnere mich gut an sie, eine reizende Frau –, graue Augen wie die Ihren und braunes Haar und sehr lebhaft in ihren Bewegungen und ihrer Art zu sprechen. Wir mußten sie im Gasthaus einquartieren. Das Haus war brechend voll wegen des Balles. Einer stolperte über den anderen, und Sie hatten die Sprache verloren, und Mama stieß alle möglichen biblischen Worte aus. Es war ein Alptraum! Dann nahm sich Papa der Sache an und stellte die Ordnung wieder her. Bis zum nächsten Tag waren alle, die irgend konnten, abgereist. Sie blieben bis Montag, erinnere ich mich. Und wie Sie die Sache mit Ted erfuhren, haben wir nie herausbekommen. Vielleicht hat es Ihnen der Diener Henry erzählt; er war ein Freund von Ihnen.«

»Woher wußten Sie, daß ich es wußte?«

»Weil eines der Dinge, die Sie sagten, war: ›Warum hat Ted sich selbst erschossen? Er war doch ein so guter Schütze?‹ Sie sehen, zuerst dachten Sie, es sei ein Unfall gewesen und einem guten Schützen könne das nicht passieren. Man muß kein guter Schütze sein, um sich selbst zu erschießen. Ted war irgendwo ein Schwächling, genau wie Edward.«

»Edward?«

»Mein Enkel. Er hätte warten sollen, bis sich der Sturm gelegt hatte, wie ich es tat. Ich wußte, er würde sich legen, und mit einem Male war ich Lady Trimingham.«

»Und Hugh?«

»Oh, Hugh«, sagte sie. »Er heiratete mich. Er kümmerte sich nicht um das Gerede. Hugh war treu wie Gold. Er ließ nicht ein einziges Wort auf mich kommen. Wir trugen den Kopf sehr hoch. Wenn irgend jemand uns nicht grüßen wollte, dann ignorierten wir ihn einfach; aber sie grüßten alle. Immerhin war ich Lady Trimingham. Und ich bin es heute noch. Es gibt keine andere.«

»Und wie war Ihre Schwiegertochter?« fragte ich.

»Die arme Alethea? Oh, was war sie für ein langweiliges Mädchen! Sie gab solche öden, stupiden Gesellschaften – ich ging fast nie hin. Ich lebte im Witwenhaus, und die Leute kamen natürlich zu mir – interessante Leute, Künstler, Schriftsteller, keine bornierten Landjunker. Auch in Norfolk gibt es bornierte Leute. Mein Sohn war kein Sportsmann, wissen Sie. Er war ganz mein Vater – ihm wie aus dem Gesicht geschnitten. Aber er besaß nicht Papas Tatendrang. Papa war ein großartiger Mann, und Mama war auch großartig. Es heißt schon etwas, so außergewöhnliche Eltern gehabt zu haben.«

»Sie haben mir nicht erzählt, wie es Ihrer Mutter ergangen ist«, erinnerte ich sie.

»Oh, die arme Mama! Sie konnte nicht bei uns bleiben, wissen Sie. Sie mußte weggehen, aber wir haben sie oft besucht. Und sie erinnerte sich an alles, was uns betraf, und war so froh, daß ich Hugh geheiratet hatte – sie hatte es immer gewünscht. Ich eigentlich nicht, aber ich war froh, daß ich es getan hatte; die Leute wären sonst vielleicht nicht so nett zu mir gewesen, wie sie es waren.«

»Und Ihr Vater?«

»Oh, Papa wurde sehr alt, fast neunzig. Aber er verlor das Interesse am Geschäft, nachdem Mama uns verlassen hatte, und als Marcus und Denys gefallen waren, gab er es auf. Aber er kam oft zu uns ins Schloß, und als ich im Witwenhaus lebte, hat er mich oft besucht. Wir waren immer eine sehr hingebungsvolle Familie.«

Wie glücklich, dachte ich, war mein Leben im Vergleich zu dem ihren! Es fiel mir schwer, noch viel mehr zu hören, und doch wollte ich ein vollkommenes Bild gewinnen.

»Ist es nicht ziemlich langweilig für Sie, Marian«, sagte ich, »hier so allein zu leben? Würden Sie nicht in London glücklicher sein?«

»Allein?« sagte sie. »Allein, wie meinen Sie das? Aber die Leute kommen in Scharen. Ich muß sie fast von der Schwelle weisen. Ich bin geradezu ein Pilgerort, kann ich Ihnen sagen! Sehen Sie, jeder Mensch kennt mich; man weiß, was ich durchgemacht habe, und natürlich wollen sie mich sehen – so wie Sie auch.«

»Ich bin sehr froh, daß ich Sie sehen durfte«, sagte ich. »Und ich freue mich, Ihren reizenden Enkel Edward kennengelernt zu haben.«

»Pst!« machte sie. »Sie dürfen ihn nicht so nennen. Er möchte Hugh genannt werden, obwohl Edward natürlich ein Triminghamscher Familienname ist.«

Ich erinnerte mich an die zwei Edwards im Seitenschiff.

»Nun«, sagte ich, »es muß doch sehr angenehm für Sie sein, ihn so in der Nähe zu haben.«

Auf diese Bemerkung hin verfiel sie sichtlich, und die Maske, die sie seit meinem Eintritt getragen hatte, begann brüchig zu werden.

»Das ist es.« Dann korrigierte sie sich: »Das könnte es sein. Aber, wissen Sie, daß er mich nicht oft besucht, obwohl wir die einzigen überlebenden Mitglieder der Familie sind?«

»Aber er wird doch –« widersprach ich.

»Nein, er tut es nicht. Scharen von Leuten kommen, aber er kommt nicht – ich meine, nicht regelmäßig, nicht so regelmäßig, wie ich die alte Nannie Robson besuchte, als sie alt war. Erinnert er Sie nicht an jemanden?« fragte sie plötzlich.

»Nun ja, das tut er«, sagte ich, überrascht von der Frage. »An seinen Großvater.«

»Das ist's. Das ist's. Er sieht ihm ähnlich. Und natürlich weiß er – weiß er, was man ihm erzählt hat, was seine Eltern ihm erzählt haben; denn mit mir hat er nie darüber gesprochen. Und all das, was ihm vielleicht andere Leute erzählt haben – ein Dorf ist ein großes Klatschnest. Und ich glaube, er ist böse auf mich – Sie wissen ja, warum –, auf den einzigen Menschen, den er noch auf der Welt hat, auf seine eigene Großmutter! Und man sagt mir – er hat es mir nicht gesagt –, daß er ein Mädchen heiraten will, ein nettes Mädchen, eine Cousine Winlove, eine entfernte Cousine, aber doch eine Winlove – und er wagt nicht, um ihre Hand anzuhalten, weil – weil ihn die Vergangenheit bedrückt. Er glaubt – so erzählt man mir jedenfalls –, daß ein Zauber oder ein Fluch auf ihm lastet und daß er ihn übertragen wird auf seine Kinder. Er ist einfach albern! Ganz zweifellos hat er irgendwelche Gerüchte gehört, die natürlich völlig falsch sind, und die bringen ihn durcheinander. Nun, Sie kommen da gerade zur rechten Zeit!«

»Ich?«

»Ja, Leo, Sie. Sie kennen die Fakten. Sie wissen, was sich *wirklich* zugetragen hat. Außer mir sind Sie der einzige, der es weiß. Sie wissen, daß Ted und ich uns geliebt haben. Ja, wir haben uns geliebt. Aber wir waren kein gewöhnliches Liebespaar, kein Liebespaar im volkstümlichen Sinne, nicht in der Art, in der man sich heute liebt. Unsere Liebe war eine wundersame Sache, nicht wahr? Ich will damit sagen, daß wir alles füreinander hingaben. Jeder unserer Gedanken gehörte nur dem anderen. Aber diese Wochenendeinladungen von heute – wie die Zuchttiere werden die jungen Leute gepaart! Mit uns war das etwas ganz anderes. Wir waren füreinander geschaffen. Erinnern Sie sich, was für ein Sommer das war? Wieviel schöner als jeder andere seither? Ja, und was war das Allerschönste? Waren nicht wir es und unsere Gefühle füreinander? War Ihnen das nicht bewußt, wenn Sie uns unsere Briefe brachten? Fühlten Sie nicht, daß all das übrige – das Haus und die Leute, die ein und aus gingen – einfach nicht zählte? Und waren Sie nicht stolz darauf, zu uns zu gehören – ein Kind solch großen Glücks und Schönheit?«

Was hätte ich anderes sagen können als ja?

»Ich bin froh, daß Sie es auch so sehen«, sagte sie. »Denn Sie waren unser Werkzeug. Wir hätten ohne Sie nicht weitermachen können. ›Weitermachen‹, das ist eine dumme Redensart, aber Sie wissen, was ich meine. Der Himmel hatte Sie geschickt, um uns glücklich zu machen. Und wir machten Sie glücklich, nicht wahr? Sie waren nur ein kleiner Junge, und doch vertrauten wir Ihnen unseren großen Schatz an. Vielleicht haben Sie so etwas niemals gekannt und sind durchs Leben gegangen, ohne es kennenzulernen. Und nun Edward –« Sie hielt inne.

»Aber Sie können es ihm sagen, Leo, Sie können ihm alles sagen, genau wie es war. Sagen Sie ihm, daß es nichts war, wofür man sich schämen müßte, und daß ich nicht jemand bin, dessen man sich schämen müßte, ich, seine alte Großmutter, die zu besuchen die Leute von weither kommen! Es hatte nichts Gemeines und Schmutziges an sich, nicht wahr? Und nichts, was irgend jemandem Leid hätte zufügen können. Wir hatten Kummer, bitteren Kummer: Hugh starb, Marcus und Denys fielen, mein Sohn Hugh starb und seine Frau – obwohl das kein großer Verlust war. Aber es war nicht unsere Schuld – es war die Schuld dieses schrecklichen Jahrhunderts, in dem wir leben und das die Menschheit entmenschlicht und Tod und Haß gepflanzt hat, wo Liebe und Leben gewesen waren.

Sagen Sie ihm das, Leo. Tun Sie alles, damit er es einsieht und begreift. Es wird die beste Tat sein, die Sie jemals vollbracht haben. Denken Sie daran, wie liebend gern Sie unsere Botschaften übernommen haben, uns zusammenbrachten und uns glücklich machten. Ja, das ist nun wieder eine Liebesbotschaft, und es ist das letzte Mal, daß ich Sie bitte, unser Briefträger zu sein. Glaubt er, daß mich etwas anderes hier hält als der Wunsch, ihm nahe zu sein? Und doch hegt er diesen Groll gegen mich. Am liebsten würde er überhaupt nicht kommen, wo doch Scharen von Leuten kommen, die ich nicht sehen will. Manchmal glaube ich, es wäre ihm lieber, ich würde nicht hier wohnen. Aber ich will es nicht glauben. Und schlagen Sie ihm diese lächerliche Idee aus dem Kopf, daß er nicht heiraten könne: das ist's, was mich am meisten schmerzt. Weiß der Himmel, ich will nicht, daß er heiratet und irgendeine fürchterliche Frau nach Brandham Hall bringt – obwohl diese junge Winlove, glaube ich, ganz nett ist. Aber jeder Mann sollte verheiratet sein – Sie hätten auch heiraten sollen, Leo! Sie sind innerlich ganz vertrocknet, das sehe ich. Es ist noch nicht zu spät, Sie können noch heiraten. Warum tun Sie es nicht? Fühlen Sie kein Bedürfnis nach Liebe? Aber Edward (doch nennen Sie ihn nur nicht so), er muß heiraten. Er ist gerade im gleichen Alter, wie Ted war, als Sie nach Brandham kamen. Er hat das ganze Leben vor sich. Sagen Sie ihm, daß er sich von all diesen dummen Skrupeln freimachen soll – sein Großvater hätte sie auch gehabt, wenn ich ihm nicht geholfen hätte. Armer Ted, hätte er mehr Verstand gehabt, dann hätte er sich keine Kugel durch den Kopf gejagt. Sie sind es uns schuldig, Leo. Sagen Sie ihm, es gibt keinen Zauber und keinen Fluch außer einem Herzen, das nicht liebt. Sie wissen das, nicht wahr? Sagen Sie ihm, daß er gut von seiner alten Großmutter denken soll, die nur dafür lebt, ihn liebzuhaben.«

Zu meiner großen Erleichterung machte sie ein Ende. Ich hatte mehrmals erfolglos versucht, ihr Einhalt zu gebieten, als ich sah, wie sehr es sie anstrengte. Wir sprachen noch ein wenig über belanglose Dinge – über die Veränderungen in Brandham, über die Veränderungen in der Welt –, und dann verabschiedete ich mich und versprach wiederzukommen.

»Gott segne Sie«, sagte sie, »Gott segne Sie! Sie sind ein Freund, wie es unter tausend nur einen gibt. Geben Sie mir einen Kuß, Leo!«

Ihr Gesicht war tränenüberströmt. Ich war ein Fremdling in der Welt der Gemütsbewegungen und war unfähig, in dieser Sprache zu antworten.

Wieder auf der Straße, wunderte ich mich mit jedem Schritt mehr über das Ausmaß von Marians Selbstbetrug. Aber weshalb rührte mich das, was sie gesagt hatte? Weshalb wünschte ich fast, daß ich alles so sehen könnte, wie sie es sah? Und warum sollte ich diesen unsinnigen Auftrag übernehmen? Ich hatte nichts versprochen, und ich war kein Kind, das man herumkommandierte. Mein Wagen stand bei der öffentlichen Fernsprechzelle; nichts einfacher, als Teds Enkel anzurufen und mich zu entschuldigen …

Aber ich tat es nicht. Und als ich in die Toreinfahrt einbog und gerade überlegte, wie ich das ausdrücken sollte, was zu sagen ich gekommen war – da erhob sich vor meinen Blicken die Südwest-Front des Hauses, die meinem Gedächtnis so lange Zeit entfallen gewesen war.

Isabel Allende

Fortunas Tochter

Roman
Aus dem Spanischen von Lieselotte Kolanoske
suhrkamp taschenbuch 3236
486 Seiten

»Jeder Mensch wird mit einer besonderen Begabung geboren, und Eliza Sommers entdeckte frühzeitig, daß sie über deren zwei verfügte: einen guten Geruchssinn und ein gutes Gedächtnis.«
Fortunas Tochter ist die bewegte Geschichte der Eliza Sommers, einer lebenshungrigen jungen Frau, die zwischen zwei Kulturen lebt und einen abenteuerlichen Weg geht. Als chilenisches Findelkind in der Obhut einer englischen Familie in Valparaíso aufgewachsen, bricht sie, kaum siebzehnjährig, aus dieser wohlbehüteten Welt aus. Die Suche nach ihrem Geliebten, der dem Sog des kalifornischen Goldrauschs nicht widerstehen konnte, macht aus dem unerfahrenen Mädchen eine selbstbewußte Frau, und am Ende ihrer Odyssee ist Eliza ganz bei sich und in der Welt, endlich frei.

»Ein detailliertes Sittenbild der amerikanischen Gesellschaft zur Zeit des Goldrauschs – ein packender Roman.«
Focus

NF 443/1/10.02

Jaume Cabré

Die Stimmen des Flusses

Roman
Aus dem Katalanischen von Kirsten Brandt
671 Seiten. Gebunden
st 4049. 666 Seiten

Was geschah wirklich am 18. Oktober 1944 in dem Pyrenäenort Torena? Als Tina Bros sechs Jahrzehnte später in der alten Dorfschule ein hinter der Schiefertafel verborgenes Tagebuch entdeckt, ahnt sie nicht, daß sie an Dinge rührt, die in ihrer Verquickung aus Schuld und Scham, aus Leidenschaft und Fanatismus das ganze Drama einer schlimmen Zeit spiegeln. Noch weniger ahnt sie, daß der Schatten von damals bis in ihre eigene Gegenwart ragt.
Jaume Cabré ist ein Meister der Dramatik: Wie im Film wechseln die Szenen in raschem Schnitt, die Stimmen der Protagonisten lösen einander ab, und das ungeheuerliche Geschehen erschließt sich dem Leser, als wäre er selbst dabei. Er liest die bewegende Geschichte von kleinlicher Bosheit und heimlicher Größe, von mörderischem Haß, von Liebe und Verrat und davon, wie die Mächtigen die Geschichte schreiben.

NF 610/1/6.08

Louise Erdrich

Der Club der singenden Metzger

Roman
Aus dem Amerikanischen übersetzt
von Renate Orth-Guttmann
suhrkamp taschenbuch 3750
506 Seiten

Als der junge Metzgermeister Fidelis Waldvogel aus dem Ersten Weltkrieg heimkehrt, heiratet er Eva, die schwangere Verlobte seines gefallenen Freundes. Die kleine Familie wandert Anfang der zwanziger Jahre nach Amerika aus, um dort ihr Glück zu suchen. In North Dakota gründet Fidelis nicht nur ein Geschäft, sondern auch einen Gesangverein. Eva sorgt mit Geschick und Energie dafür, daß die Metzgerei Waldvogel der immer größer werdenden Familie ein sicheres Auskommen schafft. Eines Tages lernt sie die Artistin Delphine kennen und findet in ihr eine Seelenverwandte. Zwischen den beiden entwickelt sich eine wunderbare Freundschaft – bis Eva schwer erkrankt.

»Eine fast im Flüsterton erzählte Geschichte voller kleiner und großer Gefühle. Was folgt, wird Sie süchtig machen … ein Meisterwerk.« *Cosmopolitan*

»Liebes- und Lebensgeschichte voll eigenwilliger Figuren, poetisch und fesselnd.« *Elle*

»Meisterlich erzählt.« *New York Times*

NF 543/1/1.06

Carole L. Glickfeld

Meines Vaters Liebling

Roman
Aus dem Amerikanischen von Mirjam Pressler
suhrkamp nova
st 4036. 260 Seiten

Der wichtigste Mann im Leben eines Mädchens ist – häufig genug – ihr Vater. Schwierig, wenn es sich dabei um einen launischen Patriarchen handelt, der auch vor Prügeln nicht zurückschreckt. Noch schwieriger, wenn man erst neun Jahre alt ist und sein erklärter Liebling. Wie weit würde man gehen, um die Familie – die älteren Geschwister, die strenge, aber fürsorgliche Mutter – vor dem eigenen Vater in Schutz zu nehmen?
Ruthie Zimmer meistert ihre Kindheit in einem der weniger glamourösen Viertel Manhattans mit Intelligenz und wacher Neugierde. Zwanzig Jahre später, als erwachsene Frau, kehrt sie dorthin zurück und wagt sich an die Auseinandersetzung mit den alten Erinnerungen und mit ihrem schwierigen, geliebten Vater.

Temperamentvoll und mit warmherzigem Humor erzählt Carole L. Glickfeld, die Autorin des Bestsellerromans *Herzweh*, von einer Familie im New York der fünfziger Jahre, vor allem aber von einer Beziehung zwischen Tochter und Vater, die trotz aller dramatischen Spannungen unauflöslich scheint.

NF 687/1/10.08

Katharina Hacker

Eine Art Liebe

Roman
st 3692. 265 Seiten

Eine deutsche Studentin, die in den Jahren zwischen dem ersten Golfkrieg und Yitzhak Rabins Ermordung in Israel studiert, erzählt die Geschichte dreier Personen: eine Geschichte, die Vergangenheit und Gegenwart verbindet. Sie erzählt von Jean, einem französischen Trappistenmönch, der unter seltsamen Umständen in Berlin angekommen ist, von Moshe, der als Kind unter anderem Namen in Frankreich die Nazi-Herrschaft überlebt hat, und vom eigenen Entschluß, die dunkle Vergangenheit auszuleuchten. Das Rätsel um Jeans Tod ist der Anlaß für die Recherche der Erzählerin und Beginn aufkommender Fragen über Freundschaft und Verrat.

»Katharina Hacker ist ein großartiger Roman geglückt: klug konstruiert, sprachlich herausragend und zutiefst berührend.« *Brigitte extra*

NF 632/1/9.07

Marie Hermanson

Saubere Verhältnisse

Roman
Aus dem Schwedischen von Regine Elsässer
suhrkamp taschenbuch 3703
243 Seiten

Yvonne Gärstrand, erfolgreiche Chefin einer Firma für Zeitmanagement, hat Zeit. Zeit, um sich in fremden Gegenden herumzutreiben und in fremde Häuser zu schauen. Als suche sie dort nach dem wirklichen Leben, das ihr selbst, verheiratete Mutter eines inzwischen erwachsenen Sohnes, abhanden gekommen ist. Die Bewohner im Orchideenweg 9 aber bleiben ihr fremd. Als dort eine Putzfrau gesucht wird, bewirbt sie sich. Als Nora Brick tritt sie ihren Dienst an in dem gepflegten Haus Bernhard Ekbergs, dem offensichtlich die Hausfrau fehlt – und verliebt sich in ihn. Wo ist Helena, Ekbergs Frau? Und wer ist die geheimnisvolle Schöne auf dem Foto, das sie in Ekbergs Jackentasche findet? Yvonne alias Nora macht sich auf Spurensuche und wird zur Mitwisserin eines dunklen Geheimnisses.

»Eine unheimliche Reise in die schwärzesten Winkel der Seele. Überraschend und intelligent. Lesen!« *Jönköpings-Posten*

NF 523/1/6.05

Fattaneh Haj Seyed Javadi

Der Morgen der Trunkenheit

Roman
Aus dem Persischen von Susanne Baghestani
416 Seiten. Gebunden

Teheran Anfang der dreißiger Jahre. Nachdem die selbstbewußte Mahbube mit ihren fünfzehn Jahren den Sohn einer Prinzessin abgelehnt hat, weist sie auch ihren Cousin zurück, der in sie verliebt ist. Warum? Das Mädchen hat sich in einen jungen Schreiner verguckt, und sie besteht auf ihrer Wahl. Wider Willen ringt der Vater sich dazu durch, ihr nachzugeben. Die Tochter erhält zur Hochzeit ein Häuschen und monatlich Kostgeld, aber das Elternhaus darf sie nicht mehr betreten. Die persische Autorin zeigt, daß Mahbubes Leidenschaft den Bedingungen dieser Ehe nicht gewachsen ist. Die junge Frau findet sich mit Ärmlichkeit und verletzenden Umgangsformen nicht ab. Nachdem ihr Sohn im Alter von fünf Jahren ertrunken ist, hält sie nichts mehr zurück – sie flieht zurück zu den Eltern und wird die Nebenfrau ausgerechnet des abgewiesenen Cousins.

»Einen Gabriel García Márquez oder eine Isabel Allende gab es aus dem Orient noch nicht zu vermelden. Das könnte sich jetzt ändern … Der Roman ist ein Glücksfall für die orientalische Literatur. Er ist ein Glück für seine Leser.« *Stephan Weidner, Berliner Zeitung*

Fattaneh Haj Seyed Javadi, geboren 1945 in Schiraz, lebt in Isfahan.

NF 264/1/9.00

Erling Jepsen

Die Kunst, im Chor zu weinen

Roman
Aus dem Dänischen von Ulrich Sonnenberg
suhrkamp nova. 267 Seiten

Allan, der elfjährige Sohn des Milchmanns, weiß, wie man zu Tränen rührt. Zusammen mit seinem Vater besucht er sämtliche Beerdigungen des Ortes. Die Grabreden des Vaters – unterstützt durch den traurigen Blick des Sohnes – bringen die Angehörigen unweigerlich zum Weinen; und da eine gute Rede dem Umsatz des elterlichen Ladens zugute kommt und zudem die »psychischen Nerven« des Vaters beruhigt, ist die Logik für Allan klar: des einen Tod, des anderen Brot. Aber was tun, wenn die Todesfälle ausbleiben? Wer hat das Feuer gelegt, in dem Allans Großmutter umkam? Wird die große Schwester deshalb wenig später in die Psychiatrie gebracht? Oder etwa, weil sie nicht länger mit dem Vater auf dem Sofa schlafen mag? Eine abgründige Familiengeschichte, geschildert aus dem treuherzigen Blickwinkel eines Elfjährigen, dem die familiäre Harmonie über alles geht und dem es deshalb zunehmend schwerer fällt, »Gut« und »Böse« voneinander zu unterscheiden.

NF 688/1/7.08

Ida Jessen

Leichtes Spiel

Roman
Aus dem Dänischen von Angelika Gundlach
suhrkamp nova
st 4024. 208 Seiten

Gesucht wird: alleinstehender Mann mittleren Alters, wohlhabend, gutmütig.
Der 40jährige Joachim hat einen guten Job, eine attraktive Eigentumswohnung im Zentrum von Kopenhagen, ein hübsches Sommerhaus im Grünen. Da lernt er die zehn Jahre jüngere, alleinerziehende Susan kennen. Bald kommt der gemeinsame Sohn Jacob zur Welt, und Joachim wähnt sich am Ziel seiner Wünsche: Teil einer glücklichen Familie zu sein. Aber in Susan hat er sich getäuscht. Wie weit wird Susan gehen? Wie weit wird Joachim nachgeben? Ida Jessen hat mit Leichtes Spiel einen dramatischen Beziehungsthriller geschrieben, der einen nicht mehr losläßt.

»*Leichtes Spiel* ist ein moderner Thriller über Paarbeziehungen.« *Bogrummet*

NF 682/1/6.08

Ioanna Karystiani

Die Frauen von Andros

Roman
Aus dem Griechischen von Norbert Hauser
suhrkamp taschenbuch 3464
293 Seiten

Andros in der ersten Hälfte des 20. Jahrhunderts: Seit alters ist die Kykladeninsel Heimat bedeutender Reederfamilien. Die Männer beherrschen als Seefahrer die Weltmeere; an Land zurück bleiben die Frauen. Sie tragen die Verantwortung für Familie und Haus und können nur davon träumen, selbst einmal die Insel zu verlassen. Im Mittelpunkt dieser Gemeinschaft stehen die Kapitänsfrau Mína und ihre Töchter Órsa und Móska – und die Liebe zwischen dem jungen Kapitän Spíros und Órsa, die von den eisernen Gesetzen der Familientradition dazu verurteilt ist, einen ungeliebten Mann zu heiraten, um dann Spíros an der Seite ihrer jüngeren Schwester zu sehen.

»Wer Karystianis bittersüßen Andros-Roman gelesen hat, könnte von nun an als ein anderer Tourist nach Griechenland kommen.« *Neue Zürcher Zeitung*

»Eine Gemeinschaft von Frauen, die man nicht leicht vergißt.« *Die Welt*

NF 649/1/10.07